面向"十二五"高等院校应用型人才培养规划教材

消费者行为学
——原理与应用

Consumer Behavior

钟旭东 ◎编著

中国铁道出版社
CHINA RAILWAY PUBLISHING HOUSE

图书在版编目（CIP）数据

消费者行为学：原理与应用/钟旭东编著．—北京：中国铁道出版社，2011.1

面向"十二五"高等院校应用型人才培养规划教材

ISBN 978-7-113-12356-7

Ⅰ.①消…　Ⅱ.①钟　Ⅲ.①消费者行为论—高等学校—教材　Ⅳ.①F713.55

中国版本图书馆 CIP 数据核字（2010）第 248065 号

面向"十二五"高等院校应用型人才培养规划教材

消费者行为学——原理与应用

作　者：钟旭东　编著

责任编辑：兰　鹏　　电子信箱：lanpengtd@126.com
封面设计：薛小卉
责任校对：张玉华
责任印制：李　佳

出版发行：中国铁道出版社（100054，北京市宣武区右安门西街 8 号）
网　　址：http://www.tdpress.com
印　　刷：北京市昌平开拓印刷厂
版　　次：2011 年 1 月第 1 版　　2011 年 1 月第 1 次印刷
开　　本：787 mm×1 092 mm　1/16　印张：14.5　字数：360 千
印　　数：1～4 000 册
书　　号：ISBN 978-7-113-12356-7
定　　价：26.00 元

消费者心理与行为关系到每一个在社会中生存与发展的人，人人都是消费者，人类生活的方方面面都涉及商品和服务的消费，从某种意义上来说，消费及消费什么就是人生活的意义。了解了人的消费行为，也就了解了人的生活方式和人生态度，因此对消费者的研究和认识就显得尤为重要。

读者可以以消费者的身份来阅读本书，通过本书来了解消费者的心理与行为，以便能更好地认识自己和更理性地去消费。本书更适合卖东西给消费者的企业管理者和相关人员学习，目的是让企业能更全面、深入地认识消费者的心理与行为，以便为企业的经营与销售活动提供可靠的决策依据。在一个竞争激烈的买方市场上，企业更要把消费者（顾客）放在一切活动的中心和出发点上，将心比心，换位思考，企业才可能实现自己想要的结果。

消费者行为学是一门应用性学科，借鉴了各个学科中有助于理解消费者的有用成果，通过对消费者心理和行为的分析和把握，为企业的营销对策提供了真正的帮助。企业对策要真正有效，必须对消费者的心理和行为有全面而深入的认识，企业要了解自己的目标消费者究竟是谁，消费者的特点是什么，影响消费者心理最重要的力量是什么，消费者究竟需要什么样的产品和服务。面对买方市场，企业要想"百战不殆"，就必须做到知彼知己，具备能在纷乱中把握脉络，透过现象看到本质的能力。

现在市场上消费者行为学方面的教材和书籍还是比较多的，但总感觉没有一本特别理想的教材，所以编著一本系统、清晰、新颖、实用而又深入本质的消费者行为学一直是作者多年的心愿。本书作者从事市场营销学和消费者行为学等课程教学多年，根据自己学习及实践的多年经验，积累了独特的教学经验和认识感悟，希望通过这本书的写作和表达，能为有关组织、人员和学生提供一本被认可和接受的教材。

本书的系统性体现在章节之间脉络清楚，系统全面，研究消费者行为结合了基础心理学、社会心理学及市场营销学等主要学科的内容,清晰性体现在本书的分析层层推进,深入本质,从第2章到第8章,勾画出消费者一个清晰完整心理过程和行为。通过对消费者系统、清晰的分析得出的重要结论是:人心主要是社会化的结果,识人心就是要识社会,识社会文化对人心的本质性影响。新颖性体现在本书的体系和构架有别于市场上目前消费者行为学教材,体系独特,逻辑性强,是一本有作者独特研究心得的教材。实用性则体现在书中内容应用性强,每一章都有根据心理及行为特征引伸出来的营销对策,第9章则更全面而系统地分析了企业面对市场、面对消费者而应采取的系统的营销对策。

本书的写作得到了许多人的帮助,杨岚参与编写了本书第2章、第3章的部分内容,本书在写作过程中参考了大量的中外文献和著作,参考了许多在互联网上的资料,许多认识和不认识的专家、学者及作者的真知灼见为本书的写作提供了丰富的依据和参考,没有他们的教育、提示和帮助,就不会有本书写作的完成,在此一并表示衷心的感谢和致意。

本书的出版得到了中国铁道出版社兰鹏编辑、夏伟编辑的大力支持和帮助,没有他们的信任和指点,就不会有本书的顺利出版,在这里向两位编辑及其他默默帮助我的人们表示诚挚的谢意。

本书虽然有其一定的特色,但由于作者的水平有限,一定会有这样或那样的问题和漏洞,真诚希望能得到有关专家、读者的指正、批评和帮助。

编　者

■■■■ 教学建议 ■■■■

☐ 教学目的

　　消费者行为学是在市场经济背景下,企业为了提高自己的竞争力,实行更有效的经营销售战略和战术,而对消费者心理和行为进行研究的一门重要课程。在市场经济中,企业的一切活动都是围绕市场来进行的,市场的狭义解释就是消费者(顾客),所以企业以市场为中心就是以消费者(顾客)为中心,企业的一系列的经营销售活动是围绕消费者来进行的,消费者是决定企业生存和发展的基础。本课程的主要目的就是要让企业的经营管理者全面了解和掌握消费者的心理和行为规律,系统了解和掌握消费者的心理过程、动力倾向、个性特征、社会因素、消费者情境等主要内容,并能用系统实用的营销对策来展开企业的经营销售活动,以期取得良好的经营销售效果。

☐ 前期需要掌握的知识

　　基础心理学、社会心理学、市场营销学等课程相关知识。

☐ 课时分布建议

教学内容	学习要点	课时安排		案例使用建议
		市场营销专业	其他专业选修	
第1章 消费者行为学导论	(1)了解消费者行为的基本概念 (2)认识消费者行为的研究方法	6	3	开篇案例1
第2章 消费者行为的心理过程	(1)认识影响消费者行为的认知过程 (2)了解影响消费者行为的情绪过程 (3)认识影响消费者行为的意志过程	6	6	开篇案例2
第3章 消费者行为的动力倾向	(1)认识影响消费者行为的需要因素 (2)理解影响消费者行为的动机因素 (3)了解影响消费者行为的兴趣因素	6	3	开篇案例3
第4章 消费者行为的个性特征	(1)认识影响消费者行为的气质因素 (2)了解影响消费者行为的性格因素 (3)认识影响消费者行为的能力因素 (4)了解人格的内涵及结构	6	6	开篇案例4
第5章 自我概念、生活方式与消费态度	(1)认识自我概念及其对消费的意义 (2)认识生活方式及其对消费的影响 (3)了解消费态度及其对营销对策	3	3	开篇案例5

续上表

教学内容	学习要点	课时安排		案例使用建议
		市场营销专业	其他专业选修	
第 6 章 消费者行为的社会化 Ⅰ	(1)理解影响消费者行为的文化环境 (2)了解影响消费者行为的政治环境 (3)认识影响消费者行为的经济环境	6	3	开篇案例 6
第 7 章 消费者行为的社会化 Ⅱ	(1)认识影响消费者行为的角色因素 (2)了解影响消费者行为的家庭因素 (3)认识影响消费者行为的阶层因素 (4)了解影响消费者行为的人际因素	6	3	开篇案例 7
第 8 章 消费者情境与购买决策过程	(1)认识消费者行为的情境因素 (2)了解消费者购买决策过程及风险	6	3	开篇案例 8
第 9 章 市场分析与企业营销对策	(1)认识市场内涵及市场分析方法 (2)理解和运用经营对策 (3)认识和运用销售对策	6	3	开篇案例 9
第 10 章 消费者权益与企业伦理	(1)了解消费者权益的内容 (2)认识企业伦理和营销道德要素	3	3	开篇案例 10
课时总计		36～54	36	

说明:

(1)在课时安排上,对于市场营销专业可以是 36 个学时,或者 54 个学时;管理专业本科生和非管理专业本科生是根据 36 个学时安排的。

(2)讨论、案例分析等时间已经包括在前面各个章节的教学时间中。

目录 Contents
消费者行为学——原理与应用
Consumer Behavior

第1章　消费者行为学导论

本章提要

消费者行为学是企业营销决策的基本依据和基础。本章学习中首先要把握消费者行为学的几个基本概念，了解心理学及消费者行为学的历史，其次要认识与把握研究消费者行为的基本方法。

学习目标

1. 了解消费者行为学的基本概念：消费、消费体系、消费者、消费者市场、消费者心理、消费者行为。

2. 认识研究消费者行为的基本方法：观察法、访谈法、问卷法。

开篇案例

析导学代介誉肖 章1第

TESIRO 通灵——为自己,更为下一代珍藏

TESIRO 通灵是全球领先钻石切割机构 Eurostar Diamond Traders N. V(EDT)旗下的欧洲珠宝品牌,源自意大利语"财富"之意。TESIRO 通灵致力于比利时优质切工钻石和传世翡翠的推广,是欧洲在华最大珠宝零售机构之一,其总部位于世界"钻石之都"比利时安特卫普,安特卫普被称为"钻石之城",几百年来,这座城市一直有条不紊地进行着钻石的加工贸易,其产品设计不是对生活的机械反映,而是审美的心灵显影。

消费者对产品的认识,往往是从阅读产品形式开始,再通过对产品内涵的延伸,引发出对其深层含义的理解,当外在形态发出的信息和消费者产生共鸣引起联想后,再通过消费者自身感悟,从而引起思想上的认同,"形态"是事物内在本质的外在表现。美是知觉与形式发生碰撞的产物,同时在碰撞中演化出许多美的形式,如比例、色彩、线条等,美的形式一旦被运用到商品上,就不可避免地带有某种情感和审美取向,这些美感不单给人以生理快感,同时给人以精神愉悦。

TESIRO 通灵曾在情人节为女性打造了一款"Add 爱的"钻饰套装系列,其中的吊坠十分注重光影的灵性——碎钻包围成一颗"心",优雅、美丽、熠熠生辉,四爪花式镶嵌,幽雅的主石周围是围绕成心形的复古式镶碎钻,主石下铂金托边牢固且富于变化,十分受白领女性的喜爱,其销量更是直线上升。女性属于易感人群,愿意接受柔和感性的用品,通常丰富、形象生动的造型蕴含着生命的活力,细化处理能传达感情和暖意,这将更容易打动她们的心。

TESIRO 通灵推出过一款"蓝色火焰"切工钻石,钻石对每个女人来说都是一个梦,是人类永恒情感的象征,传说希望女神的原型是一颗散发着蓝色光芒的宝石,所以宝石一样的靓丽幽蓝就成了"希望"的代名词。这款钻戒是专门为办公室白领准备的,它颜色深沉庄重而又湛蓝,隐隐中透着浪漫情怀,衬托出佩戴者的品味,深层意义上也迎合女性对梦想的追求。

产品设计活动与消费者对产品的认知活动,都是建立在对造型要素的意义概念和情感概念理解的一致性基础之上的。从传播的角度看,要使产品情感传递有效,必须重视设计传播中的每一环节,当产品设计出现过多的新元素,那么就会因为信息量过大,而使消费者无法完全理解。因此,产品的情感化设计必须尽可能地使产品所传达的意义建立在独创性和可理解性的最优选择的基础上。TESIRO 通灵在产品的品质上宣扬"比利时优质切工钻石",而在情感诉求上打出"钻石恒久远,一颗永流传"的广告语,直白地向消费者展示产品的关键所在。在购买通灵翠钻的白领女性中,大多是冲着这两点而来。

TESIRO 通灵研制成功了中国国内首款钻石香水吊坠"午夜妖姬",艺术化地将传统文化、钻石还有性感的香水结合起来,从其他品牌循规蹈矩的产品中脱颖而出。"午夜妖姬"这个名

字本身充满文化的鬼魅气息，在古汉语里，"妖"原本有艳丽的意思，"姬"是美女的意思，冠以"午夜妖姬"之名以后，首饰立刻显得有了灵魂，传神地表达出女性飘逸的神秘感，同时款式别致的钻石吊坠弥漫着可持久芬芳的香水味，从而达到文化与时尚潮流的撞击，恰好迎合白领女性坚持首饰艺术化和个性化相结合的需求。

"Super Nova"是 TESIRO 通灵为办公室里忙碌的白领们准备的，这款首饰不显山露水，在简单的造型中拥有别样的璀璨。TESIRO 通灵更是在 3 月 8 号这一天，关爱地呼吁白领女性放下手中的键盘和工作，抹去脸上的油烟，给自己多一点爱，挑一款让自己心动的钻饰装扮自己，让女性倍感温馨。

——作者根据多方资料整理而成

每一个人都是消费者,从人一出生直到死亡,人一生不变的一个角色就是消费者。我们每个人不管是什么年龄,从事什么职业,以什么样的生活态度来面对人生,都离不开消费这个领域。从这个意义上来说,无论是什么组织还是个人,都应该了解和认识一下消费者的心理和行为,以便更清楚地认识他人和自己。

市场营销就是一门试图影响消费者行为的学科,这些影响,无论是对施加这种影响的企业,被影响的个人还是整个社会,都具有深刻的含义。企业以市场为中心来分析和认识市场,其最基本的对象就是分析和认识消费者行为。在市场营销者看来,市场等同于买者,买者可以是进行个人和家庭消费的买者,我们一般称为消费者和消费者市场;买者也可以是指工商企业从事生产、销售等业务活动以及政府部门和非营利组织为履行职责而购买产品和服务所构成的市场,我们一般称为组织市场。对买者分析的基本出发点是对个人心理的分析,不管是消费者还是组织者都是人,只是他们购买的目的与自己的关系不同而已。人的行为是受人的心理支配的,换句话说就是人有什么样的心理,就会有什么样的行动,所以对消费者行为分析就是对消费者的心理分析和把握。

这里需要指出的是,本文的消费者分析主要是对个人消费者及消费者市场的分析,但也可以泛指对所有买者的分析,包括了组织市场的买者(一般称为顾客或者客户)。

营销战就是一场心理战,消费者心理和行为的分析主要可以从以下几个方面来进行有效的把握:首先是从影响消费者行为的一般心理活动过程来把握;其次是从影响消费者行为的动力倾向来把握;再次是从影响消费者行为的个性特征来把握;再次是从影响消费者行为的社会特征和消费者情境来把握;最后是从企业的营销对策来把握。

1.1 基本概念的界定

1.1.1 消费

消费(consumption)就是消耗、花费的意思。消费是社会经济活动的出发点和归宿。它和生产、分配、交换一起构成社会经济活动的整体,是社会经济活动中一个十分重要的领域。具体地说,消费是人们消耗物质资料和精神产品以满足生产和生活需要的过程。消费既包括生产性消费,也包括生活性消费。消费者行为学研究消费的主体是消费者,就必须涉及消费,消费者行为学主要研究生活性消费。

1. 生产性消费

是指物质资料生产中消耗的各种原材料、能源、设备、工具及劳动者为此支出的体力和脑力的总和,是生产过程的一部分。

2. 生活性消费

是指人们为了自身的生存和发展,消耗一定的生活资料和服务,以满足自身生理和心理需要的过程。

1.1.2 消费体系

消费体系主要包括消费水平、消费结构和消费方式等方面的内容。

1. 消费水平

是指按人口平均的消费品(包括服务)的数量,反映人们物质文化需要实际满足的程度。它可以用货币表示,如人均消费额、消费支出等。广义的消费水平是指不仅包括消费品的数量,而且包括消费品的质量。消费水平是一个综合指标,最终表现为人们的健康水平(平均寿命、婴儿生长率、成人生病率、人口死亡率)、科学文化水平和生活享受水平(人均国民收入、人均货币收入)。

2. 消费结构

在一定的社会经济条件下,人们在消费过程中所消费的各种不同类型的消费资料(吃、穿、用、住、教育文化、娱乐等)的比例。

恩格尔系数(Engel's Coefficient)是指食品支出总额占个人消费支出总额的比重。19世纪德国统计学家恩格尔根据统计资料,对消费结构的变化得出一个规律:一个家庭收入越少,家庭收入中(或总支出中)用来购买食物的支出所占的比例就越大,随着家庭收入的增加,家庭收入中(或总支出中)用来购买食物的支出比例则会下降。推而广之,一个国家越穷,每个国民的平均收入中(或平均支出中)用于购买食物的支出所占比例就越大,随着国家的富裕,这个比例呈下降趋势。恩格尔系数是国际上通用的衡量居民生活水平高低的一项重要指标,一般随居民家庭收入和生活水平的提高而下降。根据联合国粮农组织提出的标准,恩格尔系数在59%以上为贫困,50%～59%为温饱,40%～50%为小康,30%～40%为富裕,低于30%为最富裕。

3. 消费方式

是指人们消耗生活资料和享受服务的方法和形式。个人消费与社会公共消费是消费方式的两种基本形式。

个人消费是指为满足个人生活需要而对各种物质资料、服务和精神文化产品的消费活动。个人消费的经济来源是个人收入。社会公共消费是指满足社会成员共同需要的消费活动。如学校教育、医疗卫生、妇幼保健、公共交通及公共文化、体育、娱乐等。社会公共消费是人们生活消费的重要组成部分,其投入主要由国家来承担。

1.1.3 消费者

消费者(consumer)就是消耗、花费(既是物质的,又是精神的)的人,是生活性消费的实体。消费者包括了集体消费者和个人消费者,消费者行为的研究主要是分析个人消费者的心理与行为。

(1)集体消费者。是指组织或团体购买的消费实体,不与个人的需求和购买能力密切相关。

(2)个人消费者。是指个人或家庭购买的消费实体,与个人的需求和购买能力密切相关。

1.1.4 消费者市场

消费者市场(consumer market)又称最终消费者市场、消费品市场或生活资料市场,是指个人或家庭为满足生活需求而购买或租用商品的市场,它是市场体系的基础。

消费者市场是现代市场营销理论研究的主要对象。消费者市场的购买行为有以下特点。

(1)消费者市场人数众多。人们要生存就要消费,所以消费者市场涵盖了全部人口。

(2)消费者市场的购买具有多样性。消费者由于在年龄、性别、职业、受教育程度、收入、居住区域、民族和宗教等方面的不同,消费者有各式各样的需求、欲望、兴趣、爱好和习惯,对不同商品和同种商品的不同品种、规格、质量、外观、式样、服务和价格等会产生多种多样的要求,而且,随着生产的发展和消费水平的提高,消费者的需求在总量、结构和和层次上也在不断变化。

(3)消费者市场购买属于小型多次购买。消费者是为个人和家庭的消费而购买商品,通常一次购买数量有限,属小型购买。对于日常消费品来说,消费周期短,购买频率较高。

(4)消费者市场需求一般都富有弹性。一方面,消费品市场中的绝大多数商品对价格变动较敏感,需求弹性较大;另一方面,消费品替代性较大也使需求弹性增大。

(5)消费者市场购买一般属于非专家购买。消费者做出购买决策时受多种因素影响,又属于非专家购买,所做出的决策易变化,往往容易被诱导。消费者市场的这一特点,增加了企业市场营销活动的复杂性。

1.1.5 消费者心理

消费者心理(consumer psychology)是指消费者在从事消费活动中的一系列的心理活动。一般包括消费者的认知、情绪、意志等一般心理过程;消费者的需求、动机、兴趣等动力心理特征;消费者的气质、性格、能力等个性心理特征;消费者的文化、政治、经济、角色、家庭、阶层、人际关系等社会心理特征;消费者情境等短暂社会因素。当然,企业营销对策也是一个十分重要的影响消费者心理的社会因素,会对消费者的心理产生重要的影响。

研究消费者行为就必须要认识消费者心理,因为消费者的行为是被消费者的心理支配的,而要认识消费者心理就必须先要对人的心理有一个整体的认识。

1. 心理学简介

心理学有一个很长的过去和一个很短的历史。说它有一个很长的过去,是因为心理学的一部分源于哲学,而哲学作为一门研究知识、现实和人的本质的学科已经存在许多世纪了;说它有一个很短的历史,是因为心理学从开始成为一门科学至今不过百余年。在词源上,心理学(psychology)的希腊词根 psyche 的意思是心灵或精神,后缀 logos 的意思是讲述。那么合起来,心理学就是讲述心灵的学问。到了 19 世纪末,科学心理学萌芽,心理学被界定为:心理学是研究心理活动规律的科学。

人的心理活动可以分为个体心理与社会心理两个方面。

人是作为个体而存在,个人所具有的心理现象称个体心理。个体心理现象异常复杂,心理学通常从两个方面加以研究:一是共同的心理过程,即个体心理活动形成及其行为表现的一般过程;二是个性差异,即人与人之间在心理活动倾向性与稳定的心理活动特性上的差异。

个体心理过程包括认知过程、情感过程与意志过程三个方面。个性差异是指个体在心理过程的发展与进程中经常表现出来的比较稳定的心理活动倾向与心理过程特点。个体的心理活动倾向性与个性特征综合在一起,构成了个体完整的个性心理,或简称个性。个体的心理活动倾向性是指人进行活动的基本动力,比如需要、动机、兴趣等;个性特征是指一个人身上经常稳定地表现的特征,包括气质、性格和能力等。值得一提的是,我们在日常生活中也经常使用"气质"、"个性"、"人格"等概念,例如,我们在日常生活中说一个人有"气质"是指一个人外形美、举止优雅;说一个人有"个性"是指一个人独特、有主见;说一个人有"人格"是指一个人具有品位和尊严,其意义显然与心理学中的科学概念是不完全一样的。

心理过程与个性心理这两个方面是相互制约、相互影响的,个性心理是在心理过程的基础上逐渐形成和发展的,并总是在各种心理过程中表现出来;反过来,已形成的个性心理又影响着心理过程,使个体的心理过程总是带有个性色彩。心理过程与个性心理的这种相互关系从整体上反映着人的心理活动的共同规律和差异规律的辩证统一,心理学就是要研究并揭示这些心理现象及其规律。

人是社会关系的总和,个人作为社会的成员,总是生活在各种社会团体之中,并与其他结成各种关系,如亲属关系、朋友关系、师生关系、民族关系、国家关系等。有关人际关系、人际互动、团体的动力与特征、个体社会化等方面的心理现象称社会心理。社会心理及其与个体心理的关系,也是心理学的研究对象。

图 1.1 影响人的心理活动的主要因素

意识(comsciousness)是人类所独有的一种高级水平的心理活动,一般被定义为对外部和内部刺激的觉知(awareness)。意识对事物和活动的指向和集中表现为注意,注意出现在人的各种认知活动和行为中。

人的心理活动除了意识外,还存在无意识(unconsciousness)现象。这是人在正常情况下觉察不到、也不能自我调节和控制的现象。人在梦境中的心理现象主要是在无意识情况下产生的,人不能预先计划梦境的内容,也无法支配梦境的进程。在多数情况下,人难以准确回忆梦境的内容。人在清醒的时候,有些心理现象也是无意识的。人能意识到自己听到或看到了什么,但对听觉和视觉的过程却意识不到;人能有意识地记住自己工作的地点,也能无意识地记住大街上看见的一些建筑物。人的某些动作方式如写字,起初可能受到意识的调节,但在多次反复后,便可转化为自动化的、无意识现象,这时,人只觉知到自己写的内容,而觉知不到每个字的笔画及书写动作本身。在人际交往中,某种意识不到的、潜移默化的影响也是存在的。

在人的正常生活中,大多数心理活动是在意识的支配下进行的,也存在无意识现象,它对人的行为也有重要作用。只有精神错乱、大脑损伤的病人,他们的行为才失去意识控制,而完全为无意识的欲望所支配。无意识现象也是心理学的重要研究对象。

人的心理活动与行为是受其生物学特征(如大脑)与环境的性质(如社会文化)所限制的,必然受到生物学规律的支配与社会文化的影响,心理学需要从自然科学角度与社会科学角度来探讨行为和心理活动的规律,因此兼有自然科学和社会科学的双重性质。无论是从自然科学角度还是从社会科学角度,心理学研究的基本任务都是探索心理现象的事实、本质、机制和规律。具体来说,包括描述和测量、解释和说明、预测和控制三个方面。

人类的一切心理活动都是由人的神经系统及神经系统调节下的内分泌系统经过一系列极其复杂的生理变化来实现的,生理机构是心理活动的物质基础。神经系统包括中枢神经系统和周围神经系统。中枢神经系统包括脑(大脑、小脑、脑干、间脑)和脊髓;周围神经系统包括脑神经、脊神经、内脏神经等。大脑是脑最前的部分,是中枢神经系统的中心,占脑总体积一半以上,重量为脑总重量的 60% 左右,中间有一沟裂,将大脑分为两个半球,左右半球有明显分工

(1981年提出),左半球支配词语、数学、逻辑、分析、推理、符号等,是抽象思维中枢;右半球支配想象、节奏、颜色、音乐、空间位置等,是掌管着人们感情方面的事情,是形象思维中枢。小脑位于大脑的下方,分成左右两个半球,主要功能是协助大脑控制肌肉的运动,调节身体的平衡和姿势。

2. 消费心理学

消费心理学是应用性心理学,其研究的对象是消费者心理活动的产生、变化的规律以及营销活动与消费者心理之间的关系。

人作为消费者在消费活动中的各种行为无一不受到心理活动的支配。例如,消费者购买决策的内容,是否购买某种商品,购买何种品牌、款式的商品,何时、何处购买,采用何种购买方式,以及怎样使用等等,其中的每一个环节、每一个步骤都需要消费者做出相应的心理反应,进行分析、比较、判断和决策。这一过程中消费者所有的表情、动作和行为,都是复杂的心理活动的自然流露。所以说,消费者的消费行为都是在一定心理活动支配下进行的,消费者心理是消费者行为的基础。

1.1.6 消费者行为

消费者行为(consumer behavior)是指消费者从事购买的行动,是以消费者的心理活动为基础的行为。美国市场营销学会(AMA)把消费者行为定义为:"感知、认知、行为以及环境因素的动态互动过程,是人类履行生活中交易职能的行为基础。"在这一定义中,至少包含了三层重要的含义:消费行为是动态的;它涉及了感知、认知、行为以及环境因素的互动作用;涉及了交易。

1. 人的行为

心理学研究人的行为规律,目的是要揭示人的心理活动规律,因为人的行为与人的心理活动是密不可分的,对人的心理活动的探知必须开始于对人的外显行为的观察。

行为(behavior)指机体的任何外显的、可观察的反应动作或活动,如说话、攻击、散步等,广义上说,行为还包括机体的生理现象,如任何部位肌肉的活动,甚至神经系统的活动。有些行为很容易被观察到,如写字、驾车等,有些行为则需要很复杂的方法和装置才能被观察,如通过脑电仪观察脑电波。各种类型的心理学家们是在不同的水平上研究行为,有的关注神经细胞的行为或汗腺的行为;有的则关注更高水平的行为,如攻击性或解决问题的行为。

人的行为受其内隐心理活动支配,人的心理活动是在头脑内部进行,不能加以直接观察或度量,但往往有一定的外部表现。例如,一个人的哭或笑的行为是由其悲伤或快乐的心理活动支配产生的,所以通过对人的行为的观察和描述使我们可能探讨其内部心理活动。反过来,人的心理活动是在行为中产生,又在行为中得到表现的。一个人哭,是因为受到了打击或失去了所爱而产生了悲伤心理;一个人笑,是因为他在学习中取得了成功或得到了满足而产生了快乐心理。所以通过在一定条件下对人的行为的系统观察和分析,我们可以探讨人的心理活动的原因。

人的行为非常复杂,人行为的复杂性正是由心理活动的复杂性引起,具有不同生理条件和社会条件的人,其心理活动有很大的不同,对同一件事情的行为反应也就不一样的。例如,两人看见桌上半瓶酒,一人说:"只有半瓶了!"另一人却说:"还有半瓶呢!"显然,前者心理具有悲观倾向,后者心理具有乐观倾向。即使是同一个人在不同的时间对同一件事情的行为反应也可能不同。例如,同一个人,无论其一贯是悲观或乐观的,在不同时机对桌上半瓶酒可能做出不同反应,如果他正与老友共饮,正在酒兴之上,面对所剩的半瓶美酒,他可能会说"只有半瓶了!",从而加倍珍惜并细细地品味这半瓶酒。但是,如果他在酒席宴会上,被人劝酒而喝得半醉,面对必须喝完的半瓶残酒,他可能面有难色地说:"还有半瓶酒!"。但他们的心理活动及其外显行为都受多种共同规律制约,例如,都存在相同的对酒以及喝酒情境的感知、理解过程;情绪体验的引发过程;根据认识和情绪体验作出反应的过程等。由于人的内在心理与外显行为之间存在相互依存、相互影响的关系,所以通过对人的外显行为进行系统的观察、描述、测量以及分析,我们可以揭示人的心理活动的规律,在这个意义上,心理学也被认为是研究行为的科学。

[资料1.1] 精神控制要素

对人的精神控制是一个使人从陌生到怀疑再到认同的过程。在这个过程中,人被某种意识控制,被别人操纵,并且还会认为是自己做出的判断,此时,此人不相信别人与他不一致的意见,会偏激、偏执,失去理智。

要想对人的精神进行有效的控制,就要把握以下几个要素。

(1)相对封闭的环境:避免多种信息的参与,防止人们的胡思乱想。

(2)创造一种归属感:有"美好"的目标,友好,大家庭的气氛。

(3)常处于激情状态:可让人加深印象,理智下降,自主思维能力减弱。

(4)进行疲劳的轰炸:不断重复单调的信息,有意识避免其他信息的加入,使人的大脑活动区域被抑制,从而做出错误的判断。

2. 消费者行为学

消费者行为学是指研究消费者购买心理和行为的一门科学,20世纪初诞生于美国。1901年,美国心理学家斯科特(W. D. Scott)首次提出,在广告宣传中要运用心理学,他在1903年出版了《广告论》一书,开创了把心理学引入消费者研究的先河。1960年,美国心理学会成立了"消费者心理学分会",并创办了《广告研究》杂志,以推动消费者行为学的研究。1974年,美国又创办了《消费者研究》杂志,消费行为学地位得以确立。消费者行为学是伴随着行为科学对营销的介入而产生的。

消费者黑箱又称购买者黑箱,是指消费者在受到外部刺激后所进入的心理活动过程。由于它对企业来说是一种看不见、摸不着、不透明的东西,故称之为消费者黑箱。对于企业来讲,对消费者购买行为的分析和研究最重要的恰恰是对消费者黑箱中发生的情况的分析和研究,以便安排适当的"营销刺激",使消费者产生有利于企业的反应。消费者黑箱中包括两个主要方面内容。

第一是消费者特性,包括了消费者的认知过程、动力倾向和个性特征。消费者特性会影响消费者对外界刺激的反应。

消费者受外界的刺激主要有两个方面。一是企业所组织的营销刺激,这些因素均是可控制的,它们对购买者的"黑箱"产生直接而具体的影响;二是社会环境刺激,即社会的文化、政治、经济等,这些因素往往是企业不可控制的因素,它们引起或制约着消费需求。

第二是消费者行为过程,它会直接决定消费者的选择。消费者反应是外部刺激进入消费者"黑箱"后,消费者对产品、品牌、经销商、购买时间、购买数量的选择,以满足其消费的需要,其间消费者要回答购买什么、为何购买、由谁购买、何时购买、何地购买、如何购买等问题。

根据刺激—反应原理,消费者行为反应过程是:外部刺激影响(企业营销及外部环境)→消费者黑箱(内部影响与消费者行为过程)→消费者反应(产品选择、品牌选择、经销商选择、购买时机与数量)。

外界刺激		消费者黑箱		消费者反应
企业营销	环境因素	消费者特性	消费者行为过程	
产品	文化	心理过程	问题认知	产品选择
价格	政治	动力倾向	搜集信息	品牌选择
分销	经济	个性特征	评价选择	卖主选择
促销	自然	社会因素	购买决定	时间选择
			购后评价	数量选择

图 1.2　外界刺激与消费者反应模式

有国外营销专家把消费者行为分为 5W 和 1H,相对应的就有 6 个 O,从而形成了消费者行为研究的基本框架。

市场需要什么(What)——购买对象(Objects)是什么。通过分析消费者希望购买什么,为什么需要这种商品而不是需要那种商品,研究企业应如何提供适销对路的产品去满足消费者的需求。

为何购买(Why)——购买目的(Objectives)是什么。通过分析购买动机的形成(生理的、心理因素的共同作用),了解消费者的购买目的,采取相应的营销策略。

购买者是谁(Who)——购买者(Occupants)和购买组织(Organizations)是什么。分析购买者是个人还是组织,购买的产品供谁使用,谁参与了购买。根据分析,组合相应的营销策略。

何时购买(When)——购买时间(Occasions)是什么。分析购买者对特定产品的购买时间的要求,把握时机,适时推出产品,如分析自然季节和传统节假日对市场购买的影响程度等。

何处购买(Where)——购买地点(Outlets)是什么。分析购买者对不同产品的购买地点的要求,如消费品种是方便品,消费者一般要求就近购买,而选购品则要求在商业区(地区中心或商业中心)购买,可以一边挑选对比,一边购买。特殊品往往会要求直接到企业或专业商店购买等。

如何购买(How)——购买行为(Operations)是什么。分析购买者对购买方式的不同要求,有针对性地提供不同的营销服务。在消费者市场,分析不同类型消费者的特点,如经济型购买者对性能和廉价的追求,冲动性购买者对情趣和外观的喜好,手头拮据的购买者要求分期付款,工作繁忙的购买者重视购买方便和送货上门等。

由于消费者心理支配消费者行为,研究消费者心理就等于研究消费者行为,又由于消费者行为受消费者心理支配,研究消费者行为必须研究消费者心理。所以,在实际应用中,消费者心理与消费者行为可以不加区别,也可合起来称为"消费者行为"作为学科名称,因此称为《消费者心理学》或《消费者行为学》都是可行的。不过,由于研究消费者心理的目的归根结底是为了把握消费者行为,所以,以后者作为学科名称的做法更加普遍。

消费行为学是一门研究消费者购买心理、行为及其规律的一门学科。它充分借鉴了心理学、市场营销学等多门学科的理论知识,再结合广告、营销实践,运用科学的研究方法,从作为个体的消费者和作为社会环境下的消费者等多个角度对消费者的心理和行为规律进行大量的分析,包括理论上的拓展和实践上的深入。正因为它的多学科的理论基础和与实践的紧密结合,使它成为广告学、市场营销学、管理学等专业的非常重要的一门学科知识,也使实践中的企业等组织和相关管理者有了相应的理论指导工具。

本书的消费者行为学体系是这样的安排。

(1)研究消费者行为首先要认识消费者行为的一般心理过程,包括了消费者的认知过程、情绪过程和意志过程三个方面,这是研究消费者心理和行为的开端,其中认知过程是研究消费者心理与行为的基础和起点。

(2)是对意志过程的进一步分析,意志过程包括了心动与行动两个部分,这两个部分的内容构成实际的行为。意志过程其实就是人心理的倾向性体现和动力体现,表现为需要、动机等方面的内容。

(3)进一步的问题是:为什么人的一般心理过程不一样呢? 因为人的个性特征是不一样的。个性特征主要体现为气质、性格和能力等三个方面,既有遗传的因素对个性的影响,更重要的是社会因素对个性的影响。气质主要体现出遗传性特征,而性格主要体现出社会性特征,是"后天"塑造的,能力既包括了遗传的因素,但更重要的还是社会因素影响,是"后天"的培养。在个性特征中,性格起着核心的作用,人的个性特征的综合发展就形成了人格。

(4)自我概念、生活方式和消费态度都是人格的具体表现,这些因素都对人的各种行为产生稳定的、重要的影响。

(5)影响个性及人格形成的最重要的力量是社会因素。社会因素就是人的社会化的影响因素,主要包括了文化、政治、经济、角色、家庭、阶层、人际关系等因素。其中文化又是影响人个性的最基本、最广泛和最重要的力量,从这个意义上说,人心即文化,人心是被文化决定的,价值观又构成文化的核心。所以要认识人的个性及人格因素,认识人的一般心理过程,人的心动和行动,就应该认识人所处的文化环境是什么,这个文化环境里的价值观是什么。人的基本价值观决定消费者的消费价值观。

(6)提出了消费者在消费时面临的消费者情境因素对其心理的特殊影响,并分析了消费者购买决策过程。

(7)根据消费者心理和行为采取相应的企业营销对策,企业的营销对策也是影响消费者心理与行为的重要社会因素。企业的营销对策应该具有很强的针对性和系统性,是贯彻"以消费者为中心"经营理念的完整体现。

(8)提出消费者在消费中应知道自己的权益和义务,消费者权益不容侵犯。企业在经营过程中一定要真正以消费者为中心,关心消费者的权益,注重企业伦理和营销道德,做到不欺骗、不隐瞒、不强权。企业通过道德营销,为消费者提供真正优质的产品和服务。

[资料1.2]　中国消费者行为研究的主要特点

中国消费者行为的研究始于市场调查机构的调查,通过20世纪90年代对中国消费者的描述性大规模调查,综合十几年来对中国消费者行为的研究情况,可以归纳出以下几个方面的特征。

(1)对中国消费者的调查始于跨国市场调查公司。最早调查中国内地消费者行为的机构包括A.C尼尔森公司以及盖洛普公司。1995年后,中国本土的调查机构开始进入这一领域,例如北京广播学院市场信息研究所(IMI)、零点市场调查与分析公司、原点市场研究有限公司等,这些公司主要是对中国消费者生活方式进行全面调查,目的是对中国消者者有一个系统的了解。一些有实力的广告公司也开始有针对性地进行某一方面的调研,例如奥关广告公司就曾对饮食、女性以及青年消费者行为专门进行过大规模的调查,并且得出了许多有价值的结论。

（2）专门针对中国消费者行为的理论研究成果开始出现。中国国内正在壮大的另一支中国消费者行为研究队伍是高校学者，他们往往从理论的角度，进行中国消费者行为的研究。在学术领域里，到1998之前，在主要的国际性相关刊物中，专门对中国内地消费者行为的研究主要来自香港学者和部分国外学者，比如，香港城市大学的游汉民教授研究了消费者满意度与文化价值观之间的关系，并在1994年发表了他的专著《中国消费者行为——顾客满意度与文化价值观》。内地学者在国际刊物上发表关于中国消费者行为研究方面的论文还很少。在对中国消费者的研究里，只有5%专门研究女性消费行为。在国内，由北京大学符国群教授编写的《消费者行为学》一书是较早在国内出版的消费者行为学教材。

（3）缺乏针对中国消费者行为的测量工具。描述任何事物，都需要适当的测量工具，研究消费者行为也是如此。为了测量消费者的生活方式、态度、品牌忠诚度、顾客满意度等，都需要可信度和效果度比较理想的测量工具。目前国内的研究者主要依靠国外现在的测量工具。

（4）更好地洞察中国消费者研究的方法创新。从研究的范畴，中国消费者行为研究可视为西方"消费者行为学"和中国人研究的交叉研究地带，既要比照西方消费者行为学的框架和以实征为主的方法；又要参照中国人行为的研究成果。以前已有的中国人行为研究，主要从社会学、心理学的角度，其方法特点之一是重视人的内在气质的自身研究。中国本土研究概念的创新和测量方法的创新是中国研究者追求的目标。从营销实战的角度看，应发展更多更有效洞察中国消费者的方法。

——资料来源：卢泰宏等编著《消费者行为学》。

1.2　研究意义与方法

1.2.1　研究意义

消费者行为的复杂性、多变性、发展性和层次性大大增加了企业经营管理的难度，不仅成为企业管理者必须研究的一个重要领域，而且也使消费者行为研究成为一门依托于经济学、管理学、心理学、社会学等学科的相对独立的边缘学科。能否从纷繁复杂、五光十色的消费行为中找出某些有普遍性的现象，分析出其中的规律，以此作为政府部门制定有关经济和产业政策的基础，或作为企业制定经营战略、经营方针和具体销售策略的依据，就成为消费者行为学的主要研究课题。消费者行为学研究的主要问题是：消费什么、为何消费、如何消费及如何营销等问题。

消费者行为决定了一个国家的经济健康状况，有助于政府及相关组织建立起有效的公共政策和规定；消费者行为也决定了每个人的经济健康状况，影响到个人的消费准则，个人消费准则包括了如何行动，价值观以及如何生活等；消费者行为还决定了企业营销的成败，只有消费者才能解雇企业里的所有人。沃尔玛创始人山姆·沃尔顿就说："唯一能解雇我们所有人的是消费者"。

实践证明，只有加强对消费者心理与行为的研究，根据消费者心理活动的特点与规律制定和调整营销策略，企业才能不断满足消费者的需要，在瞬息万变的市场环境中应付自如，具备较强的应变能力和竞争能力；加强消费者心理与行为的研究，对我国进一步开拓国际市场，增强企业及产品的国际竞争力也具有十分重要的意义。

1.2.2 研究方法

1. 观察法

观察法（observational method）是由研究者直接观察记录被观察者的行为活动，从而探究两个或多个变量之间存在何种关系的方法。在消费者心理研究中，是通过对消费者在购买活动中的语言、表情、动作等进行观察分析，以了解支配他们行为的心理活动的方法。

观察法主要包括自然观察法和实验室观察法。前者是在完全自然的条件下，在被观察者并不知情的情况下进行的观察。后者则是在人为控制的条件下进行的，被观察者可能知情，也可能不知情。但不管哪一种方法，运用观察法都不需要去问消费者想什么，喜欢什么，打算做什么，而是在消费者购买行为发生的现场，如在商场里、广告橱窗或柜台旁，听消费者说什么，看他们做什么及不做什么，由此获得资料，来进一步分析研究他们的心理。

观察法还可根据观察者的身份分为参与观察与非参与观察。在参与观察中，观察者参与被观察者的活动，作为被观察者的一员，将所见所闻随时加以观察记录，这种观察通常用于对成年人社会活动的研究。在非参与观察中，观察者以旁观者的身份随时观察并记录其所见所闻。在实施非参与观察时，为了避免被观察者受到干扰，常在实验室设置单向玻璃观察墙，观察者可在玻璃墙的一边观察另一边被观察者的活动，而被观察者看不见观察者在观察自己。无论是参与观察还是非参与观察，原则上要尽量客观，不宜使被观察者发现自己被别人观察而影响观察的效果，为此，一些观察室或教室都安装有监视摄像头来暗中记录被观察者的活动。

观察法的主要优点是被观察者在自然条件下的行为反应真实自然。其主要缺点是观察的质量容易受观察者能力和其他心理因素的影响，而且，它只能有助于研究者了解事实现象，而不能解释其原因是什么。即只能回答"是什么"的问题，不能回答"为什么"的问题。当然，观察研究作为一种科学研究的前期研究，可以先用来发现问题和现象，可供研究者以此为基础采用其他方法进行深入的研究，因此仍然具有重要的使用价值。

观察法一般在研究广告、商标、包装、橱窗和柜台设计的效果，商品价格对购买的影响，新产品的扩张和商店的营销状况等方面加以运用。

2. 访谈法

访谈法（interview method）是指调查者对被调查者进行面对面的提问，然后随时记录被调查者的回答或反应。在对消费者的访谈中，通过与消费者交谈，了解受访者的心理状态的方法。

访谈法的主要方法包括控制性访谈法（也称为结构性访谈法）和无控制性访谈法（也称为无结构性访谈法）。

控制性访谈研究者根据预定目标，事先拟定谈话提纲，访谈时按部就班的向访问对象提出问题，访问对象逐一加以回答的方法。控制性访谈组织比较严密、条理清楚、层次分明，研究者对整个谈话过程也容易掌握和控制，而且节省时间。在访谈过程中，访谈对象犹如回答了一份口头问卷，所提供的资料比较系统。但这种访谈方式使访谈对象显得被动，研究者与访谈者不容易产生感情沟通，访谈的结果可能因此而缺乏深度。

无控制性访谈是研究者与访谈对象之间以自然的方式进行的谈话，谈话中没有严密固定的程序，结构松散，不拘形式，研究者提出的问题往往涉及较大的范围，对方可以自由地作出回答，双方容易沟通，交谈比较活跃，便于交流感情。但这种访谈方式往往费时较多，研究者对谈话进程不能控制，因而要求研究者必须具备较高的访谈技巧和丰富的访谈经验。

采用访谈方法,既要根据访谈的目标,把握访谈的基本内容和方向,又要根据对象的情况,对问题进行适当的调整,进行有效的引导,而且要注意保持对话过程中轻松愉快的气氛,要尽量取得被访对象的信任,最后还要表示感谢或赠送一些小礼物,等等。这样,才能解除受访者的顾虑和疑虑,取得他们的合作和配合。访谈并非要一对一地进行,既可以一个访谈者同几个受访者交谈,也可以几个访谈者同一个受访者交谈,还可以几个访谈者同几个受访者交谈。人数的多少,要看访谈者的水平和艺术。现代通讯技术的发展,使访谈调查还可以通过电话、网络进行。

3. 问卷法

问卷法(questionnaire method)是指调查者事先拟好问卷,由被调查者在问卷上回答问题,通过对答卷的分析研究,得出相应结论的方法。

问卷法也称调查表法,它是消费者研究的最常用的方法之一。问卷的基本形式有两种,一种是封闭式的,另一种是开放式的。

封闭式的问卷是让受测者从所列出的答案中进行选择,类似学生测验的是非题、选择题的形式。开放式的问卷是让受测者任意写答案,不作限制,问卷上只有测试的问题,类似考试题型中的填空题和简答题或造句、接句题。

问卷既可通过当场直接发放,让消费者填写后收回,也可将问卷通过邮寄信访,广告征询等让被调查者填写后寄回,后一种形式往往影响回收率,而回收率不高会影响调查的精确度和调查的进度。

问卷法是研究消费者行为常用的方法。根据操作方式,问卷法可以分为邮寄问卷法、入户问卷法、拦截问卷法和集体问卷法等。

设计一份问卷要有严格的科学要求。首先,要确定研究的目的,在此基础上才能确定问卷的内容和项目,问卷的题目要围绕研究目的布置,调查研究的目的要清楚无误地告诉被调查者,以求得谅解和合作。其次,问卷的题目要清楚、明确,不能含混不清或可作多种解释。题目要考虑受测者的个性心理特征,要回避受测者所在文化背景下的禁忌,要避免运用有损于受测者感情的贬义词。同时,问卷设计好后,最好进行预备性的测验,以检查问卷的质量,减少误差。在检测的基础上再进行修改,使问卷完善。最后,还要注明填答问卷的要求和注意事项,并预先讲明答卷奖励的办法等。

[资料 1.3] 实际痕迹测量法

实际痕迹测量法是指调研人员不是直接观察消费者的行为,而是通过一定的途径来了解他们的痕迹和行为。例1,某公司为了弄清哪种媒体可以把更多的商品信息传播出去,选择了几种媒体做同类广告并在广告中附有回条,顾客凭回条可到公司去购买优惠折扣的商品,根据回条的统计数,就可找出适合该公司的最佳的广告媒体。例2,某快餐店推出一套填充题,就本店的产品特色、产品系列和环境特色等请客流群体中愿回答者答卷,根据答对的程度分别给予饮料免费或套餐免费的不同奖励,研究者根据回收的答卷分析了解本店在顾客心目中的印象、品牌和知名度等情况。例3,某商场为了调查顾客购买电器后的反应,可到各维修点调查哪些产品维修最多、哪些部件替换最快、消费者的评价等。国外有家饮料公司曾根据垃圾站饮料瓶的回收状况,来分析消费者的口味偏好。

本章小结

本章系统地梳理了消费者行为学的基本概念及其研究意义和方法。消费者行为学通过研究消费者在消费过程中的心理和行为的共同性和差异性,为企业的经营销售活动提供了丰富的消费者心理和行为的规律。

消费者行为学是指研究消费者购买心理和行为的一门科学。消费者心理和行为是一个动态的过程,涉及消费者的一般心理过程及其动力倾向、个性特征和社会因素,消费者内在因素和外在因素的互动影响形成了研究消费者心理与行为的较为完整的体系。内在因素包括了消费者的一般心理过程、动力倾向、个性特征,外在因素包括了人的社会化的主要因素,消费者情境及企业营销。消费者行为学是把心理学、经济学、社会学、社会心理学、市场营销学等多种学科综合应用于消费者行为研究的一门边缘学科。

认知是心理过程的基础,也是行为的基础。人的行为归根结底是由人的认知决定的,认知决定了情绪和意志。人的个性不一样,气质、性格和能力不一样,就导致人的认知不一样。而人的不一样的个性最主要是由社会因素决定的,人身处在什么样的社会背景与关系里,就会产生什么样的个性。社会因素对人的心理与行为的影响特别表现在个性中的性格和能力上,所谓"近朱者赤,近墨者黑"。社会因素中最基本、最主要、最广泛的力量就是文化的力量,而文化中最核心的因素就是人的价值观。所以人的认知最基本的体现就是性格,性格的基本体现就是人的价值观。探讨人心及行为,就要认识人的价值观状况。

消费者行为学可以采用观察法、访谈法和问卷法来对消费者心理和行为进行分析和研究。

关键名词

消费者　消费者市场　消费者心理　消费者行为　消费者行为学

问答题

1. 影响消费者购买行为的心理因素是什么?
2. 消费者的行为模式包括哪些内容?
3. 消费者市场的特点是什么?
4. 研究消费者行为的意义何在?
5. 研究消费者行为的主要方法是什么?

第2章 消费者行为的心理过程

本章提要

　　消费者行为的一般心理过程包括了认知过程、情绪过程和意志过程。认识和理解了消费者的一般心理过程是认识整个消费者行为的基础。一般心理过程中,认知过程又是其他心理过程的基础,认知过程往往决定了情绪过程和意志过程,所以给消费者什么样的认知过程决定了消费者会有什么样的情绪过程和意志过程。反过来,消费者的情绪过程和意志过程又会进一步影响消费者的认知过程,这些过程相辅相成,共同构成消费者一个完整的心理过程。

学习目标

1. 了解消费者的认知过程,理解感觉、知觉、注意、学习、记忆、想象和思维等认知因素。
2. 了解消费者的情绪过程,理解情绪的状态、情绪的表现方向及其影响情绪的因素。
3. 认识消费者的意志过程,心动更要行动。

开篇案例

清扬洗发水的"轻舞飞扬"

2007年2月28日,被外界誉为联合利华10年来首款去屑洗发水清扬品牌在全国正式上市,联合利华公司更高调形容清扬的未来目标:十年磨一剑,旨在折桂冠！2007年4月27日,清扬去屑洗发露产品的新产品发布会在北京举行,并现场请来了其广告代言人台湾当红艺人小S(徐熙娣)现身说法,除了分享自己的护发滋养、养发去屑的心得和经验,还巧妙地阐述了自己对于清扬品牌的理解就是——有型就要秀,无屑更清扬！

据联合利华旗下清扬官方网站介绍:清扬是法国清扬技术中心的研究结晶,产品的附加值突破在于"维他矿物群"去屑,并拥有全球专利及临床测试验证,同时为"维他矿物群"进行了商标知识产权注册。在过去10年中,联合利华研发中心在中国已为超过3 000名消费者进行过临床实验,以更多了解中国消费者头皮状况和问题从而为中国消费者提供更精纯的去屑产品配方。根据联合利华公司披露的信息,其一直在为研究适合中国人的去屑产品而努力。

联合利华(中国)公司高层公开表示:专业防治型去屑产品的空缺,是当前去屑市场所面临的最大问题,而依托于数十年的专业去屑研究经验的联合利华企业,对清扬在中国市场的未来表现充满信心,清扬更信心百倍地作出承诺,要带领中国消费者走出20年头屑痼疾的困扰。

去屑市场和去屑情结,经历十余年的市场培育和发展演变,海飞丝的"头屑去无踪,秀发更出众"早已深入人心。人们只要一想到去屑,第一个想到的就是海飞丝。另外,随着风影的"去屑不伤发"的承诺,使之在这个细分市场也拥有了一席之地。据专业市场调查资料指出,去屑市场80%的市场份额一直以来都被宝洁系的海飞丝品牌所占据,而众多本土品牌则蚕食着剩下的20%的市场存量,相比之下,呈现的两极分化现象十分严重。

虽然清扬品牌是联合利华进入中国市场十年以来首次推出的新品牌,但并不是单独针对中国市场的。据联合利华(中国)公司高层透露:清扬诞生于1973年,在欧洲、东南亚等市场均有销售,并在世界各地拥有超过1亿的消费者。清扬在进驻中国大陆市场之前,在东南亚市场的上市就取得了极大的成功,据悉,清扬在新加坡、印度尼西亚、泰国等东南亚国家自上市之日起销量就节节高升,市场占有率一度超过宝洁海飞丝十到二十个百分点。

站在医学专业角度,头屑的滋生是由头皮上的真菌过渡繁殖引起的,清除头屑应立足于杀灭真菌,很多去屑洗发水仅仅立足于"治"——洗掉头发上的头屑,忽视了"防""治"结合、治标先治本的产品作用机理。所以,自1988年国内首次出现去屑产品以来,国人的头屑问题不但并未降低,反而持续恶化,头屑人群从原有的70%上升到了83%。

为了将清扬推广为"消费者最值得信赖的头皮护理专业品牌",首先,在产品竞争技术方面,联合利华设立了清扬全球技术中心;其次,在产品有效附加值方面,联合利华则将"维他矿物群"的核心技术植入其中；再者，在市场引导和教育消费方面，联合利华将科学洗发，男女有别的理念诉说得惟妙惟肖，把感性诉求和理性诉求相结合；最后，在市场培育和品牌推广方面，联合利华除了将线上广告和线下广告并重，更发起了"千万人去屑大挑战，赢巴黎时尚之旅"的事件营销活动。

所有的这一切努力都是为了让消费者能从感性和理性方面认识到清扬的价值，并最终产生选择清扬洗发水的行动。

——作者根据多方资料整理而成

人的心理活动是行为的基础,探讨这一过程所包含的认知过程、情绪过程和意志过程,以及其中的感觉、知觉、注意、学习、记忆、想象、思维和情绪、意志等心理机能和要素,可以揭示出不同消费者心理现象的共性,及其外部行为的共同心理基础。

2.1　认知过程

认知(cognition)过程是人认识现象和本质的过程。人的认知过程是人意识过程的体现,是人的头脑对客观事物的反映,包括感性认识过程和理性认识过程。认知过程是其他心理过程的前提和基础。

2.1.1　感性认识过程

是认识的形成阶段,是对事物的表面认识,由感觉和知觉组成。

1. 感　觉

感觉(sensation)是一种最简单的心理现象,是人脑对直接作用于感觉器官的外界事物的个别属性的反映,人类认识的起点,是对事物的表面认识。主要的感觉包括视觉、听觉、嗅觉、触觉、味觉、肤觉、运动觉、平衡觉、机体觉(内脏感觉与饥渴等状态)等。

任何感觉的产生,都需要两个基本的条件。一是刺激物,也就是直接作用于人体,能够引人们感官活动的客观事物。刺激物对有机体施加的影响称之为刺激。刺激物作用于人体并能引起感觉,只有达到一定强度时人才能感觉出来,其他具有一定能量但强度不够、不能引起感觉的刺激就被称为阈下刺激。二是感觉器官,也就是能把客观刺激物变为主观映象的生理装置。人们通过各种不同的感觉器官来获得外界或自身的各种信息。在感觉器官中,直接接受刺激产生兴奋的装置叫做感受器,它是生物换能装置,能将各种刺激能量转换为神经冲动。各种刺激信息只有经过感受器的这种换能过程,才能通过神经传导至大脑,形成感觉。

心理学研究表明,人头脑中 85% 的信息是通过感觉中的视觉获得的,而 15% 的信息是通过包括听觉在内的其他感觉获得的。

感觉的特性体现在以下几个方面。

(1)感觉的适应性。适应性是指刺激物持续不断的作用于人的感觉器官,从而产生顺应的变化,使感觉阈限升高或降低。

心理学把能够引起感觉持续一定时间的刺激量称为感觉阈限。其中能够引起感觉的最小刺激量叫绝对阈限,能够引起差别感觉的刺激物的最小变化量叫差别阈限。感觉要受到感觉阈限的制约,感觉阈限也受到人们适应性的影响。

由于感觉的适应性有视觉适应、嗅觉适应、听觉适应、肤觉适应和触觉适应等,因此在企业营销活动中,企业有关人员要经常运用感觉的适应性特性,利用各种手段增大商品对顾客的刺激,可以引起顾客对商品的注意,达到促进商品销售的目的。

(2)感觉的对比性。是指同一感官接受不同刺激会产生感觉的对比现象。不同感觉器官之间的相互作用,会引起感觉的增强或减弱。属性相反的两个刺激在一起或者相继出现,在感觉上都倾向于加大差异。所谓"黑白分明"、"红花还需绿叶衬"就是这个道理。

因此,在广告设计或商品陈列中,亮中取暗、淡中有浓、动中有静等手法正是对比效应的应用,它有助于吸引消费者的注意力。

(3)感觉的补偿性。是指某种感觉有缺陷,可以由其他感觉来弥补的情况。苹果看上去粗造,但吃起来很甜,可以弥补其外观的缺陷。

这一现象可以运用于商品销售策略上,如果商品存在某种缺陷,企业应该正确面对商品的优缺点,可以强调商品其他更多、更重要的优点,增强消费者的购买信心,使其"以优补缺"。

(4)感觉的联觉性。是指一种刺激产生多种感觉的心理现象。例如,人们对色彩最容易产生联觉。颜色之所以分冷色和暖色,并非颜色本身有温度,而是因为我们对颜色的主观感觉存在差异。类似的还有因颜色不同而产生的远近感、轻重感等。比如,冷色会引起寒冷的感觉(蓝、清、紫等色);暖色引起温暖的感觉(红、橙、黄等色);远色有远去的感觉(蓝、清、紫等色);近色有接近的感觉(红、橙、黄等色);轻色引起轻盈的感觉(白、淡黄、浅绿等色);重色引起沉重的感觉(黑褐、深蓝等色)。另外颜色还有象征意义及感觉。比如,红色象征革命、热烈、喜庆、血腥;绿色象征生机、和平、生命、安全;黄色象征温暖、富贵、豪华;蓝色象征晴朗、豁达、深远;白色象征纯洁、轻快、真挚;黑色象征沉重、神秘、悲哀等。

消费者在同时接受多种消费刺激时,经常会出现由感觉相互作用引起的联觉现象。在幽雅柔和的音乐声中挑选商品,对色泽的感受力明显提高;进餐时色泽鲜艳的菜肴会使味觉感受增强。企业要注重颜色对消费者心理的影响,它不仅能强烈地吸引人的注意力,而且很容易引起人的联想和诱发人的情感,对人们的消费行为产生重要影响。在营销活动中巧妙利用消费者联觉性特征,可以有效地对消费行为进行调节和引导,使之能快速从一般性的感觉进入注意性的知觉。

感觉在消费者购物中的作用体现在以下几点。

一是消费者对商品的认识都是从感觉开始的。感觉是消费者认识商品的起点。消费者在选择商品时,往往先用眼睛观看商品的外表,了解商品的外形、颜色等个别属性和特征,从而对商品产生美观、漂亮、新奇、质地优良等感觉和认识,吸引对商品的购买。

二是不同的感觉会引起消费者不同的情绪体验。消费者在购物时首先接触的是购物环境和营销人员的服务水平。购物环境的优劣、商品陈列造型和颜色搭配、灯光和自然光的采用、营业员的仪表仪容、服务态度等,都会给消费者以不同的感觉,从而引起消费者不同的情绪体验。良好的第一印象可以产生惠顾心理;相反,会引起消费者的不满情绪,就等于把消费者拒之门外。

三是消费者的刺激不能超出适宜的感觉阈限。企业及营销人员对消费者发出的刺激信号的强度要适应人的感觉阈限。做广告、调整价格、介绍商品时,如果对消费者发出的刺激信号过弱,不足以引起消费者注意;但是如果刺激信号过强,则又会使消费者承受不了,产生逆反心理,反而走向企业期望的反面。

2. 知 觉

感觉是对刺激的觉察,知觉则是将感觉信息组成有意义的对象,是对刺激的解释。知觉(perception)可以被看做是人脑对直接作用于感官的客观事物的整体属性的反映。知觉如果与感觉同时发生,被称为感知。知觉是对离散的感觉进行选择、组织、解释,与个人的需要、知识、经验等因素密切相连。

知觉一般可以分为空间知觉(形状、大小、方位、深度)、时间知觉、运动知觉和超感知觉。超感知觉是指不凭感觉器官即可获得知觉经验的特异现象。

知觉的特征体现在以下几点。

(1)知觉的选择性。在日常生活中,作用于我们感觉器官的客观事物是多种多样的,但是在一定时间内,人不能感受到所有的刺激,而仅仅感受能够引起注意的少数刺激,此时,注意的对象好像从其他事物中突出出来一样,出现在"前面",而其他事物则退到"后面"去。前者是知觉的对象,后者成为知觉的背景,在一定的条件下,对象和背景可以相互转换。

人们之所以对同一刺激物产生不同的知觉,是因为人们要经历三种知觉过程。一是选择性注意。人们会更多地注意与当前需要有关的刺激物,更多地注意期待的刺激物。二是选择性曲解。指人们将信息加以扭曲,使之合乎自己意向。受选择性曲解的作用,人们会忽视所喜爱人或者事物的缺点和其他人或者事物的优点。知觉的理解受到自己知识、经验的影响。对事物的理解是知觉的必要条件。因为人的理解不一样,所以对知觉到的事物也是不同的。三是选择性保留。是指人们倾向于保留那些能够支持其态度和信念的信息。选择性保留也体现出知觉的稳定性特点,知觉往往并不随知觉条件的变化而改变。

选择性注意提醒企业,消费者的知觉能力是有限的,具有负荷功能,人不可能注意到所有感觉到的信息和事物。一般来说,人平均每一次所能考虑的项目难以超过 7 个。一个消费者在对某种商品做出购买决定时,尽管在那里有很多可供选择的品牌,但一般也只能考虑 5 个甚至更少的商品品牌。对于广告的知觉也是一样。1969 年,美国广告公司协会与哈佛大学联合进行过一次全国范围的调查,了解消费者在半天内实际看到广告的情况。结果表明,大多数接受调查的消费者半天内只注意到 11～20 幅商品广告,而一般成年人在半天内遇到的广告可能有 150 幅。这说明看到广告和知觉到广告是两回事。

图 2.1　知觉的选择性

营销者在给消费者感性认识中,不但要让消费者感觉到,更应该让消费者知觉到,仅仅只是让消费者感觉到,就意味着没有让消费者注意到,这样的认识效果就不佳。

选择性曲解则提醒企业,必须有效地把产品信息传递给消费者,同时在传递信息给目标市场的过程中需要选用戏剧性手段和重复手段。

选择性保留则提醒企业,由于人们不愿意放弃自己使用习惯的商品或者某种兴趣爱好,所以知觉的稳定性保留往往可以成为消费者购买和连续购买某种商品的一个重要因素。企业可以通过名牌商品带动其他商品的销售。但知觉的选择性保留也会阻碍消费者接受新产品、新品牌,这样就对新产品、新品牌的推广带来不利因素。

表 2.1　刺激与认知的关系

刺激物的特征	容易引起认知	不易引起认知
规模	大	小
位置	显著	偏僻
色彩	鲜艳	暗淡
动静	运动	静止
反差(对比)	明显	模糊
强度	强烈	微弱

（2）知觉的整体性。我们感知一个熟悉的对象时，只要感觉了它的个别属性或主要特征，就可以根据以往的经验而对它进行识别，把它作为一个整体进行反映。如果感知的对象是没有经验过的或不熟悉的话，知觉就会以感知对象的特点为转移，将它组织成具有一定结构的整体。这种现象也叫做知觉的组织化。任何客观事物都具有很多属性，并且都是由不同的部分组成的，当客观事物作为刺激物与人发生作用时，是它的各个部分或各种属性分别作用于人的感官。但是，人在知觉时却是把它们联系在一起，把它们作为一个整体来知觉。

消费者在商品知觉过程中，总是把商品的名称、包装、颜色、价格、质量等综合在一起，形成对商品的知觉。如果被知觉商品符合消费者的需要，引起消费者的兴趣，消费者就会做出购买决定。根据这一点，企业在广告中要针对购买对象的特性，在向消费者提供信息时，其方式、方法、内容、数量必须与其文化水准和理解力相吻合，使信息迅速、准确地被消费者理解、接受。消费者在认识事物时，只要抓住了主要特征就可以做出整体性的反应，从而可以节省时间和精力。

图 2.2　知觉的整体性

（3）知觉的联想性。联想性是指由某事而联系到另一事的心理活动。联想一般包括以下几种。

①　对比联想：通过对某一事物感知或回忆，引起对具有相反特点的事物的感知或回忆的心理状态。如机械操作与手工操作相对比；现在与过去相对比。

②　相似联想：通过对某一事物的感知或回忆，引起对性质上与之接近或相似的事物的感知与回忆的心理状态。如长寿与仙鹤；绿色与生命等。

③　接近联想：人对在时间或空间上接近的事物形成的联想。如闪电与下雨；送礼与节日等。

④　关系联想：由于事物之间的某种联系而形成的联想。如名人与品牌；茶叶与减肥；性格与行为等。

⑤　特殊联想：指由一种事物联想到另一种事物的时候，不一定是按以上的规律进行的，事

物之间不存在必然的联系,而是由消费者所经历过的某些特殊事件造成的,消费者见到一种事物时就会自然地联想到另一种事物。如一位顾客在购买商品时受到了良好的服务,以后他每一次对服务十分满意的时候都会想到那位热情的服务员。

联想的主要表现形式有两种。一是色彩联想。由商品、广告、购物环境或其他各种条件给消费者提供的色彩感知而联想到其他事物的心理活动过程,叫做色彩联想。色彩联想有多种形式,如从色彩联想到空间、从色彩联想到事物的温度、从色彩联想到事物的重量,等等。此外,人们在服饰方面的色彩还可以使人联想到这个人的性格特点。二是音乐联想。音乐给人们的联想形式较多,如单纯的音乐给人的联想,音乐的题材和内容给人的联想,音乐的音量和音质给人的联想。

联想可以由当时的情境引起,如当时注意、感知到的事物,也可以由内心回忆等方式引起,在消费心理的研究中,主要着重于注意、感知等因素所激发的联想。因此,企业开展营销活动时,可以通过控制消费者所处的购物环境,使用各种各样的沟通方法来激发消费者,形成有利于企业的消费者联想。

错觉是指知觉被外在事物所蒙蔽,知觉的结果与实际情况不符的心理状态。它与幻觉不同,幻觉是指在没有外界刺激下产生的,是人的一种虚幻的知觉,如梦和醉。而错觉是在外界刺激下产生的对刺激物的主观歪曲的知觉。最常见的错觉是视错觉。人的知觉中的错觉有两种表现形式:一种是相反的错觉,小的物体如果与大物体比较,看到的结果会比实际的物体更小;另一种是群体或同化作用的错觉,小的物体看上去大于与它相似的更大的物体。错觉产生的原因很复杂,往往由生理和心理等多种因素引起。在各种知觉中几乎都有错觉发生,常见的错觉有图形错觉、大小错觉、方位错觉、形重错觉、运动错觉、时间错觉等。

错觉已经被广泛地运用于组织或者人的许多活动和行为中。比如胖人穿什么样款式和颜色的衣服来给别人一种不胖的感觉。企业营销中也不例外。例如,在水果、糕点柜台旁挂一面镜子,就会显得货物丰盛、鲜亮。在包装设计中,将相同容积的两个小盒,分别设计为一个棱形,另一个为正方形,利用错觉效果,能使棱形显得比正方形大一些,而不同形状的包装又能激起消费者的购买欲望。可口可乐的瓶子外观别致,设计呈曲线,不仅线条优美,而且使里面所盛的液体,看起来比实际的分量多。

错觉也容易让人们被蒙在鼓里,让消费者上当受骗。一些不法企业或者个人也会利用消费者的错觉来达到以次充好、以假乱真的目的。

注意(attention)是心理活动对一定对象的指向和集中,指向性和集中性是注意的两个基本特征。注意选择的中心是清晰的,而周围却是模糊的,注意的广度有限。注意不是独立的心理活动,而是贯穿于感性认识和理性认识之中。

注意分为无意注意和有意注意。

无意注意是无目的的随意注意。引起无意注意的原因主要有:刺激物的特点,如刺激物的强度、刺激物之间的对比、刺激物的活动和变化、新异的刺激物等;人的主观状态,如人的需要和兴趣、情绪状态等。

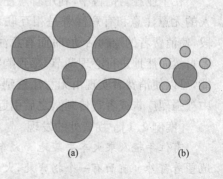

(a)　　　　(b)

图 2.3　知觉错觉

有意注意是有计划、有目的的注意。有意注意是在社会实践中发生和发展起来的,是人所特有的一种心理现象,引起和保持有意注意的方法有:对活动做深入的理解、培养间接兴趣、合理组织活动等。注意可以从最初的无意注意发展到有意注意。

在注意某一个事物时,眼睛就是以不断地注视、跳动、再注视的方式观察事物。引起注意的方法主要可以采用:反常比正常显眼;对比比单一显眼;反复比一次显眼;大物比小物显眼;活动比静止显眼;彩色比黑白显眼;圆形比方形显眼;左面比右面显眼;上面比下面显眼;中间比四周显眼;人表演最显眼。

人的注意既有顺序,又有限度,图2.4表现了眼睛的注意顺序,一个人在注意观察汽车时眼睛运动的扫描路线,从A到G的注意顺序先后的不同。图2.5表明眼睛注意的广度有限。

图2.4　眼睛的注意顺序

图2.5　眼睛注意的广度有限

在企业经营销售中,利用有意注意和无意注意的关系,创造更多销售机会。在实际活动中人的无意注意和有意注意是相互联系、相互转换的。消费者在购物时,企业可以运用多种手段,使消费者的购物活动,时而有意注意,时而无意注意,时而忙于采购,时而消遣娱乐,使消费者自然而然地进行心理调节,感到购物是一件轻松的乐事。正确地运用和发挥注意的心理功能,可以使消费者实现由无意注意到有意注意的转换。许多的消费行动就是在无意注意状态中被强烈广告或者宣传刺激之后引起了有意注意而导致最终的消费。

[案例2.1]　拐弯处的发现

有位年轻人乘火车去某地。火车行驶在一片荒无人烟的山野之中,人们一个个百无聊赖地望着窗外。前面有一个拐弯处,火车减速,一座简陋的平房缓缓地进入他的视野。也就在这时,几乎所有乘客都睁大眼睛"欣赏"起寂寞旅途中这特别的风景。有的乘客开始窃窃议论起这座房子。

年轻人的心为之一动。返回时,他中途下了车,不辞劳苦地找到了那座房子。房屋主人告诉他,每天火车都要从门前隆隆驶过,噪音实在使他们受不了,很想以低价卖掉房屋,但多年来一直没有人问津。

不久,年轻人用3万元买下了那座平房,他觉得这座房子正好处在转弯处,火车一经过这里时都会减速,疲惫的乘客一看到这座房子精神就会为之一振,用来做广告是再好不过的了。

很快,他开始和一些大公司联系,推荐房屋正面是一面极好的"广告墙"。后来,可口可乐公司看中了这个广告媒体,在三年租期内,支付年轻人18万元租金……

这是一个真实的故事,它告诉我们:在这个世界上,善于发现就是成功之门。

2.1.2 理性认识过程

理性认识是认知的发展阶段,是对事物的深入认识,主要由学习、记忆、想象和思维组成,理性认识是决定人的情绪及其行为的最持久的力量。

1. 学 习

学习(learning)是指人通过各种途径和方式,直接或间接认识各种能满足自己需要的知识、经验和思想的过程。

学习是人之为人的基本需要,是人生命的本性。古人云:"玉不琢,不成器,人不学,不知义。"学习是学习者通过获得经验而产生了某种稳定的变化,学习是学习者适应环境的生命活动。教育就是为了帮助人们更好地学习,终身学习的理念决定了教育活动也是终身的。一个人的学习是通过驱使力、刺激物、诱因、反应和强化的相互影响而产生,行为改变是学习的必然结果。中国的儒家文化就特别强调了学习的重要性,认为通过学习可以完全改变一个人的心理与行为,认为学习可以帮助人抑恶扬善,实现在现实中郑重的生活。

学习的分类一般可以根据学习的目标来分,可以分为认知学习、情感学习和动作技能学习三大领域。根据学习材料与学习者原有知识结构的关系,可分为机械学习与意义学习。

机械学习是指将符号所代表的新知识与人们认知结构中已有的知识建立人为性的联系。学习者并未理解符号所代表的知识,只是依据字面上的联系,记住某些符号的词句或组合,是一种生吞活剥式的学习。消费者对一些不知道意义的外国品牌的学习,很多就属这种类型。

意义学习是将符号所代表的知识与消费者认知结构中已经存在的某些观念建立自然的和合乎逻辑的联系。比如,用"健力宝"作饮料商标,消费者自然会产生强身健体之类的联想;用"飞鸽"作自行车商标,则会使消费者将自行车与"轻盈"、"飘逸"等美好的遐想相联系。消费者对这一类内容的学习,无需借助外在的和人为的力量,属于意义学习的范畴。

[资料2.1] 巴甫洛夫的经典条件反射学习理论

经典条件反射学习理论是由俄国生理学家巴甫洛夫(Ivan Pavlov)提出的,是运用刺激与反应之间某种既定的关系,使个体学会对不同的刺激产生相同反应的过程就叫经典性条件反射。

该理论认为,借助于某种刺激与某一反应之间的已有联系,经由练习可以建立起另一种中性刺激与同样反应之间的联系。这一理论是建立在著名的巴甫洛夫的狗与铃声的实验基础上的。

试验是这样的,在每次给狗喂食之前都要打铃(称为中性刺激或条件刺激),于是在狗的大脑皮层上引起一个兴奋中心,紧接着给狗吃食物(称为无条件刺激),由于食物对舌头神经末梢的刺激,狗便分泌唾液(称为无条件反射),同时在狗的大脑皮层相应部位出现一个兴奋中心,经过多次反复后,狗听到铃声就会分泌唾液(称为条件反射),这时,学习或条件联系便产生了,具体说,铃声由原来是一个中性的刺激物变成了食物的信号。

由这个实验可以得出一个结论,学习就是学会用一种新的方式对以前无关的刺激做出反应。同时,巴甫洛夫还提出,没有强化就根本不会发生条件反射,即便条件反射建立之后,这种神经联系也是有条件的,所以称之为暂时联系,不仅暂时联系的形成依赖于强化,而且它的巩固也依赖于强化,如果无条件刺激不再同条件刺激结合,那暂时神经联系就会消失,狗再听到铃声也就不再流出唾液来了。

[案例 2.2] 万宝路的广告

运用经典性条件反射理论最为成功的的要数万宝路香烟的广告。它令企业的品牌形象与消费者建立起积极的联系。万宝路牛仔广告基于这样一个事实,即在美国,人们普遍把牛仔当做力量、阳刚之气及诚实正直的化身,牛仔激起的积极感受(力量、阳刚之气、英雄气概)是非条件反射。消费者通过以下两方面把万宝路香烟与牛仔结合起来:①反复的广告;②非条件和条件刺激结合(牛仔总是与万宝路香烟相联系),接下来产品就变成了条件刺激,因为它可以像牛仔那样激起消费者相同的积极感受。万宝路广告运作的成功,正是因为这种积极的联想,因为牛仔形象而影响了消费,使消费者购买万宝路,而对万宝路的回味又使烟民再次购买,使品牌购买成了一种条件反射,消费者不但在消费香烟,而且是在消费一种象征和情怀。

对学习的特点把握是人们有效学习的策略要点。

(1)学习强度。学习强度是指如何形成人们强烈和持久的行为反应。人们的学习强度受到四个因素的影响:重要性、强化、重复和意象。

① 重要性:是指所学信息对于自己的价值。学习某种行为或信息对你越重要,你的学习过程越有效。遗憾的是营销者面对的往往是处于低介入学习状态的消费者。一般而言,高介入情形下,消费者会主动获取信息,此时所获得的信息较低介入情形下更为完整。因此,如何使企业的信息传播更切中要害,更能满足消费者的需要,如何采取有效手段引起消费者对学习对象的注意和重视,是企业营销面对消费者学习中一定要解决的问题。

② 强化:是指能增加特定反应在未来发生可能性的任何事物或活动。虽然学习经常是缺少强化(或惩罚)的,但强化能极大地影响学习的速度和学习效果。强化的反面就是惩罚,惩罚是能减少特定反应在未来发生的可能性的任何事物。企业在营销中,促销信息一定要保证适当的强化,如采取体验营销,采取更优惠、更激励、更保障的措施等,保证产品能满足消费者的目标,使得消费者觉得物有所值甚至是物超所值。正强化或负强化激励人们重复某种行为或避免某种行为。由于市场营销环境不断变化,新产品、新品牌不断涌现,消费者的购买行为必须经过多方收集有关信息之后,才能做出购买决策,这本身就是一个学习、强化的过程。

③ 重复(或练习):重复能增加学习的强度与速度。接触某种信息的次数越多,人们掌握它的可能性就越大。坚持不懈、坚忍不拔、坚持到底、锲而不舍等成语都是讲行动需要不断的重复,才能达到最后的成功。人们许多好的学习结果是通过重复就可以达到的,比如学习英语,就是要不断重复才能学好。重复的效果也直接与信息的重要性和所给予的强化有关,如果所学的内容很重要或者有大量强化相伴随,重复就可以少些。

"谬误重复千次也会变为真理",这是讲重复的可怕的潜移默化力量,所谓"三人成虎"。只要有了足够的重复次数,就会让人们可能在潜移默化中接受了某样事物或者主张,甚至被"洗脑"了。所以单向的信息如果再加上不断的蛊惑人心的重复,就可以让学习者不知不觉地接受了所谓正确的选择,被蒙在鼓里还浑然不知。

由于许多广告内容在当前对于消费者并不很重要,也不能提供直接的激励与强化,重复就成为促销过程中的关键因素。重复广告不但是要影响消费者的意识,更是要影响消费者的潜意识,而潜意识才是人行为的原动力。现在市场竞争激烈,营销者目前往往需要通过足够的重复,才可能最终影响消费者的购买行为。重复有其正面的意义,但也会有负面的影响。因为营销者运用重复的力量,消费者在这方面也是很容易被单向的、重复的、虚假的信息所引导和蒙蔽。一些"老鼠会"非法传销组织一个非常重要的沟通手段就是让消费者不断学习,改变消费者的理念,利用重复来不断强化不明真相消费者的意识,让消费者最终被洗脑,变为了偏信的传销者。

巴甫洛夫模式就认为广告是一种重要的诱因,重复广告对消费者购买行为的影响不可低估,人们往往受到诱因重复和强化的刺激后,才会产生某种反应行为。若广告只出现一次,是弱诱因,无法将人们的驱策力激发到采取购买行为的必要程度上,若广告重复出现,不仅使消费者难以忘记,而且能够起到强化作用,刺激消费者购买或重复购买某种品牌的商品。

④ 意象:是指在人们头脑中形成的某种形象。无论是某个品牌名称还是某个公司的口号,均能产生一定的意象。如"熊猫"、"仙鹤"这样的品牌名称能激起感觉上的意象或大脑中清晰的图像,这有助于消费者学习。形象化的语言更容易学习和记忆。意象效果背后的理论是,高形象化语言有双重编码,它能同时以语言和形象两种方式存储于人的记忆中,而低形象化语言只能以语言的形式加以编码,高形象化品牌比低形象化品牌更容易被记住。同样,如果广告形象与广告名称是一致的,那么这种广告就容易被记起。所以,一则广告的关键沟通点应该是在它的图形部分所激发的意象里面,原因是消费者对这种意象记得更快更牢。有证据表明,声音记忆,包含语言声音的记忆,具有与视觉记忆不同的特点,与语言的信息意义相一致的背景音乐也能增进学习效果。

(2)消退。是指撤销对原来可以接受的行为的正强化,即对这种行为不予理睬,以表示对该行为的轻视或某种程度的否定。心理学的研究证实,一旦对于习得的反应所给予的强化减弱,习得的反应不再被运用或不再被提醒做出反应,消退或遗忘就会发生。

遗忘发生的速度与最初的学习强度呈负相关关系。也就是说,学习的内容越重要、强化越多、重复越多、意象越强,学习对遗忘的抵制就越强。

有时,营销者和政府监管机构希望加速遗忘的进程。企业希望消费者忘记不好的公众形象或过时的产品形象,矫正性广告就是要让企业消除其过去广告造成的错误影响的一种广告,希望消费者能忘记过去,接受一种新的形象。

(3)刺激泛化。刺激泛化是指由某种刺激引起的反应可经由另一种不同但类似的刺激引起。这是一种联想的作用。如消费者认为海尔的冰箱不错,进而就可能认为海尔的洗衣机、空调也不错。企业可以运用这一原理来进行品牌延伸。

(4)刺激辨别。刺激辨别是指人们将某一刺激与另一类刺激相区分的学习过程。刺激的辨别与刺激的泛化是具有紧密内在联系的学习现象。人们对新刺激的最初通常是接近于对以往类似刺激所做的反应。只有经过这样一个泛化阶段以及随之而来的对有关线索的学习之后,人们才会开始学会将新刺激与旧刺激相区别。

营销者可以在同消费者的沟通中,清楚地指出本企业或者本品牌、本产品与其他竞争对手的差异,从而让消费者的学习产生刺激辨别。

[资料2.2] 试误法的学习

试误法又称尝试—错误法,这个概念由美国心理学家桑代克提出。它是指消费者通过尝试与错误,从而在一定的情境和一定的反应之间建立起联结。

在数学上,试误法是寻觅数学模式最佳解的方法之一,其做法是设定一些决策问题的可控制变量值,检验其能否满足各限制式,若能满足才推算其目标函数值;若不能满足各限制式,则寻觅另一组可控制变量值测试,最后挑选最佳目标函数值的可控制变量值即得最佳解。

试误指消费者在学习过程中,最初总是要经历一些错误的尝试动作,以后随着动作的不断反复,错误的动作逐渐减少,成功动作逐渐增多,最后完全获得成功。

消费者渴了的时候,可以喝茶、咖啡、可口可乐、矿泉水等,也就是说可以作出许多不同的反应,但经过多次尝试,发现作出某种特定反应能获得最满意的效果,于是该种反应与渴这一情境的联结就会得以保存。如果在今后的行为练习中,作出此种反应之后总是伴随着满足,则联结的力量会增强;反之,若作出反应之后伴随的是不满和烦恼,联结的力量将减弱。

(5)反应环境。反应环境其实就是指最初的学习环境与后来面临的学习环境之间是否能产生反应和回忆的环境。

在现实中常常出现这样的情况,在需要的时候我们找不到存储在记忆中的相关信息。影响信息提取能力的因素有两个:最初的学习强度与回忆时所处的环境,是否与最初的学习环境具有相似性。最初学习的强度越大,在需要的时候,提取相关信息的可能性就越大;在回忆时提供越多与最初学习该信息时相似的环境线索,回忆就越有效。

反应环境对消费者的品牌学习有着重要的意义。通过反应环境有助于唤醒和强化品牌记忆。企业利用反应环境强化品牌记忆时,首先要研究消费者的购买习惯,了解他们购买决策发生的时间与地点,营造出能唤起消费者记忆的环境线索。如"雪碧"的最初广告画面,是由绿色和清凉、清爽构成的,那么在随后的反应环境里,就应该在购物点及其包装上反应出最初广告画面里看到的主要内容和色彩,这样就容易激发出消费者的回忆,引发关注。

学习可以帮助消费者获得必要的消费知识,消费者知识是指与履行消费者功能相关的那些信息。消费者知识并不必然与消费者所受的教育成正比,一个受教育程度很高的人,在某些消费产品的购买、使用与消费上的知识可能远不及一个受教育程度低的人。消费者一个购买行为的特征就是非专家购买,一般消费者对其所购买的产品知识等知之甚少,甚至完全无知。消费者知识是要通过消费者的学习才能得到的,这方面的知识主要包括了产品知识、价格知识、购买知识和使用知识等。

知识营销是企业通过有效的知识传播方法和途径,将企业所拥有的对用户有价值的知识(包括产品知识、价格知识、购买知识、使用知识、专业研究成果、经营理念、管理思想以及优秀的企业文化等)传递给潜在的消费者,使之知其然,还知其所以然,让消费者学会鉴别,获得理性的认识,逐渐形成对企业品牌和产品的认知,并将潜在消费者最终转化为用户过程的各种营销行为。

2. 记　忆

记忆(memory)是过去经验在人脑中的反映。人脑感知过的事物,思考过的问题和理论,体验过的情感和情绪,练习过的动作,都可以成为记忆的内容,记忆是人对自身经验的识记、保持和提取的心理过程。

(1)记忆的分类。从记忆的内容来分,可以分为形象记忆(以感知事物的形象为内容的记忆)、情绪记忆(以体验某种情感为内容的记忆)、逻辑记忆(以概念、公式和规律等为内容的记忆)和运动记忆(以做过的运动或者动作为内容的记忆)。从记忆的时间长短分,可以分为瞬时记忆、短时记忆和长时记忆。从记忆的有无目的来分,可以分为无意记忆和有意记忆。

[资料2.3] 激发人的情绪记忆

美国马魁特大学(Marquette University)的研究人员发表研究报告称,兴奋度的高低对于记忆的形成有很大影响,兴奋度越高,记忆越深刻。如果在记忆的过程中增加兴奋刺激,那么记忆的效果就会更好,这种方法甚至能够用来帮助学生或老年人增强记忆。

据负责这项研究的马魁特大学克里斯蒂·尼尔森(Kristy Nielson)教授称,虽然情感与记忆的关系早已被人熟知,但兴奋度与记忆的微妙联系却一直不被人重视。尼尔森教授为此做了一个有趣的实验:她让32个人记忆一组毫无关联的单词,然后她把接受实验的人分成两组,每组16人,其中一组观看医生拔牙的全过程,包括血淋淋的牙齿和刺耳的钻孔声;而让另一组人观看枯燥的洗牙录象。24小时以后,尼尔森教授让他们回忆单词,结果发现,在拔牙现场感受刺激的那一组实验对象比另外一组实验对象多回忆出了10%的单词。尼尔森据此认为,做一些能够使人兴奋的事情将有助于记忆。

[资料2.4] 神秘的记忆广度

短时记忆的容量有限。短时记忆的容量又称为记忆广度。指信息短暂出现后被测试所能呈现的最大量。研究表明,人类记忆广度为7±2,即5至9个项目,其平均数为7,它不分种族文化,是一般承认的短时记忆平均值。美国心理学家G. 米勒1956年发表的论文"神秘的七加减二"(The magic number seven plus or minus two)明确指出,短时记忆容量为7±2个项目。

(2)遗忘。遗忘(forgetting)是指经历过的事物不能重现和再认或者是错误地重现和再认现象。遗忘的原因很多,可能是因为记忆痕迹的消退造成的,也可能是因为与新记忆中的信息发生干扰而产生了抑制。遗忘可以分为暂时性遗忘和永久性遗忘。遗忘是有规律的,即遗忘的进程先快后慢。

记忆是消费者行为和决策的重要组成部分。虽然从理论上讲,消费者的记忆容量很大,对信息保持的时间也可以很长,但在现代社会里,消费者接触的信息实在太多,能够进入其记忆并被长期保持的实际上只有很小的一部分,正因为如此,企业才需要对消费者的记忆予以特别的重视。一方面,要了解消费者的记忆机制,即信息是如何进入消费者的长时记忆,有哪些因素影响消费者的记忆,进入消费者记忆中的信息是如何贮存和提取的;另一方面,要了解已经进入消费者长时记忆的信息为什么和在什么条件下可能被遗忘,企业在防止或阻止消费者遗忘方面能否有所作为。

企业如何才能帮助消费者记忆呢?

① 企业要努力促成消费者的有意记忆,通过强调特色、独特性和需求来获取消费者更多的注意,增强消费者的记忆力。

② 通过各种情感诉求和举办各种消费者的参与活动来让消费者心情愉快或者紧张等来增强消费者的记忆力。

③ 通过不断的重复表达,反复强调来避免消费者遗忘,影响消费者的潜意识,增强消费者的记忆力。

④ 利用完形原理来增强消费者的记忆力。完形心理学(gestalt psychology)是指人们在

理解刺激时如何将其组织整合成一个有意义的整体。如利用知觉的整体性特点来突出某种知觉而产生其他知觉要素的联想，形成完整的知觉倾向。

⑤ 利用提示物，提醒消费者注意企业想要其记住的内容，这也是帮助消费者记忆的一种明显方式。如医院可以通过电话提醒人们参加一年一度的体检，企业可以通过寄邮件等方式提醒消费者要做某些产品定期保养或者某些服务的延续性等。

3. 想　　象

想象（imagination）是人所特有的一种心理活动，是在知觉和记忆的基础上，把过去经验中已经形成的联系再进行新的组合，而创造出并没有直接感知过的事物的新形象。如果没有想象，一切都变得苍白。幻想就是一种与生活愿望相结合，并指向于未来的想象。

想象力是一种创造力的体现，富有创造力的心理特征包括：有高度的自觉性和独立性，不与他人雷同；有旺盛的求知欲；有强烈的好奇心，对事物运动的机理有深究的动机；知识面广，善于观察；工作中讲求条理性、准确性与严格性；有丰富的想象力、敏锐直觉、喜好抽象思维，对智力活动与游戏有广泛的兴趣；富有幽默感，表现出卓越的文艺天赋；意志品质出众，能排除外界干扰，长时间地专注于某个感兴趣的问题之中。

现代心理学认为，每个人都具有先天性的创造潜能，但这种潜能的实现依赖于个体所处的环境。民主、和谐、宽松的环境，能激发个体的创造性思维，促进创造潜能转化为现实的创造才能；而在相反的情况下，则会扼杀个体创造性的萌芽。就影响个体创造力发展的环境来看，主要包括了社会文化气氛、家庭气氛和学校教育机制。

(1)想象的类型。根据想象是否有目的性，可分为无意想象和有意想象。无意想象又称随意想象，是指没有预定目的、不自觉的想象。无意想象是想象中最简单、最初级的形式。有意想象又称不随意想象，是指有预定的目的、自觉的想象。

根据想象内容的独立性、新颖和创造性的不同，可分为创造想象和再造想象。创造想象是根据任务和目的，不依赖现成的描述而独立地创造出新形象的过程，具有首创性和独立性等特点，创造想象在开发完全创新产品时有重要作用。再造想象是根据语言文字的描述或条件的描绘（如图样、图解、符号记录等），在头脑中创造出相应的情景和形象的过程。

(2)想象与消费实践。消费者在评价商品时，常伴随着想象活动的参加。在消费者形成购买意向，选择和评价商品的各个阶段，都离不开想象。他们会将购买对象与想象所追求的对象进行对照，并以二者吻合的程度作为评价商品的依据之一，尤其在买那些满足人们社交需要、尊重需要和自我实现需要的商品时，更是如此。

营销者在营销过程中，可以根据消费者有想象这个心理活动，采取灵活的品牌策略及促销策略，来影响消费者的想象，给其美好的想象。如在房地产营销中，企业往往就通过模型、广告词及其文案，销售人员对未来的描述，来给消费者一个美好的想象，并让消费者认为这样的想象是和未来的现实相吻合的。

4. 思　　维

思维（thinging）是人脑对客观事物本质特征的间接的和概括的反映，所反映的是客观事物共同的、本质的特征和内在联系。感觉和知觉是对客观现实的直接反映，所反映的是客观事物的外部特征和外在联系。人的思维属理性认识的高级阶段，是更复杂、更高级的认知过程，人最持久的态度和行为是被人的思维所决定。

思维过程包括分析、综合、比较、抽象、概括和具体化等。其中，分析和综合是思维的基本过程,其他过程都是从分析、综合过程派生出来的,或者说是通过分析、综合来实现的。

思维能力和品质高低反映出人的智慧高低,人的思维品质的高低主要体现在批判性、广泛性、灵活性、敏捷性、创造性等方面。教育最终就是要提高人的思维能力,因为思维是影响人行为的最持久的理性力量。人的个性主要体现在人的性格上,性格是人的为人处世之道,是思维、思想的反映。

教育对人的思维能力的提高有着决定性的影响,所以如何教育就是一个关系到人如何成长的战略性问题。"兼听则明,偏听则暗",如果只是给人一种单向信息,往往就会把人变成容易轻信、思维僵化、思维单一、偏执幼稚的人。麻木、狭隘、狂妄的人思维能力薄弱,甚至丧失思维能力,没有真正的思想。思维能力的最高结果是让人产生真正的思想和智慧。没有真正思想的人就是思维能力弱的人,这样的人就容易被控制,被忽悠,被引导和被利用。

僵化的应试教育就会让人们在理性认识中缺乏想象力,思维呆板、单一,思考能力不强。思维方式不对,对事物缺乏真正的分析能力,轻信偏执,进而形成迷信权威,要么自己成为权威,要么被权威所左右,普通人一般就会被权威所左右。

消费者如果是容易轻信和相信权威的,那么营销者就可以是开展权威营销,也就是通过寻找到权威组织或者权威人物来影响到一般消费者消费行为的营销方式。

(1)思维类型。根据思维过程中的思维形态不同,可以分为形象思维、抽象思维和动作思维。形象思维是用表象来进行分析、综合、抽象、概括的过程。这种思维在幼儿期有明显的表现;抽象思维以概念、判断、推理的形式来反映客观事物的运动规律,是对事物的本质特征和内部联系的认识过程;动作思维是在思维过程中以实际动作为支持的思维。

根据思维的独创性不同,可以分为常规思维和创造性思维。常规思维又称习惯性思维,它是用常规方法来解决问题的一种思维;创造性思维是创造活动中的一种思维。它是用新的方案或程序,创造新的思维产品的思维活动。

(2)消费者思维与营销者思维。消费者对商品的认识是从表面特征开始,通过分析、综合、比较、抽象、概括和具体化等基本阶段来完成。消费者的思维能力受到其在社会中已经形成的一般思维能力的基础影响,如果消费者的一般思维能力不强,在消费中就会体现出幼稚、轻信和冲动,思考能力不强或者思考方式不对,就容易上当受骗,甚至受到伤害。

消费者的思维能力弱对企业而言既是好事也是坏事。从好的方面来说,企业就比较容易引导、利用和控制消费者;从坏的方面来说,消费者因为可能比较偏信,就影响了企业对消费者的认识改变。

企业的营销活动不但要影响消费者的感性认识活动,更要影响消费者的理性认识活动,最后落实到要影响消费者的思维活动,思维是影响消费者认识的最持久的理性力量。让消费者能通过充分的分析、综合,最终能对企业及其产品或者服务形成一个良好的思维,这样的思维就会持久和延续,这对企业建立起顾客忠诚度有最重要的帮助,企业最期待的消费者忠诚是被消费者的思维决定的。在影响消费者心理和行为中,影响消费者的感性和感情往往是不可靠的,最可靠的是影响消费者的理性和消费者的思维。

认知过程是人心理过程的基础和出发点。通过对消费者认知过程的把握和理解,企业可以从认知方面去分析消费者的心理活动。消费者的消费可以是理性消费也可以是感性消费。感性消费是指消费者重视商品或服务是否能给其带来个性满足、象征意义、时尚及价值观念等。消费者在购买商品时,更加重视消费过程获得精神的愉悦、舒适及优越感。这种消费模式的特征就是消费者凭着感觉、情绪、气氛及象征来购买商品和体会服务,感性消费的标准是喜欢、情感和享受,商品的功能和价格则退居其次;理性消费是指消费者消费过程中重视理性认识的心理特征,消费的标准是商品的功能、价格和实用,讲求分析、比较、不急不燥。

从性别来看,一般女性消费者更重感性消费,男性消费者更重理性消费;从年龄来看,一般青少年、青年消费者更重感性消费,中年、老年消费者更重理性消费;从价格来看,一般中低价商品更重感性消费,高价商品更重理性消费;从品种来看,一般服装、饮食、手表、金银首饰、旅游、娱乐等商品更重感性消费,电器、交通工具、住房、保险、股票等商品更重理性消费。

感性营销作为在感性消费应运而生的一个营销新概念,如今已被越来越多的营销者所理解和接受。所谓感性营销,就是指企业的营销活动情感化,将"情感"这根主线贯穿于其营销活动的全过程。其主要有两方面的涵义:一是要研制开发出富有人情味的产品或服务;二是要采用充满人情味的促销手段,影响消费者的感性认识。感性营销突出的特点是震撼人心,以情动人,所以感性营销有时候并不需要理由或是逻辑。

理性营销的特点是强调构成购买行为的理由与逻辑,营销往往从产品本身的使用性能或是品质上寻求差异,这实际上是一种理性的思维方式。

感性营销和理性营销可以相互联系起来一起影响消费者的认知过程。

[案例2.3] 消费"劳力士"

"劳力士"初创于1905年,由德国人汉斯·威斯道夫与英国人戴维斯合伙创办于英国伦敦,1908年注册了"劳力士"(ROLEX)商标。1919年表厂转移至瑞士日内瓦。在两位合伙人的通力合作下,"劳力士"于1914年和1915年两次荣获英国天文台颁发的走时精确A级证书。劳力士表是瑞士产的名贵手表,它的设计、制作始终保持传统的风格。它的性能包括全自动、单历、双历、防水、防尘等,做工精益求精,特别是表盘、表把及表带、雕刻成的王冠更是其高品质的标志。因为名牌手表在制造方面使用先进设备、高质材料,达到了加工精细、高光洁度。真劳力士手表,不论做工、文字都十分精细,有完美的手感,瑞士劳力士的设计理念中,给消费者品出了杰出的内涵,尊贵的气质,精益求精的典范。血统纯正的瑞士原装机芯,独特的蓝宝石镜面,18K金镶嵌表盘,以及那顶级奥地利水钻的点缀,每一个细节都尽善尽美,天衣无缝,堪称是一款上乘的典藏之作,绝对能突出佩戴者卓尔不凡的时尚和尊贵品位,标志性的皇冠LOGO,让你在不经意间成为人们关注的焦点。

在国际市场上,一只普通劳力士手表的价位从1 000美元到15 000美元不等,虽然价格不菲,但人们还是认为物有所值,这不仅由于劳力士的品质精良,而且因为它具有独特的投资价值,劳力士古董表的"抗跌"能力极强。

2.2 情绪过程

情绪(emotion)就是人在认识事物过程中产生的内心感受和主观体验。

情感(feeling)和情绪是既有区别又有联系的两个概念。情绪一般由当时特定的条件所引起,并随着条件的变化而变化。所以情绪表现的形式是比较短暂和不定的,具有较大的情境性和冲动性。情感是指与人的社会性需要和意识紧密联系的内心体验,包括理智感、荣誉感、道德感、审美等。它是人们在长期的社会实践中,受到客观事物的反复刺激而形成的内心体验,因而与情绪相比,具有较强的稳定性和深刻性。情绪是情感的外在表现,情感是情绪的本质内容。正由于此,在实际生活中二者经常是当同义词使用。

2.2.1　情绪的内容

　　情绪的内容一般包括了四种基本形式:快乐、愤怒、悲哀和恐惧。人们常说人有七情六欲,就把情绪分为七种形式,"七情"是指喜、怒、哀、欲、爱、恶、惧。

　　根据情绪的表现方向,一般可以把情绪分为积极、消极和双重的情绪。积极的情绪体现出喜欢、满足、快乐、爱等方面;消极的情绪体现出厌烦、不满、恐惧、愤怒、悲哀等方面;而双重的情绪体现出既喜又悲,既爱又恨等双重情绪。在大多数情况下,人们希望获得正面、积极的情绪,但也有例外的情况。例如,悲剧性的电影使观众伤心落泪,然而人们仍喜欢这样的电影。

　　情绪总是由某种刺激引起的,如自然环境、社会环境以及人自身,引发情绪刺激的前提条件是,这些刺激必须是认识的对象,由于认识对象会引发人的需要,进而就产生了人对认知对象的不同感受或态度,因此,情绪与需要总是相关的,需要是情绪产生的重要基础。根据需要是否获得满足,情绪具有肯定或否定的性质。凡是能满足已激起的需要或能促进这种需要得到满足的事物,便会引起积极的情绪,如喜爱、愉快等;相反,凡是不能满足这种需要或可能妨碍这种需要得到满足的事物,便会引起消极的情绪,如憎恨、苦闷、不满意等。情绪总是在一定的环境中产生的,在不同的环境中情绪会表现出不同的体验特质,愤怒、愉快、悲哀往往是对一系列外在环境的反应。

　　情绪还伴随有生理变化,这些变化通常包括:瞳孔扩大、流汗增加、呼吸加速、心率和血压的增高、血糖水平增高。情绪状态所伴随的生理变化与行为反应,往往是当事人无法控制。研究表明,人在愤怒时,呼吸每分钟可达 40～50 次(平静时每分钟 20 次左右),人在愤怒时,除去呼吸的变化,循环系统也会产生变化,如心跳加速、血压升高、血糖增加、血液的化学成分(如血氧含量)产生变化,等等。

　　通过人外部表情的变化可以了解一个人的情绪状态,它们主要表现在面部、身体姿态和言语声调等方面,即所谓面部表情、肢体语言和言语表情,其中面部表情最能够表现出一个人的情绪状态。美国心理学家艾克曼(P. Ekman)通过实验证明,人的面部不同部位对表情方面的作用是不同的,例如,眼睛对表达忧伤最重要,嘴对表现快乐与厌恶最重要,眼睛、嘴和前额对表现愤怒情绪都重要。

表 2.2　不同情绪的面部表情

情绪	面部表情
兴趣与兴奋	眉眼朝下、眼睛追着看、倾听
愉快	笑、嘴唇朝外朝上扩展、眼笑
惊奇	眼眉朝上、眨眼
悲痛	哭、眼眉拱起、嘴朝下、有泪有韵律的抽泣
恐惧	眼呆张、脸色苍白、脸出汗发抖、毛发竖立
羞愧与羞辱	眼朝下、头低下
轻蔑厌恶	冷笑、嘴唇朝上
愤怒	皱眉、咬紧牙关、眼睛变狭窄、面部发红

　　消费者在消费购买过程中,情绪既有在认识某产品或者服务之前的情绪,也有因为受到企业营销的影响而产生的情绪。一般而言,企业应该努力让消费者产生积极的情绪,这样就更容

易让消费者最终产生购买行为。当然,消费者在实际的消费购买过程中,往往伴随着双重的情绪状态,比如对某种商品从品牌、质量、外观方面体现出喜欢等积极的情绪,但因为对价格的过高而产生厌烦等消极的情绪。在实际中,企业有时也可以利用消费者的消极情绪来达到最后的销售目的。

人处于欢喜的情绪时,人的其他心理活动也会变得带有愉快的色彩,人会变得活跃、容易与别人交往,热情也比较高,待人接物时容易考虑对方、理解对方,会对消费行为产生积极的作用,推动消费行为的进行速度,消费者愉快的情绪会增加他的勇气,并克服购买行为中可能会出现的各种困难。例如黑人牙膏广告就很注意让欢乐的情绪洋溢其中。一开始是阳光明媚的清晨,一个满口泡沫的小男孩蹑手蹑脚地走向他熟睡的父亲,逗他笑,然后,画面转到穿着亮丽的白领相互问候,拉拉队们欢呼雀跃……整个广告充盈着欢声笑语,又离不开一个主题:口气清新。再如有些高雅的商店里,谦虚的服务员细声细气地跟顾客说话,微笑着向顾客问好,顾客心情自然变得很好,不但本次消费增加,而且下次可能还会光顾同一个商店。

反过来,不愉快的情绪,不喜欢的情绪体验,一般会对消费行为起消极作用。这种情绪可能来源于三个方面:商品、购物场所以及销售人员。如果不良情绪来自于商品,消费者会拒绝购买这种商品;如果不愉快的情绪来源于购物场所,消费者会尽快回避这种令他不愉快的地方;如果不愉快的情绪来源于销售人员的话,有的消费者会尽量躲避这位令他不愉快的销售人员,有的消费者会与销售人员发生矛盾与冲突。

消费者在每次的购物过程中,一般表现为情绪性的反应,而顾客在长期的购物过程中,会形成一种稳定的情感体验。这些情感体验以及相应的态度反过来又带到每一次的购物行为中去,因此,消费者每一次的购物行为中既表现为当时的情绪性,又带有他本人的情感特点和相应的态度。

2.2.2 情绪的状态

根据情绪发生的强度、速度、持续时间与稳定性来分析,情绪一般有以下几种状态。

1. 心　境

是一种比较持久而微弱的情绪状态,往往在很长时间内影响人的言行,具有深刻性、弥散性、持续性和感染性的特点。稳定的心境会影响人的全部生活,使语言和行为都染上某种色彩。心境也可以被称为心态或者心情。心境的状态是人理性认识的结果,是人思想的反映。积极的良好的心境会使人乐观面对生活,在生活和工作中振奋、有效率并有益于健康;而消极的不良的心境会使人颓丧、降低活动效率并有损健康。

消费者的心境首先是性格意义上的心境,是人的世界观、价值观的体现。有着积极乐观心态的人往往对外界事物更感兴趣,心态往往比较轻松,对人也比较有善意。而营销者面对心态好的消费者也会比较容易与之沟通。

营销的目的就是应努力让消费者形成和保持对企业或者品牌积极的心境。当然这种积极的心境,即喜爱、快乐的心境不是一日形成的,而是要通过消费者一系列的认知过程,特别是思维活动才能得到的结果。营销者要清楚的知道,通过影响消费者的思维来最终形成消费者对企业有利的心境,才是企业得到消费者支持的最根本途径。

2. 热　情

是一种比较稳定而热烈的情绪状态,比心境反应强烈。热情是一种积极情绪的体现,热情具有深刻性、稳定性和行动性特点,它能推动人们为实现目标而不断的努力。**热情一般是良好**

的心境产生的更热烈的情绪反应,对人们从事各种活动起到积极的促进作用。

消费者的热情首先也是性格意义上的热情,热情洋溢的人对商品或者服务往往怀有更多的兴趣,是企业进行品牌、产品推广时所期待的情绪状态。

营销者要通过营销的努力,让消费者在购买某种商品或服务后让其满意,焕发和维护消费者的热情,因为消费者如果对企业有了热情,就会对企业愈加的关注,并具有相对的稳定性。

3. 激　　情

是一种迅速、强烈、短暂的情绪状态,如狂喜、暴怒、恐怖、绝望等。激情具有瞬间性、冲动性和不稳定性的特点,激情爆发时,伴有明显的外部表现,如咬牙切齿、面红耳赤、捶胸顿足等,有时还会出现痉挛性的动作或言语紊乱。

激情的发生主要是由生活中具重要意义的事件引起的,此外,过度的抑制和兴奋,或者相互对立的意向或愿望的冲突也容易引起激情的状态。激情有积极与消极之分,消极的激情具有破坏性和杀伤力。

消费者的激情往往是被企业通过某种营销手段点燃的。消费者处于激情状态时,心理活动和行为表现会出现失常现象,理解力下降,自控能力减弱,以致做出非理性的冲动式购买举动。

营销者一方面应努力避免消费者消极激情的产生,焕发其积极的激情,因为消极的激情往往就阻碍了消费者的购买行为,而积极的激情则往往会让消费者迅速做出购买决策。另一方面,营销者在调动消费者激情时,应注意不要欺骗和忽悠消费者,不要只为了赚钱而不择手段,让消费者丧失理智,受到损失。

4. 应　　激

是一种在出乎意料情况下的情绪状态。如遇到突然发生的火灾、水灾、地震等自然灾害时,或者遇上战争、死亡、抢劫等人为因素时,刹那间人的心都会处于高度紧张状态之中,此时的情绪体验,就是应激状态。

应激状态中,要求人们迅速地判断情况,瞬间作出选择,同时还会引起机体一系列的明显的生理变化,比如心跳、血压、呼吸、腺体活动以及紧张度等都会发生变化。适当的应激状态,使人处于警觉状态之中,并通过神经内分泌系统的调节,使内脏器官、肌肉、骨骼系统的生理、生化过程加强,并促使机体能量的释放,提高活动效能。而过度地或者长期地处于应激状态之中,会过多地消耗掉身体的能量,以致引起疾病和导致死亡。

人在应激状态时,一般会出现两种不同的表现:一种是情急生智,沉着镇定;另一种是手足无措,呆若木鸡,有些人甚会发生临时性的休克等症状。在应激状态下人们会出现何种行为反应与每个人的个性特征、知识、经验以及意志品质等密切相关。

营销者可以利用应激状态来做一些出其不意,让消费者感到惊喜的活动。消费者应激状态的出现一般可以体现在企业出其不意的促销活动上,突然性的采访、大降价、偶然的中奖往往会让消费者感到手足无措或惊喜万分。

只影响消费者的激情是不可靠和不长久的,因为激情是非理性的;只影响消费者的热情也是不可靠和不持久的,因为让对方产生热情的活动,表面看是诉求了理性,让对方思维,但其实往往只是给了消费者一面之词。不少营销者在进行营销活动时影响的就是消费者的以上这两种状态的情绪。影响消费者情绪状态最重要的是让消费者对本组织或者人产生良好的心境,心境是由消费者全面的思维决定的,这才是可靠、持久的保证。

2.2.3 影响情绪的因素

情绪的好坏受到生理状态、环境因素和认知过程的影响。具体而言,影响情绪的因素主要有以下几个方面。

1. 认 知

认知过程是产生不同情绪的核心。人的不同认识与思想会对情绪产生深远而持久的影响。所以说人的心理活动中,认知过程是基础,不同情绪过程往往是认知的反应。反之,不同的情绪反应也会影响认知过程,影响感性认识,也影响理性认识。

首先,感觉是诱发情绪的首要条件。其次,记忆和想象也是情绪表现的主观条件。最后,注意和思维决定了情绪的产生与表现。

消费者的认知过程决定了消费者的情绪,这些认知的获得既有从社会中一般获得的,也有从企业中获得的,两者对消费者的情绪起着决定性的影响。所以企业要想让消费者产生一个对自己有利的情绪状态,关键是要让消费者产生对企业及其品牌、产品的有利认知。

2. 压 力

压力是一种威胁性刺激引起的情绪变化,如生活变故(亲人死亡、离婚、患病、失业、坐牢、受伤、残疾、退休等)和生活琐事(结婚、收入、家庭开支、职业状况、生活周边环境、考试、职称等)等。压力往往造成人的不良或者消极的情绪,不良或者消极情绪不但会引起人的心理变化而影响行为,还会引起人无法控制的生理变化,造成人的免疫力下降,食欲减退,消化不良等情况发生。

人们面对压力会产生不同的行为,这些态度一般包括攻击、发泄(哭、叫、诉说)、替代、等待、合理化、宽容和奋进等。不同的行为体现出不同的认识结果,认识决定了面对压力是采取积极的行为解决还是采取消极的行为解决。

消费者面临着许多生活的压力,现代社会的节奏和环境对人们的日常生活和消费都产生了巨大的压力。这些压力影响了消费者的情绪,对消费者产生对某个品牌或者产品的认识有着直接的或者潜移默化的影响。营销者应该善于发现和分析目前消费者所面临的压力状态,既可以直接提供出缓解甚至消除压力的产品,也可以间接地提供各种精神和物质消费来营造一个相对轻松的情绪。

3. 挫 折

挫折是人在从事有目的的活动过程中遇到的障碍或干扰,个人需要得不到满足时所产生的消极情绪反应。工作、学习、恋爱、消费等领域都会遇到挫折,一般会带给人不满、消沉、反抗等不良情绪反应,甚至会影响身心健康。引起挫折的原因包括外在因素和内在因素,外在因素主要是指政治、经济、风俗、道德、家庭、组织、教育、自然灾害等因素的影响;内在因素主要是指生理缺陷、健康、自我估计不当、抱负水平过高、动机冲突、不公平感等因素。

挫折会使人产生紧张不安的情绪,这时,人的下丘脑会过度兴奋,影响脑垂体和内分泌系统,人体会分泌大量的肾上腺素,以增加抗紧张激素,从而破坏消化系统、血液循环系统的正常运行,使人身体虚弱,给疾病以可乘之机。尤其是人遭遇挫折以后,由于心理上的紧张和不安,还会导致行为异常,如不及时调整,会带来严重的不良后果。

挫折和自己抱负水平也有很大的关系。抱负水平是指一个人对自己所要达到的目标规定的标准。一般来说,人的抱负水平越大越高,往往遇上挫折就会越多,挫折感就会越强。反之亦反。

人们面对挫折也会产生不同的行为,这些行为和面对压力时产生的行为基本是一样的,有攻击、发泄(哭、叫、诉说)、替代(转移注意力)、等待、合理化、宽容和奋进等。而不同的行为同样是被认识决定的,认识决定了人是用积极的行为还是消极的行为来面对挫折。

消费者的情绪的好坏同样会受到挫折的影响,这样的挫折既可以是在消费购买之前本来就存在的,比如失恋或者失业,也可以是消费者在消费购买过程中产生的,比如没钱购买,被人看不起等。需求受挫往往就会让消费者攻击企业或者产品,会对企业或者相关人员发泄,会因为买不起而寻找替代品或者就是等待。营销者在营销过程中必须注意和留意到消费者可能面临的挫折,要努力避免消费者因为企业而产生需求受挫的情绪状态。

4. 场　　所

情绪还会受到具体直接接触场所的影响,比如自然界、家庭、工作、购物、娱乐、休闲等场所环境。这些场所的风格、装饰、色彩、音乐、功能等都会对人的情绪造成影响。

消费者的情绪既受到自然界、家庭、工作等场所的影响,也受到购物环境的影响。从消费者购买活动来分析,直接刺激消费者感官引起其情绪变化的主要有购物现场设施、照明、温度、声响以及销售人员的精神风貌等因素。购物场所如果宽敞、明亮、整洁、环境优雅、销售人员服务周到热情,会引起消费者愉快、舒畅、积极的情绪体验,反之,会引起消费者厌烦、气愤、不满的情绪体验。良好的购物环境可以让消费者身心愉悦,不但可以增强消费者原有的积极情绪,甚至也可以改变消费者原有的消极情绪。

5. 组织与他人

人的情绪还会受到自己所处组织及他人的影响。自己身处在什么组织里,与什么人在一起,都会直接或者间接地影响人的情绪,或高兴或紧张或压抑或痛苦。

消费者的情绪也会受到企业组织形象的影响,当然也会受到他人意见的影响。他人的意见包括了企业方面的人员意见,也包括了其他消费者当时的意见,企业人员提供的服务,他们的赞扬或者指责等都会影响到这个消费者的情绪状态。

2.3　意志过程

意志(will)是指人决定达到某种目的而产生的心理状态,是有明确的目标,努力克服干扰和困难的有选择的自觉行动。意志过程是一个心动及行动的过程,由语言和行动表现出来。意志具体要探讨的其实就是人的需要、动机及行动的动力倾向和结果。

2.3.1　意志的特征

1. 目　的　性

意志的开始就是心动,心动就是有需要,有目标。意志第一层次解释就是意愿和志向。意志的目的性可以由生理产生,但更多的是由心理产生,社会性的目的是意志的最重要特征。意志过程的基础还是来自于人的认知过程,来自于人的思维和思想。

消费者在购买过程中的意志活动是以明确的购买目的为基础,在有目的的购买行为中,消费者的意志活动体现得最为明显,通常为满足自身的特定需要,消费者经过认知后预先确定了购买目标,然后自觉地、有计划地按购买目的去支配、调节和实现购买行动。

2. 克服困难

困难有外部困难和内部困难两种，外部困难是指客观条件的障碍，如缺乏必要的工具和工作条件或来自他人的讥讽、打击。内部困难是指人在行动时，受相反的要求和愿望的干扰。外部困难必须通过内部困难而起作用。意志主要表现为克服内部障碍上，外部障碍只有变成内部障碍，才能引起意志努力。如有件事没办完，虽然感到既困又累，但还不能睡，外部障碍就转化为内部障碍了。

消费者想要达到既定目的而需要排除的困难是多方面的。例如，时尚与个人情趣的差异，支付能力有限与商品价格昂贵的矛盾，销售人员或者产品的服务质量差异所造成的障碍，申请消费信贷与贷款利息高的矛盾等，这就需要消费者在购买活动中，通过自己的意志努力来排除思想方面的矛盾、冲突和干扰，克服外部社会条件方面的困难。

3. 行 动 性

意志不但是心动的过程，还是一个行动的过程，如果只有心动没有行动，那这样的意志是不完整的，也没有结果。不管结果如何，意志强调行动，有行动才能有结果。一个人的意志品质最重要的特征就是他的行动性如何。没有行动的人那还是"语言上的巨人，行动上的侏儒"。坚韧不拔、锲而不舍、意志坚定等都是讲一个人的意志力，意志力就是一种行动力，意志力越强的人行动力越强。心动不如行动，而行动贵在坚持，有些人行动可以很快速，但因为没有持久性，这样的行动往往就会昙花一现或者功亏一篑。

营销者最终的目的就是要让消费者产生对企业某种产品或服务购买的行动，就是要让消费者产生完整的意志过程，通过营销者的努力，不但要让消费者心动，更应该让消费者尽快产生行动，而且最好是一经购买后，就产生对某种产品或者某种品牌忠诚，实现意志过程的持久性，达到企业最期待的消费者忠诚的状况。

营销者可以通过确定独特的市场定位，采取分期付款、限制销售、强调机会、降价等特别的促销措施来满足消费者的意志过程，来让消费者加快产生购买的行动；营销者还可以采取良好的服务和顾客关系管理等措施，让消费者不但行动而且忠诚。

2.3.2 意志品质

意志品质是人意志的具体表现，良好的意志品质体现在以下几方面。

1. 自 觉 性

人的意志品质的高低首先体现在自觉性上。良好的意志品质是人在做某事时能头脑清醒，在行动中有明显的目的性，能充分认识所采取的行动的意义，使自己的行动服从于一定的要求。一旦设立了目标，自己的行动不是被迫的，不是被别人赶着去做事，而是自觉自愿地去做。比如学生的学习，应该是自觉地学习，而不应该是被老师或者家长逼着学习。一旦做事有了自觉性，目标的实现可能就大大增加了。

有自觉性意志品质独立地支配自己的行动，不轻易受外界影响，目标一旦认定，便义无反顾地为实现自己的既定目标而努力。同时，对于一切有助于目标实现的建议和批评也会欣然接受。自觉性是良好意志品质的首要特征，它反映着一个人的坚定立场和信仰，是人的意志行动的力量源泉，贯穿于意志行动的始终。

被迫性、暗示性和独断性是与自觉性相反的意志品质特征。被迫行动或者容易受暗示的人，只能在得到提示、命令、建议时才表现出积极性和主动性，而且很快就屈从于别人的影响，不假思索的接受他人的意见或者思想。行为具有独断性品质的人，表面上似乎是独立地采取决定、执行决定,但实际上从不考虑自己采取的决定是否合理,执行决定时也听不进任何意见,固执己见,一意孤行,绝非良好的意志品质。

消费者的自觉性意味着消费者的目标明确,而且愿意主动去做。企业应该建立起消费者的自觉性消费,而不是通过一些手段让消费者被迫消费。

2. 果　断　性

人的意志品质的高低还体现在果断性上。意志的果断性是指在明辨是非的基础上,迅速而合理地做出决定和执行决定的品质。与之相反的则是瞻前顾后、优柔寡断、草率决定等不良品质。具有果断性意志品质的人,应该是既能全面考虑行动的目的和达到目的的方法,又能清楚地了解自己做决定的重要性及其后果,在行动上能当机立断,不左右摇摆、犹豫不决。果断性不仅表现在能抓住有利时机,顺利实现决定的行动上,而且也表现在一旦出现情况变化能立即决定继续或终止还在进行的行动上。果断性一般是以正确的认识为前提,以深思熟虑和大胆机敏为条件,果断性离开了这两条,可能就成为草率,需要克服。

营销者希望消费者在消费时能果断地做出对企业有利的行动,而不要在那里左摇右摆,拿不定主意。要让消费者产生果断性的购买,一方面由消费者的意志品质决定,另一方面也和企业的营销策略密切相关。

3. 坚　韧　性

意志的坚韧性是指那种坚持不懈,在行动中能以坚忍不拔的毅力克服种种困难而坚持到底的良好品质。具有这种品质的人能够在活动中持之以恒,具有锲而不舍、不达目的决不罢休的决心,做事不浅尝辄止。这种人不怕困难与失败,在困难、艰苦的条件面前不犹豫、不动摇、不停滞,一鼓作气,善始善终,并自觉地抵制一切不合目的的主客观诱因的干扰,具有顽强进取的精神。

消费者如果具有这样的意志品质,那当他决定需要消费购买某种产品的时候就会显出不达目的决不罢休的精神。营销者应该努力促使消费者相信本企业的产品,并为此而坚持不懈。而有些产品的消费恰恰需要消费者有这样的品质才能坚持到底,比如说健身运动,有坚韧性的消费者往往就会成为企业长久的客户。

4. 自　制　性

意志的自制性是指那种能够完全自觉、灵活地控制自己的情绪,以约束自己产生与完成任务相反行动的良好品质。自制力反映着意志的抑制功能,自制力强的人,善于控制自己的思想,调节自己的行为,能够克制自己不应有的情绪冲动和冲动性行为,抗拒来自外部和内部的诱因的干扰,自觉遵守纪律,执行决定,不论是胜利还是失败,都能激励自己前进。因此,自制力强的人,往往组织性、纪律性较强,情绪稳定,行动时注意力能高度集中。

消费者的自制力特征可以帮助营销者考虑如何通过有效的措施来努力建立消费者忠诚,让消费者不朝三暮四,见异思迁。

2.3.3　消费者意志过程

消费者的意志过程就是一个心动、行动及体验的过程。

1. 做出购买决定阶段

是消费者购买活动的初始阶段,即心动阶段。这一阶段包括需要的确立,购买动机的取舍,购买目的的确定,购买方式的选择和购买计划的制定,实际上是购买前的准备阶段。消费者从自身的需求出发,根据自己的支付能力和商品供应情况,分清主次、轻重、缓急,做出各项决定,即是否购买和购买的顺序等。消费者的认知过程是这个心动阶段的基础和出发点。

2. 执行购买决定阶段

这一阶段,购买决定转化为实际的购买行动,即行动阶段。这个阶段是消费者动机形成的阶段,消费者最终通过一定的方式和渠道行动起来,购买到自己所需的商品或劳务。当然,这一转化过程在现实生活中不会很顺利,会遇到一些障碍需要加以排除,所以,执行购买决定是消费者意志活动的中心环节。

3. 体验执行效果阶段

完成购买行为后,消费者的意志过程并未结束。消费者通过对商品的使用,还要体验执行购买决定的效果,如商品的性能是否良好、使用是否方便、外观与使用环境是否协调、实际效果与预期是否接近等。在体验的基础上,消费者将评价购买这一商品行动是否明智,这种对购买决策的检验和反省,对今后的购买行为有重要的参考意义,它将决定消费者今后是重复购买还是拒绝购买、是扩大购买还是缩小购买该品牌或该产品。

在买方市场上,消费者的意志过程可以迟迟不发生或不完全发生(心动但不行动),这可能是因为消费者对产品或服务还没有真正认识,或者还有很大的选择余地,所以消费者会多方比较,持币观望。企业这时需要做的就是要深入影响消费者认知,尽快让消费者产生购买行为,心动不如行动。

认识了消费者的一般心理活动过程,企业在营销过程中可以通过有效的广告与宣传沟通,满足消费者的认知过程;通过精彩的广告画面、企业人员形象、售点装饰、服务语言等,满足消费者的情绪过程;通过独特的市场定位,采取分期付款、限制销售、强调机会、降价等促销措施,满足消费者的意志过程,让消费者完成从认知到情绪再到意志的完整的心理活动过程。

[资料2.5] 心理不健康表现与心理疗法

1. 心理不健康的表现

(1)心理脆弱:紧张过度、过分敏感、自卑、怯懦、多疑、暴躁等情绪和行为表现。

(2)人格障碍:就是一个人典型的、惯常的行为模式表现出来的异于常人的心理活动。主要的人格障碍包括以下几种。偏执型,特点是敏感多疑、固执、心胸狭隘、好妒忌、易冲动、报复心强;强迫型,特点是过分自我克制,要求完美,做事仔细,放心不下,常常紧张苦恼;自恋型,主要特点是自我中心,自我欣赏难与人沟通;反社会型,主要特点是行为有悖社会规范,伤害他人、社会的利益。

(3)神经症:是指由心理作用所引起的精神和身体的一种比较固定的功能障碍。如强迫症、恐惧症、疑病症、窥视症、焦虑症、虐待症、神经衰弱症等。

(4)精神病:是指一种最严重的心理疾病,包括精神分裂症(精神活动与现实脱离,思维、情感与意志脱离,生活懒散,思维混乱,语言行动怪僻,不注意清洁卫生,会产生幻觉、妄想、缺乏自制力)和情感型精神病(躁狂症、抑郁症等)。

心理健康是指人的内心世界能够保持平静,乐观向上,面对各种压力和挫折能保持心理平衡,做事态度积极,充满活力的心理状况。心理健康的表现为能正确认识自我,良好适应能力,人际关系和谐,保持积极心境,行为与年龄相符,有坚强的意志。

2. 心理疗法

主要包括催眠疗法、休闲疗法、音乐疗法、大笑疗法和色彩疗法等。

本章小结

认识人的一般心理过程是认识整个人的心理特征和行为的基础,人的一般心理过程包括认知过程、情绪过程和意志过程。这三个子过程的相互作用构成了人一个完整的从心理的产生到心理的发展和相对结束的心理过程。其中认知过程是基础,认知过程一般决定情绪过程和意志过程。当然,情绪过程和意志过程反过来又会影响认知过程的认识,他们相辅相成,揭示了人心理活动的规律。

消费者的心理活动过程同样包括了认知过程、情绪过程和意志过程。其中认知过程分析了感觉、知觉、注意、学习、记忆、想象、思维等概念及其对消费者心理的影响以及在市场营销中的运用。情绪过程分析了情绪的概念、分类、状况及对购买行为的影响。意志过程分析了意志的概念、特征及对消费者购买行为的影响。上述三个过程是密切联系和互相渗透的,要从总体上把握他们之间的相互关系和活动规律。

把握消费者的一般心理过程是认识消费者心理与行为的基础,企业的一切努力都是为了让消费者发生认识、情绪和意志,其结果就是让消费者不但要心动,更要行动。

 关键名词

感觉　知觉　错觉　注意　学习　记忆　想象　思维　情绪　意志

 问答题

1. 消费者的认知过程包括哪些内容？对企业营销有何启示？
2. 情绪一般包括哪些状况？企业应如何调动消费者的购买情绪？
3. 影响情绪的因素主要是什么？对企业营销有何启发？
4. 意志的特征是什么？企业应采取哪些措施影响消费者的意志过程？

第3章　消费者行为的动力倾向

 本章提要

　　消费者行为的动力因素是分析消费者心动与行动的因素,其主要的因素包括了需要、动机及兴趣等。需要是消费者行为最根本的动力,动机是消费者行为最直接的动力,有了兴趣的参与,会更容易形成和强化消费者的购买动机。

 学习目标

1. 了解需要的特征与种类。
2. 认识消费者需要的特征、消费者需求状态和消费者需求的内容。
3. 了解动机的类型与特征,动机强度与动机冲突。
4. 认识消费者具体的购买动机。
5. 了解兴趣的种类与特征,认识兴趣品质及其对消费者购买行为的影响。

开篇案例

"康师傅"让人心动又行动

20 世纪 90 年代,台湾的康师傅和统一一起来到了大陆,当时快速食品在中国刚刚起步,两家都推出了自己的方便面食品,不同的是统一把自己在台湾非常畅销的海鲜面带到了大陆,觉得大陆人很少吃过台湾的海鲜风味,肯定很受欢迎。但结果却不然,康师傅推出的红烧牛肉面在大陆大获全胜!直到今天还仍然是方便面行业中最畅销的单品之一。当时刚刚来到大陆,由于康师傅在台湾的规模非常小,与统一相比,几乎到了可以忽略的程度,所以康师傅丝毫不敢大意,他们非常耐心的煮好了 10 多个不同配方和口味的方便面,然后找来 100 个人挨个试吃,最后确定出大家投票最多的那个口味,这才成就了后来富有传奇色彩的红烧牛肉面!直到今天,康师傅的红烧牛肉面还是许多人外出远行或者旅游的必备食物。

台湾顶新集团公司原来是以食用油脂产品为主业的,论名气和实力在台湾并未能做"大哥"。20 世纪 90 年代,正值大陆开放,公司便毅然前往发展。1991 年底,顶新集团把目光偷偷瞄准了快食面。中国大陆的方便面历史已有 10 多年,仅北京、广州两市,就分别拥有 60 和 50 多条方便面生产线,源源不断的输送一包包廉价快食面。遗憾的是,这些不同厂家,不同生产线出来的快食面,牌子众多,但普遍是品质低下,包装简陋,又不注重宣传,十几年如一日的一个模样,一个调子。当时的中国快食面市场是一个群雄割据、各自为政的混乱局面。1992 年,一种名叫"康师傅"的方便面面市了,康师傅方便面品质精良、汤料香浓,杯装面和袋装面一应俱全。与此同时,报刊上、电视上,"康师傅"的广告铺天盖地,宣传最火热的时候平均每天仅在电视上就出现百次。顶新集团的名声不胫而走,连京城的三岁小孩一见到矮矮胖胖的烹饪师傅都不约而同地大叫"康师傅"。北京城迅即刮起了一场购买康师傅方便面的热潮。在京城一炮走红后,顶新集团立即挥师四面出击,大举占领全国市场,到 1994 年上半年,该集团总投资规模超过了 3 亿美元,企业达到 12 家,遍布于北京、天津、济南、上海、广州等地,日产康师傅快食面达 30 万包。

说起统一集团,许多台湾人都不禁竖起大拇指,不但是因为其创业老板原是一名打工者,而且更因为就是这样的白手起家者经过奋斗在台湾食品业中成为首屈一指的"大哥大"。在 1994 年《福布斯》东亚 1 000 家上市公司中,统一集团在 100 家上市公司和各行各业三甲榜(食品及饮料)都榜上有名。但在进军大陆市场时,他慢了顶新一步,也看错了一步,令顶新与统一的距离一下子缩小了许多。

早在顶新集团未推出"康师傅"之时,统一集团的高层已注意到大陆快食面市场的名牌空白,当时也曾跃跃欲试,但就在其调研考察之时,没料到顶新集团先声夺人,推出了"康师傅",旋即大红大紫起来。眼看"康师傅"声名日隆,有可能称霸大陆快食面业这块世界上最庞大的市场,作为台湾食品业的老大统一集团怎甘心被他身边的小弟超越呢?"统一面"也杀到了,一时间统一的广告也铺天盖地打将过来。"统一"不像"康师傅"那样"平民化",他以"贵族"的身份出现。并推出主打产品"海鲜面",这个在台湾畅销的"海鲜面"在大陆市场却没有红起来,说明统一当时没有真正看清大陆市场消费者的需求,他们会对什么产品心动,进而产生行动。迟来一步和看错一步的统一集团期望以自己的品牌和主打产品胜出"康师傅",但效果不佳,"康师傅"已深入人心。

——作者根据多方资料整理而成

心理学认为个性包括了个性的倾向性和个性特征两个部分。个性的倾向性就是指人的行为的动力倾向,包括了需要、动机等主要因素。个性的倾向性其实也是人一般心理活动中的意志过程的具体体现。人要行动就需要有心动,心动了一般就会行动。但人的社会性特征往往会造成人既使心动了也不一定会行动。道德、法律或者有许多的选择等因素都会让人心动但就是不行动。探讨心动与行动的心理因素主要可以通过分析人的需要、动机和兴趣等心理倾向来进行,这些倾向因素回答了人需要什么和为什么需要等关键性问题。

3.1 需 要

需要(need)是指人们在个体生活和社会生活中感到某种缺乏而力求获得满足的一种心理状态。需要是个体和社会的客观要求在人脑中的反映,它通常以意识到的缺失而产生一种不满足感被体验着,是个体心理与行为活动的基本动力。

人既是生物实体,又是社会实体。在社会生活过程中,人为了维护个体的生命延续和种族发展,总要对客观事物有一定的需要,如对衣服、食物、房屋、睡眠、配偶、育幼、防御侵害等方面的要求。同时,人作为社会实体,不能离开群体和社会而独立生活,为了延续和发展个体所属的社会,于是,劳动、生产、工作、交往、学习、创造、道德、文化等就成了人的必然要求,这些生理和社会的要求反映到人脑中就是人的需要,所以说,需要是人脑对个体生理和社会要求的反映。

需要是在一定生活条件下人对客观事物的欲望或愿望。正是个体的这种或那种需要,才推动着人们在某个方面进行积极的活动。人所体验到的需要越强烈,由它所引起的活动就越有力,行为就越迅速。

3.1.1 需要的特征

需要作为一种心理状态,具有以下一般特征。

1. 需要的对象性

人的需要总是指向一定具体的事物或对象。如对衣、食、住的需要,对运动和休息的需要,对劳动和交往的需要以及对文化和政治生活的需要等,都指向某种具体的事物或活动。抽象的、无所指的需要是不存在的。

2. 需要的紧张性

一种需要往往是由于意识到某种事物的欠缺而出现的。需要一旦产生就有追求满足的心理趋向。当力求满足而未达目的时,人们常常会产生一种特有的身心紧张感、不适感。

3. 需要的驱动性

当人们产生某种需要时,心理上就会产生不安与紧张的情绪,这种情绪就构成了一种内在的驱动力量,推动人去从事某种活动。正是从这个意义上,需要才被称为推动人从事各种活动的源泉或根本动因。

4. 需要的周期性

人的许多需要周而复始,具有一定的起伏性。这是因为,已形成的需要一般不会因需要的暂时满足而消失,它会随需要的满足而暂时潜伏下来,随着时间的推移,条件的变化,又会反复出现。如人的饮食、排泄、运动、休息等需要就是这样循环往复,推动着人的行为活动。

5. 需要的社会性

人的需要为其所处的社会环境和生产条件所决定,因此,需要就随着社会的发展而发展。古人与现代人对衣、食、住的需要迥然不同就说明了这一点。另外,人的需要并不因为一次获得满足而终止,而是在前次需要得到满足的基础上产生新的需要。随着社会生产力水平、科学技术等方面的发展,人们需要对象的范围不断扩大,需要满足的方式也不断改变,人类的需要也不断得到丰富和发展。

6. 需要的年龄性

个体的需要会随着年龄的增长而处于不断的发展变化之中。如幼儿需要玩具和游戏,少年需要知识和学习,中年需要工作和成就,老年需要安逸和健康等。

3.1.2 需要的种类

根据不同的标准,一般可以把需要分为以下不同的种类。

1. 根据需要的起源,分为生理需要和社会需要

生理需要是与维持个体的生长发育及种族延续有关的需要。如饮食、睡眠、御寒、避险等方面的需要。生理需要也叫天然需要,是人类最原始、最基本的需要,它是人和动物所共有的,而且往往带有明显的周期性。社会需要是与人的社会生活相联系的需要。如求知需要、成就需要、尊重需要、交往需要、劳动需要等。它是在人的生理需要的基础上,在社会实践和教育条件下形成和发展起来的,受着社会生活条件的制约,具有社会历史性。社会需要是人类所特有,是社会发展的基本动力。

2. 根据需要对象的性质,分为物质需要和精神需要

物质需要是指人对社会物质产品的需要。如对衣、食、住、行等有关物品的需要,对劳动、学习、科研等用品的需要。人的物质需要既包括生理需要,也包括社会需要。随着生产力的发展和社会的进步,人的物质需要也会不断地发展。精神需要是指人对社会精神生活和精神文化产品的需要。如交往需要、道德需要、学习需要、美的需要、尊重的需要等。交往需要是个体心理正常发展的必要条件,在精神需要中占有重要地位,长期缺乏社会交往会导致个性变态。精神需要是人们在认知、审美、交往、道德、创造等方面的需要,这类需要主要不是由生理上的匮乏感,而是由心理上的匮乏感所引起的。

上述需要的分类只具有相对的意义,实际上有些需要很难简单地归为某一种需要。如一个人对衣物的需要是生理需要,但对衣服式样的追求则既是精神需要,又是社会需要,同时还属于物质需要。

3. 根据需要的高低层次,分为生理需要、安全需要、归属与爱的需要、尊重需要和自我实现需要

需要层次论是由美国心理学家亚伯拉罕·马斯洛(Abraham H. Maslow)1943年在其《人类动机理论》一书中提出的,他将人的需要层次由低向高分为五个层次:即生理需要;安全需要;归属与爱的需要;尊重需要;自我实现的需要。前四个层次的需要是人的基本需要,是因缺乏而产生的需要,基本需要有一个特征,那就是一旦获得满足,其需要强度就会降低,因为个体在某一特定时刻所需要的目的物是有限的。无论个体饿到什么程度,两碗饭下肚之后,很快就解除了他的饥饿。最后一个层次的需要是人的发展需要,是个人存在的价值。发展需要虽然以基本需要为基础,但它同时对基本需要具有引导作用。发展需要不是维持个体生存所绝对必需的,但满足这种需要能促进人的健康成长。居于顶层自我实现需要,对以下各层均具有潜在的影响力量。与基本需要不同的是：发展需要不但不随其满足而减弱，反而因获得满足而增强，即在发展需要之下，个体所追求的目标是无限的。无论是求知，还是审美，都是永无止境的，这是人类异于禽兽之处，这也是马斯洛需要理论的超越之处。

(1)生理需要：级别最低的需要。如食物、水、空气、性欲、健康。缺乏生理需要的特征是：什么都不想，只想让自己活下去，思考能力、道德观等明显变得脆弱。

(2)安全需要：同样属于低级别的需要。如人身安全、生活稳定以及免遭痛苦、威胁或疾病等。缺乏安全感的特征是：感到自己受到身边事物威胁，觉得这世界是不公平或是危险的，变得紧张、彷徨不安，认为许多或一切事物都是"恶"的。

(3)归属与爱的需要：属于较高层次的需求。如对友谊、爱情以及隶属关系的需要。缺乏这方面需要特征是：因为没有感受到身边人的关怀，没有人情味和温暖感，没有爱情，认为自己没有活在这世界上的价值。

(4)尊重需要：属于较高层次的需要。如自尊、成就、名声、地位和晋升机会等。尊重需要既包括对成就、自尊或自我价值的个人感觉，也包括他人对自己的认可与尊重。缺乏尊重需要的特征是：变的很爱面子，或是很积极地用行动来让别人认同自己，也很容易被虚荣所吸引。

(5)自我实现需要：最高层次的需要，是希望得到真善美至高人生境界的需要。具体包括认知、审美、创造、发挥潜能等的需要。自我实现需要一般在前面各层次需要都能满足后才会产生，是一种衍生需要。缺乏自我实现需要的特征是：觉得自己的生活被空虚感推动着，没有使命感，极需要可以更充实自己的事物，尤其是让一个人深刻的体验到自己没有白活在这世界上的事物。人在这时相信，价值观、道德观等精神的境界胜过金钱、权力、财富等物质的满足。

马斯洛认为，首先，人类的需要是有先后程序的，一般只有低级需要得到满足，然后才会进一步追求较高层次的需要，即需要是由低级需要向高级需要发展的；其次，人在同一时间内有很多需要，但其中必有主导性需要，人的行为是由主导性需要所决定的；最后，人的需要很难得到全部满足。

马斯洛还认为，人类的需要与个体的生长发育密切相关。婴儿期的主导需要是生理需要，然后才逐渐产生安全需要，归属需要；到了少年期和青春期，爱情、自尊等需要才日益增强；青春期以后，自我实现的需要才得到发展。

马斯洛的需要层次论把人类需要看作一个按层次组织起来的系统，科学地反映了人类需要发展的规律和需要与行为的关系。这为研究人类需要提供了有意义的线索，并且在管理科学和教育领域中具有一定的应用价值。

图 3.1　马斯洛的需要层次论

然而，此理论并不能用于解释人的所有需要。这一理论也不能作为划分需要顺序的绝对标准。尽管马斯洛的划分方法符合大多数人的需要顺序，但它显然无法反映每个人在所有的情况下的需要顺序。有时，人们会忽略较低层次的需要，而追求较高层次的需要。例如，当孩子生命处于危险时，母爱会使一位母亲不顾个人的安危；又如，有些人为了满足其成就感的需要追求事业而牺牲爱情等。

3.1.3　消费者需要

消费者需要指消费者对以商品和服务形式存在的消费品的要求和欲望。消费者需要是包含在人类一般需要之中的。在现实生活中,消费者的需要丰富多彩,纷繁复杂,并随着社会经济和时代的发展而不断丰富和变化。

需要是消费行为的基础,没有需要就不会产生相应的消费行为。在理解这个概念时需要特别指出需要也称为需求,一般来说,这两个概念没有实质上的差别。需求(demand)是指针对特定产品或服务具有货币支付能力的欲望或者愿望。需求必须具备两个条件:第一是有支付能力,第二是愿意购买。在谈到消费者的需要时,主要是指一种心理活动,这种心理活动会强烈地推动消费者去行动。而在谈到消费者需求时,主要是从营销手段或营销策略上来说的,当市场上已经存在了的产品或服务,营销者正在考虑使用什么样的手段才能把这些产品或者服务销售出去时,更经常地使用需求一词。在营销活动中,影响因素的复杂性决定了消费者需要是由各种相关因素构成的组合体,具体包括:需要的消费者构成,即产生需要的消费者总体数量、性别、年龄、职业、消费习惯、收入水平等基本特征;需要的消费品种类与总量;需要的市场区域;需要的时机与时期;需要的实现方式和需要的市场环境。

营销者认为,市场就是某种产品或服务的现实购买者与潜在购买者需求的总和,也就是指具有特定需求,并具有购买力,使得这种需求得到满足的消费者群。

1. 消费者需要的特征

消费者的需要有其共同的趋向性和规律性。这些共同的趋向性或规律性体现在消费者的基本特征中,具体表现为以下几点。

(1)多样性。是指消费者由于个性、社会、自然等因素影响而造成的对事物(消费、工作、情感等)千变万化的需要。这是消费者需要的最基本的特征。由于消费者的收入水平、文化程度、职业、性格、年龄、民族、生活习惯等的不同,自然会有多种多样的爱好和兴趣,对于商品和服务的需求也必然千差万别和丰富多彩。消费需要的多样性不仅表现在同一消费者的需要是多方面的,既有吃、穿、用、住的需要,又有娱乐消遣的需要;而且表现为同一消费者对某一特定消费对象常常同时兼有多方面的要求,例如,既要求商品质量好,又要求其外观新颖美观,具有时代感,能满足身份要求等,这就决定了市场的差异性。消费者需要的多样性是企业进行市场细分和选择目标市场的基础。

(2)共同性。需要既有多样性、差别化的一面,也有共同性的一面。人们都希望能展示自己的优点,如英俊、机智、幽默;掩盖自己的缺点,如肥胖、头皮屑等;人们都希望获得情感体验和美感经验;人们都希望获得快乐感和安全感;人们都希望逃避惩罚;人们都希望能去爱他人,同时也被别人爱;人们都希望自己能有成就,能有创造力,能有支配力;人们都希望被人了解;人们都希望延缓衰老与死亡等。

(3)层次性。消费需要尽管是多样的,但是有先后程序和高低的,在消费中的这种高低先后程序主要是由消费者的收入、消费者的认识和所处的社会经济环境决定的。一般来说,人的消费需要总是由低层次向高层次逐渐发展和延伸的,即低层次的、最基本的生活需要满足以后,就会发展更高层次的需要。但在特殊情况下,需要的层次顺序也可能发生变化。有些人在高层次需要得到相当程度的满足之后,转而去寻求低层次需要的满足。

由于消费者的需要还存在不同的优先顺序,因此企业应当了解并根据这些因素来进行市场细分。利益细分就是其中的一种方法。利益细分(benefit segmentation)是根据在产品购买和消费过程中所寻求的利益(如:首先是需要满足安全、交往还是精神享受等)的不同将消费者划分为不同的细分市场。利益细分之后,企业就可以根据细分市场的需要制定更有效的营销策略。例如,一家瓶装水企业针对关注健康需要的细分市场所定制的营销策略,与针对关注珍爱环境的细分市场所制定的营销策略是不一样的。

(4)伸缩性。人们的消费需要受外因和内因的影响。内因包括消费者本身需要欲望的特征、程度和货币支付能力等;外因主要是商品的供应、价格、广告宣传、销售服务和他人的实践经验等。两个方面因素都可能对消费者产生促进或抑制作用。这就使消费需要只能是有限地得到满足,表现出一定的伸缩性,即并非只能增加不能减少。在特定的情况下,人们可能为满足某种需要而放弃其他需要。一般地说,基本日常生活必需品的消费需求弹性较小,而非生活必需品或中高档消费品的消费需求的伸缩性较大。

(5)互联性。是指消费需要的某些商品具有互相联系的特点。如购买钢笔时可能需要同时购买墨水,购买自行车时可能需要同时购买打气筒和修理工具等。香烟店里,也可以同时经销打火机、烟灰缸等。经营互有联系和补充性的商品和服务,不仅会给消费者带来方便,还能扩大商品和服务的销售额。

(6)可诱性。消费需要是可以加以诱导、引导和调节的,即可以通过环境的改变或外部诱因的刺激,诱发消费者需求发生变化和转移。企业可以通过卓有成效的营销活动使无需求转变为有需求,使潜在的需求转变为现实的需求,使企业由被动地适应迎合消费者的需求转化为积极地引导、激发和创造消费者的需求。

2. 消费者需求的状态

消费者在市场上的需求状态是不断变化的,具有九种典型的需求状态。

(1)负需求。指大多数人对某个产品或服务感到厌恶,甚至愿意出钱回避它的一种需求状况。

营销者就要分析消费者为什么不喜欢这种产品,性格、价值观念、风俗习惯等原因都可能造成负需求的出现。比如我国20世纪80年代初,许多人认为穿牛仔裤是不良形象的体现,许多人拒绝消费此产品。企业可以考虑通过改变观念,引导消费来将原有的消费观念改变,进而产生购买行为。负需求的产生也可能是产品本身出现了问题,这时企业可以考虑通过改变产品、替换产品或者积极促销来改变消费者的负需求状况,将负需要转变为有需求。

(2)无需求。指消费者对产品或服务毫无兴趣或漠不关心的一种需求状况。

在买方市场上,许多企业,特别是中小企业所提供的产品和服务往往就处在消费者的无需求状况。企业一方面要通过不断重复的促销和沟通来刺激消费者需求,影响消费者的潜意识,努力将产品所能提供的利益与人的需要和兴趣联系起来。另一方面要努力使自己的产品或服务有特色,在市场能上独树一帜。当然也可以通过借势(巧借组织和个人之势)来实现"借力使力不费力"的效果。

重复营销就是针对企业的营销目标,不断地把有关产品或服务信息传递给顾客的过程。重复中既可以是产品或服务的介绍和陈述,也可以是一种新观念的引导,还可以是一种担心的解除。重复产生营销的力量,许多营销的不成功,重要的原因之一就是没有进行过足够的重复。重复的次数应该是多少次呢,这是个相对的概念,没有绝对的次数,只要目标是准确的,那重复的次数至少是直到消费者由此而产生了购买行为的次数。"水滴石穿","锲而不舍,金石可镂"等典故都是在讲人行为中重复的价值。持之以恒,坚持就是胜利。企业营销中通过重复的行为就是为了进入消费者的潜意识,进而让消费者产生最终的购买行为。

(3)下降需求。指消费者对一个或几个产品或服务的需求呈下降趋势的一种需求状况。

企业应分析需求衰退的原因，进而开拓新的目标市场。企业或进一步的改进产品，建立特色；或采用更有效的沟通手段来重新刺激需求，使老产品开始新的生命周期，来扭转需求下降的趋势。

(4)不规则需求。指某些产品或服务的市场需求在一年不同季节或一周不同日子甚至一天不同时间里上下波动很大的一种需求状况。

企业可以通过灵活定价，大力促销及其他刺激手段来改变需求的时间模式，使产品或服务的市场供给与需求在时间上协调一致。企业也可以通过增加新产品来协调不规则的需求。比如做冷饮的企业可以通过增加热饮来协调顾客因为季节的不同而在需求上的不同。

(5)充足需求。指某种产品或服务的目前需求水平和时间正好等于预期的需求水平和时间的一种需求状况。

企业可以通过保证产品质量，经常测量消费者满意程度，通过降低成本来保持合理价格，并激励推销人员和经销商大力推销，千方百计维持目前需求水平。维持市场营销可以是静态的产量和消费量都不变的维持，也可以是动态的产量和消费量都发生变化的维持。

(6)过量需求。指某种产品或服务的市场需求超过了企业所能提供或所愿提供的水平的一种需求状况。

企业面对这种需求状况的一种做法是可以通过提高价格，合理分销产品，减少服务和促销等措施，暂时降低市场需求水平。或者是设法降低来自盈利较少或服务需要不大的市场的需求水平。企业通过这样的措施是让需求暂时降低，但随后还是要通过扩大再生产，来满足市场的需求。

企业面对这种需求状况的另一种做法是进行饥饿营销，就是有意识地保持自己的提供水平，有意让顾客消费此产品或服务有"饥饿感"，这样来树立企业的"物以稀为贵"形象，但这种策略的运用一般需要企业已经有独有的被市场认可的品牌或技术、秘方等。

还有一种面对过量需求的营销对策就是进行联合营销。供应者通过迅速、有效的联合，有钱大家一起来赚。企业的联合营销可以通过贴牌、合同、资本入股甚至被联合等方式进行，这样可以帮助产生过量需求的企业迅速做大做强，从而迅速提高自己的实力。

(7)有害需求。指消费者对某些有害产品或服务的需求。比如对毒品、枪支、黄色产品或者服务、烈性酒和香烟等产品的需求。消费者的这些需求可能会对社会或个人产生有害的影响。

有害需求往往是欲望的表现：食欲的贪婪会让许多动植物遭殃；色欲的强烈会让许多人受到伤害；破坏欲和让人死等都是死的本能的表现，让自己本能快乐，但却让别人或者自然蒙难；征服欲和权力欲让人得到高高在上的满足，却可能让别人感到压迫甚至遭到迫害。

一般认为，面对有害需求，社会和企业应该劝说喜欢有害产品或服务的人放弃这种爱好和需求，大力宣传有害产品或服务的严重危害性，大幅度提高价格，以及停止生产供应等。

"人一半是天使，一半是魔鬼。"人心中既有所谓好的善的一面，也有所谓坏的恶的一面。事实上不少企业往往会利用人心中有害需求的状态，通过暗地供应，打"擦边球"或者通过替代品等多种供应和促销方式来吸引消费者对某产品或服务的注意力和关注度，进而让消费者产生消费行为。例如暴力游戏软件就是直接凶器的替代品，就是满足了消费者的对枪支、暴力及死亡等的需求，在虚拟的世界里，玩家可以尽情的杀人放火，自己成为了主宰者。更有铤而走险的某些组织或者个人，直接去满足消费者的有害需求。

(8)现实需求。指消费者已经具备对某种商品的实际需要,且具有足够的货币支付能力,而市场上也具备了商品,因而消费者的需要随时可以转化为现实的购买行动。现实需求是消费者的购买愿望、愿望产品存在及有购买能力的三者统一,是马上可以实现的需求。

营销者面对这样的需求状态的对策应该是具体问题具体分析。可以"赶早",就是在某种消费者现实需求的产品或服务还处在产品生命周期的导入期或者成长期时,可以进入这个市场,去提供和销售某种已经是现实需求的产品或者服务。也可以"不碰",就是尽量避免进入这样的市场。因为如果这个市场已经是成熟期的市场,本来的提供者已经很多,所以这样的市场尽管消费者对这种产品或者服务是有需求的,但因为市场上已经有了许多的提供者,所以新企业如果没有特别的实力和特色而进入市场,往往不会有好的市场销售效果。

(9)潜在需求。指消费者未来一定时间内可能产生的对某种产品或服务具有货币支付能力的需要。潜在需求就是消费者的购买愿望、愿望产品及购买能力三者不能完全统一的状况。是不能马上实现的需求。

潜在需求一般可表现为以下三种情况。

其一是指消费者有购买愿望,也有愿望的产品或服务,但暂时没有现实购买力,从而造成需求潜在心理,不能马上得以实现的心理状况。如现在许多消费者对住房的消费心理就是这样一种潜在需求。面对这种潜在需求,营销者可以采取"及时营销"的对策。即营销者可以通过采取分期付款或者赊账等方式来解决消费者这样的潜在需求状态,让消费者心中原来的期货迅速变为一种现货。

其二是指消费者有购买愿望,也有购买力,但暂时没有愿望的产品或服务的状况。这时消费者对企业的已有产品或服务感到不满足,希望企业能提供出更符合自己愿望的产品或服务,比如说对环保住房的需求,就是这样的潜在需求。面对这种潜在需求,营销者可以采取"调查营销"的对策。即营销者通过有效的市场调查来认识消费者内心真正的想法,认识消费者更进一步的要求,进而提供出真正适销对路的产品或服务。

其三是指消费者暂时没有购买愿望的心理状况。也就是说在企业的某种新产品或新服务没有进入市场之前,消费者并没有意识到自己还需要这种新产品或新服务,而在新产品或新服务进入市场后,经过企业的宣传及引导,消费者才感到对这种产品或服务的需求。面对这种潜在需求,营销者可以采取"创造营销"或"超前营销"的对策。即企业超消费者的意识之前,进入消费者的潜意识领域,努力去发现消费者自己没有意识到的但却存在他们内心深处的需求。消费者不知不觉,营销者却要先知先觉。这时的营销者行为比消费者领先了一步,发现的是消费者暂时没有发现的存在他们内心深处的潜在需求,这种需求是被企业先发现并刺激出来的。比如微波炉,随身听等产品,都是企业率先把产品制造出来,再进一步影响、引导消费者的需求,将潜在需求变为现实需求,最终让消费者产生了购买行为。

在对消费者需求的认识和理解中,认识和理解创造需求的真正含义十分重要。创造需求就是要努力去发现消费者广阔的潜意识领域,并开发消费者的潜意识领域。创造需求让营销者的观念从"我跟市场走"进一步提升为"市场跟我走"。市场为什么会跟"我"走呢?因为我发现了消费者的潜意识领域里的需求,所以归根到底,"我"还是跟市场走的,只是"我"是跟着消费者的潜意识走的。"市场营销就是创造和传递一种新的生活标准给社会和个人",这是西方营销界的一个十分重要的观点,把握这个观点的切入点就是要正确的认识消费者的潜在需求。

3. 消费者需求的基本内容

消费者需求都是对以物质和精神为表现形式的产品的需要。消费者需求的基本内容主要包括以下方面。

(1)对商品基本功能的需求。基本功能指商品的有用性,即商品能满足人们某种需要的物质属性。商品的基本功能或有用性是商品被生产和销售的基本条件,也是消费者需求的最基本内容。在正常情况下,基本功能是消费者对商品诸多需求中的第一需求。

消费者对商品基本功能的需求具有如下特点:要求商品的基本功能与特定的使用用途相一致,即功为所用;要求商品的基本功能与消费者自身的消费条件相一致。评判的标准只能是与消费者自身消费条件的适应程度。消费者对商品功能要求的基本标准呈不断提高趋势。基本标准是指商品最低限度应具备的功能。

(2)对商品质量性能的需求。质量性能是消费者对商品基本功能达到满意或完善程度的要求,通常以一定的技术性能指标来反映。就企业而言,质量体现在企业执行的标准上,标准一般有国际标准、国家标准、行业标准和企业标准。只要符合了某种或某几种标准,就意味着质量的过关。质量是以标准为基本依据,而不是以使用的时间长短或者是否耐用为依据的。就消费需求而言,商品质量有其要求与标准的一致性表现,也有其要求的习惯性表现。商品质量不是一个绝对的概念,而是具有相对性。构成质量相对性的因素,一是商品的价格,二是商品的有用性。消费者一般会认为,商品价格低,商品的质量档次就低;商品的有用性低,商品的质量档次也就低。反之亦反。

(3)对商品安全性能的需求。消费者要求所使用的商品卫生洁净,安全可靠,不危害身体健康。这种需要通常发生在对食品、药品、卫生用品、家用电器、化妆品、洗涤用品等商品的购买和使用中,具体包括:商品要符合卫生标准,无损于身体健康;商品的安全指标要达到规定标准,不隐含任何不安全因素,使用时不发生危及身体与生命安全的意外事故;商品要具有保健功能,要有益于防病祛病,调节生理机能,增进身体健康。

(4)对商品消费便利的需求。这一需求表现为消费者对购买和使用商品过程中便利程度的要求。一方面消费者要求商品使用起来、维修起来便利、简单;另一方面消费者要求以最少的时间、最近的距离、最快的方式购买到所需商品。同类商品,质量、价格几近相同,其中购买条件便利者往往会成为消费者首先选择的对象。

(5)对商品审美功能的需求。表现为消费者对商品在工艺设计、造型、色彩、装潢、整体风格等方面审美价值上的要求。对美好事物的向往和追求是人类的天性,它体现在人类生活的各个方面。在消费活动中,消费者对商品审美功能的要求,同样是一种持久、普遍存在的心理需要。当然,由于社会地位、生活背景、文化水平、职业特点、个性特征等方面的差异,不同的消费者往往具有不同的审美观和审美标准。

(6)对商品情感功能的需求。这是指消费者要求商品蕴含浓厚的感情色彩,能够外现个人的情绪状态,成为人际交往中感情沟通的媒介,并通过购买和使用商品获得情感上的补偿、追求和寄托。情感需要是消费者心理活动过程中的情感过程在消费需要中的独立表现,也是人类所共有的爱与归属、人际交往等基本需要在消费活动中的具体体现。

许多商品能够外现某种感情,因而成为人际交往的媒介和载体,或因具有独特的情感色彩起到传递和沟通感情、促进情感交流的作用。

(7)对商品社会象征性的需求。所谓商品的社会象征性,是消费者要求商品体现和象征一定的社会意义,使购买、拥有该商品的消费者能够显示出自身的某些社会特性,如身份、地位、财富、尊严等,从而获得心理上的满足。

社会象征性并不是商品本身所具有的内在属性,而是由社会化了的人赋予商品特定的社会意义。通常,出于社会象征性需要的消费者,对商品的实用性、价格等往往要求不高,而特别看重商品所具有的社会象征意义。

(8)对享受良好服务的需求。在对商品实体形成多方面需要的同时,消费者还要求在购买和使用商品的全过程中享受到良好、完善的服务。良好的服务可以使消费者获得尊重、情感交流、个人价值认定等多方面的心理满足。对服务的需要程度与社会经济的发达程度和消费者的消费水平密切相关。消费者在消费中主动权越大,那么其对服务的要求也就越高。在一个消费者有充分选择权的市场上,企业服务的好坏已经成为消费者选择购买商品的主要依据,是消费者需求中不可缺少的一部分。

[案例3.1]　汰渍的消费者需求研究

汰渍的目标市场锁定大众,于是"领干净、袖无渍"这样的功能性需求就必然成为有效的可感知的诉求点。作为一个生产、销售了近60年的产品,汰渍洗衣粉至今仍是宝洁公司最赚钱的产品之一,汰渍进入中国市场也已有十几年的历史,从汰渍第一代到柠檬汰渍再到第三代加强型,短短数年里汰渍经历了几次升级。早在进入中国的第5个年头,汰渍已经成为中国第一洗衣粉品牌,年销售额20亿元左右,是中国洗衣粉市场上的龙头品牌之一。

在汰渍多年畅销的背后,是依靠了宝洁长期监控消费者需要的体系。消费者的需求不是一成不变的,凭借科学的市场研究模型,宝洁持续性对消费者需求进行观察和研究并做出反应。权威统计数据显示,全球市场研究模型中的50%是宝洁发明的。市场研究模型中最重要的是关心消费者的需求究竟是什么。宝洁对顾客需求做了很多研究。消费者需求通常分为四个层面,层次越低,需求越具体,最高层次的需求叫消费者价值需求,例如"我需要适合我的",然后层次逐渐下降,最低层次是消费者的利益需求。

作为厂商应该关注消费者哪种层次上的需求呢?宝洁认为,人们需要的东西都是现时现刻重要而未能得到满足的需求。这种需要可以作为长期发展产品的信息。汰渍推出三重亮白,就是因为这是消费者当前最重要的需求。所以汰渍一贯宣传洗衣效果,而不多在价值层面上做文章。

雕牌的"只买对的,不买贵的"这一口号,以及下岗女工的故事,从精神层面打动了消费者。雕牌宣传以价值为基础,雕牌正是在价值需求层面上突破了宝洁,尽管这跟产品本身没有关系。但对洗衣粉这种使用性强的产品来说,消费者的价值需求这种精神层面的东西并不为宝洁所看重。事实证明,宝洁从管理上将汰渍定位为一个利益需求为基础的品牌是正确的。尽管在短期内雕牌给了汰渍很大的压力,但最终对洗衣粉来说,消费者看重的还是产品的实际利益,洗干净和洗白是最重要的。这就是为什么后来汰渍一降价,便大量收复失地的原因。

3.2　动　机

动机(motivation)是引起个体活动,维持已引起的活动,并促使活动朝向某一目标进行的内在直接动力,是人从事某种行动的机缘和理由。

　　动机具有发动、指向、维持和强化人的心理与行动的作用。发动作用意味着动机是人产生行为的内在直接动力;指向作用意味着人的行动具有一定的方向和目标;维持作用意味着动机贯穿于某一具体行动的始终,具有一定的时间过程;强化作用意味着动机引发的行为结果对该行为的再次发生具有加强或者减弱的作用,是行为结果对动机的反馈。满足动机的结果能够保持和巩固该行为,称为正强化;反之,减弱或者消退该行为,则称为负强化。

　　引起动机的内在条件是需要,引起动机的外在条件是诱因。驱使人们产生一定行为的外部因素称为诱因。凡是个体趋向诱因而得到满足时,这种诱因称为正诱因;凡是个体因逃离或者躲避诱因而得到满足时,这种诱因称为负诱因。动机是由需要与诱因共同组成的,因此,动机的强度或力量既取决于需要的性质,也取决于诱因力量的大小。

　　需要是行为的最基础动力,而动机是行为的最直接动力。有需要不一定形成行为的动机,比如人的有害需要是存在内心的,但因为道德、教育或者法律等因素,许多人就没有形成有害需要的动机,不产生动机,就不会产生行动。有动机也不一定是由原来的需要产生的,但又是另一种需要让人形成了动机和行为,所以人的动机都是需要的具体表现。

　　只有形成了动机,才会构成行为。动机本身不属于行为活动,它是行为的原因,不是行为的结果。动机是人的活动的推动者,它体现着所需要的客观事物对人的活动的激励作用,把人的活动引向一定的、满足他需要的具体目标。

　　一种动机可以由多种行为体现出来,而一种行为也可以是不同动机的结果。比如一种要锻炼身体的动机,既可以导致打球的行为,也可以导致游泳的行为,还可以导致跑步的行为,等等。而不同消费者购买了钢琴的同种行为,背后的动机可能完全不一样,消费者也许是因为自己的爱好而购买了钢琴,消费者也许是为了孩子而购买了钢琴,消费者也许只是为了装饰而购买了钢琴,等等。当然,一个消费者的购买钢琴的行为往往是由多种动机得到满足才产生的,比如消费者产生购买钢琴的行为是因为既是自己喜欢,也是价格合适,还是喜爱某种品牌的作用等。

　　动机可以由当前的具体事物所引起,如感到寒冷的人,有取暖的需要,附近的木柴、引火物等,能引起他产生烤火的动机。可是引起动机的,远不限于当前的事物,也可以是事物的表象和概念,甚至是人的信念和道德理想等。例如,对真理和正义的坚信和热爱,个人的责任感或事业心,在一定条件下都能成为推动人去从事活动的动机。

图 3.2　动机与行为的关系

3.2.1　动机的类型

　　从动机的起源来看,动机的类型包括生理性动机和社会性动机。

1. 生理性动机

　　生理性动机又称为原发性动机,是由于人的生理上需要而产生的内在直接动力,主要包括饥渴动机、性动机、排泄动机、睡眠动机、母爱动机等。

2. 社会性动机

　　社会性动机又叫继发性动机和心理性动机,是以社会需要为基础的动机。社会动机的内容十分丰富,如兴趣动机、成就动机、交往动机、权利(支配)

图 3.3　需要和动机过程模型

动机、储蓄动机、投资动机等都属于社会性动机。

（1）成就动机。成就动机指个体在完成某种任务时力图取得成功的动机。个人的成就动机都是不相同的，每一个人都处在一个相对稳定的成就动机水平。人在竞争时会产生两种心理倾向：追求成就的动机和回避失败的动机。

影响成就动机的因素有：①成就动机的高低与童年所接受的家庭教育关系密切；②教师的言行影响学生成就动机的强弱；③经常参加竞争和竞赛活动的人比一般人的成就动机强；④学生的学习成绩与其成绩动机呈正相关；⑤个人对工作难度的看法影响成就动机；⑥个性因素影响成就动机；⑦群体的成就动机的强弱与自然环境和社会文化条件有关。

在企业营销中，利用消费者的成就动机进行营销是一种常用的策略和手段。比如让消费者购买比较贵重的商品或者服务，都可以和实现个人的某种成就联系在一起，给消费者以联想并让消费者在消费中感觉实现了某种成就。

（2）交往动机。交往动机指个人愿意与他人接近、合作、互惠，并发展友谊的动机。交往动机能够正常实现时，人们就会获得安全感、归属感，增添生活的勇气；反之，当交往动机受到阻碍或剥夺时，人们就会感到孤独、寂寞，甚至焦虑和痛苦。

在企业营销中，利用消费者的交往动机进行营销也是经常需要采取的策略和手段。比如通过提供商品来满足人们之间相互交往送礼的需要，通过提供各种服务或者平台（如互联网等）来满足人们交流感情，结交朋友的需要等。

（3）权力动机。权力动机是指人们具有某种支配和影响他人以及周围环境的动机。人的权力动机强，常常表现为主动参与社会事业，并试图在其中起到支配和领导作用；人的权力动机弱，虽然也能参与社会事业，但主动性不强，也缺乏在群体中起支配、领导作用的欲望。

权力动机又可分为个人化权力动机和社会化权力动机。具有个人化权力动机的人，积极参与社会活动的目的是为表现自我，满足个人的私欲或利益，权力、地位被他们当成获利的手段；而具有社会化权力动机的人，他们寻求权力的目的是为他人。他们以个人的知识、智慧、才干、人格去影响他人，如作家以自己的作品或精神产品去影响他人，影响社会。总之，具有社会化权力动机的人，把权力看成是能更好为他人谋利、为人类做贡献的手段。

在企业营销中，同样可以利用人们的权力动机来进行有效的营销活动，让消费者通过消费一些产品或者服务，来实现消费者的支配欲或者权力欲。比如通过诉求驾驶的乐趣，让消费者得到一种支配欲的满足；通过电子游戏的操作，来实现消费者的一种权力欲的满足。

[资料3.1] 归因理论

归因理论的最早提出者是美国社会心理学家海德（F. Heider, 1958）。他认为，人们都有理解世界和控制环境这两种需要，使这两种需要得到满足的最根本的手段就是了解人行为的原因，并预测人们将如何行为。他认为，对行为的归因有两种，一种是环境归因，如将行为的原因归为他人的影响、奖励、工作难易等都是环境归因。把行为原因归为环境，则个人对其行为结果不负什么责任。一种是个人归因，如将行为的原因归为人格、动机、情绪、态度、能力、努力等的影响。如果把行为原归于个人，则个人对其行为结果应当负责。

美国心理学家韦纳（B. Weiner）在吸收海德等人理论的基础上对行为结果的归因进行了系统的探讨，并把归因分为三个维度：内部归因和外部归因，稳定性归因和非稳定性归因，可控归因和不可控归因。同时将人们活动成败的原因即行为责任归结为六个因素，即能力高低、努力程度、任务难易、运气（机遇）好坏、身心状态、外界环境等。

3.2.2 动机的特征

1. 多样性

在社会生活中,人的需要是多种多样的,因此也就形成了多种多样的动机。需要指出的是:需要的多样性一般是指人们对各种事物的需要,是"要什么"的多样性;而动机的多样性一般是指对某一事物如果要产生行动的理由的多样性,是"为什么要"的多样性理由。

一方面,当某人同时出现的几种动机在最终目标上基本一致时,人会将这些动机联合起来推动个体的行为。另一方面,如果某人在准备行动时,自己的选择余地很大,则会更体现出要求满足多方面的动机。比如一位美女找对象,因为她的选择余地很大,所以她往往就会对对方要求很多,要求也比较全面。她可能既需要对方满足她财富的要求,又需要对方满足她才华的要求,还可能有学历、长相、身高、家庭背景、爱好、职业等方面的要求。当然,如果某人的选择余地不大,甚至对方都不愿意选择他时,他的动机的多样性和全面性就会大大减少。

消费者购买动机的多样性和全面性在买方市场上是很明显的,因为消费者对消费品具有很大的选择余地,这样的话,消费者在消费中的要求也会增多,要行动的和要满足的理由也会增多。所以营销者更要努力满足消费者多样性动机的要求,尽量能全面满足消费者对某一商品或服务的多种消费理由。

消费者购买动机的多样性还体现在其动态变化性上。消费者目前的购买动机和其将来的购买动机也许会不一样。比如人们去看牙医,最初是为了获得健康,但现在许多看牙医的人是为了让自己的笑容更加甜美,这才是首要理由。消费者动态的变化对商家来说各有利弊:如果变化使某一特定需要对消费者来说更加重要了,那么服务于这一需要的企业就能获益;相反,如果变化造成某一需要不再重要了,那服务于这一需要的企业则可能受损。

2. 主导性

在多样的动机中,强度最大的就是主导动机,它对其他动机具有调节作用,这种调节作用主要表现为当人们并不能得到多样性动机的全部满足时,主导性动机对人的行为就会产生决定性的影响。还比如一位美女找对象,她可能对对方的要求有十个条件,但对方都不能完全满足她,这时这个人的主导性动机是什么就会决定她的行为可能是什么,其他动机都可以退而求其次。如果她的主导性动机是财富,才华只是非主导性动机,这样一个有才华而没有财富的人往往就会最终被她拒绝,而另一个有财富而没有才华的人就往往会被她接受。理解了人动机的这一点是十分重要的,这意味着人的许多产生的行动并不完美,甚至可能情非所愿,但就是因为某种原因而发生了。比如一位女性可以和一个不爱他的人结婚,因为她的主导性动机就是要有钱,而和一个她爱的人分手,因为她爱的人没有钱。"金无足赤,人无完人",现实生活中,人对某一事物或者人的多样性动机往往不能全面满足,主导性动机才是最经常让人产生行动的动机。

消费者的购买动机的多样性和全面性往往并不能完全满足,这时消费者的主导性动机就会对消费者行为产生决定性影响。比如消费者对某种商品的要求包括了质量、外观、服务、功能全面、价格、品牌等因素,而提供这种商品的企业并没有全面满足他多样性动机的要求,这时就要看这位消费者的主导性动机是什么,如果他的主导性动机是价格,而企业的价格不能符合消费者的要求,那么其他的质量、外观、服务、功能、品牌等要求都不能最终让消费者产生购买行为。而如果这种商品的价格是符合他的主导性动机的,那么商品的质量、外观、服务、功能、品牌等就可以变的并不十分重要。所以善于发现和准确把握消费者的主导性动机是什么,是一项十分重要的本领,不然就会没有抓住主要矛盾,没有抓住主要矛盾的主要方面。

3. 内 隐 性

动机的内隐性一般是指人行为后表现出来的理由并不是真正推动其产生行为的真正理由或者不是主导性理由,真正的理由是存在其内心深处秘而不宣的。秘而不宣的理由是因为有各种各样生理或者社会的原因,这些理由有些是人意识里知道的,但不说出来,也有一些是个人自己也没有意识到的理由,是在人的潜意识领域中。

对一个人的认识不清就是指没有真正认识到这个人的真实动机。动机不纯的人一般不会真实地告诉对方真实的行动理由,他把理由隐藏在内心深处,并用一些冠冕堂皇的理由来说明行动,所以从这个意义上说,太高大的理由可能就是欺骗的理由,往往就不可信。

认识人的内隐性特征对深刻地认清一个人往往具有决定性的意义。说一个人的城府很深或者隐藏的很深,就是说人们往往看不清也摸不着这个人内心真正的想法和行为的真正动机。

了解消费者动机必须走出一个误区,这个误区是认为引起消费者购买行为的原因是"显而易见"的。了解消费者的行为动机是一项极具挑战的工作,其中一个原因就是消费者可能不愿意透露行为背后的真实动机,向他人透露自己那样做的原因可能会让他感觉很不自在。例如,购买"越野车"的男人可能不愿承认,购买这种汽车是为了感觉自己更具阳刚之气。类似地,又有多少慈善捐款者会承认,他们捐赠是为了展示其财富呢?

如果消费者认为他们如实回答某个问题可能会影响不好时,就可能不说实话,而是给出一些社会上普遍认可的答案。我们可以用一项很有说服力的证据来证实这一点:当调查人员请消费者报上其牛奶和酒类的消费量时,很多消费者没有如实汇报。调查人员将消费者回答的数量与其垃圾桶里的牛奶和酒类的空瓶、空盒数量相比较发现:很多消费者高报了其牛奶消费量,而低报了酒类消费量。

消费者动机内隐性也体现出也许连消费者自己也无法说清楚为什么那样做。20世纪初,弗洛伊德及其追随者提出了潜意识动机(unconscious motivation)这一概念,即人们没有意识到的其行为的真正动机。公认的动机研究专家欧内斯特·迪希特(Ernest Dichter)认为:"了解一个人的内在动机是非常困难的,因为我们常常试图将其合理化。我们绝大多数人都会试着用理智的方式来解释自身的行为,而在很多时候,我们的行为并不是理性的。"动机研究人员一直都在探索消费者的心理。迪希特很久以前曾提出过,女人在约会前使用象牙香皂是为了洗去原罪,他还说过,敞篷车是性欲受挫的男人的替代情人。动机研究人员曾提出过这样一个问题:"女人为什么喜欢烤蛋糕?"其中一些研究者认为,女人烤蛋糕是由于其潜意识中渴望生育,也许正是由于这个原因,就有公司专门推出了著名的面团宝宝玩偶。

4. 实 践 性

人的行为是由一定的动机引起的,动机能够唤起或是引起人们的某种行为并驱使人们去行动。动机不是朦胧的意向,它已经与一定的作用对象建立了心理上的联系,所以动机一旦形成,必将导致行为。人们可能有不同的动机方法达到目的,但人的行为都是在动机的驱使下进行的。

消费者的购买动机一旦形成,就会导致消费行为的发生。需要是消费活动的最根本的动力,动机是消费活动的最直接的动力。

3.2.3 动机强度与动机冲突

1. 动机强度

动机强度就是指要满足某一特定需要的强烈程度。有时,满足某一需要的动机非常强烈,我们需要优先满足它,从这个意义上来说,动机就是具有足够强度的需要。而有时,需要的强度不够,所以动机强度也就微弱。

(1)动机强度取决于某人的现实需要状态(现在的处境)与期望状态(希望达成的目标)之间的差异程度。需要没有被满足的程度越高,动机强度也就越强。例如,24小时没有吃饭的人想要填饱肚子的动机是非常强烈的。

(2)动机强度还取决于需要的重要程度。人们满足其最重要的需要的动机往往更加强烈。

(3)动机强度还取决于人们的介入程度。介入是指某一对象或行为与个人的相关程度。消费者认为某一对象或行为满足其重要需要的程度越高,则该对象或行为与个人的相关程度就越高,消费者想要满足其需要的动机越强烈,则对满足这些需要的潜在来源的介入也越高。例如,想要建立良好的社会形象的消费者就比不具有此动机的消费者,对能够满足这一需要产品的介入就会更高些。同理,引起较高介入(即与我们个人需要的相关程度较高)的产品会增强消费者获得和消费该产品的动机。例如,企业可以通过宣传公益,并举办公益活动来让消费者积极介入,进而让消费者产生购买动机和购买行为。

介入和动机强度非常重要,因为它们决定了消费者设法满足其需要的过程中付出努力的程度。随着动机强度和介入的提高,消费者会更努力满足其需要。他们会更关注各种相关信息,仔细地考虑说服性广告所传达的信息,并做出不同寻常的反应,还会搜寻更多的外部信息,消费者也可能会为了满足需要而考虑更多的选择方案。

2. 动机冲突

人的需要是多种多样的,因此也就形成了多种多样的动机。但是在某一特定的时空条件下,这些同时并存的动机不可能同时获得满足,人们不得不从众多的动机中选择某个或某些动机而放弃其他动机。因此在人的心理上就产生了动机冲突或动机斗争。所谓动机冲突或动机斗争就是指在同一时间内出现的彼此不同或相互抵触的动机,因不可能都获得满足而产生的矛盾心理。动机冲突在每个人的日常生活中都会经常发生。

(1)动机冲突按性质和内容来分,可以分为原则性动机冲突与非原则性动机冲突

原则性动机冲突是指个人愿望与社会道德标准相矛盾的动机冲突。如公与私的冲突,个人利益与集体利益的冲突。

非原则性动机冲突是指与社会道德标准不矛盾,只涉及个人兴趣、爱好取舍的动机冲突。例如,周末既想去看电影,又想复习功课。

(2)动机冲突按表现形式来分,可以分为双趋动机冲突、双避动机冲突和趋避动机冲突

双趋动机冲突是指同时面临两个具有同等吸引力的目标,又不能同时达到,必须选择其一时产生的动机冲突。《孟子》里说:"鱼,我所欲也;熊掌,亦我所欲也,二者不可得兼,舍鱼而取熊掌者也。"正是双趋动机冲突。

双避动机冲突是指面临两个具有威胁性的目标都想避开,但必须接受其一时而产生的动机冲突。比如又怕学习辛苦,又怕老师批评,两者都想回避,但须接受其一时的动机冲突。

趋避动机冲突是指对同一目标,同时产生的既好而想趋之,又恶而避之时产生的动机冲突。比如学生想去做"义工",又怕误学习时间。

动机冲突与目标确立是同步进行的。动机冲突就是为选择目标而产生的,动机冲突的过程就是目标确立的过程。某人动机冲突就因为在某人的心目中可能有两种或多种目标,动机冲突的过程就是对众多目标利弊、优劣以及实现的可能性进行权衡,进而决定取舍的过程。由此可见,行动目标的确立不在动机冲突的开始,而在动机冲突的最后,动机冲突停止的同时,目标也就确立了,所以说目标确立是动机冲突的结果。目标一旦确立就可以拟定行动方案付诸实践了。

消费者在消费过程中,动机冲突是不可避免的。既可能涉及原则性的动机冲突,比如个人想消费的某种产品或服务是和社会道德甚至是法律相冲突的。也可能涉及非原则性冲突,比如在某一段时间里,想去黄山旅游,也想去泰山旅游,两者必须选择其一。

消费者在消费过程中,动机冲突也是常见的。双趋冲突意味着两样或者更多的事情都想做,但只能选择其一。比如消费者到某一娱乐消费场所,既想看电影,又想打游戏;双避冲突意味着面对都对自己不利的情况的选择。比如消费者到了一个旅游购买场所,要么选择购物,要么选择等待,两者其实消费者都不想做,但必须选择一样的动机冲突状态;趋避冲突意味着消费者对消费的某一产品或者服务既喜欢又害怕、担心的心理状态。比如一些消费者既喜欢某些美食,又害怕身体发胖,品尝美味佳肴的动机与避免体重增加的动机之间就经常发生趋避冲突。

3.2.4 消费者具体的购买动机

消费者的购买行为都是由购买动机推动。可是,消费者的购买动机是复杂的、多层次的,在消费者的购买活动中产生影响作用的常常不只是一种动机,是多种动机综合作用的结果。对于企业的经营者来说,深入地了解消费者形形色色的购买动机,了解消费者购买动机的多样性和主导性,对于把握消费者购买行为的内在规律,用于企业的营销实践具有现实、具体的指导意义。常见的消费者具体购买动机有以下几种。

1. 求实动机

求实购买动机是指消费者以追求商品或服务的使用价值为主要目的的购买动机。在这种动机支配下,消费者在选购商品时,一方面消费者会特别重视商品的质量、功效,要求一分价钱一分货,讲求耐用,具有明确的使用价值。另一方面消费者也会比较重视所购买商品能为使用者带来更多的实用利益,如方便、实用、省时省力、节约时间等。相对而言,消费者对商品的象征意义,所显示的"个性",商品的造型与款式等就不是特别强调。一般而言,富有理性的人及中老年人多具有这样的动机。

2. 求新动机

求新购买动机是指消费者以追求商品或服务的时尚、新颖、奇特为主要目的的购买动机。在这种动机支配下,消费者选择产品时,特别注重商品的款式、色泽、流行性、独特性与新颖性,喜欢别出心裁、标新立异、与众不同的产品。相对而言,产品的实用性、耐用性、价格等成为次要的考虑因素。一般而言,在收入水平比较高的人群以及青年群体中,求新的购买动机比较常见。

3. 求美动机

求美购买动机是指消费者以追求商品欣赏价值和艺术价值为主要目的的购买动机。在这种动机支配下,消费者选购商品时特别重视商品的颜色、造型、外观、包装等因素,讲究商品的造型美、装潢美和艺术美。求美动机的核心是讲求赏心悦目,注重商品的美化作用和美化效果。这类消费者对商品的价格的高低及实用价值方面往往并不注意。一般而言,求美动机在受教育程度较高的群体、具有艺术气息的群体以及从事文化、教育等工作的人群中是比较常见的。

4. 求名动机

求名购买动机是指消费者以追求名牌、高档商品,借以显示或提高自己的身份、地位而形成的购买动机。这类消费者特别重视商品的品牌、产地、企业声誉、象征意义等因素。崇尚名牌产品已成为现代消费市场的一大趋势。求名动机在一些中高收入层、大中学生中比较明显。求名动机形成的原因实际上是相当复杂的。购买名牌商品,除了有显示身份、地位、富有和表现自我等作用以外,还隐含着减少购买风险,简化决策程序和节省购买时间等多方面考虑因素。

5. 求廉动机

求廉购买动机是指消费者以追求商品或服务的价格低廉为主要目的的购买动机。在求廉动机的驱使下,消费者选择商品以价格为第一考虑因素。他们宁肯多花体力和精力,多方面了解、比较产品价格差异,选择价格便宜的产品。相对而言,求廉动机的消费者对商品象征意义、附加值、包装、品牌等不是十分挑剔,而对降价、折让等销售促进活动怀有较大兴趣。一般而言,收入低的消费者多以求廉动机为购买的主导性动机。收入高而节俭的人,也会有这样的主导性动机。

6. 求便动机

求便购买动机是指消费者以追求商品购买和使用过程中的省时、便利为主要目的的购买动机。在求便动机支配下,消费者对时间、效率特别重视,对商品本身则不甚挑剔。他们特别关心能否快速方便地买到商品,讨厌过长的候购时间和过低的销售效率。对购买的商品也要求携带方便,便于使用和维修。一般而言,成就感比较高的人,时间机会成本比较大的人,或者时间观念比较强的人,更倾向于在购买中以求便为主导性的购买动机。

7. 从众动机

从众购买动机是指消费者在购买商品时自觉不自觉地模仿他人的购买行为而形成的购买动机。模仿是一种很普遍的社会现象,其形成的原因多种多样。有出于仰慕和获得认同而产生的模仿;有由于惧怕风险、保守而产生的模仿;有缺乏主见,随大流或随波逐流而产生的模仿。不管缘于何种原由,持从众模仿动机的消费者,其购买行为受他人影响比较大。一般而言,普通消费者的模仿对象多是社会名流或其所崇拜、仰慕的偶像。电视广告中经常出现某些歌星、影星、体育明星使用某种产品的画面或镜头,目的之一就是要刺激受众的模仿、从众动机,促进产品销售。从众动机有时使消费者在消费时不顾及自身的特点、实际的需求和条件,所以会表现出消费者不成熟或者盲目不理性的一面。

8. 癖好动机

癖好购买动机是指消费者以满足个人特殊兴趣、爱好为主要目的的购买动机。其核心是为了满足某种嗜好、情趣。具有这种动机的消费者,大多出于生活习惯或个人癖好而购买某些类型的商品。如有些人喜爱养花、养鸟、摄影、集邮,有些人爱好收集古玩、古董、古画,还有人好喝酒、饮茶,等等。在癖好动机支配下,消费者选择商品往往比较理智,比较专业,比较挑剔,不轻易盲从。这类消费者以获取喜爱的或者稀有的东西为最大的满足和享受,为此甚至可以约束正常消费或是压缩生活中必须的消费品。

9. 逆反动机

逆反购买动机是作用于个体的同类事物超过了所能接受的限度,而产生的一种有意识的相反心理倾向。消费者在从事消费活动时,不断接受来自商品本身、广告以及厂商各种各样的消费刺激的影响,倘若某种刺激持续的时间过长,刺激量过大,超过了消费者所能承受的程度,就会引起相反的心理体验,产生逆反心理。企业面对这种逆反心理,更要做到不能让消费者产生本来要买,现在因为企业的某种行为而不购买了。企业应该想办法让消费者产生你不让我这样,我偏要这样的逆反动机。比如《水浒传》中的"三碗不过岗"就是很典型的让一些人产生逆反动机的手段。一则企业的广告是这样做的:"本裘皮大衣的唯一特点就是价格太高。"这样的广告就会让一些消费者产生逆反动机:你说价格高好像说我买不起,那我就偏要买。

10. 自我表现动机

自我表现购买动机是指消费者以显示自己的象征、地位、威望和富有为主要目的的购买动机。消费者不太注重商品的使用价值,而是特别重视商品所代表的社会象征意义。现代社会强调自我表现,强调个性,所以消费者的自我表现意识也比较强。企业在这方面如果能把产品或服务与某种象征意义联系在一起,与地位或威望或富有联系在一起,就可能得到喜欢自我表现人的青睐。比如可口可乐就把产品与年轻、活力联系在一起,这样的象征意义博得了许多年轻人的心;而劳斯莱斯就把汽车与地位、富有联系在了一起,同样取得了很好的销售效果。这类消费者在消费中往往更注重感性消费,而企业面对这类消费者重点就要进行感性营销。

以上列举的消费者购买动机只是消费者在购买活动中的常见动机。还有健康动机、绿色消费动机、惠顾动机、储备动机、纪念动机、馈赠动机等许多消费购买动机。消费者的购买动机在消费时首先体现出多样性,是一个复杂的动机体系。实际当中消费者的消费行为往往不是由一种动机引发的,而常常是多种动机共同作用的结果。同时,消费者还有不愿说或根本说不清的购买动机。其次体现在主导性上。在多种动机不能全部实现时,消费者的主导性动机是什么及其是否能得到满足将决定消费者是否会产生行动。

企业在营销过程中可以通过有效的激励措施来达到激发消费者购买动机的目的。比如说金钱激励、价值激励、促销激励等,都可能让消费者尽快形成购买动机,产生购买行为。

[资料 3.2]　赫茨伯格的双因素理论

美国心理学家弗雷德里克·赫茨伯格在 1959 年提出了动机双因素理论(two－factor theory),这个理论对不满意因素(引起不满意的因素)和满意因素(引起满意的因素)进行了区分。只是消除不满足因素是不够的,还必须主动积极地展现满意因素。

导致对工作满意的因素主要有五个:成就、认可、工作本身的吸引力、责任和发展。导致对工作不满的主要因素有:企业政策与行政管理、监督、工资、人际关系及工作条件等。赫茨伯格将导致对工作不满的因素称为保健因素,将引起工作满意感的因素称为激励因素。保健因素,诸如规章制度、工资水平、福利待遇、工作条件等,对人的行为不起激励作用,但这些因素如果得不到保证,就会引起人们的不满,从而降低工作效率。激励因素,诸如提升、提职、工作上的成就感、个人潜力的发挥等,则能唤起人们的进取心,对人的行为起激励作用。要使人的工作效率提高,仅仅提供保健因素是不够的,还要提供激励因素。

赫茨伯格双因素论运用于消费者动机分析,亦具有多重价值与意义。赫茨伯格的动机理论有两层含义。第一,卖家要尽可能避免不满因素的出现(如不合格的说明书或不完善的服务政策)。这些因素不能令你成功地卖出商品,甚至它们还能轻易地毁掉这宗交易。第二,在市场上,卖家要清楚地知道自己的产品优势是什么,或者知道什么是驱使消费者购买自己产品的满意因素,并使自己的产品具备这些因素。

3.3 兴 趣

兴趣(interest)是人们力求认识某种事物和从事某项活动的心理倾向。它表现为人们对某件事物、某项活动的积极性认识倾向和积极的情绪反应。兴趣可以使人产生巨大的积极性,获得某种肯定的情感体验。在学习和工作中,一旦有了浓厚的兴趣就会刻苦钻研、废寝忘食。兴趣是推动人们进一步认识事物、探求真理的社会性动机。

当兴趣不是指向认识的对象而是指向某种活动时,这种动机叫爱好。如对足球的爱好,对音乐、美术的爱好等。兴趣与爱好都是和人的积极的情绪体验联系在一起。

兴趣的产生和发展以需要为基础,有了兴趣的参与,更容易形成行动或强化已经形成的行动。人们若对某件事物或某项活动感到需要,他就会热心于接触、观察这件事物,积极从事这项活动,并探索其奥秘。兴趣又与认识和情感相联系,若对某件事物或某项活动没有认识,也就不会对它有情感,因而不会对它有兴趣。反之,认识越深刻,情感越炽烈,兴趣也就会越浓厚。

兴趣和爱好受遗传的影响,兴趣更受社会环境的影响。人受不同的时代,不同的物质和文化条件,不同的职业等因素的影响,兴趣和爱好都会不一样。父母的兴趣和爱好会对孩子有直接的影响,年龄的变化也会对人的兴趣产生直接影响。少儿时期的人往往对图画、歌舞感兴趣,青年时期的人会对文学、艺术感兴趣,成年时期的人往往对某种职业、某种工作感兴趣。它反映了一个人随着年龄的增长、知识和经验的积累,兴趣的中心也会随之转移。

兴趣在人的实践活动中具有重要的意义。兴趣可以使人集中注意,产生愉快紧张的心理状态。注意力越集中,记忆的效果就越好;兴趣可以对人的认识和活动产生积极的影响,有利于提高工作的质量和效果,能够让人积极主动地寻找答案;兴趣能够让人更多地接触该领域的内容;兴趣能够让人在不知不觉中复习和重温,让人不容易疲倦;兴趣能够激活思考,兴趣在很多时候就是学习的方向。"兴趣是最好的老师。"没有兴趣地去学习,不但浪费时间、浪费精力,还达不到好的效果。而如果是有兴趣地去学习,就能有效地提高学习的效果。

3.3.1 兴趣的种类

1. 按兴趣的内容分,可以分为物质兴趣和精神兴趣

物质兴趣主要指人们对舒适的物质生活(如衣、食、住、行等方面)的兴趣和追求;精神兴趣主要指人们对精神生活(如学习、研究、艺术、知识、娱乐)的兴趣和追求。

消费者的兴趣既体现在物质兴趣上,也体现在精神兴趣上,往往是两者都需要,企业可以通过发现、满足和引导消费者的兴趣爱好,来让消费者尽快形成购买动机,产生购买行为。

2. 按指向对象分,可以分为直接兴趣和间接兴趣

直接兴趣是由事物或活动本身引起的兴趣,如对看电影、小说的兴趣。间接兴趣是由认识事物的目的和结果所引的兴趣,如对某项劳动将取得的成果或掌握某门知识后的作用所发生的兴趣。直接兴趣和间接兴趣是相互联系、相互促进的。因此,只有把直接兴趣和间接兴趣有机的结合起来,才能充分发挥一个人的积极性和创造性,才能持之以恒,目标明确,取得成功。

在企业营销中,既应该调动消费者的直接兴趣,也应该调动消费者的间接兴趣。比如调动消费者学习某种知识(比如学习营销知识)的直接兴趣,并引导消费者通过对知识学习后的间接兴趣(营销知识所带来的实用价值),从而形成对营销书籍的购买动机与购买行动。

3. 按参与程度分,可以分为情趣和志趣

情趣是指感情作用于兴趣的结果,是一种爱好;志趣是指意志作用于兴趣的结果,是一种志向。情趣比志趣发生的范围广,志趣比情趣发生的程度要深。一般说来,兴趣广泛的人能更能获得丰富的知识和经验,容易与人相处,生活也更有情趣。而兴趣专一的人会对某一事物认识的程度更深,动机和行动往往也越持久。一个人既应该有情趣,也应该有志趣。

有情趣的消费者往往爱好广泛,所以企业的营销就比较容易让消费者产生对产品或者新产品的兴趣,其购买产品或服务的范围也会越广,有利于企业在产品和服务的丰富性和多样性上做出对策。有志趣的消费者往往专一忠诚,所以企业所提供的产品或服务一旦符合其志趣,消费者就很容易发生购买行为,而且也比较容易形成重复购买和品牌忠诚。

买方市场上,兴趣是消费者形成购买行为的重要条件。企业营销中的市场定位就是要激发消费者的兴趣,企业还可以通过利用节日元素、时尚元素、情调元素等方法来引发消费者的兴趣。

3.3.2 兴趣的特征

1. 指 向 性

兴趣就意味着注意到某事,有具体的对象和内容。

消费者的兴趣一定有兴趣的对象和内容,这样的对象和内容既可以是整体的兴趣表现,比如说喜欢汽车;又可以是具体的兴趣表现,具有延伸性和丰富性的特点,比如喜欢汽车表现在喜欢看汽车比赛,喜欢汽车模型,喜欢汽车杂志等。

2. 积 极 性

兴趣是积极的情绪体现,对人们从事各项活动有很好的情绪、情感上的支持。每个人都会对他感兴趣的事物给予优先注意和积极地探索,并表现出心驰神往。

消费者对什么产品或服务产生了兴趣,情绪就会比较高昂,消费者会因为喜欢和爱好而积极关注企业的各种信息,各种促销策略。

3. 差 异 性

"人一上百,形形色色。"由于人的个性及所处的社会环境的不同,每个人兴趣的广度和深度不一样,兴趣的对象也是千差万别。

消费者的兴趣爱好也是有着千差万别的不同,营销者要善于发现这样的不同,采取不同的营销对策来焕发消费者的不同兴趣,并满足消费者的不同兴趣。

4. 效 能 性

因为对某一事物或人有了兴趣,总会产生一定的效果。兴趣是人产生某种行为的动力因素之一,兴趣是一种无形的动力,当人们对某件事情或某项活动感兴趣时,就会很投入,而且印象深刻。

营销者如果能发现或者调动消费者的兴趣,就会对消费者的购买动机和行为产生积极的影响,因为消费者一旦有兴趣,就会对行动产生很大的效能,而且往往是消费者产生行动动机中的基础动机。

3.3.3 兴趣品质

兴趣品质是指兴趣的品德和品位的高低程度。兴趣品质主要是受社会环境的影响。一般而言,兴趣品质的高低会直接影响和表现一个人的人品的优劣。对公益活动感兴趣,乐于助人,对高雅的音乐、美术有兴趣和爱好的人往往兴趣品质就高;反之,对占小便宜感兴趣,对低级、庸俗的事物有兴趣和爱好,则表现了一个人兴趣品质的低级。

人的兴趣品质体现在兴趣的倾向性、广阔性和持久性等方面。

1. 兴趣的倾向性

即对什么发生兴趣。这对各个人是不同的,表现出个别差异。凡对有益于人类社会的事物容易引起兴趣,其倾向性就会高尚;凡对有害于人类社会的事物容易引起兴趣,其倾向性就低级。人们应通过家庭、学校和社会教育,培养起高尚的兴趣倾向。

2. 兴趣的广阔性

即兴趣的范围。有人兴趣广阔,对许多事物兴致勃勃,乐于探求;有人则兴趣单调狭窄。兴趣的广阔程度与知识面的宽窄有密切的联系。人应该培养广阔的兴趣,同时又要把广阔的兴趣与深度的兴趣结合起来,做到既博又专。

3. 兴趣的持久性

即兴趣的稳定程度。人们对事物的兴趣,可以经久不变,也可以变化无常。培养持久的兴趣是在工作上取得成就的必要条件。只有稳定的兴趣,才能促使人系统地学习某一门知识,把某一项工作坚持到底,并取得成就。有些人的兴趣爱好是不稳定和持久的,这样的兴趣动力就只能作用于一时,而不能作用于长久。

一个人兴趣的倾向性、广阔性和稳定性的特征将直接关系到其未来发展的方向和能否取得成就。人的兴趣不仅是在学习、活动中发生和发展起来的,而且又是认识和从事活动的巨大动力。兴趣可以使人智力得到进一步的开发,得到更丰富的知识,眼界变得更开阔,并会使人对生活充满热情。兴趣对人的个性形成和发展起了巨大的推动作用。

在有选择的前提下,兴趣往往是人产生行为的基础性动机或者主导性动机,人们去做一样事情,就会先看自己感不感兴趣。

人的行为背后的动机复杂而又隐蔽。但通过看人的兴趣品质,一般就可以知道人的品位和品德,兴趣品质的高低往往折射出人品的高低。一个人如果兴趣是在吃喝玩乐上,是在声色犬马上,兴趣主要集中在满足各种物欲上,那么其人品必然不高。当然兴趣品质高的人也不一定就是人品高尚,因为动机具有内隐性,所以表面的东西是什么并不能代表真实或者本质的东西就是什么。

消费者的兴趣爱好一方面可以由其本身原来的兴趣品质引起,而且是主要的影响因素。如果某个人本来就热衷于吃喝玩乐、声色犬马、物质消费,那么他要消费什么就会一目了然,企业的营销对策也就很容易找到。另一方面消费者的兴趣爱好也可以由企业营销和社会环境来引导。比如对玩电子游戏的兴趣,广大的中小学生和不少的成年人热衷于电子游戏中的行为,就是被企业营销和社会环境引导出来的。

事实上,现在一些消费者消费的兴趣品质不高甚至庸俗,和一些企业错误的引导消费是有很大的关系。当然除了企业的错误引导外,整体社会大环境也起了很大的作用。如果整个社会里人们看到的更多的是丰富的消费,浪费的消费,高档的消费,是讲消费至上的消费社会,那么这些社会现象都会对消费者的兴趣品质产生负面影响。消费者会因为去追求物质的满足,感官的刺激,而失去了淡泊、宁静、高尚的精神追求。

企业营销对消费者的兴趣品质有着直接的鼓励或者限制的作用,企业对消费者的宣传、沟通和促销构成了整体社会商业文化的主要部分。引导一种什么样的商业文化是企业和社会必须要明确的战略方向。商业文化中如果充斥着财富、享乐、娱乐、色情、暴力、欺骗等因素,那么消费者的兴趣品质就会受到这样文化的影响,其会发生什么样的购买行为就可想而知了。

企业既可以通过提供直接让消费者感兴趣的产品或服务来满足其需要,也可以通过焕发消费者的对其他事物的兴趣来让消费者对企业的产品或服务感兴趣。比如消费者可能对酒不感兴趣,但对《红楼梦》很感兴趣,企业如果能有效地把《红楼梦》和酒结合起来,就可能调动起消费者购买酒的行为,而这种消费行为不是酒本身给予的,而是另外一个兴趣因素给予的。

喜好度、感知性价比和需求实现是消费者购买兴趣的主要驱动因素,产品独特性和产品喜好度之间有着很强的相关性。了解这些激发消费者购买兴趣的关键因素及其之间的关系,可以保证企业的新产品或改进的产品概念具备合理的优势,从而促进销售。

［案例 3.2］"六神"沐浴露

六神或"六位神灵",是中医传统上用来治疗痱子和其他夏季疾病的药方名称,其中主要成分是珍珠粉和麝香。按照这个处方,1993 年,上海家化企业推出了六神花露水,供夏天使用。以"去痱止痒、提神醒脑"为明确产品诉求,这个品牌迅速赢得了 60% 的花露水市场份额。1995 年,上海家化推出了"六神"沐浴露,专攻中国夏季个人洗护用品市场。

"六神"沐浴露的推出,一方面是鉴于"六神"品牌在市场上已具有的强大品牌效应,要将"六神"品牌的价值最大化;另一方面,面对跨国公司的挑战,上海家化把握住了中国消费者的特殊品味——在一些领域更加相信中医。在对消费人群进行分析后,上海家化推出"六神"沐浴露,将目标对准了"六神"花露水的使用者及长期青睐传统中医产品的消费者。产品推出后,很快就赢得了绝大部分"六神"花露水的用户,至 1998 年,在中国逐渐建立起的沐浴露市场中占据最大的市场份额,"六神"沐浴露成为中国夏季个人洗护用品的第一品牌。六神沐浴露是唯一可以与宝洁、联合利华等跨国公司品牌抗衡的中国日化产品。

日化产品是一个情感附加值相对较高的产品品类,这意味着消费者的需求具有多样化和个性化的特性。"六神"通过品牌诉求,体现了消费者所关注的功能性利益和情感性利益,体现了产品的价值、文化和个性。

"除了质量可靠、分销渠道广泛之外,六神沐浴露持续多年畅销的主要原因在于这个产品的价值主张与目标顾客的价值期望吻合度比较高。"一位上海家化联合股份有限公司副总经理这样说。

也就是说,六神沐浴露准确抓住了消费者的消费心理。

(1)国内的消费者夏天洗澡的频次比较高,更中意一种"清凉舒爽"的感觉,以"清凉舒爽"为产品诉求的六神沐浴露自然取得了"精确制导、直达受众"的效果。

(2)六神巧妙地利用了国人关爱全家的家庭观念,用"全家共享"的情感诉求自然而然地扩大了产品的"群众基础"。

(3)六神把握了中国消费者的特殊兴趣——对传统中医文化的兴趣与信赖,确立了六神沐浴露独特的产品定位——中药成分的沐浴液,为自己建立了强势的市场区隔。

(4)相对国际品牌沐浴露的普遍偏高的价格,六神沐浴露的价格比较适中,很快赢得了顾客的认可。

本章小结

消费者行为的动力倾向体现在需要、动机和兴趣上，兴趣也是动机的一种，在许多消费者购买行为的背后，兴趣是基础性或者是主导性的动机。需要、动机和兴趣回答了人要什么和为什么要等关键性问题。

需要是人行为的最基础、最根本的动力。需要作为一种心理状态，具有以下一般特征：对象性、紧张性、驱动性、周期性、社会性和年龄性等。

根据不同的标准，一般可以把需要分为以下不同的种类：根据需要的起源，分为生理需要和社会需要；根据需要对象的性质，分为物质需要和精神需要；根据需要的高低层次，分为生理需要、安全需要、归属与爱的需要、尊重需要和自我实现需要。

消费者的基本特征具体表现：多样性、共同性、层次性、伸缩性、互联性和可诱性等。消费者在市场上的需求状态是不断变化的，具有九种典型的需求状态：负需求、无需求、下降需求、不规则需求、充足需求、过量需求、有害需求、现实需求和潜在需求。

在对消费者需求的认识和理解中，认识和理解创造需求的真正含义十分重要。把握这个观点的切入点就是要正确的认识消费者的潜在需求，认识消费者的潜意识的存在。

动机是引起个体活动，维持已引起的活动，并促使活动朝向某一目标进行的内在直接动力。是人从事某种行动的具体理由。动机是人行为的最直接的动力。

从动机的起源来看，动机的类型包括生理性动机和社会性动机。动机的特征表现为：多样性、主导性、内隐性和实践性。动机冲突按性质和内容来分，可以分为原则性动机冲突与非原则性动机冲突；动机冲突按表现形式来分，可以分为双趋动机冲突、双避动机冲突和趋避动机冲突。

消费者具体的购买动机一般包括：求实动机、求新动机、求美动机、求名动机、求廉动机、求便动机、从众动机、癖好动机、逆反动机和自我表现动机等。

兴趣是人们力求认识某种事物和从事某项活动的心理倾向。它表现为人们对某件事物、某项活动的积极性认识倾向和积极的情绪反应。兴趣是一种社会性动机。

按兴趣的内容分，可以分为物质兴趣和精神兴趣；按指向对象分，可以分为直接兴趣和间接兴趣；按参与程度分，可以分为情趣和志趣。

兴趣品质是指兴趣的品德和品位的高低程度。兴趣品质主要是受社会环境的影响。人的兴趣品质体现在兴趣的倾向性、广阔性和持久性等方面。

 关键名词

需要　需求　潜在需求　动机　兴趣　兴趣品质

问答题

1. 需要的特征是什么？消费者需要有什么特征？
2. 潜在需求的状况一般包括哪些类型？对企业经营有何意义？
3. 试述消费者需求的主要状态及企业的营销对策。
4. 动机的特征及对企业营销的启示是什么？
5. 试述动机的类型及其消费者主要的购买动机。
6. 试述兴趣的特征及其对企业营销的启示。
7. 兴趣品质主要体现在哪些方面？对企业营销有何指导意义？

第4章　消费者行为的个性特征

 本章提要

　　消费者行为千差万别的原因是消费者的个性是不同的,消费者的个性特征体现在气质、性格、能力三个方面,这些个性特征就构成了不同的人格状态。气质是天生的,气质也是可以改变的;性格是构成人格的核心部分,性格主要是由后天的社会环境塑造;能力的获得也主要是由后天的社会环境决定。

 学习目标

1. 了解气质的类型及表现,认识企业营销相应的对策。
2. 认识性格的特征及形成,性格的分类。
3. 了解消费性格的表现。
4. 掌握能力的分类,影响能力有哪些因素。
5. 情商与能力有何关系。
6. 认识能力在消费方面的表现及内容。
7. 掌握人格的内涵和结构。

开篇案例

"动感地带"的个性

2001年中国移动公司在广东率先推出了面对年轻消费群体的全新品牌——"动感地带"。"动感地带"是中国移动继"全球通"、"神州行"之后推出的第三个分类品牌,"动感地带"在全国推广十个月就拥有了超过1 000万年轻用户,其目标受众直指15至25岁的年轻时尚族群,以打造"年轻人的通讯自治区"为己任,倾力营造"时尚、好玩、探索"的品牌魅力空间,打造出令人心动的通讯业的市场新宠儿。用短短几年,已经是星星之火,燃成了燎原之势。

"动感地带"锁定的是年轻用户群,尽管他们现阶段收入较低,但却是数据业务的主力军;他们追求时尚、崇尚个性、乐于接受新事物,是容易相互影响的消费群体;他们具有强烈的品牌意识,对适合自己的个性化业务和品牌有着强烈需求;他们具有成长性,有望成为未来的高端用户。

"动感地带"邀请周杰伦代言让"动感地带"人气飙升。加盟"动感地带"不再是简单的打打电话、发发短信、玩玩游戏,获得的是属于自己的"年轻人的通信自治区",体味的是"我的地盘,我做主"的良好感觉。健康、阳光、个性,在15~25岁年轻人中极具号召力的周杰伦可谓是名副其实的"动感小子",其影响力不仅提升了"动感地带"在年轻人中的知名度,也使得"动感地带"的品牌内涵更加丰富。

中国移动把战略定位非常精准的"动感地带"进一步扩大战果,继续以令人心动、动感十足作为"杀手锏",积极迎接挑战。"动感地带"本身参与性很强,这属于体验营销的特点。体验是难忘的,但是它又是瞬间的,这种方式抓住了积极活跃的因素,一下子成功了。对于其他的客户定位,也牢牢把握住消费者的参与点、热情点,找好切入点。"动感地带"引起的一系列的活动,如赞助"音乐盛典"、举办"街舞大赛"等,都是一种烘托造势,使消费者产生难以忘怀的体验。

广告宣传独树一帜,周杰伦在广告上的表现真的让M-zone人相信他也是拇指一族。之后每当有新业务的推出,周杰伦都会充当先锋,身体力行。与彩信、彩铃等新业务同时推出的各种新广告铺天盖地的出现在M-zone人的四周,加上周杰伦夸张的表演方式,使得这些业务立即火爆不已,频频出现在报纸、杂志、电视、广播等媒体上,还有网站上的"动感地带"广告无不惟妙惟肖地传达该品牌的核心价值与定位,引起了广大动感用户的共鸣,得到了越来越多年轻人的认可。

"动感地带"的业务都是针对15到25岁年轻人的定制化服务。但是年轻人的优点可能也正是他的缺点,对于年轻人来讲,个性张扬是他的优点。但如果过分张扬这种个性,可能导致年轻人完全追求新奇,消费变化性过大,反而让年轻人的兴趣可能降低。

"动感地带"的商业运作使企业意识到:对消费者个性的认识与满足是让消费者心动并行动的保证。

——作者根据《世界经理人》等相关资料整理而成

人的认知过程、情绪过程和意志过程是人心理与行为的基础,那为什么人的认知是不一样的,人的情绪是不一样的,人的心动与行动是不一样的呢?因为人有不同的个性。不同的个性就导致了人的不同认识、不同情绪与不同的意志。个性心理是指一个人所具有的持久而稳定的心理特点,包括了个性的倾向性和个性心理特征两个方面。个性的倾向性表现为需要、动机等因素,个性心理特征一般由三个部分构成,即气质、性格和能力。

个性心理特征在消费者身上有不同的内容和表现,直接地影响消费者的消费活动,个性心理特征的综合就构成了人格。

4.1 气　　质

气质(temperament)是指人先天的与生俱来的典型而稳定的个性心理和行为特征。也就是那些由遗传和生理因素决定的心理和行为特征。

心理学中所说的气质和日常人们所说的气质的含义是不同。日常生活中人们所说的气质一般是指一个人的风格、风度以职业上的某些特点等。而心理学中的气质是指人生来就具有的典型、稳定的心理特征,表现出一个人心理活动的动力特点。所谓心理活动的动力特点,是指心理活动及行为进行的速度、强度、灵活性、指向性等特点。

气质类型是人生来就具有的,它仿佛使人的全部心理活动抹上了独特色彩,使内容相同的活动,显示出不同的气质特点。小孩出生后,就会表现出明显的气质差别。如有的爱哭爱闹,四肢活动较多;有的比较安静,较少啼哭等。这些差异说明人的气质特征主要是由于神经系统的先天性造成的。

4.1.1　气质的类型

古希腊医生希波克拉底(Hippocrates,约公元前 460—前 377)就认为人体内有四种体液,即血液、粘液、黄胆汁和黑胆汁,不同的人体内占优势的体液不同。后来古罗马医生盖伦(Galen,130—200)用这种体液学说来解释气质,认为某种占优势的体液决定一个人的气质。后人正是在此理论的基础上,逐步形成了气质类型学说。

多血质的典型特点是主动、活泼、快乐、好动、灵活,喜欢与人交往,善于交际,注意力容易转移,兴趣广泛但不持久,情绪变化快。

胆汁质的典型特点是主动、直率、易怒、易兴奋、精力旺盛,急躁、脾气暴躁,行动来得快,去得也快。

粘液质的典型特点是被动、安静、稳重、行动缓慢、沉默寡言、善于克制忍耐、情绪不易外露、注意力稳定、惰性较强。

抑郁质的型特点是被动、多疑、孤僻、忧郁、易哀愁、抑制力强、内心敏感、情绪体验深刻、反应速度慢,善于细心觉察别人不易觉察的事物和人际关系。

假设有四个典型的分别属于不同类型的人一起去看戏,但到了剧院门口被门卫挡住不让进,因为他们迟到了,这时四人的典型表现可能是:多血质的人会笑嘻嘻地与门卫搭讪,以获得门卫的好感并放他进去;胆汁质的人可能会与门卫争吵起来,甚至大打出手;粘液质的人可能按照门卫的指示,规规矩矩地坐在那里等下一场;抑郁质的人则可能唉声叹气地回家去,并一路感慨自己总是遇到倒霉的事。

著名的俄国生物病理学家巴甫洛夫(Pavlov,1849—1936)通过对高等动物的研究,并根据高级神经活动的强度、平衡和灵活性等三个基本特征,把高级神经系统的活动划分为不可抑制型、活泼型、安静型和弱型等四种类型。四种神经活动类型与希波克拉底的四种气类型正好一一对应,这样,巴甫洛夫的高级神经活动学说就为气质分类提供了较为科学的依据。现代心理学依据人的高级神经活动类型,提出气质类型可以分为兴奋型、活泼型、安静型和抑制型等四种。兴奋型对应的是胆汁质,活泼型对应的是多血质,安静型对应的是粘液质,抑制型对应的是抑郁质。

气质类型本身并无好坏之分,每种气质都有积极和消极的一面,对人能力高低、成就大小和品德的好坏不起决定作用,但对人的某些心理和行为活动起着一定的影响。如果认为气质决定了人的一切,就是认为人一出生就被决定了,这是宿命论。

多血质与粘液质是最常见的气质类型,多数人都是这两种气质类型的表现。而胆汁质与抑郁质是少数人的气质类型,但这两种气质类型的情绪与行为表现却很明显,让人可能一眼就能看出。胆汁质是多血质的进一步的外倾,抑郁质是粘液质进一步的内向。

人际交往单从气质来说,一般而言,多血质与粘液质往往是理想的搭配,多血质与胆汁质、抑郁质,粘液质与抑郁质、胆汁质都是可以配合在一起的。只是胆汁质与胆汁质之间、抑郁质与抑郁质之间、胆汁质与抑郁质之间的配合可能存在更多的障碍。

人往往不是只有一种气质类型,是多种气质类型的混合,但又往往是以一种气质类型为主。气质尽管是先天的,但后天的力量可以影响气质,改变原来的气质表现。

先天的因素影响人生过程,还有许多不同的说法,血型说和十二星相说就是目前许多人感兴趣的说法,尽管它们可能缺乏科学性,但不少人还是很感兴趣。十二星相说被企业运用到营销中,特别面对年轻的消费者,企业通过星相的表达可以更加亲切、形象地传递有关商品或服务的信息,甚至建立商品或服务的形象。

[资料 4.1]　血 型 说

日本学者古川竹二等人认为气质与人的血型有一定联系。四种血型即 O 型、A 型、B 型、AB 型,分别构成气质的四种类型。其中,O 型气质的人外向,意志坚强,志向稳定,独立性强,胆大好胜,有支配欲,积极进取;B 型气质的人外向,感觉灵敏,多言善语,爱管闲事,善于交际;A 型气质的人内向,保守,多疑,性情温和,孤独害羞,追求完美,有奉献精神;AB 型气质的人内向,言词尖锐,忽冷忽热,重视个人隐私,经常独来独往,主动性不强,另一方面又会热心帮助人。AB 型是 A 型和 B 型的混合,外表是 A 型,内在是 B 型。

这些说法在学术界受到了批驳,在民间却被视为心理新发现而被接受。

[资料 4.2]　十二星相说

在占星学上,黄道 12 星座是宇宙方位的代名词,代表了 12 种基本性格原型,一个人出生时,各星体落入黄道上的位置,正是说明一个人的先天性格及天赋。黄道 12 星座象征心理层面,反映出一个人行为的表现方式。黄道分成 12 个星座,称为黄道 12 星座,依次为白羊座、金牛座、双子座、巨蟹座、狮子座、处女座、天秤座、天蝎座、射手座、摩羯座、水瓶座、双鱼座。

根据占星学说,各个星座皆与人的各方面有对应关系。

星座	人生阶段	对应日期	气质特征
白羊座	婴儿	3.21～4.20	活力,勇敢,直率,好胜,性急,有影响力
金牛座	幼儿	4.21～5.20	沉稳,保守,务实,忍耐,感性,固执

星座	人生阶段	对应日期	气质特征
双子座	儿童	5.21~6.21	机智,开朗,好奇,敏感,多变,投机
巨蟹座	少年	6.22~7.22	保守,含蓄,体贴,执着,多愁善感
狮子座	青年	7.23~8.22	爽朗大方,热情,霸气,自大,任性
处女座	青年	8.23~9.22	聪明,细心,完美,整洁,实际,挑剔
天秤座	成年	9.23~10.23	和平,公正,爱美,自恋,惰性,犹豫不决
天蝎座	成年	10.24~11.21	神秘,感性,独立,多疑,报复,占有欲强
射手座	壮年	11.22~12.21	崇尚自由,风趣幽默,细心,优柔寡断
摩羯座	老年	12.22~1.19	理智,稳重,可靠,勇敢,专注,坚强
水瓶座	重生	1.20~2.18	博爱,亲切,理性,倔强,胆小,短浅
双鱼座	灵魂	2.19~3.20	浪漫,同情,轻信,幻想,感情用事

4.1.2 消费者气质表现

当不同气质特点的人们以消费者的身份出现在商店或者购物的时候,会形成购买过程中不同的气质色彩,并形成各种不同的购买行为。

1. 多血质为主的消费者

这类消费者在消费行为中通常表现出积极主动,善于同销售人员交流,积极地提出问题并寻求解答,有时还会主动征询其他在场消费者的意见,表现得开朗活跃。

面对这样的消费者,营销者就要善于发现他们的气质特点,积极热情地与他们交谈,为他们提供服务。这样的消费者往往比较感性,重外观及其包装,所以营销者还要注意自己穿着打扮,自己的行为举止,满足对方求新、求美、求名等购买动机,当好参谋,尽量缩短他们的购买过程。

2. 胆汁质为主的消费者

这类消费者行为主动性强,兴奋程度高,好凭个人主观意志和兴趣办事,容易受商品广告宣传、商品外观、品牌、社会时尚以及他人劝说的影响而即兴购买。在消费行为上,为了赶时髦、讲奇特,往往不问商品质量和价格迅速购买,但买后容易后悔。他们言语直率,富于激情,兴趣转换快,购买行为中情感色彩很浓。一般喜欢新、奇、特的东西,易受广告宣传与购物环境的影响。

面对这样的消费者,营销者应该特别注意自己的言行举止,注意态度和蔼,因为这类消费者的情绪容易激动,情绪控制能力较弱,所以应该尽量避免刺激出这类消费者的不良情绪。

3. 粘液质为主的消费者

这类消费者比较内向,行为比较被动,但自主性强。购物比较冷静慎重,能够理智分析,慎重做出购买决策。他们常常倾向于购买自己熟悉的、信任的厂家的产品。他们善于控制自己的情绪,不易受外界各种因素的干扰,例如不易受广告及各种促销手段等的影响。

面对这样的消费者,营销者应该多给消费者比较选择的机会,尊重对方,多当参谋,留给对方说话的余地,把最后的决定权留给对方。

4. 抑郁质为主的消费者

这类消费者行为被动,兴奋程度低,反应速度慢而不灵活,对商品的选择更显得要仔细比较、分析且犹豫不决。决策过程多疑、缓慢,他们不相信自己,但对销售者的介绍也心怀戒备,对价格变化的反应敏感迅速,善于发现别人不易觉察到的同类商品之间的价格差。这类消费者中如果是在廉价动机的主导下,对于促销的内容会充满了期待。

面对这样的消费者,营销者要有足够的耐心,让消费者能充分的比较、分析和挑选商品,并耐心地答疑解惑,打消他们不必要的顾虑,给他们以保证,解除他们的后顾之忧。

4.2 性　　格

性格(character)是指一个人对现实稳定的态度和习惯化的行为方式所表现出来的个性心理特征。性格是在人的生理基础上,通过社会化来逐步形成的。性格的核心是为主体意识所支配的为人处世原则和观念。性格主要包括了道德观、人生观、价值观、爱情观、消费观等方面的内容。

性格最能体现一个人的个性差异,在人的个性中起着核心的作用。性格决定命运。人有什么样的性格,就会有什么样的认识与态度,就会有什么样的情绪与情感,就会有什么样的需要、动机与兴趣,就会有什么样的行动和结果。性格主要是由后天的社会因素塑造出来,社会因素在性格的形成和发展中起着决定性的作用。

性格和气质既有区别又有联系。气质是个人心理活动的稳定的动力特征,它主要体现着神经类的自然表现。性格是气质的后天发展和改造,它主要是在社会生活实践的过程中形成的。气质和性格是互相制约的,气质可以按照自己的动力方式,给性格染上独特的色彩,有不同气质类型的人,可以形成同样的性格特征;而相同气质类型的人,又可以带有同样动力色彩而性格各异。气质还影响性格特征形成和发展的速度。反过来,性格一经形成,可以在一定程度上掩盖或改造气质,使它服从于生活实践的要求。气质尽管会影响人际交往,但性格是起着决定性的作用,所谓"道不同,不相为谋。"人的价值观、人生态度才是最重要的交往因素。

从气质的角度看,胆汁质的人更可能形成力量型的性格,多血质的人更可能形成活泼型的性格,粘液质的人更可能形成和平型的性格,抑郁质的人更可能形成完美型的性格。力量型性格的人坚定,果断,自负,缺乏耐心;活泼型性格的人活泼,热情,多变,情感丰富;和平型性格的人平稳,随和,少语,善于分析;完美型性格的人细致,敏感,悲观,固执,有深度。

4.2.1 性格的特征

性格是十分复杂的心理构成物,包含多方面的特征。诚实或虚伪,勇敢或怯懦,谦虚或骄傲等都被认为是性格特征。这些特征如果在一个人身上经常表现出来并成为习惯,就成了这个人的性格特征。性格就是一个人的许多性格特征所组成的综合体。

1. 态度特征

指个体在对现实生活各个方面的态度中表现出来的一般特征。一个人对社会、集体、人生、工作、学习、消费、家庭、交往等方面内容的稳定的态度反映出一个人的性格特征。例如,一个人对待集体或社会是热情还是冷淡;对待自己是自尊、自信还是自卑、自负;对待他人是谦虚还是骄傲,是善良还是虚伪;对工作是勤劳还是懒惰,等等。

2. 理智特征

指个体在认知活动中表现出来的心理特征。在感知方面,是主动观察型还是被动感知型;

在理性、思维方面,有主动与被动之分,有独立思考与依赖他人之分,有深刻与肤浅之分等。

3. 情绪特征

指个体在控制自己情绪方面所体现出来的稳定性格。比如情绪的乐观或悲观,开朗或郁闷。个人受情绪感染和支配的程度,情绪受意志控制的程度,情绪反应的强弱、快慢,情绪起伏波动的程度,主导心境的性质等。

4. 意志特征

指个体在自己行为方面所体现出来的稳定性格。比如意志的坚定或动摇;自觉或被迫;持久或短暂;果断或犹豫;勤奋或懒惰;严以律己或放任自流等。

人的性格特征体现在消费上,就体现为消费者对企业的产品、企业品牌的消费态度是什么,理智方面表现的如何,稳定的情绪是什么,以及行动力方面是否果断、持久。一旦消费者对某企业或者某品牌形成了消费性格,那这种性格就会比较持久、可靠,而营销者的营销努力就是要让消费者形成对企业有利的消费性格。

4.2.2 性格的形成

人的性格并非天赋,主要是后天的环境影响和教育的结果。一个人出生时,只是神经系统的个性差异,而无所谓性格特征。儿童在很小时,并不能意识到自己对现实的态度,也没有形成自身独特的行为习惯。性格是在成长过程中,在家庭、学校、社会等环境和教育条件的影响下,通过自己的主动实践活动逐渐形成的。当然,就生理因素来说,先天遗传因素、体格遗传因素、男女遗传因素,对人的性格也起着不可忽视的影响作用。

性格的形成与发展,是贯穿于人整个一生的过程,并不仅限于儿童期、少年和青年期。性格的形成与发展大体经过如下五个阶段:第一阶段,性格形成期,在 3～12 周岁之间;第二阶段,性格定型期,在 13～18 周岁之间;第三阶段,性格发展期,在 19～30 周岁之间;第四阶段,性格成熟期,在 31～55 周岁之间;第五阶段,性格更年期,56～65 周岁之间。

1. 形 成 期

性格的形成期是指人的幼年、童年和少年时期,是性格形成的"黄金十年"。"三岁看大"主要是说这个孩子的生理及自然表现预示出的未来。在三岁之前,孩子一般还在家庭里生活,个人的自理能力和认知能力都不强,这个时期的孩子一般被称为婴儿期。到了三周岁,孩子的认知能力已经有了很大的发展,这个时期就要进入幼儿园生活,这也是孩子性格形成的最初时期,孩子主要是模仿大人的言行举止,家长、老师让孩子耳闻目染了什么信息,就会给孩子幼小的心灵种下了什么种子。形成期是孩子形成良好性格的"黄金十年",人生设计在幼年、童年和少年。这期间,家长、学校和社会承担着决定性的影响。家长是这个时期的第一任老师,父母的言行对孩子的性格形成会产生直接的和潜移默化的最重要影响,许多孩子与父母的性格往往都会比较相似。

心理研究表明,家长及老师等人对孩子的教育和态度体现出信任、民主和容忍,这个孩子的意志往往就比较坚强,情绪比较稳定,自发努力也较强,对别人友好程度高,敌对行为低;如果家长及老师等人对孩子的教育和态度是严厉、干涉和支配,这个孩子在意志坚强方面、情绪稳定方面、自发努力方面、对他人的友好态度方面的相关系数都呈负数,但敌对行为却是正数,说明其敌对意识强。

表 4.1 养育态度和孩子性格的关系

父母的态度	孩子的性格
支配	消极、缺乏主动性、依赖、顺从
干涉	幼稚、胆小、神经质、被动
娇宠	任性、幼稚、神经质、温和
拒绝	反抗、冷漠、自高自大
不关心	攻击、情绪不稳定、冷酷、自立
专制	反抗、情绪不稳定、依赖、服从
民主	合作、独立、温顺、社交

从小培养孩子良好的性格品质十分重要,良好的性格品质最重要的是一个人的道德品质。道德品质也就是对价值观念的认定。古人对孩子教育的蒙学经典读物《弟子规》里对人应该建立什么样的道德品质就说得很清楚:"首孝悌,次谨信,泛爱众,而亲仁,行有余,则学文。"老子在其《道德经》里也说:"道生之而德蓄之,物形之而器成之。"

良好的性格品质还体现在生活中能快乐活泼、安静专注、勇敢自信、勤劳善良,具有独立精神和创造精神等方面。性格的培养是有规律的,不靠简单的说教和打骂,而是靠不露痕迹的"潜教育",包括环境育人、行为育人、爱的教育和积极暗示等。家长在这个时期的教育是起主导作用的,好的家教会影响一个人的一生。

良好的性格品质体现在轻物欲重修养,反映在消费上,就会对人的消费方向、消费兴趣和行为产生决定性的影响。从小就培养起孩子良好的消费习惯和行为是孩子生活中的大事,这意味着孩子未来可能建立的消费观念和消费兴趣品质。

在一个重消费的社会里,让孩子消费什么就成为重要的内容。现在的孩子从小就生活在充满商业气息的社会里,天天被企业的各种各样的广告宣传包围,孩子很难不受物欲的诱惑,造成孩子第一次的道德冲突。一些孩子从小就养成了多消费、高消费习惯,对勤俭节约置若罔闻。一些家长在其中也起了推波助澜的作用,从小也是跟孩子讲吃讲穿,让孩子大手大脚的消费,生怕孩子在消费上不如别人而被人瞧不起,这样的消费意识对孩子的植入,对孩子的成长会造成消极的不利影响。

企业营销者一方面有宣传自己的商品,引导消费的企业功能,另一方面也有宣传提倡什么价值观念,引导消费者消费什么的社会功能。营销者自己的性格品质也影响了企业的营销行为及消费者的消费意识与行为。

2. 定 型 期

这个时期也被称为青春期。其特点是:孩子对外部事物和本身充满了好奇、幻想,情感开始丰富,易受暗示,但这个时期的孩子也开始叛逆,听不进一些他不愿意去做的意见,识别能力较差。这个时期学校教师教育体现出权威性,好的集体及其学校教育有助于孩子形成合群、勇敢、利他、自制的性格。当然家庭教育同样具有重要的意义,对孩子塑造良好性格品质一贯的坚持会在这个时期起到开花结果的效果。这个时期也是对孩子各种异议的处理时期,外界的许多事物和观点可能对孩子产生和过去的教育相冲突、相违背的状况,这时家长和老师对孩子的这些冲突如果处理得不好,就可能会前功尽弃,处理得好,孩子就会接受良好的性格品质。这个时期社会环境的影响决不能忽视,因为这个时期的孩子对外部世界充满了好奇与未知,社会环境的好坏会对孩子的性格产生直接或者间接的重大影响,甚至家庭教育和学校教育的力量都不及社会环境的力量。

在消费方面,这个时期的孩子自主消费意识已经较强,喜欢接受新的事物和产品,消费的产品范围也会大大增加,物欲也会进一步增强。这既是企业的机会,也是企业的责任,企业提供给青少年什么样的产品,倡导什么样的消费,都会对孩子的消费观念产生重大影响。

3. 发 展 期

性格的发展期是指人已经成年,是成年期里青年的时期,这个时期人的主要特点是人的生理发育已经基本完成,在心理上自我意识强,充满活力,有朝气,喜欢探究未知与思想。如果读大学,大学应该是人的哲学化时期,人在这时应该形成自己性格的理论系统。这个时期教育的主要力量来自于学校和社会环境,特别是社会环境会对人性格的丰富和确定起着很大的作用。如果社会环境不好,整个社会是物欲横流,尔虞我诈,灯红酒绿,金钱至上,那么人在过去建立起来的良好性格品质就会遇上现实的巨大挑战,能否坚持良好的性格品质就会是个大问题,社会环境会再一次考验人已经形成的道德观、价值观、人生观和消费观等。

这个时期的性格落实到消费观方面,就会形成消费者的消费兴趣品质和生活方式。企业营销中最感兴趣的一个消费群体就是青年人。青年人是消费的主力军,因为他们追求新事物,追求时尚和前卫,感性消费,在消费中放得开,甚至愿意成为"月光一族",所以企业往往是不遗余力地面对这样的群体大搞促销活动,青年人成为了企业获取利润的重要来源。企业愿意宣传什么样的消费观念,在产品或服务中表现什么样的个性和象征,是和消费者的性格密切相关的。企业不但要善于发现目前消费者的人生价值观和消费价值观,而且还要善于引导甚至创造消费者的人生价值观和消费价值观。

4. 成 熟 期

性格的成熟期是指成年期中稳定的性格体现,是指成年人在道德观、价值观、人生观和消费观等方面的稳定表现。性格的成熟期主要包括了青年和中年时期,是人一生中精力、经验、智力、智慧最高的时期。因为有前面三个时期的发展,到了成熟期的人很难再改变自己的性格特征。

性格成熟期的人也体现出消费的成熟,消费者不但会延续原来的消费观,而且往往在消费中更讲求理性。企业面对这样的消费者也要诉求成熟的消费观念,企业的价值观符合了消费者的消费价值观和人生价值观,消费者往往就能成为企业的用户。

5. 更 年 期

更年期是一个人的生理从成熟走向衰老的过渡时期,是衰老过程的一个转折点。生理的更年期一般是指女性 45～55 岁(绝经期),男性 55～65 岁这一年龄阶段。这一时期的人情绪不够稳定,易激动、易怒、易紧张和焦虑,注意力不够集中,不易集中自己的思想和精力,心理敏感性增强,记忆力减弱。

更年期的性格变化是指人因为生理上的变化而导致性格上出现某些变异,往往出现保守、僵化、独断的性格,而不同于更年期前的性格。克服这些性格变化的关键在于加强更年期的自身修养,过去良好的性格品质往往能有效地抵御生理上更年期导致心理上的变化。

面对消费者更年期的性格变化,其主要对象是老年人,营销者更要选对所提供的产品或服务,多提供能让老年人健康、安静、修身养性的产品或服务。而面对更年期所产生的不利生理和心理特征,营销者更要用宽容、友善的心态去面对这样的消费者,为他们提供更人性、更仔细的服务。

4.2.3 性格的分类

心理学家们曾经以各自的标准和原则,对性格类型进行了分类,下面是几种有代表性的观点。

1. 从心理机能上划分,性格可分为理智型、情感型和意志型

这是英国心理学家倍因(A. Bain)等提出的分类。理智型的人通常以理智来评价周围发生的一切,并以理智支配和控制自己的行动,处世冷静;情感型的人通常用情感来评估一切,言谈举止易受情感左右,这类人最大的特点是不能三思而后行;意志型的人行动目标明确,主动、积极、果敢、坚定,有较强的自制力。除了这三种典型的类型外,还有一些混合类型,如理智—意志型等。

2. 从心理活动倾向性上划分,性格可分为内倾型和外倾型

这是瑞士心理学家荣格(Carl G. Jung,1875—1961)的观点。荣格根据一个人里比多的活动方向来划分性格类型,里比多指个人内在的、本能的力量。里比多活动的方向可以指向于内部世界,也可以指向外部世界。前者属于内倾型,其特点是处世谨慎,深思熟虑,交际面窄,适应环境能力较差;后者为外倾型,其特点是心理活动倾向于外部,活泼开朗,活动能力强,容易适应环境的变化。

3. 从个体独立性上划分,性格分为独立型和顺从型

美国心理学家威特金(H. A. Witkin)等人把性格分为顺从型和独立型两类。顺从型倾向于以外在参照物作为信息加工的依据,他们易受环境或附加物的干扰,常不加批评地接受别人的意见,应激能力差;独立型的人不易受外来事物的干扰,习惯于更多地利用内在参照即自己的认识,他们具有独立判断事物、发现问题、解决问题的能力,而且应激能力强。

4. 根据人们不同的价值观,把人的性格分为经济型、理论型、审美型、宗教型、权力型和社会型

德国心理学家斯普兰格(E. Spranger)从文化社会学的观点出发,根据人认为哪种生活方式最有价值,把人的性格分为以下六种类型。

(1)经济型。经济型的人一切以经济观点为中心,以追求财富、获取利益为个人生活目的。实业家多属此类。

(2)理论型。理论型的人以探求事物本质为人的最大价值,但解决实际问题时常无能为力。哲学家、理论家多属此类。

(3)审美型。审美型的人以感受事物美为人生最高价值,他们的生活目的是追求自我实现和自我满足,不大关心现实生活。艺术家多属此类。

(4)宗教型。宗教型的人把信仰宗教作为生活的最高价值,相信超自然力量,坚信永存生命,以爱人、爱自然为行为标准。神学家是此类人的典型代表。

(5)权力型。权力型的人以获得权力为生活的目的,并有强烈的权力意识与权力支配欲,以掌握权力为最高价值。领袖人物多属于此类。

(6)社会型。社会型的人重视社会价值,以爱社会和关心他人为自我实现的目标,并有志于从事社会公益事物。文教卫生、社会慈善等职业活动家多属此类型。

现实生活中,往往是多种类型的特点集中在某个人身上,但常以一种类型特点为主。

4.2.4　消费性格的主要表现

了解消费性格对企业的营销有着十分重要的作用,性格同样体现在消费者各自的消费活动中,从而形成千差万别的消费行为。性格在消费行为中的主要表现有以下几种类型。

1. 节 俭 型

这类消费者的消费态度是勤俭节约,朴实无华,生活方式简单。他们选择商品的标准是重实用,对价格敏感,不重商品的外观与包装,容易接受说明商品实用功能的广告,购买过程中不喜欢销售人员夸大的宣传和促销,对降价等促销活动感兴趣。

2. 慎 重 型

这类消费者的消费态度理性、稳定,有自己的分析和判断能力。购买商品通常根据经验,可能还会广泛收集相关资料,进行仔细慎重的比较后才决定是否要购买,购物不易冲动,不太受广告或者销售人员的影响。

3. 顺 从 型

这类消费者的消费态度温和、随和,生活方式大众化。消费随大流,主见性不强,易受各种广告或者人员的暗示,不愿标新立异,能够随着消费趋势变化而变化,喜欢听从意见领袖的建议而产生购买行为。

4. 保 守 型

这类消费者的消费态度是不追求时尚的东西,不轻易改变原来已经形成的消费习惯。生活方式刻板、固执,对新事物持怀疑态度,有意无意地进行抵制,对广告和销售人员的介绍存有戒心。

5. 挑 剔 型

这类消费者的消费态度是自信,对别人常常持怀疑和戒备心理,观察仔细入微,购物时常常观察到别人不容易发现的细微之处,而且检查商品也是细致入微,有时甚至到了苛刻的程度。购物不容易受到广告或者销售人员的影响,还可能会固执己见。

6. 自 由 型

这类消费者的消费态度浪漫,生活方式比较随意,兴趣爱好广泛,重感知,讲时尚,联想丰富,标新立异,往往是时尚的率先尝试者,与销售人员在一起比较活跃热情,对销售人员也比较友善,愿意与销售人员交流。

7. 傲 慢 型

这类消费者消费态度傲慢,情绪波动大,生活方式往往与众不同。自我意识强,不能忍受别人的意见或者批评,自负甚至狂妄。购物时情绪容易受到周围人员及其环境的影响,造成购物时要么十分爽快,出手大方;要么容易愤怒,怒气冲天,发生争执。

4.3　能　　力

能力(ability)是指人为完成某种活动所必须具备的直接影响活动效率的个性心理特征。包括实际能力和潜在能力。实际能力是指人目前已经具备的表现出来的能力,潜在能力是指还存在于人的内心深处没有被挖掘出来的能力。心理学研究表明,人人都具有巨大的潜在能力,但大多数人的潜能因为种种原因而没有被完全开发出来。

4.3.1 能力的分类

1. 根据能力的倾向性,可分为一般能力与特殊能力

一般能力是指个体完成一切基本活动都必须具备的能力。包括了观察能力、表达能力、学习能力、记忆能力、想象能力、思维能力、理解能力、解决问题能力等。这些一般能力的稳定、有机的综合就是心理学中所说的智力。

智力(intelligence)是包含学习能力、思维能力、理解能力和解决问题能力的一种综合能力。智力的核心是思维能力,创造能力是智力的高级表现。

智商(Intelligence Quotient,简称 IQ)是指智力年龄与实足年龄之比,也称为比率智商。其公式为:

$$IQ(智商) = \frac{MA(智力年龄)}{CA(实足年龄)} \times 100 \ (乘\ 100\ 是为了消除小数)$$

IQ 作为智力年龄与实足年龄的比值,当其值为 100 左右的时候,就表示一个人的智力处于中等水平;当其值在 120 以上,智力水平就被认为是优秀;139 以上,就被认为是极优秀;当其值在 70 以下,就表示一个人的智力落后。

特殊能力是指从事某种专门活动所必须具有的能力,它又称为专门能力。如写作能力、绘画能力、音乐能力、组织领导能力等。

一般能力与特殊能力是密切联系,相辅相成的,在完成活动中共同起作用。任何特殊能力的发展都离不开一般能力,而特殊能力的发展也对一般能力会有所促进和提高。

2. 根据能力在结构中所处的地位,可分为优势能力和非优势能力

所谓优势能力是指在能力结构中处于主导地位,表现最为突出的能力。非优势能力则是处于从属地位,表现比较微弱的能力。优势与非优势能力在每个人身上相比较而存在。

3. 根据能力的功能,可分为认知能力、操作能力与社交能力

认知能力是指个体学习、研究、理解、概括和分析的能力,它是人们成功地完成活动最重要的心理条件;操作能力是指操作、制作和运动的能力,例如劳动能力、体育运动能力等;社交能力是指人们在社会交往活动中所表现出来的能力,如组织管理能力、言语表达能力、适应能力等。

4. 根据能力的性质,可分为模仿能力和创造能力

模仿能力是指仿效他人的言行举止而引起的与之相类似的行为活动能力;创造能力是指产生新思想,发现和创造新事物的能力。

创造力是人类区别于动物的最根本的标志之一,也是智力开发的最高目标,创造力的培养无论对于个体、还是对于整个民族与人类,都具有重大而深远的意义。

创造力人人皆有,但表现在每个人身上的创造力的大小,除了部分受遗传因素影响外,主要取决于后天创造力开发的程度。集中思维对创造力的作用是不可缺少的,但相比而言,发散思维对创造力的作用更大一些。

富有创造性的人格特征主要表现在:有高度的自觉性和独立性,不与他人雷同;有旺盛的求知欲和好奇心;知识面广,善于观察;工作中讲求条理性、准确性与严格性;有丰富的想象力、敏锐直觉、喜好抽象思维,对智力活动与游戏有广泛的兴趣;富有幽默感,表现出卓越的文艺天赋;意志品质出众,能排除外界干扰,长时间地专注于某个感兴趣的问题之中。

消费者在消费中的能力同样体现在一般能力和特殊能力上,消费者的认识能力、专业能力会对其产生什么样的购买行为形成影响。消费者的模仿能力状况可以提醒企业通过寻找合适的意见领袖来引导消费者模仿意见领袖来消费。消费者的创造能力状况提醒企业提供可以让消费者产生创造需求、创造兴趣和快感的产品,比如提供让消费者游戏或者艺术创作等方面的消费品。

能力落实到人的一般心理过程中去,就变为了这样几个能力:落实到认知过程中,就是认知能力;落实到情绪过程中,就是对情绪的控制能力;落实到意志过程中,就是活动能力。

4.3.2 影响能力的因素

能力的来源主要是遗传、环境、实践及其心理因素。

1. 遗传因素

遗传就是父母把自己的性状结构和机能特点遗传给子女的现象。前一代人的能力可以通过生物学的方式传给后一代人。遗传因素是能力发展的自然前提,离开这个物质基础就谈不上能力的发展。英国著名科学家高尔顿是系统研究能力遗传问题的第一人,他对 977 位名人进行调查,发现他们的亲属中成名的有 332 人,而在对 977 名普通人家谱的调查中发现,只有 1 人成名。因此他认为,天才是遗传的。

2. 环境因素

环境是指客观现实,包括自然环境和社会环境。一般认为,遗传提供了心理发展的可能性,而可能性转化为现实性需要环境因素的配合。大多数人的遗传因素是相差不大的,其智力发展差异主要是由社会环境、教育和实践活动造成。

教育和学习在儿童能力发展中起主导作用,它不仅使儿童学习到知识和技能,通过知识技能的传授与掌握,促进了儿童心理能力的发展,并且这种能力成为他们长大成人,在广阔的社会实践中施展才能的基础。

心理学的研究表明,家庭条件和要求对人的能力形成与发展起着很重要的作用。此外,营养也是影响能力发展的一个重要因素,特别是幼年的营养。

3. 实践因素

人的能力是人在改造客观世界的实践活动中形成和发展起来的。不同职业的活动制约着能力发展方向与水平,不同的实践内容向人们的能力提出了不同的要求,丰富的社会实践使人们的多种能力得以展现和提高,社会实践又为检验人们的各种能力提供了标准。

4. 心理因素

这里的心理因素主要是指除了智商之外的性格及情商等非智力因素。研究表明,人的道德观、价值观、兴趣、主观能动性、意志力等因素都会对能力产生深远的影响。优秀的性格品质,会让人兴趣广泛、乐观向上、自觉自信、意志坚强,其能力的丰富和发展会得到很快的提高。

消费者的能力还受到企业营销的影响,企业如果对消费者只是感性诉求,消费者往往认识能力就不够强,而企业如果还帮助消费者进行学习、分析和理解,消费者的认识能力就会大大提高。

迈尔斯(W. R. Miles)等人研究几种能力发展,发现能力的不同侧面的发展和衰退是不同的(见表 4.2)。迈尔斯(W. R. Miles)等人研究发现:知觉能力发展最早,在 10 岁就达到高峰,高峰期持续到 17 岁,从 23 岁便开始衰退;记忆力发展次之,14 岁左右达到高峰期,持续到 29 岁,从 40 岁开始衰退;再次是动作和反应速度,18 岁达到高峰期,持续到 29 岁,也是从 40 岁开始衰退;思维能力在 18 岁达到高峰期,持续到 49 岁,从 50 岁以后开始衰退。

表 4.2　能力的发展和衰退

年龄	10～17	18～29	30～49	50～69	70～89
知觉	100	95	93	76	46
记忆	95	100	92	83	55
比较和判断	72	100	100	87	69
动作及反应速度	88	100	97	92	71

注:100 高,0 低

4.3.3　能力的差异

人与人之间在能力上存在着个别差异,正是这些差异决定了人们的行为活动具有不同的效率和效果。能力的差异主要表现在以下几方面。

1. 能力水平的差异

水平差异表现在同种能力的水平高低上。能力水平的高低又集中体现在人的智商(IQ)水平的差异上。心理学研究表明,人的智商状况基本呈正态分布,其中特优智能和弱智大约各占 2.5%,而 95%的人口智商处在正常范围内。如记忆能力,有些人就能过目不忘,而有些人却总是记不住。

消费者的这方面差异要求企业营销者要多和消费者进行有效、重复的沟通。普通消费者一般是非专家购买,能力水平明显和专家购买存在差异,营销者一定要区别对待。

2. 能力类型的差异

主要指人与人之间具有不同的优势能力。能力的类型差异主要有:能力的知觉差异、能力的记忆差异、能力的想象差异、能力的思维差异等。每个人可能都有在某一个方面有优势,但在另一方面没有优势。

在消费实践中,正是由于消费者在优势能力类型上存在着千差万别,才使消费活动的效率与效果明显不同。企业营销者要善于分析这种差异,并采取有效的对策来应对这种差异。

3. 能力表现时间的差异

人的能力不仅在水平和类型上存在差异,而且表现时间的早晚也有明显不同。有的人天生聪慧,有的人则大器晚成。

消费者能力表现时间的早晚主要与后天消费实践的多少及专门训练的程度有关。

4. 能力性别的差异

心理学研究表明,男女之间的性别会导致性别方面的能力差异。感知方面,女性感知一般优于男性,但在空间知觉能力方面不如男性,女性更容易产生各种错觉和幻觉。注意力方面,女性的注意稳定性优于男性,但注意的转移品质不如男性,男性的注意多定向于物,而女性注意多定向于人。记忆方面,女性擅长形象记忆、情绪记忆和运动记忆,但逻辑记忆不如男性,女性长于机械记忆,而男性长于意义记忆。思维方面,女性更多地偏向于形象思维,而男性则偏向于逻辑思维。从总体上讲,无论是思维的深刻性,还是思维的灵活性、独创性和敏捷性,男性要优于女性;想象方面,无意想象上的性别差异不明显,在有意想象的发展上,女性更容易带有形象性的特点,男性更容易带有抽象性的特性。在创造想象中,男性水平明显高于女性。虽然国内外大量研究表明,女性总体的智力水平并不弱于男性,但在所取得的社会成就方面,男性却明显高于女性,这主要是由于教育、角色地位、社会期望以及动机水平等因素使女性天赋潜能的发挥受到了限制。

消费者能力的性别差异造成了女性在消费中更感性,更情绪化,更体现出形象思维的特点;而男性在消费中则更理性,更体现出逻辑思维的特点。企业营销者可以根据男女消费者的不同能力特征采取相应的营销对策。一般来说,对待女性消费者首先应该进行形象化营销、感性营销,先在感性上让女性消费者接受、喜欢;而对待男性消费者则应更侧重于理性的诉求。

4.3.4　情商与能力

智商的高低反映着智力水平的高低。情商表示认识、控制和调节自身情感的能力,情商的高低反映着情感品质的差异,情商对于人的成功起着比智商更加重要的作用。智商和情商,都是人的重要的心理品质,都是事业成功的重要基础。

1. 情　　商

情商又称情绪或情感商数,用 EQ 表示,它是英文 Emotional Quotient 的缩写。情商主要是指人在情绪、情感、意志、耐受挫折等方面的品质。总的来讲,人与人之间的情商并无明显的先天差别,更多与后天的培养息息相关。研究表明,一个人成功与否的关键不取决于天资如何而取决于性格和情感因素。天资一般用智商(IQ)表示。

有时人们为了将情商与智商对应,就称其为"情感智商"。正式提出"情感智商"这一术语的是美国耶鲁大学的彼得·沙洛维(Peter Salovey)教授和新罕布什尔大学的约翰·梅耶(John Mayer)教授。他们在 1990 年把情感智商描述为由三种能力组成的结构,这三种能力是:准确评价和表达情绪的能力;有效调节情绪的能力;将情绪体验运用于驱动、计划和追求成功等动机和意志过程的能力。1995 年 10 月,美国《纽约时报》专栏作家戈尔曼(D. Goleman)出版了《情感智商》一书,把情感智商这一学术研究新成果以非常通俗的方式介绍给大众,并迅速成为世界性的畅销书。一时间,情感智商这一概念在世界各地得到广泛传播。戈尔曼在其书中声称情感智商包括五个方面的能力,即认识自身情绪的能力、妥善管理情绪的能力、自我激励的能力、认识他人情绪的能力和人际关系的管理能力。戈尔曼所提及的这五种能力偏重于我们日常生活中的自知、自控、热情、坚持、社交技巧等所谓非智力方面的一些心理品质,这些心理品质构成了我们通常所说的生活智慧。

所以一般认同 EQ 的主要因素有五个部分:自我意识、自我激励、情绪控制、人际沟通和挫折的承受能力。

2. 对情绪的控制

情绪的控制能力是指人控制自己的情绪,承受与适应外界压力,把握心理平衡的能力。心理脆弱、人格障碍、精神神经症、精神失常等都是情绪控制能力不强的表现。情商高,说明人对情绪的控制能力强,情商低,说明人对自己情绪的控制能力弱。情商低体现出不良情绪的倾向,反映在容易暴怒、过度焦虑、过度紧张、抑郁和自卑等方面。

人们控制自己情绪的能力一方面会受到生理因素的影响,受先天气质类型的影响,但更重要的影响因素是人的认识状态,是人的性格和能力,良好的性格及能力可以帮助人们形成高的情商。

情绪能够影响一个人的精神状态,提高或降低一个人的生活、学习、工作和消费效率,它也是观察一个人对于某人或某事真实情感的窗口,它能反映出一个人的志向、胸怀和肚量,它标志着个性成熟的程度。一个具有良好修养的人,懂得保持健康情绪,能够自觉而有效地控制调节自己的情绪,健康情绪的养成或保持对一个人的工作、学习或生活消费都起着至关重要的作用。

高情商表现在:能正确地认识自我,有正确的人生追求,理性的适应能力,宽广的胸襟,保持积极的心境状态等。

消费者在消费过程中同样会面临着情商的问题,消费者的情商高,就会更理性的面对企业所采取的各种各样的促销策略,对自己消费的控制能力强,做到消费不冲动,更理性。

4.3.5 能力在消费方面的表现及内容

1. 消费者能力差异表现

消费者的能力特性与消费行为直接相关,其能力差异必然使他们在购买和使用商品的过程中表现出不同的行为特点,具体可以分为以下几种典型表现。

(1)成熟型。这类消费者通常具有较全面的能力构成,属于知识型的消费者。他们对于所需要的商品不仅非常了解,而且有长期的购买和使用经验,对商品的性能、质量、价格、市场行情、生产情况等方面的信息极为熟悉,其内行程度甚至超过了销售人员。因此在购买的过程中,他们通常注重从整体角度综合评价商品的各项性能,能够正确辨认商品的质量优劣,很内行地在同类或同种商品之间进行比较选择,并强调自我感受及商品对自身的适应性。这类消费者由于具有丰富的商品知识和购买经验,加之有明确的购买目标和具体要求,所以在购买现场往往表现得比较自信、坚定,自主性较高,能够按照自己的意志独立作出决策,而无须他人的帮助,并较少受外界环境及他人意见的影响,消费购买过程中自我保护的能力也强。这类消费者也被称为专家购买型。

(2)一般型。这类消费者的能力构成和水平处于中等状况,属于略知型的消费者。他们通常具备一些商品方面的知识,并掌握有限的商品信息,但是缺乏相应的消费经验,主要通过广告宣传、他人介绍等途径来了解认识商品,因此了解的深度远不及成熟型消费者。这类消费者在购买之前,一般只有一个笼统的目标,缺乏对商品的具体要求,因而很难对商品的内在质量、性能、适用条件等提出明确的意见,同时也难以就同类或同种商品之间的差异进行准确比较。限于能力水平,这类消费者在购买过程中,往往更乐于听取销售人员的介绍和厂商的现场宣传,经常主动向销售人员或其他消费者进行咨询,以求更全面地汇集信息。由于商品知识不足,他们会显现出缺乏自信和独立见解,需要在广泛征询他人意见的基础上作出决策,因而容易受外界环境的影响和左右,消费购买过程中自我保护能力相对较弱。这类消费者被称为非专家购买,大多数的消费者能力处于这样的水平。

(3)缺乏型。这类消费者的能力构成和水平均处于缺乏和低下状态,属于无知型的消费者。他们不仅不了解有关商品知识和消费信息,而且不具备任何购买经验。在购买之前,往往没有明确的购买目标,仅有一些朦胧的意识和想法。在选购过程中,对商品的了解仅建立在直觉观察和表面认识的基础上,缺乏把握商品本质特征及消费信息内在联系的能力,因而难于作出正确的比较选择。这类消费者在决策时,经常表现出犹豫不决,不得要领,极易受环境影响和他人意见的左右,其购买行为常常带有很大的随意性和盲目性,但这种状况通常仅存在于对某类不熟悉商品或新产品的消费中。这类消费者的自我保护能力弱,也是非专家购买的一种表现。

不论何种能力及行为类型都是相对的。一个消费者可能在某一方面或某一类商品的消费中表现为成熟型,而对于另一类商品的消费又表现为一般型。此外,随着生活经验的积累,以及个人有意识地自我培养,消费者的能力水平也会不断提高。现实生活中,即使是在同一类型中的消费者,由于性别、年龄、职业、经济条件、心理状态、空闲时间和购买商品的种类、数量等方面的不同,以及购买环境、购买方式、供求状况、销售人员的仪表和服务质量等方面的不同,也会引起消费者行为上的差异。

通过对消费者能力的了解和把握,企业可以采取针对性的对策来影响消费心理和行为。企业如果面对成熟型的消费者,企业要多提供专业资料,避免高谈阔论;如果面对一般型消费者,企业要多做介绍,允许消费者进行比较评价,提高消费者的理性认识水平;如果面对缺乏型的消费者,企业要诚实、耐心、全面介绍有关商品信息,让消费者有学习的机会,提高消费者的理性认识水平。

2. 消费者能力内容

消费者的能力构成与差异就要求现代消费者必须具备多方面的能力和技能,以适应消费活动复杂化和多样化的要求。消费能力和技能是消费者为实现预期消费目标而必须具备的手段,也是消费者追求和达到满意的消费效果的前提条件。消费者的能力是由多种能力要素构成的有机结构体,根据其层次和作用性质不同,可以分为以下内容。

(1)从事各种消费活动所必需的基本能力。消费者的基本能力表现在对商品的感知、记忆、辨别能力,对信息的综合分析、比较评价能力,购买过程中的选择、决策能力,以及记忆力、想象力等方面。这些基本能力是消费者实施消费活动的必备条件。基本能力的高低强弱会直接导致消费行为方式和效果的差异。

感知能力是消费者对商品的外部特征和外部联系加以直接反映的能力,为进一步对商品作出分析判断提供依据。因此,感知能力是消费行为的先导。消费者感知能力的差异主要表现在速度、准确度和敏锐度方面。

分析评价能力是指消费者对接收到的各种商品信息进行整理加工、分析综合、比较评价,进而对商品的优劣好坏作出准确判断的能力。从信息论的角度考察,消费活动实质是消费者不断接收市场环境输入的商品信息,进行加工处理,然后加以输出的信息运动过程。这一过程的中间环节即加工处理信息,就是要对商品信息进行细致分析和客观评价,去粗取精,去伪存真,进而作出正确的判断。分析评价能力的强弱主要取决于消费者的思维能力和思维方式。有的消费者思维的独立性、灵活性和抽象概括力很强,能够根据已有信息对传播源的可信度、他人行为及消费时尚、企业促销手段的性质、商品的真伪优劣等作出客观的分析,在此基础上形成对商品本身的全面认识,对不同商品之间差异的深入比较,以及对现实环境与自身条件的综合权衡。有的消费者则缺乏综合分析能力,难以从众多信息中择取有用信息,并迅速作出清晰、准确的评价判断。消费者的分析判断能力与个人的知识经验有关。

选择决策能力是消费者在充分选择和比较商品的基础上,及时果断地作出购买决定的能力。决策能力是消费者能力中一个十分重要的方面,消费者的决策能力直接受到个人性格和气质的影响。由于性格特点和气质类型的不同,有的消费者在购买现场大胆果断,决断力强,决策过程迅速;有的人则常常表现出优柔寡断,犹豫不决,易受他人态度或意见的左右,动摇反复不定。决策能力还与对商品的认识程度、卷入深度、使用经验和购买习惯有关。消费者对商品的特性越熟悉,卷入程度越深,使用经验越丰富,习惯性购买驱动越强,决策过程就越果断,越迅速,决策能力也相应加强;反之,决策能力会相对减弱。

此外,记忆力、想象力也是消费者必须具备和经常运用的基本能力。消费者在进行商品选购时,经常要参照和依据以往的购买、使用经验及了解的商品知识,这就需要消费者具备良好的记忆能力,而丰富的想象力可以使消费者从商品本身想象到该商品在一定环境和条件下的使用效果,从而激发其美好的情感和购买欲望。

(2)从事特殊消费活动所必需的特殊能力。特殊能力首先是指消费者购买和使用某些专业性商品所应具有的能力,它通常表现为以专业知识为基础的消费技能。由于特殊能力是针对某一类或某一种特定商品的消费而言的,而商品的种类成千上万,因此,消费者的特殊能力也有多种多样的表现形式,无论何种特殊能力,都有助于消费者取得最佳消费效用。

除适用于专业性商品消费外,特殊能力还包括某些一般能力高度发展而形成的优势能力,如创造力、审美能力等。

(3)消费者对自身权益的保护能力。保护自身权益是现代消费者必须具备的又一重要能力,合法权益是消费者从事正常消费活动、获取合理效用的基本保证。然而,这一权益的实现不是一个自然的过程,尤其是在中国目前市场经济尚不成熟的环境中,客观上要求消费者自身要不断提高自我保护的能力,才能有效地避免上当受骗和不受伤害。

4.4 人 格

人格(personality)是心理学中最难下定义的概念之一。人格的定义有 50 种之多,从词源上讲,英文 personality 来源于拉丁文 persona,后者的本意是指面具,即戏剧演员所扮演的角色的标志。面具代表着这一角色的某种典型特点,如"高傲的人"、"狡猾的人"等,类似于京剧中的脸谱。这样看来,人格似乎是指一个人在人生舞台上的行为表现。但表现也就意味着被表现,被表现的东西就是内在的,即面具后的东西。

法律上讲"保护人格尊严",是将人格视为权利义务主体的资格。日常话语中讲"人格高尚"或"人格低下",是将人格视为道德的主体,与人品、品格同义。但心理学中讲的人格,虽涉及人的权利和责任,也包含人的道德品质,但远远不只是这些方面。心理学中的人格概念,倒是更接近日常话语中的"性格"一词,如内外向、情绪稳定性、处事和待人的方式,等等。不同的心理学家对人格的理解不同,因而所下的定义也不同。

4.4.1 人格的内涵

人格也称个性,具有整体性、稳定性、独特性和社会性等特点。人格的形成既有遗传的作用,也有环境的因素,还有自我认知的作用。综合各种有关人格的定义,人格可以被理解为包含了以下三层含义。

1. 外在的行为模式

人格通常是指一个人外在的行为模式,就是指个人在各种情境中所表现出来的一贯的行为方式,个人适应环境的习惯系统,个人的生活风格,个人的生活方式,个人与他人互动的方式,个人实现其社会角色的方式,个人做任何事的共同方式,等等。比如一个好迟到的人,做什么事都好迟到,开会、约会、聚餐,甚至乘火车,都要别人等他(她),合作事情时也是他(她)承担的任务最后完成。

2. 内在的动力组织

人格更是指一个人内在的动力组织。包括:①稳定的动机,如经常起作用的亲情动机和成就动机;②习惯性的情感体验方式和思维方式,如总是从自己的需要和立场出发,还是能设身处地地为他人着想;③稳定的态度、信念和价值观等。正是一个人内部的动力组织决定了其外在的行为模式。

3. 内外在的统一体

人格就是这样一种蕴蓄于内、形诸于外的统一体,这种统一体往往由一些特质所构成,如内外向、独立性、自信心等。当然,表里不一的情况也是常见的,如一个对人怀有敌意的人可能显得对别人特别友好,但这种经常性的表里不一本身也是一种统一体,即一种人格特质。

4.4.2 人格结构

人格结构就是心理学家所研究的人格特质(personality trait),也就是说应该从哪些维度分析人格,人格由哪些因素构成。特质是指个人的遗传与环境相互作用而形成的对刺激发生反应的一种内在倾向。特质既可以解释人格,又可以解释性格,因为性格是狭义的人格。

1. 奥尔波特的人格特质论

美国心理学家奥尔波特(Gordon W. Allport,1897—1967)最早提出人格特质学说。他认为,人格包括两种特质:一是个人特质,为个体所独有,代表个人的行为倾向;二是共同特质,是同一文化形态下人们所具有的一般共同特征。所有人都具有这些人格特质,人与人之间都可以在这些特质上分别加以比较。如外向性,任何人都具备这一特质,个体之间的差异只在于不同的人具备此种特质的多寡或强弱不同而已。

2. 卡特尔的人格因素论

美国另一位心理学家卡特尔(Raymond B,Cattell,1905—1998)根据奥尔波特的观点,采用因素分析法,将众多的性格分为两类特质,即表面特质和根源特质。表面特质只反映一个人外在的行为表现,是直接与环境接触、常随环境变化而变化的,不是特质的本质。经研究,他把性格概括为35种表面特质。根源特质是一个人整体人格的根本特征,每一种表面特质都来源于一种或多种根源特质,而一种根源特质也能影响多种表面特质。他通过多年的研究,找出16种根源特质,它们是乐群性、聪慧性、稳定性、好强性、怀疑性、兴奋性、有恒性、敢为性、敏感性、幻想性、世故性、忧虑性、求新性、独立性、自律性、紧张性。根据这16种各自独立的根源特质,卡特尔设计了卡特尔16种人格因素问卷,利用此量表可判断一个人的行为反应。

3. 弗洛伊德的人格结构论

弗洛伊德(Sigmund Freud,1856—1939)是奥地利心理学家,精神分析学派的创始人,他的著作不仅对心理学界有影响,而且几乎影响现代人类文化的各个方面。

他将人格划分为三个部分,分别称为本我(id)、自我(ego)和超我(superego)。

本我是人格中最原始的部分,由一些与生俱来的冲动、欲望或能量构成。本我不知善恶、好坏,不管应该不应该、合适不合适,只求立即得到满足,所以本我受快乐原则(pleasure principle)的支配。新生儿就处于这种状态。

自我是出生以后,在外部环境的作用下形成的。儿童需要的满足依赖于外界的提供,有时能及时得到,但很多时候不能及时得到,在这种个体与环境的关系中,儿童就形成了自我这种心理组织。自我遵循现实原则(reality principle),使本我适应现实的条件,从而调节、控制或延迟本我欲望的满足,同时自我还要协调本我和超我的关系。

所谓超我是人格的最高部分,是个体在社会道德规范的影响下形成的,特别是在父母的管教下将社会道德观念内化而成的。超我又包括自我理想(ego—ideal)和良心(conscience)。如果自己的行为符合自我理想,个体就感到骄傲;如果自己的行为违反了自己的良心,个体就感到焦虑。超我遵循的是完美原则(perfection principle)。

由于人格中的三个部分分别代表着三种不同的力量,本我追求快乐,自我面对现实,超我则追求完美,所以冲突是不可避免的。有的人能经常使它们保持相对的平衡与和谐,我们就说这些人的人格是健康的;有的人却不能使三者之间保持相对的平衡与和谐,如一味地放纵本我,或者超我过分地严厉和追求完美,都可能导致生活适应的困难,甚至心理失常。自我强,本我和超我就相对弱,强调自我,这样的人格才是健全的。

弗洛伊德将人的意识层次分为意识、前意识和无意识三个层次,前意识与无意识一起可以称为潜意识,好像深浅不同的地壳层次而存在,故称之为精神层次。人的心理活动有些是能够被自己觉察到的,只要我们集中注意力,就会发觉内心不断有一个个观念、意象或情感流过,这种能够被自己意识到的心理活动叫做意识。而一些本能冲动、被压抑的欲望或生命力却在不知不觉的潜在境界里发生,没有进入意识被个体所觉察,这种潜伏着的无法被觉察的思想、观念、欲望等心理活动被称之为潜意识。弗洛伊德强调人行为中的无意识过程极为重要,他证明了这样的过程如何影响梦的内容,如何造成常见的不幸,如口误,忘记人名,致伤的事故,甚至疾病等。

根据弗洛伊德的人格结构论和潜意识理论,企业营销者可以提供丰富多彩的产品和服务来满足人们的不同结构层次的需求。有限度地满足消费者的追求快乐的本我;努力满足追求完美的超我;当然,在满足不同的需求中重点要分析消费者的自我状况,结合现实和理想,满足消费者"自我"的需要。弗洛伊德的潜意识理论更为营销者提供了应该努力去满足消费者潜意识里的需求,消费者不知不觉,而营销者应该先知先觉,通过创造营销来创造需求,让消费者喜出望外,惊喜万分。

与弗洛伊德有师生之谊的瑞士心理学家荣格(Carl G. Jung,1875—1961)提出了非常重要的集体无意识理论,该理论认为,人们身上都存在着集体的、普遍的、深层的不知不觉的心理状态,由于他在所有人身上都是相同的,因此他组成了一个超个性的心理基础。原型是构成集体无意识的最重要内容。集体无意识原型是一种与生俱来的心理模式,包括原始意象、神话、本能、理念等。

荣格的集体无意识理论更丰富了人格的内容,为企业提供了进一步运用人类的图腾、神话等共同的心理基础来进行营销的思路。

人格的丰富性和稳定性为研究人的消费行为的丰富性和稳定性提供了根据,一个人所具有的自我概念、生活方式和态度就是其人格的具体表现。

[资料4.3]　九型人格

九型人格就是一门了解人类不同个性、探索人与人相处之道的学问。九型人格学说最早发展出来的时间已不可考证,但是研究者都一致认为它的起源非常久远,可能要追溯到公元前2 500年或者更早。今天,九型人格成为商界最热门的人际能力培训工具,被诺基亚、惠普、通用汽车甚至美国中央情报局等商业和政府机构广泛应用,以提高其雇员的人际能力和工作效率。九型人格是一门讲求实践效益的应用心理学,它按照人们惯性的思维模式,情绪反应和行为习惯等性格特质,将人分为九种。九型人格不受表面的外在行为的变化所影响,揭示的是人们内在最深层的价值观和注意力焦点。需要说明的是,不论你是哪一类型的人,也会有其他类型所拥有的某些特质。

(1)完美型(完美主义者)。完美型的人做人做事都有自己的标准,希望把每件事都做得尽善尽美,希望自己或是这个世界都更完美。时时刻刻反省自己是否犯错,也会纠正别人的错。一般的完美型人有以下特质:温和友善,忍耐,有毅力,守承诺,贯彻始终,爱家顾家,守法,喜欢控制,光明磊落,对人对事都力求完美。

(2)助人型(给予者)。助人型的人愿意帮助所有的人,很在意别人的感情和需要,十分热心,看到别人满足地接受他们的爱,才会觉得自己活得有价值。助人型的人有以下特质:温和友善,随和,绝不直接表达需要,婉转含蓄,是好好先生或者女士,慷慨大方,乐善好施。

(3)成就型(实干者)。成就型的人总想出人头地,希望能够得到大家的肯定,是个野心家,不断地追求进步,希望与众不同,容易受到别人的注目、美慕,成为众人的焦点。一般的成就型人有以下特质:自信,精力充沛,风趣幽默,做事有把握,积极进取,注重形象。

(4)艺术型或自我型(悲情浪漫者)。艺术型的人追求独特,很珍惜自己的爱和情感,所以想好好地滋养它们,并用最美、最特殊的方式来表达。他们想创造出独一无二、与众不同的形象和作品,所以不停地自我察觉、自我反省,以及自我探索。一般的艺术型有以下特质:易受情绪影响,追求不寻常、艺术性而富有意义的事物,多幻想,认为死亡、苦难、悲剧才是极具价值和真实的生命,对美感的敏锐可见于独特的衣着,对布置环境的品味显出其独特性,极具创造力,容易沮丧或消沉,常觉生命是一场悲剧。

(5)理智型或者思想型(观察者)。理智型人物想要了解世界和人,想藉由获取更多的知识,来了解环境,面对周遭的事物。他们想找出事情的脉络与原理,做为行动的准则,有了知识和思路,他们才会行动,也才会有安全感。一般的理智型人有以下特质:温文儒雅,有学问,条理分明,表达含蓄,沉默内向,欠缺活力,反应缓慢,对许多事物"隔岸观火"。

(6)忠诚型(怀疑论者)。忠诚型做事小心谨慎,不轻易相信别人,多疑虑,喜欢群体生活,为别人做事尽心尽力,不喜欢受人注视,安于现状,不喜转换新环境,相信权威,然而另一方面又容易反权威,性格充满矛盾。他们的团体意识很强,需要亲密感,需要被喜爱、被接纳并得到安全的保障。一般的忠诚型有以下特质:忠诚,警觉,谨慎,机智,务实,守规矩,是纪律的维持者。

(7)享乐型或者开朗型(乐天主义者)。享乐型人充满着快乐,能乐观地面对现实,想过愉快的生活,想创新,自娱娱人,渴望过比较享受的生活。他们喜欢投入快乐及情绪高昂的世界,所以他们总是不断地寻找快乐、经历快乐。一般的享乐型有以下特质:快乐热心,积极活动,怕严肃认真的事情,多才多艺,对玩乐的事非常熟悉,也会花精力钻研,常用嬉笑怒骂的方式对人对事,健谈。

(8)领袖型或者保护型(挑战者)。领袖型人物是绝对的行动派,一碰到问题便马上采取行动去解决。想要独立自主,一切靠自己,依照自己的能力做事,要建设前不惜先破坏,想带领大家走向公平、正义。一般的领袖型有以下特质:具攻击性,自我中心,轻视懦弱,尊重强人,为受压迫者挺身而出,冲动,有什么不满意会当场发作,往往主观行事。

(9)和平型(调和者)。和平型的人愿意息事宁人,显得十分温和,不喜欢与人起冲突,不自夸,不爱出风头,个性淡薄。想要与人和谐相处,避开所有的冲突与紧张,希望事物能维持美好的现状,忽视会让自己不愉快的事物,并尽可能让自己保持平稳、平静。和平型有以下特质:温和友善,忍耐、随和,怕竞争,对大多数事物没有多大的兴趣,不喜欢被人支配,不直接表达不满。

本章小结

消费者的一般心理过程及其个性的倾向性受到消费者个性特征的影响。消费者的气质表现为先天的特征,典型的气质特征有粘液质、多血质、胆汁质和抑郁质。企业营销者要善于发现消费者的气质特征,并采取相应的有效对策。

一般的消费性格可以表现为:节俭型、慎重型、顺从型、保守型、挑剔型、自由型和傲慢型等。企业营销者要认识到消费者的消费性格特征,采取针对性的对策去满足或者引导消费。

能力落实到一般心理过程中,可以表现为认知能力、控制能力和行动能力等方面。消费者的能力差异表现为:成熟型、一般型和缺乏型。消费者的能力一般包括了基本能力、特殊能力和自我保护能力。

人格是人的个性特征的综合体现,性格在人格中起着核心的作用。弗洛伊德的人格结构论包括了本我、自我和超我三个部分。企业营销者应该根据人格的结构,采取灵活针对的营销对策。

关键名词

气质 性格 能力 智商 情商 人格

问答题

1. 气质的类型有哪些? 落实到消费中会有哪些表现? 对企业营销有何启示?
2. 性格的特征体现在哪些方面? 消费者性格主要表现有哪些方面?
3. 消费者能力差异是什么? 消费者能力应该包括哪些内容?
4. 消费者能力状况要求企业营销应做好哪几个方面的工作?
5. 试分析人格的内涵。
6. 弗洛伊德的人格结构论对企业营销有何启示?
7. 个体无意识和集体无意识对企业营销有何启示?

第 5 章　自我概念、生活方式与消费态度

 本章提要

　　自我概念也称自我形象,是以个体的自我为核心展开的,包含四个基本组成部分或要素:实际的自我、理想的自我、他人实际的自我和他人理想的自我。消费者倾向于购买那些与自我概念相一致的产品。生活方式就是一个人如何生活。态度是人格的稳定表现,态度可以表现在人生态度、生活态度、消费态度等多个方面。

 学习目标

1. 认识自我概念的内涵及其构成。
2. 了解自我概念与消费的关系及营销对策。
3. 认识生活方式的内容及测量方法。
4. 认识消费态度的含义、构成。
5. 认识面对不同消费态度的营销和传播对策。

开篇案例

Just Do It

1963 年,俄勒冈大学毕业生比尔·鲍尔曼和校友菲尔·奈特共同创立了一家名为"蓝带"(Blue Ribbon Sports)的公司,主营体育用品。1972 年,蓝带公司更名为耐克公司,从此开始缔造属于自己的传奇。他们取了"Nike"这个名字(古希腊胜利女神,即名为 Nike)。如今,耐克公司生产经营活动遍布全球六大洲,其员工总数达到了 22 000 人,与公司合作的供应商、托运商、零售商以及其他服务人员接近 100 万人。

耐克公司一直将激励全世界的每一位运动员并为其献上最好的产品视为光荣的任务。耐克的语言就是运动的语言。公司始终致力于为每一个人创造展现自我的机会。耐克深知只有运用先进的技术才能生产出最好的产品,所以一直以来,耐克公司投入了大量的人力、物力用于新产品的开发和研制。耐克首创的气垫技术给体育界带来了一场革命,运用这项技术制造出的运动鞋可以很好地保护运动员的脚踝,防止其在做剧烈运动时扭伤。采用气垫技术的运动鞋一经推出就大受欢迎,普通消费者和专业运动员都对它爱不释手。

在一个形象代表一切的世界里,耐克是全世界最多人认得的品牌与标志之一。这个标志就是耐克企业文化文字与形象代表。它与美国的智慧"做就是了"(just do it)已经密不可分。耐克不只卖运动鞋,它所出售的是一种生活方式,这是它成功的关键。这个标志对于人心的激励,以及这一哲学背后的干劲与决心,是与每个人都有关的,不管你是不是运动员。耐克运用一种励志式的语言来激发消费者。不管你是谁,你的头发或皮肤的颜色是什么,你遭遇了身体上或社会生活中的什么局限,耐克都对消费者说:你一定可以办到! 它告诉人们要振作起来,抓紧人生的方向盘,并且采取行动。在"做就是了"的广告词背后,是一个非常美国式的意识形态,借由这样的方法,即利用人们对于成功的热切渴望,耐克也创造出了它自己的一种人生态度和企业形象。

必须致力于沟通,而不是销售诉求。这一策略与大多数美国公司的广告策略是根本不同的,但正是这一独特的策略和作法,使得耐克公司在市场拓展中不断成功,迅速成长。

Just Do It,耐克公司拓展市场的首要突破口是青少年市场,这一市场上的消费者有一些共同的特征:热爱运动、崇敬英雄人物,追星意识强烈,希望受人重视,思维活跃,想象力丰富并充满梦想。针对青少年消费者的这一特征,耐克相继与一些大名鼎鼎、受人喜爱的体育明星签约,如乔丹、巴克利、阿加西等,他们成为耐克广告片中光彩照人的沟通"主角",而他们都是"Just Do It"的典范。

中国篮球明星易建联为耐克公司做广告中的广告词是这样的:你可以 15 岁加入职业联赛,你可以入选国家队,你可以连夺三次冠军,你可以成为 MVP,但这还不够。因为你可以不断走向下一步的自己。Just Do It,事在人为。

——作者根据多方资料整理而成

自我概念是个人将他或她自身作为对象的所有思想和情感的总和。生活方式是一个人自我概念的外在表述。也就是说,在给定的收入和能力约束下,一个人选择的生活方式,很大程度上受到一个人现在和欲求的自我概念的影响。自我概念和生活方式会构成人生态度及消费态度。不论这些态度是积极的还是消极的,都有助于指导许多行为和购买决策:产品可以用来鼓励自尊或者"犒赏"自我。本章将首先分析自我概念,接着将讨论生活方式,最后落实到消费态度。

5.1 自我概念

自我概念(self-concept),也称自我形象,是以个体的自我为核心展开的,是指个人对自己的气质、性格、能力等个性特征的知觉、了解和感受的总和。换言之,即自己如何看待自己。自我概念回答的是"我是谁"和"我是什么样的人"这类问题,它是个体自身体验和外部环境综合作用的结果。

自尊(self-esteem)是指一个人自我概念的积极性。自尊心较弱的人认为自己不会表现得很好,所以就会努力地避免尴尬、失败或是被拒绝。

一般来说,消费者将选择那些与自我概念相一致的产品、品牌或服务,避免选择与自我概念相抵触的产品、品牌和服务。自尊广告试图通过激起对自我的积极评价来改变消费者对产品的态度,其中的一种策略就是先挑战消费者的自尊,然后展示一种能对自尊进行修复的产品,从而在两者之间建立起联系,另一种策略就是直接地奉承和赞扬。

5.1.1 自我概念的形成与构成

1. 自我概念的形成

自我概念是个人在社会化过程中,通过与他人交往以及与环境发生联系,对自己的行为进行反观自照而形成的。其中主要受到四个方面因素的影响。

(1)通过自我评价来判断自己的行为是否符合社会所接受的标准,并以此形成自我概念。

(2)通过他人对自己的评价来进行自我反映评价,从而形成自我概念。他人评价对自我评价的影响程度取决于评价者自身的特点和评价的内容。通常,评价者的权威性越大,与自我评价的一致性越高,对自我概念形成的影响程度也就越大。

(3)通过与他人的比较来观察自己而形成和改变自我概念。

(4)通过从外界环境获取有利信息,来促进和发展自我概念。人们受趋利避害的心理驱使,往往希望从外界环境中寻找符合自己意愿的信息,而不顾及与自己意愿相反的信息,以此证明自己的自我评价是合理与正确,这一现象证明了人们经常从自己喜欢的方面来看待评价自己。

2. 自我概念的构成

自我概念研究最早可追溯到美国心理学家詹姆斯对自我的讨论。詹姆斯将自我分为"主体我"(I)和"客体我"(Me)。客体我由三个要素构成:物质我(material self)、社会我(social self)和心理我(mental self),这三个要素都包括了自我评价、自我体验以及自我追求等侧面。詹姆斯认为,三种客体我都接受主体我的认识和评价,对自己形成满意或不满意的判断,并由此产生积极或消极的自我体验,进而形成自我追求,即主体我要求客体我努力保持自己的优势,以受到社会与他人的尊重和赞赏。

自我概念实际上是在综合自己、他人或社会评价的基础上形成和发展起来的。这其中包含四个基本组成部分或要素：实际的自我、理想的自我、他人实际的自我、他人理想的自我。四项要素之间存在着明确的内在联系。通常情况下，人们都具有从实际的自我概念向理想的自我概念转化的意愿和内在冲动，这种冲动成为人们不断修正自身行为，以求自我完善的基本动力。不仅如此，人们还力求使自己的形象符合他人或社会的理想要求，并为此而努力按照社会的理想标准从事行为活动，正是在上述意愿和动机的推动下，自我概念在更深层次上对人们的行为发生影响，制约和调节着行为的方式、方向和程度。

美国的德尔·I·霍金斯等所著的《消费者行为学》一书中认为，消费者的自我概念包括以下四个部分：实际的、理想的、私人的、社会的自我。实际的自我概念是"我现在是什么样"；而理想的自我概念则是"我想成为什么样"；私人的自我概念是指我对自己怎么样或我想对自己怎样；社会的自我概念则是别人怎样看我或我希望别人怎样看我。

自我概念的四种类型都会影响消费者的行为并为制定营销战略提供一种洞察力。例如，产品可以通过强化或者保持私人的或者社会的自我概念来进行促销。

自我概念又可以分为两种类型：依存型和独立型。

独立型自我的构建是基于占统治地位的西方文化观念，认为个人生来都是独立的，独立的自我概念强调的是个人的目标、特性、成就和愿望。具有独立自我概念的个体倾向于个性化、利己主义、自治、独断专行和沉默寡言，他们以自己做过什么，有什么，自己能与别人相区别的特征来限定自己的生活。

依存型自我的构建更多地基于亚洲文化，基于这种文化所信奉的人们相互联系、相互依存的信念。依存型自我强调家庭、文化、职业和社会联系，具有依存自我概念的个体倾向于服从、以社会为中心、注重整体和协同，他们以社会角色、家庭关系和与所处群体，包括种族和国家群体内其他成员的共同性来界定自己的生活。

研究发现，个体和文化是更倾向独立的自我还是依存的自我，对消费者的信息偏好，是否和在多大程度上消费奢侈品，喜好何种产品类型等均有重要影响。例如，强调独立和自主的广告对具有独立型自我的消费者可能更为有效，而强调团队精神的广告对具有依存型自我的消费者来会更加有效。

现在，人们创造了成千上万个人网站来描述自己，这与人们希望把某一个自我（也许是理想的自我）融入通俗文化的动机有关。在这些网站上，人们显现虚拟的身份或化身，从真实的自我形象到"夸张的"假扮形象（超级英雄）都有，现实生活中的规范正在悄悄地进入到虚拟世界中。

5.1.2　自我概念与消费

1. 自我概念与产品的一致性

自我概念作为影响个人行为的深层个性因素，同样存在于消费者的心理活动中，并对其消费行为有着深刻的影响作用。商品和劳务作为人类物质文明的产物，除具有使用价值外，还具有某些社会象征意义。不同档次、质地、品牌的商品往往蕴涵着特定的社会意义，代表着不同的文化、品位和风格。通过对这些商品或劳务的消费，可以显示出消费者与众不同的个性特征，加强和突出个人的自我形象，从而帮助消费者有效地表达自我概念，并促进实际的自我向理想的自我转化。

大量实践证明，消费者在选购商品时，不仅仅以质量优劣、价格高低、实用性能强弱为依据,而且把商品品牌特性是否符合自我概念作为重要的选择标准,即判断商品是否有助于"使我成为我想象或期望的人",以及"我希望他人如何看待我"。如果能够从商品中找到与自我印象或评价一致(相似)之处,消费者就会倾向于购买该商品。例如,一个自认为气质不凡、情趣高雅、具有较高欣赏品位的消费者购买服装时,会倾心于那些款式新颖、色调柔和、质地精良、做工考究、设计独特的服装,而不喜欢大众化、一般化的款式种类。由此可见,消费者购买某种品牌的商品与他们的自我概念是比较一致的。对消费者的自我概念作深层研究,可以进一步得出结论,消费者购买某种商品,不仅是为了满足特定的物质或精神需要,同时还出于维护和增强自我概念的意愿,在这一意义上,购买商品成为加强自我概念的手段,自我概念则成为控制购买行为的中心要素。

消费者一旦形成了某种自我概念,就会在这种自我概念的支配下产生一定的购买行为。例如,美国进行的一项对336名大学生的调查中发现,凡是饮用啤酒的学生都把自己看得比不饮用啤酒的人喜欢社交、有自信心、性格外向和善于待人接物。当前,在中国20世纪80年代后出生的年轻人,在消费过程中十分突出"我的地盘,我作主"的自我概念。

2. 延伸的自我

延伸的自我由自我和拥有物两部分构成。也就是说,我们倾向于部分根据自己的拥有物来界定自我。因为某些拥有物不仅是自我概念的外在显示,它们同时也构成自我概念的一个有机部分。从某种意义上说,我们就是我们所拥有的,如果失去了那些关键性的拥有物,我们将成为不同的或另外的个体。

迈克尔·R·所罗门在其《消费者行为学》一书中把延伸的自我分为四个层次,包括了从非常私人的物品到广大社会环境中的地点或物品。

(1)个体水平:消费者将个人财产中的很大一部分纳入自我定义。这些产品可以包括珠宝饰品、汽车、衣服等。个人拥有的东西是其身份的一部分。

(2)家庭水平:包括消费者的住宅及内部陈设。房子可视为家庭的象征载体,而且人们住的地方也往往是身份的核心部分。

(3)社区水平:消费者会按照自己所在的地区或者城镇来介绍自己,是一种归属感的体现。

(4)群体水平:对特定社会群体的依恋也可视为自我的一部分。消费者可以把曾经的群体纪念或者目前自己所处的群体看成延伸自我的一部分。

3. 生理的自我

由于许多消费者受到促动想要达到某种理想外表,于是他们常常竭尽全力来改变生理自我的方方面面。从化妆品到整形手术,从日光浴到减肥饮料,大量产品和服务都以改变或保持生理自我的各个方面以展现理想的外表为目标。对许多营销活动而言,如何强调生理自我这一概念(如消费者改善外表的欲望)的重要性都不为过。

外表是个人自我概念的重要组成部分。形体意象(body image)是指消费者对身体自我的主观评价。和总体自我概念一样,形体意象也不一定准确,一位男性想象中的自己可能比实际更魁梧强壮;一位女性又可能感觉自己看起来很胖,而事实并非如此。

身体专注(body cathexis)是指个人对自己身体的感受。专注是指特定物体或观念对于个人在情感上的重要性,而身体的某些部位比其他部位对于自我概念来说更具意义。国外一项关于年轻人对其身体感受的研究发现,受访者最满意自己的头发和眼睛,而对腰部的感觉最为消极,这些感受也与消费者使用修饰的产品有关。对身体越满意的消费者,越常使用"装扮"产品,如护发素、化妆品、香水、牙齿漂白剂等。

个人对自己展现在他人眼前的形象的满意程度,受到这一形象与其文化所欣赏的形象之间的一致性的影响。美的典范(ideal of beauty)是指在外貌方面的典范或榜样,无论男女,美的典范既包括生理特征,也包括穿衣风格、妆容、发型、肤色及体形等。

5.1.3　面对自我概念的营销对策

就企业而言,关于消费者自我概念的研究,对于产品设计和销售具有重要的指导作用。新产品设计的主要依据应当是符合消费者某种特定的自我概念,也就是说,当现有产品不能与消费者的自我概念相匹配时,才有必要设计和生产新产品。而新产品不仅要在质量、外观、性能上有别于老产品,更要具有独特的个性和社会象征意义,能够体现出尚没特定商品与之相匹配的消费者的自我形象。在商品销售中,了解消费者的自我概念,告诉他们哪些商品与其自我形象一致,哪些不一致,向消费者推荐最能反映其形象特征的商品,可以有效地影响和引导消费者的购买行为,因而是商品销售的重要方式和成功要诀。

有些消费动力来源于理想与现实的落差,因此企业加强动力可以通过"揭示差距"与"提高理想"两个角度来进行。揭示差距其实是揭露消费者实际自我概念的缺憾,而提高理想则是通过打造一个令消费者幻想的舞台来提高其心目中理想的自我概念。

延伸自我的概念和简单拥有效果对营销策略的制定具有许多启发意义,导致潜在消费者想象拥有产品的信息可能会提高消费者对产品的评价,同样,派发样品和试用活动也会产生类似的结果。

营销者常常利用消费者扭曲形体意象的倾向,通过捕捉消费者对外表的不安全感,制造现实和理想的身体自我之间的差距,从而激发出消费者购买产品和服务以弥补这一差距的欲望和愿望。

5.2　生活方式

生活方式(lifestyle)就是一个人(或一个家庭)如何生活。它是指在文化、价值观、人口统计特征、个性特征、社会阶层和参照群体等诸多因素的综合作用和影响下,一个人表现出来的各种行为、兴趣和看法。生活方式也就是一个人如何在行动中表现自我的方式。生活方式的研究为我们提供了一种了解消费者日常需求的途径,营销人员可以通过产品定位来满足人们对自己喜爱的生活方式的追求。

生活方式并不是一成不变的,生活方式受文化、人口统计特征、价值观等诸多因素的影响,而这些因素自身也在变化,因此,消费者的生活方式也会随之改变。

5.2.1　生活方式的测量

要划分生活方式必须有对生活方式进行测度的标准和方法,比较流行的两种方法是 AIO (活动、兴趣、意见)清单调查法和 VALS(价值观与生活方式)调查法。

1. AIO 清单调查法

这是最初的一种测度生活方式的工具,它将活动(activity)、兴趣(interest)和意见(opinion)罗列在一份清单上,清单的形式是上百条陈述性语句,受调查者可以表达对这些陈述同意或不同意的程度。通过对调查结果的统计分析将消费者划分到不同的生活方式群体中。后来,研究人员发现 AIO 清单过于狭窄,又增加了态度、价值观、人口统计特征、媒体使用情况等测量内容。

有学者按 AIO 清单的一般性程度将其分为综合的 AIO 清单和特定产品的 AIO 清单两种。综合的 AIO 清单可以用于所有产品类别,使用在广义的市场细分中。而特定产品的 AIO 清单则专门针对某一种产品,它一般都由生产商设计,以便对自己的顾客进行分类,从而作出科学的营销决策。

生活方式量表在市场细分、产品定位和促销沟通活动中有着广泛的应用价值。例如,"我购买服装的时候,既看中款式又看中价格","我与朋友经常谈有关时尚的问题","我认为穿漂亮衣服是表现自己的一种重要方式"。在这样的有关时装方面的量表中,可以通过同意程度高低来判断消费者对时装的态度,从而可以根据这种消费者态度程度,细分若干个市场,并采取相应的营销策略。

2. VALS 调查法

VALS 调查法是最著名、使用最广泛的生活方式测量系统。它的做法是先对消费者进行调查,通过调查确定消费者有哪些活动、利益和观点,然后在此基础上对生活方式进行分类。这是 SRI 国际公司(SRI International)率先采用的一种调查法。这种调查法被近 200 家公司采用。后来,人们对 VALS 调查法的分组法进行了修改,形成了 VALS2 调查法。VALS2 调查法根据人们的心理特征、教育程度、收入状况、自信程度、购买欲望等因素将消费者分为八组。

(1)实现者。成功、活跃、老练、富有自尊感的"领导式"人物。他们热衷于自身成长,追求发展和探索,喜欢以各种方式实现自我,形象对他们很重要,他们喜欢接受新产品和新技术,怀疑广告,阅读很广泛,看电视较少。实现者是现在的或潜在的商界领导人物,他们具有广泛兴趣,关心社会事物,乐于接受变化,勇于面对挑战,他们所拥有的财物和所从事的娱乐活动折射出其对精美事物所具有的审美情趣与素养。

(2)完成者。他们成熟、安逸、善于思考,讲求实际,对形象和尊严要求不高。喜欢教育性和公共事务性的节目,经常阅读。他们中的绝大多数受过良好教育,从事专业性工作,他们知晓国内外大事,乐于寻找机会拓宽其知识面,对职业、家庭和生活状态均感满意,闲暇活动以家庭为中心。完成者对于权威机构和社会礼节持适当的尊重,但乐于接受新思想和社会变化,他们按准则行事,沉着、自信、保守,但富于实际。购买产品时,追求功用、价值和耐用性。

(3)信奉者。他们信守传统的家庭、社会道德观念,做事循规蹈矩,他们喜欢国产货和声誉好的品牌,阅读兴趣广泛,爱看电视。

(4)成就者。他们事业有成,对工作和家庭非常投入,喜欢自己主宰生活,形象对他们很重要,喜欢购买能显示成就的产品。

(5)奋争者。他们寻求从外部获得激励、赞赏和自我界定,他们努力寻找生活中安全位置,他们缺乏自信,经济社会地位较低,关心别人的评说。奋争者将金钱视为成功的标准,因常感经济拮据而抱怨命运的不公,他们易于厌倦和冲动,他们中的许多人追赶时尚,企图模仿社会资源更为丰富的人群,但总是因超越其能力而倍感沮丧,他们注重个人形象,收入较少,钱主要用于服装和个人护理。

(6)体验者。体验者年轻、生机勃勃、冲动且具有反叛精神。他们寻求丰富多彩和刺激,崇尚时新,敢于冒险,他们的价值观处于形成过程中,对新事物的热情来得快消失得也快。在其生活的这一阶段,他们对政治比较冷淡,也缺乏对社会的了解,由于涉世不深,在信念上也常处于摇摆不定的状态。这类消费者的购买行为属于冲动型,比较关注广告。

(7)制造者。他们不去关注豪华奢侈品,只购买基本的生活用品,通过自己修理汽车、建造房屋等体验生活。制造者是务实、有建设性技能和崇尚自给自足价值观的一个群体,他们生活在传统家庭与工作氛围下,对这以外的事物不太关心。

(8)挣扎者。他们生活在社会的底端,教育程度低,缺乏技能,没有广泛的社会联系。他们常受制于人和处于被动,因为他们必须为满足现时的迫切需要而奋斗,很少表现出强烈的自我取向。他们最关心的是健康和安全,在消费上比较谨慎,对大多数产品和服务来说,他们代表了一个中等程度的市场,对喜爱的品牌比较忠诚,他们使用购物赠券,相信广告,经常看电视,阅读小报。

5.2.2 生活方式与营销

1. 群体身份、个性与生活方式

很多在同一社会或经济环境下的人会遵循相同的普通消费模式,尽管如此,每个人还是会在模式中加入一些独特的"癖好"来为他的生活方式注入一些个性。比如,一个"典型"的大学生可能会和他的朋友穿差不多的衣服,出入相同的场所,喜欢同样的食物,不过他也会酷爱那些使其与众不同的活动,如长跑、集邮或社团活动。同时,生活方式并不是根深蒂固的,人们的品位和偏好是随时间而变化的。事实上,在某一时期受欢迎的消费模式几年后可能会受到漠视(或者嘲笑),这是和身体健康、社会变化、性别角色、居家生活与家庭重要性等问题的态度变化有关。

2. 生活方式营销

首先,对营销者来说,持续观察社会环境以预测这些变化的方向至关重要。因为生活方式营销的目的是使消费者能够以他们选择的方式享受人生并表达自己的社会身份,这种策略的一个关键就是关注消费者在其所期望的社会情境下使用产品的方式。

其次,营销者应该明白,很多产品和服务看起来的确是"配套"的,这通常是因为它们容易被一类人选中。因此,生活方式营销的一个重要内容就是识别一系列看上去在消费者观念中与特定生活方式相关的产品和服务。而且据研究证实,即使是相对来说吸引力较差的产品,当与其他受欢迎的产品一起接受评价时,也会变得更有吸引力。近来实施联合品牌策略(co-branding strategies)的营销者显然明白这一点。

最后,营销者应该知道,当不同产品的象征意义彼此相关时,便会发生产品互补效应。消费者利用这一系列被称为消费集群(consumption constellations)的产品来界定、传播和扮演社会角色。比如,美国20世纪80年代的"雅皮士"用以下产品来界定:劳力士手表、宝马汽车、古奇(Gucci)公文包、壁球、新鲜的香蒜沙司、白酒和法国布利乳酪。尽管现在人们努力避免被划分为雅皮士,但这一社会角色在界定20世纪80年代的文化价值和消费偏好时起着主要作用。今天,有哪种消费集群可以用来刻画你和你的朋友呢?

表 5.1 个性与生活方式的关系

个性特征	欲望特征	生活方式
活跃好动	改变现状 获得信息 积极创意	不断追求新的生活方式 渴望了解更多的知识和信息 总想做些事情来充实自己
喜欢分享	和睦相处 有归属感 广泛社交	愿与亲朋好友共度好时光 想同其他人一样生活 不放弃任何与他人交往的机会
追求自由	自我中心 追求个性 甘于寂寞	按自己的意愿生活而不顾及他人 努力与他人有所区别 拥有自己的世界而不愿他人涉足
稳健保守	休闲消遣 注意安全 重视健康	喜欢轻松自在而不求刺激 重视既得利益的保护 注重健康投资

5.3 消费态度

态度(attitude)是指个人对于特定对象的肯定或否定的内在反应倾向,是个性倾向性的表现。态度是人格的稳定的表现,态度可以表现在人生态度、生活态度、消费态度等多个方面。消费态度是个人多种态度中的一种,是消费者在购买和使用商品的过程中对商品或服务等表现出来的稳定的心理反应倾向。

态度不是生来就有的,而是后天习得的,是个体在家庭、学校和社会生活中,通过交往接受别人和社会的示范、指导、劝说而逐渐形成的。态度是一系列心理活动的结果,即是认知过程、情绪过程和意志过程的结果,态度是需要、动机和兴趣的相互作用的表达,态度是个性特征和人格的表现。个人态度的形成有阶段性,儿童最初从家庭中获得很多待人接物的态度,这时的态度十分具体,范围狭窄,概括性和稳定性都很低。后来,随着活动范围的扩大,知识的增长,少年儿童的态度就逐渐概括化。到了青年期,随着对人生意义的探索,理想、信念和世界观的形成,个人比较稳定的态度就出现了。

不正确的态度就是偏见。自尊心就是人对自身所持的态度。自尊心强,就是对自身持有好感;自尊心弱,就是对自身无好感。态度有私下态度和公开态度的区别。

5.3.1 态度的构成

态度一般由以下三个成分构成。

1. 认知成分

是指对事物的认识、理解和评价,包括好坏的评价,以及赞成或反对。认知态度即我们通常所说的信念,它是态度形成的基础。

消费者的认知成分由消费者关于某个事物的信念所构成。包括商品质量、外观、性能、功效、安全性、价格、品牌、包装、厂商服务与信誉等的印象、理解、观点、意见等。消费者只有在对上述情况有所认知的基础上,才有可能形成对某类商品的具体态度,而认知是否正确,是否存在偏见或误解,将直接决定消费者态度的倾向性或方向性,因此,保持公正准确的认知是端正消费者态度的前提。

信念不必是正确或者真实的,只要它存在就行。比如消费者对某一品牌的认知,决定了其认牌购买的信念。

2. 情感成分

人们对于某种事物的感情或情绪性反应就是态度的情感成分,即对某一事物或人表示喜欢或厌恶、爱或恨等情感或情绪。

消费者如果宣称"我喜欢某某品牌",意味着其表达的情感性评价。这样的评价既可以是具体认知的结果,也可以是在缺乏关于产品的认知信息或没有形成关于产品的信念条件下发展起来一种模糊的、大概的感觉。

个体对产品特性的情感反应是不同的,同样,个体会对同一种产品特性做出不同反应,或者在不同情景下同一个人也会对此做出不同的反应。

尽管存在个体差异,在某一特定文化之内,大多数人对与文化价值观紧密联系的信念会做出相似的反应。例如,对于餐馆的清洁信念和情感在大多数美国人中是相似的,因为价值观在文化中是非常重要的。所以,在怎样评价某个信念和该文化中与此相关某种重要价值观之间,常常存在着很强的联系。

尽管情感往往是评价某产品的具体属性的结果,它也可能在认知出现之前产生并影响认知。事实上,一个人可能在没有获得任何有关产品的认识的情况下便喜欢上该种产品。我们对于某产品的最初反应(喜欢或不喜欢的感觉)可能不是建立在认知基础上的,这种最初的情感能影响我们后来对该产品的评价。

3. 行为成分

态度的行为成分是一个人对于某事物或某项活动做出特定反应的意向。人们的实际行为反映出这些意向,而这些意向也会随着行为所发生的情境而调整。

消费者的行为成分就体现在购买或者不购买的决定,推荐或者不推荐的决定等。决定在哪里买会随着购买地点或者形式的变化而变化。

态度的三个组成成分倾向于一致,这意味着某个成分的变化将导致其他成分的相应变化,这一趋势构成了很多市场营销策略的基础。

图 5.1 态度的组成成分及其表现

5.3.2 态度的特征

1. 社 会 性

态度是后天所得,是在与他人、社会的交往中学到的。

消费者态度的形成不可能脱离丰富多彩的社会生活,不可能超越所处的社会发展阶段。同时,消费者又并非孤立于社会之中,而是无时无刻不在同他人交往中发生信息沟通,因此,消费者的购买情绪与态度必然带有很明显的社会性和时代特征。

2. 针 对 性

总是针对具体的、特定的对象。

消费者的态度也是有具体的、特定的对象。这个对象可以是实体,也可以是服务,也可以是一个概念或者未来的概念。

3. 协 调 性

就是人心理过程中认知、情绪和意志的协调统一。一般而言,有什么样的认知态度,就会有什么样的情绪或者情感状况,也就会有什么样的心动和行动。

消费者的消费态度也体现出协调性的特征,要影响消费者的态度,最重要的就是要影响消费者的认知态度,消费者对企业的品牌如果有了好的认知态度,就决定了消费者的情绪状况和意志状况。

4. 稳 定 性

态度具有相当的一贯性、持续性,它是一种对事物比较持久的而不是偶然的倾向。

由于消费态度是在长期消费经验逐渐积累中形成的,因此某种态度一旦形成,便保持相对稳定,不会轻易改变。态度的稳定性使消费者的购买行为具有一定的规律性和习惯性,从而有助于某些购买决策常规化和程序化。因此,企业最好使其产品适合消费者既有的习惯态度,而不要企图改变消费者的态度。但企业也要看到,消费态度的稳定性是相对的,稳定中含有可变性。例如"可口可乐"进入中国市场后,经过了十来年,已使中国的消费者逐渐由不喜欢到偏爱,改变了中国消费者对软饮料的消费习惯,证明了稳定的态度也是可以被改变。

5. 差 异 性

态度还具有差异性,人与人对事物的态度有差别,对某一件事物甚至完全是截然不同的态度,差异性是各种因素影响的结果。

消费态度的形成受多种主客观因素的影响和制约。因此,消费态度也人各一词,存在众多差异。态度的差异对细分消费者市场具有十分重要的意义。

(1)不同的消费者对待同一商品可能持有完全不同的态度。

(2)同一消费者在不同的年龄阶段和生活环境中,对同一商品也可能产生截然不同的态度。

(3)处于不同社会阶层,隶属于不同社会团体组织的消费群,在消费态度上也会呈现出群体性差异。

5.3.3 消费者态度状况与企业态度

企业在营销过程中要了解消费者的不同态度状况,灵活营销。维持和丰富现有的对企业有利的态度,改变现有的对企业不利的态度。

1. 维持和丰富现有的对企业有利的态度

如果某企业现在的消费者对其的态度状况是认可、喜爱,这对企业当然是一件好事。但消费者的态度同样会发生改变,所以要居安思危,在有利的态度情况下要做好维持的工作。消费者态度一方面会随着外部环境的变化(如竞争因素、流行因素、技术因素等)而产生变化,另一方面也会随着自己认识、年龄、收入等因素的变化而发生变化。

企业的维持营销可以体现在创名牌、服务优和不断创新上。创名牌是指企业通过产品或者服务不断地稳定和提高质量,保持产品或者服务质量的稳定性,不要因为生意好而忽视了质量,导致"店大欺客"。企业质量的稳定性和一贯性是创名牌的基础,不然就不会形成消费者良好的口碑,也就不能成为真正的名牌;服务优是指企业始终为新老顾客提供优质的售前、售中、售后服务,对消费者进行人性化的关怀,通过为消费者提供细心周到的服务来赢得消费者的心,让消费者不但产生美誉度,而且产生忠诚度;而不断的创新就是指企业不能固步自封,不思进取。企业针对老顾客不但有保持原有产品或者服务的质量和优势,而且还要不断开发新的产品或者服务,使得老顾客感觉到企业的不断进步,同时也可以让企业产生品牌延伸的效应,丰富消费者的需求。

企业的维持营销也体现在顾客关系管理上。顾客关系管理的结果就是要维护住顾客,保留住顾客。建立顾客档案、实施顾客会员制、建立企业投诉中心及企业危机公关等都是顾客关系管理的重要管理手段和策略。

2. 改变现有的对企业不利或者冷漠的态度

改变消费者的态度是一件不容易的事情,消费者由于受到性格、环境、竞争等因素的影响,特别是成年消费者,已经形成了比较固定的消费意识和产品、品牌习惯,所以要想改变其原来的习惯或者意识,就需要企业不断地加强宣传、沟通力度,采取强有力的促销措施,引导和创造出消费者新的消费需求和态度,进而让消费者产生新的购买行为。

(1)改变认知成分。改变态度的常用和有效的方法是改变态度中的认知成分。当某种品牌具有独特的优点,而且这种独特的优点是该种商品的核心所在时,消费者往往容易被打动。

改变信念。就是改变对于品牌或产品一个或多个属性的信念。例如,许多消费者认为中国制造的汽车没有日本制造的汽车好,企业可以通过大量广告设计来改变这种信念。要想改变信念通常要提供关于产品表现的"事实"或描述。

转变权重。消费者认为产品的某些属性比其他一些属性更重要。营销者常常告诉消费者自己产品相对较强的属性是该类产品中最重要的属性。例如,"农夫山泉"就说自己的水 PH 值是碱性,强调是自然水,而非纯净水,以此来让消费者认识到这种属性的重要性。

增加新信念。一种改变态度的方法是在消费者的认知结构中添加新的信念。如音乐手机就是为消费者增加了具有立体声效果的听音乐功能。

改变理想点。最后一种改变认知的策略是改变消费者对于理想品牌的概念。基于此,许多环保组织努力改变人们关于理想产品的概念,如最低限度的包装、制造过程无污染、可回收材料的再利用,以及使用寿命结束后的无污染处置等。

态度,特别是态度的认知成分,是企业进行市场细分,如制定利益市场细分策略、新产品开发策略的重要基础。

(2)改变情感成分。企业越来越试图在不直接影响消费者的信念或行为的条件下影响他们对于品牌或产品的好感。如果企业成功了,消费者对产品的喜爱会增加其对产品的正面信念。一旦对该类产品产生需要,这些正面信念会引起消费者的购买行为。喜爱会直接促使购买,通过产品的使用,消费者增加关于该产品或品牌的正面信念。营销者通常使用三种基本方法直接增强消费者对产品的好感:经典性条件反射、激发对广告本身的情感和让消费者更多的接触。

在经典性条件反射这种方法中,企业将受众所喜欢的某种刺激,如一段音乐,不断与品牌名称同时播放,过了一般时间后,与该音乐相联系的正面情感就会转移到品牌上。其他刺激,如喜爱的图画也经常被使用。

喜欢一则广告能导致对产品的喜爱倾向。经由经典性条件反射,消费者对广告的正面情感有助于增加其对品牌的喜爱,对广告这种正面情感也可能提高购买介入程度或激发有意识的决策过程。使用幽默、名人或情感诉求也可以增加受众对广告的喜爱。那些引起负面情感如害怕、负罪或者悲伤的广告也可以强化态度的改变。例如,一则为捐助难民所做的慈善广告,就包含了许多令人不忍目睹和令人震惊的画面,但它同时达到了理想的效果。另外,有研究表明,广告插播时的节目所引起的情感,也会影响广告如何被处理,同时也会影响消费者对广告产品的态度。

让消费者更多的接触也能导致情感的产生。也就是说,向消费者不断地、大量地展示某种品牌也能使消费者对该品牌产生更积极的态度。因此,对于那些介入程度低的产品,可以通过广告的反复播送增加消费者对品牌的喜爱,而不必去改变消费者最初的认知结构。

(3)改变行为成分。消费者的行为可以发生在认知和情感之后,也可以发生在认知和情感之前,甚至也可以与认知和情感相对立。例如,一个消费者可能不喜欢"健怡"饮料的口味,且认为里面所含人工甜料不利于健康,但是,当一位朋友向他递过一杯"健怡"软饮料时,为不显得无礼,他还是接受了它,喝了"健怡"饮料后,感到口味还不错,从而改变了以前的认知。证据显示,试用产品后所形成的态度会更持久和强烈。

行为能够直接导致认知和情感的形成,消费者常常在事先没有认知和情感的情况下,尝试购买和使用一些便宜的新品牌或新型号的产品。

企业在改变消费者的认知或情感之前改变其行为的主要途径是运用操作性条件反射理论。营销人员的关键任务是促使消费者使用或购买本企业产品并确保产品的质量和功能,使消费者感到购买本产品是值得的。吸引消费者试用和购买产品的常用技巧有优惠券、免费试用、购物现场的展示、搭售以及降价销售等。此外,还要健全产品分销系统,保持适当的库存,避免脱销,防止现有顾客再去尝试竞争性品牌,因为这种尝试很可能引起消费者对竞争产品的好感并改变其购买选择。

改变态度的策略可以侧重于认知、情感、行为或它们的组合。改变认知则要涉及信息处理和认知学习,改变情感往往要依赖于经典性条件反射,改变行为则更多地依赖于操作性条件反射。

5.3.4 影响消费态度形成与改变的营销传播

劝服(persuasion)是指积极地试图改变态度的行为。劝服是许多营销传播的第一要务,营销者强调消费者行为的心理因素和传播特征相互作用共同决定传播效果。

1. 传播的要素和形式

为了与顾客沟通,营销者必须控制传播的要素。其中一个要素是信息源,它是传播开始的地方,另一个要素是信息本身,表达方式有多种,而信息的结构会在很大程度上影响人们对信息的接收。

技术的飞速发展与社会的进步使消费者传播越来越具有主动性,迫使营销者不得不重新思考消费者是不是被动的。更大程度上消费者在传播过程中是参与者,而不是信息的被动接收者。消费者的参与有助于形成他们愿意接收的信息,进而会主动地收集某些信息,而不是坐在家里等着信息从电视或报纸上出现。这场传播革命的早期迹象之一是看似不起眼的遥控装置。

信息必须通过媒介来传递,可以是电视、广播、杂志、广告牌、人际接触,或者是手机的屏幕。一个或更多的接收者会根据自身经验来理解这些信息。最后,信息源会收到反馈,以便营销者利用接收者的反应对信息的各个方面作出必要的调整。

一系列传递信息的新形式,或者是文本的或者是图片的,为营销者提供了更加有效的替代电视广告、公告栏、杂志广告等的方法。移动商务(M-commerce)是指营销人员通过无线装置,如手机、掌上电脑和iPod,促销他们的产品和服务的一种最新方式。在亚洲,小小的手机屏幕已变成了可以在自动贩卖机上购买饮料的电子钱包、接收麦当劳赠券的装置。在中国,手机已变成重要的身份证,可以从事诸如上网、做股票多种商业活动。其他吸引高度关注的媒体形式就是博客(blogging),人们把信息以日记的形式贴在网上。博客开始时是一种草根运动,在博客上人们分享他们对一系列话题的想法。有的是世俗的话题,有些则是深刻的话题。新形式的博客在不断涌现:移动博客(moblgging)是指你可以在任何一个地方写博客,可能通过手机或手提装置;视频博客(vodeoblogging)(vlogging)是指你可以把视频日记贴到网上;博播(podcasting)是指你可以创造自己的广播,人们可以在网上或iPod上听到你的广播;RRS(really simple syndication)是指人们可以签约自动升级他们的电脑,假博客(flogs)(fake blogs)是指公司创建博客引发议论。例如,麦当劳创建了一个假博客伴随它的超级碗广告,这则广告嘲笑一个法式炸鱼形状像林肯总统。

2. 信息源

信息源或传播源可以是一个可识别的个体,不具名字的人、公司或组织,也可以是一个不具备生命的虚拟人物如卡通明星。同样的信息经由不同的信息源传递,效果大不相同。

(1)信息源的可靠性。当目标市场的消费者认为营销信息的来源是高度可靠时,营销活动就比较容易影响消费者的态度,这就是信息源的可靠性。公司和广告组织经常作为改变消费者对产品态度和行为的信息源。

信息源的可靠性由两个基本的层面组成:可信度和专长性。大多数人在大多数情况下都都会认为好朋友是可信的。但是,朋友也许不具有某个领域的专业知识,从而使他们的建议虽可信却并不可靠。同样,尽管销售人员和广告主往往具有丰富的专业知识,许多消费者却怀疑他们的可信度,因为他们可能会为了自身的利益而误导消费者。那些既有专业特长,又被认为没有明显误导动机的人,才能成为颇具影响力的信息来源者。当消费者认为这些专业人士对产品的认可是因收取了企业的费用所致时,这种影响效力将会减弱。同样,一个不知名但是与目标市场的消费者条件相似的人可能是一个很好的代言人。在一次试验广告中,一个目标市场的典型消费者向其他人回忆其使用某种产品或服务的成功经验,就获得了很好的效果。广泛视为既可信又具有专长性的一些机构,如美国牙科协会,对消费者的态度有巨大的影响力。佳洁士牙膏的成功很大程度上应归功于美国牙科协会的认证。

(2)信息源的吸引力。信息源的吸引力是指接收者归功于信息源的社会价值。这种价值与这个人的长相、个性、社会地位,或者他与接收者的相似性(我们喜欢听从那些与我们相像的人)有关。

美是一种吸引力。无论我们走到哪里,总有帅哥美女试图劝服我们购买或做某些事情。美丽销售就是通过把消费者的注意力引向相关的营销刺激来促进或调整消费者对信息的处理。有迹象表明,消费者更加注意那些有吸引力的模特参与的广告,尽管他们不一定会注意这个广告的内容。漂亮人物参与的广告可能更容易获得注意,但不一定会被人们认真阅读。因此,一个有吸引力的美丽代言人提供适当的信息,可以成为主要的与任务相关的线索。例如,魅力影响对香水广告的态度(在这里魅力是相对的),但不会影响对咖啡广告的态度。

名人是一种吸引力。广告中广泛采用著名人物,而且有证据显示这种做法有助于增加企业价值。专家或名人来宣传产品的成本很高,但是,通常这种投入还是很值得,因为市场分析人员常常用名人对该产品表示认可的声明来评估一个公司的潜在收益,从而影响它的预期回报。一般来说,名人对产品的认可对公司回报有非常积极的影响,从而抵消了请名人做代言人的成本。

用名人作为企业的形象代言人也会给企业带来一些风险。很少有某种众所周知的个性是所有人都喜爱的。因此,重要的是必须保证目标市场的大多数消费者对企业所使用的形象代言人抱有好感。随着同一个人充当更多产品的形象代表,消费者对名人以及他出现在其中的广告的好感会降低,因此,营销者需要限制名人所代表的产品的数量。另一个风险是,形象代表的某些个人行为会影响消费者对其所代表的企业的信赖度。当布兰妮在百事可乐的广告中出现,却被偷拍到她在喝可口可乐,她所传播的信息源就会无效。广告界越来越关注公众对于那些为了钱而支持产品的名人的质疑。

非真人的代言人也会产生吸引力。名人可以成为有效的代言人,但是也有一些缺点。名人的动机也许值得怀疑,尤其是在他们宣传与自己形象不符的产品,或消费者开始相信这些人绝不会碰他们不喜欢的产品(仅为了酬劳)时。基于这些原因,一些营销者会寻找名人的替换者,包括卡通人物和吉祥物。正如一家为运动队和商家生产定制人物的公司营销主管指出的:"你不用担心给吉祥物恢复名誉。"

化身(avatar)越来越多地替代了有血有肉的真人代言人。化身是印度教中的术语,是指神仙以超人或动物的形式下凡。在众多虚拟世界里,消费者设计出他们的化身,不定期反映自己独特的个性、愿望和想法。如今,一些摇滚乐队、软饮料生产者以及一流的营销者都在现实世界和虚拟世界里用化身作为沟通的信息源。使用化身的优点包括实时改变化身来适应目标受众的需求。从广告费的角度看,使用化身的成本也比使用名人更划算。

信息源与信息的相对影响大小取决于接收者对传播的介入程度。对介入较少的消费者更可能受信息源的影响而动摇,相反,高介入的消费者更可能会注意并加工实质的信息成分。

3. 信息的结构

(1)单面信息和双面信息。广告和销售展示中,营销者往往只展现产品好的一面,却一点不涉及产品可能具有负面特征或某个竞争产品可能具有的优势,这类信息就是单面信息,因为它们只表现了一个方面的看法。而提供双面信息,即同时展现出产品好的和不好的方面,大多数营销者都不愿意尝试这种做法。但对于改变那些已有的强烈态度,双面信息往往比单面信息更加有效,而且,双面信息对于受过较高教育的消费者特别有效,单面信息则在巩固已有态度方面较有效。产品类型、环境因素和广告形式都会影响这两种信息的相对有效性。

(2)非语言成分。图片、音乐、超现实主义的作品以及其他一些非语言的符号都能有效地改变态度。情感性广告通常就是主要或完全依靠非语言的内容激发情感反应。除了影响感情,广告的非语言成分也影响消费者对产品的认识。例如,显示一个在运动后饮用饮料的广告能够提供关于该产品恰当使用场合的信息,而且较"适于运动后饮用"之类文字语言所传递的信息更准确。因此,广告信息中的非语言成分应该像语言成分一样被精心设计和测试。

4. 传播的诉求

用于影响态度的广告诉求很重要,形式也很多。

(1)恐惧诉求。恐惧广告强调态度或行为不做改变将产生的负面后果。有证据表明个体会避免或者曲解令人恐惧的信息,同时,恐惧诉求所激发的恐惧水平越高就会越有效。因此,使用恐惧诉求要最大化地激起人们的恐惧但是又不能引起消费者的曲解、拒绝或者回避,其困难在于个体对恐惧的反应程度不同,同样的恐怖程度对某个人来说可能没有感觉,但是对另外一个人来说就是高度恐怖。

恐惧诉求常被指责为不道德。批评的焦点是那些建立在人们对于口臭、体味、头皮屑或者不洁衣着的社会焦虑恐惧吸引之上的诉求,因为这类广告引起了人们不必要的焦虑。

(2)幽默诉求。幽默广告是为了吸引注意力,使观众更喜欢该广告。如果幽默能与产品或者品牌相联系,并且使目标市场的观众体会到这一点就能取得更好的效果。幽默广告对态度的影响十分有效,不过,幽默内容必须切合品牌或产品的卖点或诉求点。

(3)比较诉求。比较广告也不时被运用,这类广告对于具有强烈功能优势的不知名品牌最有效。比较广告直接将两个或更多品牌的的特性和利益进行比较。与其他广告相比,比较广告在吸引注意力,提高信息和品牌的知觉程度,激发信息处理水平,形成正面的品牌态度,强化购买意向和行为方面更为有效。但比较广告也降低了信息源的可信度,减少了消费者对该广告的喜欢程度。另外,比较广告中应该注意的是不能诋毁或暗示竞争者产品的问题,而应该是与自己原来的产品对比,或者与过去的普遍功效对比。

(4)情感诉求。情感性广告的设计主要是为了建立积极的情感反应,而不是为了提供产品信息或购买理由。那些能激起温馨感的广告能引起一种生理反应,它们比中性广告更受喜爱,并使消费者对产品产生更积极的态度。情感性广告被证明有效地影响消费者对广告本身和产品的态度。

(5)价值表现诉求与功能性诉求。价值表现诉求试图为产品建立一种个性或为产品使用者创造一种形象。功能性诉求则侧重于向消费者说明产品的某种或多种对他们很重要的功用。

是价值表现广告还是功能诉求广告,取决于品牌或产品是满足消费者的价值表现需要还是功能性需要。当某种产品同时满足这两种需要时,选择就比较复杂了。实践表明,功能性诉求对于实用性产品较有效,价值表现广告对于表现价值的产品更有效。

(6)重复诉求。重复产品信息可以提高消费者对品牌的认知,即使其中没有新内容。另一方面,太多的重复会产生适应,消费者由于疲劳或厌倦不再注意那些刺激。过度曝光会产生广告疲劳,即看了太多遍广告后产生的负面反应。

可以通过缩短每次重复曝光的时间(如用 15 秒的短片)来克服消费者疲劳的问题,也可以随着时间变化对广告的内容作细微改变,尽管每个短片可能不同,但都是围绕一个共同的主题,这样既保持了熟悉感,又减少了厌倦感。那些看到同一产品不同广告表现的受众与重复看到相同信息的受众相比,会了解到更多产品属性信息并对品牌更具有好感,这种表现形式丰富的信息可使消费者在面对一个竞争品牌反击时,仍然拒绝改变自己原有的态度。

本章小结

自我概念也称自我形象，是以个体的自我为核心展开的，是指个人对自己的能力、气质、性格等个性特征的知觉、了解和感受的总和。

自我概念实际上是在综合自己、他人或社会评价的基础上形成和发展起来的。这其中包含四个基本组成部分或要素：实际的自我、理想的自我、他人实际的自我、他人理想的自我。

消费者倾向于购买那些与自我概念相一致的产品。另外，营销者在营销过程中，还应该注重对消费者延伸的自我、生理的自我的认识和研究，采取相对有效的营销策略。

生活方式就是一个人（或一个家庭）如何生活。它是指在文化、价值观、人口统计特征、个性特征、社会阶层和参照群体等诸多因素的综合作用和影响下，一个人表现出来的各种行为、兴趣和看法。要划分生活方式必须有对生活方式进行测度的标准和方法，比较流行的两种方法是 AIO 调查法和 VALS 调查法。

消费者的生活方式既具有群体性，又具有个性，所以企业在营销过程中要充分认识到生活方式的共性、个性、变化性、联系性和互补性，展开丰富多彩的营销。

态度是指个人对于特定对象的肯定或否定的内在反应倾向，是个性倾向性的表现。态度是人格稳定的表现，态度可以表现在人生态度、生活态度、消费态度等多个方面。

消费态度是个人多种态度中的一种，是消费者在购买和使用商品的过程中对商品或服务等表现出来的心理反应倾向。企业营销就是要根据消费者的态度状况，采用维持和丰富消费态度的策略或者采用改变消费态度的策略。影响消费态度形成与改变的有效营销传播十分重要，劝服是指积极地试图改变态度的行为，劝服是许多营销传播的第一要务。

 关键名词

自我概念　生活方式　消费态度

 问答题

1. 自我概念的构成包括哪些内容？对消费有何影响？
2. 消费是如何表现自我概念的？
3. 企业应如何开展自我概念的营销？
4. VALS2 调查法是如何分析消费者的？
5. 企业应如何进行生活方式营销？
6. 态度的构成包括哪些方面？其特征是什么？
7. 企业面对不同的消费态度应该如何营销？
8. 企业应如何有效控制传播来影响或者改变消费者的态度？

第6章　消费者行为的社会化Ⅰ

 本章提要

消费者心理与行为最主要的影响因素是社会化因素,人处在什么样的社会环境中,就会有什么样的心理与行为。巨大的社会化主要体现在文化、政治和经济中。

文化是社会化因素中最基本、最广泛、最深远的影响人心的因素,人心即文化。文化主要包括了价值观念、风俗习惯、宗教信仰、语言文字、知识水平等内容,其中价值观念又是文化的核心。

中国目前的消费文化主要体现出物质主义、时尚消费、人情消费、面子消费、神圣消费和全球消费等特点。文化营销是企业必须重视和必须去做的重要对策。

任何消费者的消费都离不开政治背景和经济环境的影响。

学习目标

1. 认识文化是社会化因素的最基本的因素。
2. 认识价值观是文化的核心。
3. 了解目前中国的消费文化。
4. 理解文化营销。
5. 认识政治、经济因素对消费者心理与行为的影响。

开篇案例

星巴克——咖啡销售与文化营销

星巴克企业创立于1971年，当时只是在美国西雅图地区销售精选的咖啡豆和设备。星巴克企业与许多跨国公司一样，一开始是采用标准化产品，然后才慢慢转向吸引不同国家的文化品味，希望成为消费者的工作场所和家庭以外的第三个地方，星巴克采用有创意的灯光、加厚的沙发、有情调的音乐和免费的上网服务装饰店面，鼓励人们每天在那里逗留更长的时间。星巴克的成功，在于将咖啡文化细化，并将其分解成可以体验的相关要素，在坚守中不断创新。

"一个冬日的午后，走近心仪的场所，静静地坐在那独特的小沙发上，被暗红与橘黄色系氛围、舒缓的欧洲古典名曲包裹着。环顾四周，陈列架上琳琅满目的袋装咖啡豆标着Java，FrenchRoast等字样，手捧热乎乎的醇香咖啡，让时间慢慢流淌……"这种惬意、放松的星巴克式的"第三空间"不仅令小资们心驰神往，其所带来的独特文化营销价值也成为品牌营销界关注的焦点。星巴克的"咖啡文化"之所以闻名遐迩、深入人心，根源不仅仅在于其对星巴克品牌核心价值的文化诠释、文化呈现，更重要的，还在于其在消费者透彻洞察基础上的全方位"文化植入"。

自星巴克进入中国市场以来，其以独特的品牌个性、服务内容与服务手段使大批城市白领成为其拥趸。人们在星巴克营造的"第三空间"里惬意地看书、读报、上网、会友、聊天的同时，为星巴克的文化元素浸润、俘获、流连忘返、乐不思蜀……此时，咖啡已经成为一种托辞、一种借口，星巴克以咖啡的名义所整合的文化元素在释放心灵、回归本我层面上与消费者高度契合、产生共鸣。正如美国社会学教授Odenburg在《交谊好去处》所说的那样，现代人需要有非正式的公共场所，供他们交友、聊天、聚集、解脱、暂时抛开家庭和工作的压力。星巴克作为现代人的心灵绿洲，在纷扰不安、喧嚣纷杂的滚滚红尘中，提供了一个静思的环境和不具威胁的聚集场所，是现代人真正需要的第三空间。而这一点，恰恰才是星巴克文化营销的真谛与价值所在。

星巴克在中国这个市场里知道，中国人传统上是不喝咖啡的，中国人喜欢喝茶。但是，星巴克认为新一代的中国消费者渴望更高的社会地位，他们会学习喜欢新事物。星巴克分发的宣传手册标题就是"咖啡喝出智慧"。

正是因为这样，星巴克出售的不是咖啡，而是人们对咖啡的独特体验。正如现在的老板舒尔茨所说的那样："我们不是提供服务的咖啡公司，而是提供咖啡的服务公司。"事实上，星巴克的成功也就在于此，它将普普通通的咖啡经营成非常独特的文化体验。

与产品营销相异的是，文化营销是在产品营销基础上，通过产品载体所附加、覆盖的各种文化元素的有机植入,与消费者产生心理、精神的共鸣,进而从内心深处去影响、引导消费者行为的深层次营销方式。文化营销的重中之重是要发现并建立一种品牌与消费者在心灵上产生互动、共鸣的契合点。与产品营销相比,其对目标消费者的作用更为间接、更为持久。

——作者根据《销售与市场》等多方资料整理而成

遗传、先天因素会对人心理与行为产生影响,同时社会环境对人心理与行为也会产生影响。个性特征与社会环境的相互作用和影响构成了研究人的心理与行为的基础。人的社会化是指人在特定的社会环境中,个体形成适应于该社会的人格,掌握该社会所公认的行为方式,个人的成长与发展就是经历了一系列的社会化的结果。个人成为一个怎样的人,这取决于他的周围环境对他的影响以及他本人对周围环境反作用的行为方式。人的社会化是通过人的一生完成的,人的社会化过程也是个性化的过程,社会环境对人的影响通过各种直接与间接的渠道进行,个人的社会化有时是有意识、有目的地进行,有时是无意识、潜移默化地进行。

人们不管从事什么活动,总是在一定的社会环境中进行的,从事消费行为也是如此。消费者的心理与行为既受到先天因素的影响,更受到社会环境的影响。就人的性格而言,社会环境是性格形成的决定力量。社会环境一般包括了文化、政治、经济、角色、家庭、阶层、人际等因素。本章首先探讨的是一些巨大的社会环境力量对人心的影响,这些巨大的社会环境力量主要体现在文化、政治和经济等方面。

6.1 文化环境

6.1.1 文化的内涵与特征

1. 文化的内涵

文化(culture)既是限制人类活动方式的原因,又是人类活动的产物和结果。对于文化的概念迄今为止尚未有统一的定义。据统计,世界各地正式出版物中对文化的描述达 160 种之多。引用较多的是英国学者泰勒(Edward Tylor,1871)在《原始文化》一书中的文化定义:"文化是包括知识、信仰、艺术、道德、法律、风俗以及个人作为社会成员获得的任何其他能力和习惯在内的一种复合整体。"

美国营销学教授迈克尔·R·所罗门在其《消费者行为学》一书中认为:"文化是社会的个性。文化包括价值和道德等抽象的概念,还包括社会所生产和重视的实质物品和服务,如汽车、衣服、食物,艺术和运动等。换一种说法,文化是组织或社会成员间共有的意义、仪式、规范和传统的集合。"

文化就是在某一个社会里,人们所共有的后天形成的各种价值观念和社会规范的总和。人们倾向于同化在一定的文化环境中,并相信其正确性,直到该文化发生变异或融合了其他文化的分子,才会对原文化的行为标准发生怀疑并改变其行为,以便适应新的文化氛围。

人心即文化,文化是最重要的影响人心的社会力量。文化主要包括了价值观念、风俗习惯、宗教信仰、语言文字、知识水平等内容,其中价值观念又是文化的核心。文化影响和反映政治与经济,人们所处的社会角色、家庭生活、社会阶层和人际关系等其实也都是文化的反映和影响的结果。

消费者在一定的文化环境中熏陶,其需求和购买行为必然要打上文化的烙印,离开文化背景就很难理解消费,文化是一面"透镜",人们通过它审视产品。文化对消费者行为的影响巨大而又深远,以至于人们有时很难领会文化的重要性,正如鱼儿在水中而忽视水的存在一样,我们往往不能每时每刻都体会到文化的力量,直至遇到不同的新环境而有所觉察。许多吃、穿、交流方式等方面的习性都被认为是理所当然的,如果突然间这些自然而然的假设都不成立了,面对这种变化差异产生的影响是很大的,用"文化冲击"这个词来形容绝不夸张。

消费文化决定了消费者对不同活动和产品的总体偏好,也决定了具体产品和服务的成败。如果产品所提供的利益与文化成员某个时期的需求一致,那么这样的产品就更可能为市场所接受。例如,20 世纪 70 年代中期,美国文化开始强调健美、苗条的身材作为理想外表的观念。当时对这个目标的鼓励曾为米勒公司"淡啤"的成功作了巨大贡献。这个目标来源于潜在价值观,如灵活性、财富以及对自我的关注。然而,在 20 世纪 60 年代,盖布林格公司(Gablinger)推出的低热量啤酒却失败了,因为这种饮料当时太"超前了",那时美国消费者对减少啤酒中的热量还没有兴趣。

消费者行为和文化间的关系是双向的。一方面,某一时期与当时文化的优先选择相一致的产品和服务更有可能让消费者接受;另一方面,某一时期由某种文化成功引起的新产品研究和产品设计革新,又为人们了解当时主流文化提供了一个窗口。

亚文化是指在主流文化层次之下或某一局部的文化现象,包括民族、地理、区域、宗教等方面的亚文化状态。作为一个独立的次级文化群体,亚文化既拥有自己独特的信念、价值观和消费习俗,又具有它所在的更大社会群体所共有的核心信念、价值观和风俗习惯。如中国的少数民族,他们既有自己民族等独特的文化影响,又有整个中华民族的文化烙印,既有传统中国文化对其的影响,也有现在的中国文化对其的影响。

亚文化是由于社会的多样化发展,文化的一致性消失而形成的。它通常具有地域性,也会因民族、宗教、年龄、性别、种族、职业、语言、教育水平的差异而产生。在亚文化内部,人们的态度、价值观和购买决策方面比大范围的文化内部更加相似。亚文化成为消费者广泛认同的依据,同一亚文化环境中的消费者,其购买行为基本相同,若亚文化环境不同,则消费者购买行为有明显的差异。在一个文化内,亚文化的差异可能导致购买什么、怎样购买、何时购买、在什么地方购买等方面产生明显的差异。

表 6.1　亚文化的类型

人口统计指标	亚文化举例
年龄	少年儿童、青年、中年、老年
宗教信仰	佛教、基督教、伊斯兰教等
民族	汉族、满族、回族、维吾尔族等
收入水平	富裕阶层、小康阶层、温饱阶层等
性别	男性、女性
家庭类型	核心家庭、扩展家庭等
职业	工人、农民、教师、作家等
地理位置	东南沿海、西北地区、中原等
区域	农村、小城市、大城市、郊区等

2. 文化的特征

共有性、约束性、差异性、变化性等是文化的主要特征。文化因素对个体行为的影响最难以识别,又最广泛、最深远。

(1)共有性。文化是由社会成员共同创造出来的,并对该社会中的每一个成员都产生深刻影响,使同一文化呈现出某种共性,表现在受同一文化熏陶下的人们往往具有共同的生活方式、消费习俗、消费观念、偏好禁忌。从消费行为方面看,表现为人们行为的相互攀比、认同、模仿、感染等社会特点。文化的共有性还表现在不同文化之间的共享性。由于信息、交通的发达,改变了人们相互影响、相互联系的频率和方式,不同文化影响下的人们通过直接、间接的交流,相互越来越了解,不同的文化之间呈现出一种融合性。例如,中国的饮食色香味俱全,吸引着大批外国人,共享中国饮食文化带来的美味和享受。

(2)约束性。文化一方面就是人为的产物,是由人创造的,另一方面文化又约束了人的心理与行为。在消费方面,人的消费价值观、宗教信仰、风俗习惯、审美情趣等文化因素都直接或间接影响着消费者的购买行为。这样的约束性有些人们意识到了,有些则是人们没有意识到,尤其在精神文化方面,文化的约束性往往体现在无形中,人们自己都不能清楚地意识到文化对自己的作用和影响,可能只有人们接触其他类型的文化或处于其他文化环境中,才能从不同的文化影响中感受到文化对自己的约束。

(3)差异性。每个国家、地区、民族等都有自己独特的区别于其他国家、地区、民族的社会文化,即有自己独特的风俗习惯、生活方式、伦理道德、价值标准、宗教信仰等,这些方面的不同导致了社会文化的差异。对于企业必须时时注意这种差异与不同,在经营中做到"入乡随俗、入境问禁",只有投其所好,才能被不同的文化群体所接受。例如,红色在中国人的观念里象征着热烈、奋进、美好,但西方有些国家却有不同的理解,认为红色是一种危险、令人不安、恐惧的颜色,易使人联想到流血、事故和赤字。由于这种观念上的差异,我国出口到德国的红色包装的鞭炮曾被要求换成灰色的外包装,才被接受。

(4)变化性。文化一经形成,便以风俗习惯、思想观念、行为方式、特定风格、节日活动等形式表现出来,并以特有的稳定性保持相当长的时间。比如待人接物的礼节、各种各样的传统节日等。但是文化也并非一成不变,它会随着社会的发展而不断发展变化,以满足社会的各种需要。消费市场是反映社会文化变化的一个最敏感的窗口,因为社会文化的发展变化常导致市场上某种消费时尚及商品的流行。

(5)社会性。文化是一种社会现象,文化作为社会交往和人际沟通的信号系统,是把个人凝聚成为社会和群体的纽带。文化的观念、习惯、行为模式都是由生活在同一社会的人们相互分享,并出于社会的压力而保持相对的一致性。每一代人创造的文化是通过社会机体传递到下一代,为后代社会成员所继承和延续,由此,同一社会的现有成员及后代成员所享有的文化具有社会性。

6.1.2 文化价值观

1. 价值观的内涵

价值观(values)是对善恶目标的一般看法。从价值观产生了规范或准则,它们指明了对与错以及是否被接受。法律准则是指可明确裁定的一些准则。然而,还有许多准则是难以界定的,人们只有在与其他成员互动时,才能意识到这些成长准则,这些成长准则包括:习俗、伦理、惯例等。

价值观是文化的核心。价值观是指一种文化对于理想的最终状态和行为方式的普遍信念,是指生活在某一社会环境下的多数人对事物和人的普遍看法或态度,包括历史所形成的价值观和现在目前的价值观。价值观是个体在生活实践中逐渐形成的,一旦形成,就相当稳定。人的价值观可以区分为道德价值观、人生价值观、经济价值观、审美价值观、社会价值观、政治价值观和宗教价值观等。

人与人之间最根本的不同不是风俗习惯,不是身份地位,不是学识学位,而是价值观的不同。价值观是一个抽象的概念,最根本的是涉及为人处世之道,是人性格的最基本表现。为人处世之道主要体现在如何认识世界、如何认识人、如何认识自己,如何认识和处理人与世界的关系,如何认识和处理人与物质的关系,如何认识和处理人与人之间的关系,如何处理物质与精神的关系,如何认识和处理自己和自己内心的关系。

每一文化都有居于核心地位的价值观,也有居于次要地位的价值观。例如,在中国古代,"仁爱"、"忠孝"被视为核心价值观,而"多子多福"等属于次要价值观。核心价值观居于主导、核心地位,制约着次要价值观的形成和变化;次要价值观则居于从属地位,服从于核心价值观,并体现核心价值观的内涵。通常,核心价值观具有极强的稳定性,不易改变。

历史的价值观是指过去历史形成的为人处世及生活方式的观念。中国传统文化被认为是儒、道、释(佛)共同作用的文化体系。儒家文化是中国文化最广泛的体现,其价值观念主要体现在仁、义、礼、智、信及其父义、母慈、兄友、弟恭、子孝上。中国传统文化共同的特征是劝人要少私寡欲,要重义轻利,要与人为善,要谦虚谨慎,低调不张扬。当然在实际的生活中,传统社会也形成了论资排辈、阳奉阴违、见风使舵等文化表现。从消费来看,中国传统的消费价值观主要体现在勤俭节约、经久耐用、量入为出、注重储蓄等观念上。

现在的价值观就是指现今社会的人们形成的为人处世及生活方式的观念。当今中国的价值观因为受到强烈商业化的影响已经"人心不古",中国当今社会的价值观和中国传统的价值观是冲突的。从一种现象看,现在中国的价值观体现出金钱至上、追求物质、急功近利和人文缺失等现象。所谓的张扬个性或者是追求自由主要是反映在消费方面,就是满脑子都是为了物质的消费主义,讲求吃喝玩乐,讲求消费的丰富性、享受性,讲求超前消费和贷款消费,所谓个性追求其实是在追求消费的时尚、丰富和另类。

不同的社会文化背景下,人们的价值观相差很大。消费者对商品的需求和购买行为深受价值观的影响。对于不同价值观的消费者,营销者肯定要采取不同的策略。面对乐于变革,喜欢猎奇,比较激进的消费者,企业应重点强调产品的新颖和奇特;而对于那些注重传统,喜欢沿袭传统消费方式的消费者,企业在制定策略时则应把产品同目标市场的文化传统联系起来。例如在国际市场上,中国传统的福禄寿星或古装仕女的产品装饰适合在一些亚洲国家和地区行销;欧美市场上,给产品加上复活节、圣诞节、狂欢节的装饰,则可能打开销路。

消费者的决策深受其核心价值观的影响,消费者的核心价值观是指由消费者的态度与行为所构成的一个信念系统。核心价值观比态度或行为更深入存在于消费者的心中,它决定了消费者的长期决策与需求,锁定消费者核心价值观就能影响消费者的购买行为。

表 6.2 价值观与消费行为

核心价值观	具体表现	对消费行为的影响
个人奋斗	自我存在(例如自力更生、自尊)	激发接受"表现自我个性"的独特产品
讲求实效	赞许解决问题的举动(例如省时和努力)	激发购买功能好和省时的产品
物质享受	好生活	鼓励接受方便和显示豪华的产品
自 由	选择自由	鼓励对有差异性的产品感兴趣
求 新	产品要更新	鼓励标新立异
冒险精神	轻视平庸和懦弱,一鸣惊人	号召购买效果难以马上显示的新产品
个人主义	关心自我,自我尊敬,自我表现	激发接受"表现自我个性"的独特产品

表6.3　中国传统价值观与消费行为

核心价值观	具体表现	对消费行为的影响
集体主义,求同心理	合群精神,注重社会规范	消费者较多地考虑社会的、习俗的标准,不喜欢脱离周围环境单纯突出个人爱好的产品
勤俭节约	节制个人欲望,精打细算,知足常乐	偏好经久耐用、物美价廉的产品
家庭观念强	孝悌持家,敬老爱幼	鼓励接受适合整个家庭或老人幼童需要的产品
稳重含蓄	内向、朴实、中庸之道	喜欢产品不过分标新立异,色调柔和、设计大方、庄重的产品
较保守	循规蹈矩、安分守己、不冒风险	固守品牌的观念

2. 利人价值观与人文精神

利人价值观是以尊重人性为文化背景的价值观,其核心内容是对他人的关心、帮助和尊重。主张通过利他来达到利己,追求人生和社会的美好境界,遵守符合人性的道德规范,推崇真善美心理与行为,主张思想自由、个性解放及善待他人是其鲜明的标志,它以人的价值、人的感受、人的尊严为中心,是人文精神的核心内容。

人文精神是利人的价值观和精神表现,是一种普遍的人类自我关怀,表现为对人的尊严、价值、命运的维护、追求和关切,对人类遗留下来的各种精神文化现象的高度珍视,对一种全面发展的理想人格的肯定和塑造。人文学科是集中表现人文精神的知识教育体系,它关注的是人类价值和精神表现。"人文"是一种中文语句,在中国,人文既可以指物质的财富,主要是指古人留下的文物古迹等,被称为人文之地或人文之物,也可以指精神上的财富,而精神上也可以泛指一切哲学、历史、文学和艺术等。

在西文中,"人文精神"一词应该是humanism,通常译为人本主义、人道主义。人道主义是起源于欧洲文艺复兴时期的一种思想体系,提倡关怀人、爱护人、尊重人,做到以人为本、以人为中心的一种价值观。人文精神的狭义解释就是西方人所说的人道主义,人文精神核心理念就是以人为本、与人为善、人格独立、人权天赋。其内容可以从以下三个方面来表达。

(1)人品。人品构成人文价值观和人文精神的基础,人品状况一般就决定了人格状况。与人为善,清心寡欲是良好人品的显著特征,良好的人品具体表现为格物、感恩、助人、诚信等特征,并爱护自然、敬畏自然、顺其自然。"人到无求品自高",人品的好坏与人的物欲的多少和强弱状况有直接的关系。在一个物欲横流的社会里,人品会受到极大的挑战。

(2)人格。良好的人格表现为独立、公正、思辨、敢于质疑和批评社会,说一个人丧失了人格就意味着人没有独立或坚持的精神。一般而言,人品高的人能保持自己的人格,但高压或者专制的政治就可能让人丧失人格,成为"犬儒"。中国儒家代表人之一的孟子对优秀人格形象有过经典的表达:"富贵不能淫,贫贱不能移,威武不能屈,此之谓大丈夫。"

(3)人权。在人的权利中,自由是最宝贵的,也是头等重要的权利。"自由"的理念构成了人道主义的重要内核。"自由观念"首先是针对政府而言的,规定了政府的唯一宗旨,就是保护人的自由。人权可以体现在自由、平等、民主、法制等方面。在陈寅恪的"独立之思想,自由之精神"的训诫里,寄存着中国人对人格与人权的向往和肯定,"人权天赋"。政府统治者是决定人权是否被尊重的关键。

"以人为本"就是要把人放在最重要的位置上,要尊重人的价值,尊重他人,尊重人权。民主就是"以人为本"的映照。

总之，人文精神是与人为善的价值观，是独立正直的人格，是自由民主的人权。人文精神是对人的尊严、价值、命运的维护、追求和关切，人品低下或人格丧失或人权意识淡薄都不构成真正意义上的完整的人文精神。中国传统文化在人品及人格的表达上有较为完整的表达，但在人权的表达上是有欠缺的，传统的中国人的人权意识比较薄弱，西方文化在人权方面的说明和分析就显得更完整和深入。

人心向善的价值观就是人文价值观。落实到消费心理与行为中，就会形成轻物欲的需求，需求更多会体现出理性实惠的需求、勤俭节约的需求、优雅精神的需求，这些需求起到的作用往往是"抑商"，对整个社会财富的创造和积累往往就不起积极的作用。

企业组织及人是可以用人文之心去处理好与消费者的关系，体现出企业的人文关怀。企业营销者有好的人品，就会真正做到以消费者为中心，真正为消费者着想，为消费者解难，为消费者谋福利；有好的人格，就不会为某种利益而出卖自己的良心；而有人权的思想，就会充分尊重消费者的意见和要求，体现出对消费者的主权意识和民主意识的尊重。

3. 利己价值观与物质主义

利己的价值观追求物质的丰富，追求物质财富和享受，主张消费，追求金钱、地位和权力，为达目的可以不择手段，所作所为以利为中心是其最显著的特征。利己主义就是指把利己看作人的天性，把个人利益看作高于一切的生活态度和行为准则。

利己价值观导致物质主义（追求物质消费）盛行。一个社会、组织或者人想更多地积累社会的财富就需要通过"扬商"来激发人们的消费需求，丰富人们的消费需求，形成人们生活的物质主义倾向。物质主义的价值观追求物质享受，容易形成拜金主义和金钱社会。物质主义倾向的形成会对人文价值观产生巨大的冲击，这种冲击从表面来看是物质丰富了，人们消费丰富了，社会财富大大增加了，但从人心来看却是人文缺失了，这时，真理与信仰没有了，除了钱和物质，人们已经没有了其他的要求。在一个讲求物质和消费的社会里，就会逐渐形成人们的享乐心、浮躁心、功利心和自私心，在这些心理的影响下，组织和人的行为往往就会以利为中心，急功近利、利欲熏心地做出许多伤天害理的恶事，人们放弃了作为一个完整健康的人格的自我塑造，转而成为追逐实利的经济人，成为拜物教徒。

"食色，性也。"物欲消费主要就是表现在吃和性上，在吃的方面，目前中国食物的制造速度已经无法追赶上欲望扩张的进程，而这就是食品业造假的文化根源。在色的方面，灯红酒绿的夜色，娱乐至死的信条，感官刺激的快感都在变为一种情色和暴力的消费火焰，充满了物欲膨胀人们的内心。利己价值观导致身体文化的过度膨胀，身体和灵魂的解放是应该一起的，过去对身体太压抑，后来却走向反面，变成放纵过度和娱乐过度，而心灵和精神领域却在急剧萎缩。

消费信息是整个功利社会信息的中心，消费信息是人们获得的最丰富的信息。在电视、杂志、报纸里充斥了各种各样的消费广告，吃喝玩乐等这样的信息变化多端，丰富多彩，让人感觉到所谓的时尚和进步。许多过去的所谓革命的或神圣的东西都可以变为消费的范畴，变为了"人间烟火"，满足消费自然就成为了社会生活的全部意义和追求。

利己价值观的人会做不公正的事，甚至拒绝基本的道德原则，形成人心向恶的价值观。人心向恶的价值观体现在人心理及行为的自私、损人、贿赂、腐败、无耻、献媚、迎合、流氓、残暴和伪善等方面，这样价值观让一些组织和个人的为人处世之道就是去做出制造幌子、厚颜忽悠、掩盖真相、贪污受贿、趋炎附势和无情掠夺等事情。这时，道德信念已经荡然无存，施爱和行善是愚蠢的标志,人成为了物化的人,人们把追求物质当成了终极真理和最高价值。

在利己的价值观下,厚黑、权谋和利益被极大的推崇,诚信只能在其中扮演一个微不足道的角色。在许多人眼里,被曝光和失去诚信,不是人格破产的标志,而只是一次权谋方面的过失,也就是"不聪明"和"玩得不够高明"的结果,这种用谋略代替道德的做法,是利己价值观的现实写照。

在当今中国社会,多元价值观在改革开放30年来已基本建立,在许多人相信更为利己的价值观时,曾引起人们迷惘的理想主义已杳无踪迹,取而代之的,正是恋物癖和拜物教的狂潮。物质主义解放了人的肉身,赋予它放纵的权能,享乐主义一举填补了信念丧失的空白,在数码电子和互联网技术的声援下,大众消费文化接管了中国民众的日常事务,这就是20世纪90年代在中国开始的消费主张。

利己价值观的大众消费文化可以表现为"享乐主义"、"贱主义"、"酷主义"、"整蛊主义"、"色主义",在这样的消费环境下,人们醉生梦死、纸醉金迷;人们还会自轻自贱、放弃尊严;年轻人追求所谓的酷,这样的酷往往与冒险、尖叫、暴力等联系在一起;恶作剧的"整蛊"概念风行,整蛊短信、整蛊节目、整蛊游戏、整蛊网站等整蛊式样层出不穷;消费者不但消费女色,而且还消费男色,绯闻、偷窥、色情、性爱等消费成为吸引消费者眼球的重要内容。

利己价值观的消费其实让人利令智昏,失去了思想,人们所谓的丰富多彩的生活只是消费的丰富,人们的想象是消费的想象,人们的思维也是消费的思维,在想象和思维的其他方面却是一个愚人化的世界。

从利己价值观的企业行为来看,因为企业自己的急功近利和唯利是图,所以给消费者带来的就会是坑蒙拐骗,没有道德底线的伤害。三鹿企业在奶粉中投放三聚氰胺,仅仅是"毒食中国"的冰山一角,它加剧了消费者对食品、器物乃至所有商品的怀疑,"中国制造"正在成为"问题消费"的代名词,它指向了制造、检验和管理的整个链索。以三鹿奶粉为核心的食品信任危机,导致了"我不相信"的消费者呐喊,如果每天早上当消费者端起那杯牛奶时都会想一下,它值得我信任吗?这就是一种严重的社会病态和价值扭曲,是企业失去信任的可悲局面。

4. 人文显和谐

当感受到一个社会及其社会里的人们已经缺失了人文精神、人文素养、人文关怀时,只是去强调消费者的道德或者企业的道德其实是没有把握住现象的本质。现在说一些企业营销失德、失仁、失义、失礼甚至失法,其原因何在呢?其根本的原因就是因为"失道"了。其事情的来龙去脉是这样的:失道→失德→失仁→失义→失礼→失法→毁灭,所以真正的"得道"就显得尤为重要。

梁漱溟先生在其《三种人生态度》一文中,对人生态度有着深刻的分析,他用三分法把人生态度分为三种。第一种可以用"逐求"来表示,指人在现实生活中逐求不已,逐求物质享受,这种人生态度为人对物的问题。第二种可以用"厌离"来表示,为许多宗教之所由生,其中最通透者是佛家。此种人生态度人人皆有,只是深浅不同而已,解决的人对于自己本身的问题。第三种可以用"郑重"来表示,是教人自觉地尽量去生活,在世间郑重的生活,这条路发挥及至的就是儒家,此种人生态度为人对人的问题。逐求是世俗的路,郑重是道德的路,而厌离则为宗教的路。想从逐求态度进步转变到郑重态度有可能,但很不容易。普通都是由逐求态度折到厌离态度,从厌离态度再转入郑重态度。而真的郑重生活,总是在经过厌离之后。如果社会中的人、企业等组织都不能郑重生活了,那么这个社会就存在着巨大的危机。要建立和谐社会,建立和谐的企业及与消费者的和谐关系,就需要有关组织和人都应该具备基本的人文精神和人文关怀,一个具有人文精神和人文关怀的社会才会和谐。

限欲→不争→柔和→心静→智慧→真诚→利人→博爱→善念→和谐

扬欲→争夺→坚硬→浮躁→迷惑→虚伪→利己→自私→恶念→毁灭

企业的营销活动中,人文精神与商业是否能有机的结合起来呢?是否能构成一种人文商业精神?《论语》里说:"富与贵,是人之所欲也,不以其道得之,不处也;贫与贱,是人之所恶也,不以其道得之,不去也。"这里表达的就是一种"君子爱财,取之有道"的人文商业精神。

5. 利他行为与侵犯行为

(1)利他行为。利他行为,是一种不期望以后报答而出于自觉自愿的助人行为。这种助人行为有两种形式:一是利他主义的行为,以助人为行为的目的,即"我为人人";二是报答性行为,自己曾受人帮助而认为自己应该帮助人,即因为"人人为我",所以我帮助他人。

利他行为有四种特性:它是一种出自于自愿的行为;以有益于他人为目的;不附有任何期望他人日后的报答;利他者本身有所损失。利他行为有两类:一类是非紧急情况下的利他行为,另一类是紧急情况下的利他行为。

持久坚定的利他行为深受个人价值观的影响,具有人文价值观的人就一定会有利他行为。利他行为往往与年龄成正比,一个人心情愉快时也往往容易产生利他行为。另外,利他行为也会受到周围具体情境的影响,如果周围的人都在利他,那么某人很可能因为有这样的暗示或者自己主动模仿,产生利他的从众行为。

冷漠行为的核心是保护个人的自身利益。具有冷漠行为的人并不是与世无争,当其个体自身的利益受到损害时,就不表现为冷漠。多数人在场往往会导致人们产生冷漠行为,他们往往会作出种种估计,反正帮的责任不会单单落到自己一个人的身上,"别人条件比我好(身体条件、技术水平、政治条件),他们不帮助,何必我去? 这种想法的人都把应该承担的责任推到别人身上,如果只有一个人在场,他往往会感到责无旁贷,迅速作出反应。个人的冷漠行为是受他人冷漠行为的影响,如果一个人倒在地上,前面过路人袖手旁观,后面来的过路人也照样如此;一旦有人相帮,其他许多人也会跟上去帮助,这说明冷漠行为也会是模仿或受暗示的结果。

就消费者身份而言,消费者是要掏钱给企业,所以从这个意义上来说,消费者是帮助企业赚钱的人,其对企业没有危害。

企业的核心价值观就是应该体现在帮助他人上面,财富是通过帮助他人而获得的收益。产生利他行为而不是冷漠行为的关键在于企业管理者和营销者是否具有人文精神。

(2)侵犯行为。侵犯行为是指故意、有意识地伤害他人身心健康的行为。侵犯行为是不道德的行为,其原因主要是因为没有人文的价值观,个人欲望太强而没有得到满足,还有就是报复心理等。

企业面对的消费者一般对企业不会有侵犯行为,但有些企业却会去侵犯消费者的权益和健康,其根本的原因还是因为企业有关人员利欲熏心,唯利是图,缺失了人文精神与人文关怀。

[资料 6.1]　美国人的价值观

谈起美国人的价值观,人们总认为所有美国人的价值观都是一样的,但事实远非如此。在美国,不同的个体以及不同的社会群体,他们的价值观往往存在本质的差别。此外,价值观的变化常常是缓慢的,而且不同的个体和不同的社会群体之间的价值观的变化也不平衡。当大众媒体大肆渲染"新时代的价值观"时,对新的或变化中的价值观的大量研究表明,这种变化远不如媒体所炒作的那样大。

同样,我们不应将行为方式的改变与引起这种改变的价值观的变化混为一谈。通信技术和娱乐技术的日新月异并不意味着我们价值观的突然改变,也不意味着我们必然比过去更多地与他人接触或参与更多地娱乐活动,而只是表明我们可以有更多的激动人心的方式来表达自己的价值观。

1. 自我导向的价值观

传统上,美国人具有积极主动、讲究实惠、勤奋工作和富有信仰的个性特征,并具有吃苦在前、享受在后的性格倾向。自二战开始,美国人开始重视休闲和及时行乐,这种风气在20世纪70年代和20世纪80年代早期得到了加速发展。对美国的广告、产品特征以及私债水平的考察表明,这些变化极大地影响了消费行为和营销活动。有迹象表明,这些趋势中的某些方面正在发生逆转并向传统回归。

(1)宗教与世俗。总体而言,美国是一个世俗社会。也就是说,宗教团体没有控制这个国家的教育系统,也没有控制政府和政治过程,人们的日常行为没有受到宗教戒律的严格束缚。虽然如此,仍有90%的美国人声称具有宗教信仰,75%的女性和65%的男性在最近的调查中认为宗教在生活中是十分重要的。40%的人声称定期去教堂做礼拜(这个数字自从1940年以来几乎没有变动),而实际的数字只及其中的一半。

(2)感官满足与节欲。随着美国社会更趋世俗,追求感官满足越来越为人们所接受。在20世纪60年代,对很多消费者而言,感官满足是其追求的目标,而现在这种倾向似乎已有所收敛。虽然能带来感官满足的消费品仍然可以让人们接受,但是,此类消费品的范围及其消费场合已大大减少。这种变化给市场营销带来难得的机遇和挑战。虽然很多消费者不像以往那样放纵自己,但消费却更为奢侈。

(3)延迟享受与及时行乐。与以往相比,美国人似乎更愿意延迟享受。一方面,人们对居高不下的个人债务表示担忧,日益增多的消费者讲究物有所值或等待降价,但另一方面,个人赊欠、破产和信用销售又在不断攀升。

(4)物质性与非物质性。美国人仍然保留着重物质消费的传统。美国的实用主义的一大结果是美国成为一个消费主导的社会。与过去相比,如今美国上班工作的人数更多,人们工作时间更长。这种变化的原因很复杂,部分是由于如今的美国人必须花更多时间和精力以挣钱购买商品和服务,如购买汽车和外出旅游。近30年来,美国家庭人口的平均数已大大减少,而住宅面积则急剧增加。虽然有证据表明,这种拥有物质财富的观念在淡化,但它还是美国文化的一个核心部分。

(5)勤奋工作与休闲。越来越多的美国人工作比以前更加努力。超过85%的成人认为:"多数时我工作很勤奋。"部分出于对工作时间增加的反应,自1985年以来,人们对工作的重视程度大大降低了。近期的调查表明,30%的人认为工作在生活中占首要地位(1975年48%的人有此观点),36%的人认为休闲占首要地位,24%的人认为休闲与工作同等重要。不过,美国人很看重勤奋工作,认为工作努力是通往成功的阶梯。

(6)主动与被动。美国人对生活仍持一种主动态度。尽管在美国坚持体育锻炼的成人不足1/3,但多数人对娱乐活动和解决问题的活动持积极主动的态度。看电视是人们首要的娱乐形式,在20世纪80年代中期却开始大幅度下滑。取而代之的是因特网、烹饪、园艺以及其他形式的活动。耐克公司"做就对了"(Just Do It)的主题活动受到了广泛的欢迎,从一个侧面反映了娱乐活动变化的强劲势头。

2. 环境导向的价值观

环境导向的价值观界定某一社会同其经济、技术和自然环境的关系。就传统而言,美国人一向崇尚清洁、变化、冒险、解决问题和征服自然。虽然这些传统价值观的根基没有动摇,但也正在经历一些大的变化。

一项民意测验表明,90%的人说他们情愿为购买环保产品做出特别的努力,放弃某些方便之处而购买对环境无害的产品和包装,承受稍高的价格而购买无环境危害产品。这些环保观念潜移默化地渗入了人们的消费行为,一半以上的美国人对保护环境持积极主动的态度。那些令人信服地为消费者提供环保产品的企业,最终将获得丰厚的回报。

美国人又重新开始注重产品的实用性而不只看其是否是名牌。虽然消费者仍然愿意购买"有名"的品牌,但前提是除了其声望以外,这些品牌必须在款式和功能上令人满意。这种观念的变化使得各类折价商店销售零售商自有品牌和其他私人品牌的销售额大幅上升。

3. 他人导向的价值观

他人导向的价值观反映了如何看待个人与集体关系的社会观念。有史以来,美国是崇尚个人主义、鼓励竞争、讲究阳刚之气和青春活力的社会,美国又是一个核心家庭和父母主导的社会,如今这种价值取向的某些方面正在发生变化。

美国社会最显著的特征就是强调个人主义。美国人讲"做你自己的事"的价值观,即使为每一代青少年所设计的制服,也留有相当大的让学生发挥个性的余地。这种价值观对销售人员激励系统、广告主题和产品设计等均有影响。

长期以来,美国是一个高度竞争的社会,竞争的观念已深入人心。在社会、政治、经济各个方面无不存在着竞争。无论是在商业竞争、娱乐业的竞争还是体育竞争中,优胜者都会得到丰厚的财务回报。虽然学校和商业行业中提倡协作和团队精神,但这种协作往往是为了使某个团体能在竞争中超越对手。基于此,美国成为率先允许比较广告的国家就不足为怪了。

传统上,老年人几乎在所有文化中都受到高度重视。与年轻人相比,老年人更有智慧,而被视为楷模和领导。然而,在美国文化中,从来未曾出现过这样的情形。这或许是因为把荒原开垦成为一个新型生产国需要强壮的体力、坚韧的毅力、青春的活力和丰富的想象力。随着美国发展成为一个工业国,对年轻人的重视也一如既往。二战后,这种观念更加强烈,以致于汽车、服装、化妆品以及发套等产品似乎都是为年轻人设计的。然而,这种以青年为中心的价值观也渐渐在发生变化。由于老年人口增加,老年人可自由支配的收入增加,老年人对政治和经济的影响也逐渐增强。退休老年人团体不断增多,供老年人使用的化妆品、药品、护发产品也应运而生,目前,中老年消费者形成了最大的消费市场,这一消费群体的生活方式与青年人市场大不相同。

像大多数其他社会一样,美国社会长期以来具有男性主导的倾向,这种观念正在发生变化,价值观念的这种变化对市场营销意义深远。

——资料来源:德尔·霍金斯等著《消费者行为学》

[资料6.2]　中国传统文化的价值观

讲中国传统文化,最核心的部分当然是指价值观的部分。中国传统文化在道与德方面,伦理方面对世界有着极其重要的贡献,是世界文化的重要组成部分。

一般认为,中国传统文化的价值观是由三个部分构成的,即由儒、道、佛三家文化构成。这三家文化里的表达有相互的冲突,但更多的是一种互补和丰富。比如"儒道互补",一种互补是说人因为"成不了儒家成道家",是讲人因为成不了功名才说要清静无为;另一种互补可以说是理论上的互补。儒家和道家其实是一个从阳的方面而另一个是从阴的方面来表达人的无为和有为是可以辩证统一的,正所谓"一阴一阳谓之道"。

孔孟的儒家没有提出终极价值("道"等一切形而上存在着的绝对真理),老庄的道家虽然提出了终极价值,但没有建立一套完整的信仰体系,佛家在终极价值与信仰方面就提出了全面完整的理论,在无为方面与道家接近,在伦理方面与儒家接近。儒家和道家文化都没有一个"彼岸世界"的描述,而佛家文化与儒道两家文化的重要区别就是有一个"彼岸世界",从这个意义上来说,儒家、道家文化是注重现实的文化,只重视现世中人该如何生活,而不去讨论人的前世和来世,而佛家文化是讲现世、前世、来世的文化,而且认为他们互为因果关系。

虽然儒学、道学、佛学有不同,但儒、道、佛三家文化的价值观是共同的:都主张限制欲望,强调要抑恶扬善、与人为善等。现在人们常说中国失去了自己传统的文化,失去了传统的价值观,说的就是失去了儒学、道学、佛学的教育。但作者也和许多人一样相信,中国的传统文化通过有效的整合后一定会迎来复兴的一天。

中国传统文化博大精深,作者在这方面的认识也远远不够全面和精深,所以以下的这些总结还只是一些粗浅的认识。作者根据自己对中国传统文化的学习和感悟,将三家文化总结出一个自己理解的框架,引用的话语多为古籍或者佛经中的文字,希望能给读者进一步的阅读起到一个抛砖引玉的作用。文中所引用的儒家经典著作主要包括了《大学》、《中庸》、《论语》、《孟子》、《弟子规》等;道家经典著作主要是老子的《道德经》;从佛家经典著作引用的文字也已作了注明。

儒家的文化

以"孔孟"为核心的儒家文化是一种现实的文化,是让人们在现实中进行有为的生活,这种有为的生活是以伦理道德为基础的。儒家不问来世,只重现世,儒家主张限欲的生活,主张郑重的生活,主张为人要仁、义、礼、智、信,人与人之间要君臣有义,父子有亲,夫妇有别,兄弟有情,朋友有信。儒家相信后天的教育可以改变人,人需要通过良好的教育来加以改变。以下是从道、德、仁、礼、学、仕、君子等七个方面对儒家文化的要义进行了一番梳理。

1. 道

《大学》之道,在明明德,在亲民,在止于至善。知止而后有定,定而后能静,静而后能安,安而后能虑,虑而后能得。

物有本末,事有终始,知所先后,则近道矣。

格物而后知至,知至而后意诚,意诚而后心正,心正而后身修,身修而后家齐,家齐而后国治,国治而后天下平。

君子忧道不忧贫。

道不同,不相为谋。

道不远人。

未知生,焉知死?

2. 德

弟子入则孝,出则弟,谨而信,泛爱众,而亲仁。行有余力,则以学文。

德者本也,财者末也。外本内末,争民施夺。

道听而途说,德之弃也。

上不怨天,下不尤人。

其身正,不令而行。

不能正其身,如正人何?

夫子之道,忠恕而已矣。

己所不欲,勿施于人。

饭疏食,饮水,曲肱而枕之,乐亦在其中矣。不义而富且贵,于我如浮云。

君子无所争,必也射乎! 揖让而升,下而饮。其争也君子。

三军可夺帅,匹夫不可夺志也。

以直报怨,以德报德。

3. 仁

君子务本,本立而道生,孝弟也者,其为仁之本与。

仁者爱人。

巧言令色,鲜矣仁。

君子去仁,恶乎成名?

克己复礼为仁。一日克己复礼,天下归仁焉。

刚、毅、木、讷近仁。

居处恭,执事敬,与人忠。

仁者以财发身,不仁者以身发财。

志士仁人,无求生以害仁,有杀身以成仁。

知者不惑,仁者不忧,勇者不惧。

知者乐水,仁者乐山;知者动,仁者静;知者乐,仁者寿。

4. 礼

不知礼,无以立也。

君使臣以礼,臣事君以忠。

非礼勿视,非礼勿听,非礼勿言,非礼勿动。

恻隐之心,仁之端也;羞恶之心,义之端也;辞让之心,礼之端也;是非之心,智之端也。人之有是四端也,犹其有四体也。

5. 学

有教无类。

子以四教:文、行、忠、信。

知之者不如好之者;好之者不如乐之者。

见贤思齐焉,见不贤而内自省也。

学而不思则罔,思而不学则殆。

知之为知之,不知为不知,是知也。

子绝四:毋意,毋必,毋固,毋我。

生而知之者,上也;学而知之者,次也;困而学之,又次也;困而不学,民斯为下矣。

人一能之,己百之,人十能之,己千之。果能此道矣,虽愚必明,虽柔必强。

6. 仕

仕而优则学,学而优则仕。

天下有道则见，无道则隐。

邦有道，危言危行；邦无道，危行言孙。

政者，正也。

子帅以正，孰敢不正？

不在其位，不谋其政。

近者说，远者来。

为政以德，譬如北辰，居其所而众星拱之。

君君，臣臣，父父，子子。

民可使由之，不可使知之。

唯上知与下愚不移。

导之以政，齐之以刑，民免而无耻；导之以德，齐之以礼，有耻且格。

是故财聚则民散，财散则民聚。是故言悖而出者，亦悖而入；货悖而入者，亦悖而出。

君者，舟也；庶人者，水也。水则载舟，水则覆舟。

民为贵，社稷次之，君为轻。

7. 君子

不知命，无以为君子也。

君子欲讷于言而敏于行。

君子耻其言之过其行。

君子周而不比，小人比而不周。

君子坦荡荡，小人长戚戚。

君子不忧不惧，内省不疚。

君子成人之美，不成人之恶。

君子求诸己，小人求诸人。

君子惠而不费，劳而不怨，欲而不贪，泰而不骄，威而不猛。

质胜文则野，文胜质则史。文质彬彬，然后君子。

君子喻于义，小人喻于利。

君子怀德，小人怀土；君子怀刑，小人怀惠。

诚者自成也，而道自道也。诚者物之终始，不诚无物，是故君子诚之为贵。

君子中庸，小人反中庸。

君子和而不同，小人同而不和。

君子易事而难说也，说之不以道，不说也。及其使人也，器之。小人难事而易说也。说之虽不以道，说也。及其使人也，求备焉。

君子之道，辟如行远，必自迩；辟如登高，必自卑。

君子之道，淡而不厌，简而文，温而理，知远之近，知风之自，知微之显，可与入德矣。

得志，与民由之；不得志，独行其道。

富贵不能淫，贫贱不能移，威武不能屈，此之谓大丈夫。

穷则独善其身，达则兼济天下。

道家的文化

以"老庄"为代表的道家文化主张人应该用无为、清静的态度来面对生命和生活，主张自然而然、顺其自然、天然去雕琢。所谓道就是无,德就是不争,认为儒家没有认识到无为之道,所以就没有真正得道,结果人们的所谓有道德的有为往往就会是假仁假义,道貌岸然。道家的文化充满了辩证的智慧,无中生有、上善若水、以柔克刚等都是其处世智慧的体现。老庄的道家文化也是讲人在现世中如何生活的文化,并没有谈前世与来世。以下的内容以老子的《道德经》为基础,从道、德、行、政四个方面来对道家文化的要义进行了一番梳理。

1. 道

道可道,非恒道;名可名,非恒名。无名,天地之始;有名,万物之母。玄之又玄,众妙之门。

天下万物生于有,有生于无。

天下之至柔,驰骋于天下之至坚。无有入无间。

人法地,地法天,天法道,道法自然。

道恒无为而无不为。

大音希声,大象无形,道褒无名。

天网恢恢,疏而不漏。

道生一,一生二,二生三,三生万物。

万物负阴抱阳,冲气以为和。

2. 德

上德不德,是以有德;下德不失德,是以无德。

失道而后德,失德而后仁,失仁而后义,失义而后礼。

大道废,有仁义;智慧出,有大伪;六亲不和,有孝慈;邦家昏乱,有忠臣。

道生之而德畜之,物形之而器成之。

生而不有,为而不恃,长而不宰,是谓玄德。

含德之厚,比于赤子。

上善若水,水善利万物而不争,处众人之所恶,故几于道。

居善地,心善渊,与善仁,言善信,正善治,事善能,动善时。

天下莫柔弱于水,而攻坚强者莫之能胜。

弱之胜强,柔之胜刚。

我有三宝,持而保之。一曰慈,二曰俭,三曰不敢为天下先。

躁胜寒,静胜热,清静以为天下正。

见素抱朴,少私寡欲。

知不知,上矣,不知知,病矣。

天道无亲,恒与善人。

天之道,利而不害,人之道,为而不争。

天长地久,以其不自生,故能长生。与其无私,故能成其私。

既以为人己愈有,既以与人己愈多。

信言不美,美言不信。善者不辩,辩者不善。知者不博,博者不知。

3. 行

祸兮,福之所倚,福兮,祸之所伏。

金玉满堂,莫之能守。富贵而骄,自遗其咎。

曲则全,枉则直,洼则盈,蔽则新,少则得,多则惑。

重为轻根,静为躁君。

甚爱必大费,多藏必厚亡。故知足不辱,知止不殆,可以长久。

知人者智,自知者明。胜人者有力,自胜者强。

大直若屈,大巧若拙,大辩若讷。

祸莫大于不知足,知足之足,常足矣。

果而勿强,物壮则老。

坚强者死之徒,柔弱者生之徒。

柔弱胜刚强。

致虚极,守静笃。

千里之行,始于足下。

将欲废之,必固兴之,将欲取之,必固与之。

天下大事必作于细,是以圣人终不为大。

功遂身退,天之道也。

人多伎巧,奇物滋起。

挫其锐,解其纷,和其光,同其尘,是谓玄同。

上士闻道,勤能行之。中士闻道,若存若亡。下士闻道,大笑之。弗笑,不足以为道。

4. 政

以正治国,以奇用兵,以无事取天下。

我无为而民自化,我好静而民自正,我无事而民自富,我欲不欲而民自朴。

其政闷闷,其民惇惇。其政察察,其民狯狯。

大邦以下小邦,则取小邦。

虚其心,实其腹,弱其志,强其骨。常使民无知无欲,使夫智者不敢为也。为无为,则无不治。

绝圣弃智,民利百倍;绝仁弃义,民复孝慈;绝巧弃利,盗贼无有。

江河之所以能为百谷王者,以其善下之。是以欲上民,必以言下之,欲先民,必以身后之。

善用人者为之下。是谓不争之德,是谓用人,是谓配天,古之极。

以其不争,故天下莫能与之争。

不尚贤,使民不争;不贵难得之货,使民不为盗;不见可欲,使民不乱。

佛家的文化

佛陀或佛主要就是智慧、觉悟的含义。佛教认为天下许多人在生活中都迷失了自己,陷入苦海而不能自拔,执迷不悟。佛教就是让人迷途知返、离苦得乐的教育。佛教中的三宝指的就是佛、法、僧。学佛一般就要皈依三宝,这是学佛的开始。佛教既说天道,也说人道;既讲皈依,又讲修行;既要看空,又要念佛;既要清净,又要慈悲;既要度己,又要度人。

1. 成　佛

成佛就是圆满自性。佛陀就是觉悟,所以觉悟才能成佛。人人其实都是佛,只是现实的人迷失了真我。佛教就是帮助人们把真正的我找到,让人觉悟。真正的我不是肉身的我,而是成佛。

学佛的三法印:诸行无常、诸法无我、涅槃寂静。

把妄想、分别、执着(占有和控制)全部放下就是佛;把分别、执着放下了就是菩萨;把执着放下了就是阿罗汉。而全部有,就是六道凡夫。

如来智如是,众生悉具有;颠倒妄想覆,众生不知见。　　　　　　　——《华严经》

多闻令志明,已明智慧增;智则博解义,见义行法安。　　　　　　——《法句经》

莫学小道,以信邪见;莫习放荡,令增欲意。　　　　　　　　　　——《法句经》

大慈,与一切众生乐;大悲,拔一切众生苦。　　　　　　　　　　——《大智度论》

2. 皆　空

佛教认为一切皆空,包括所谓的自我。佛教认为世界就是由原子、电子、气等组成,这些东西的本质就是空。就人而言,认为人有灵魂的存在,认为灵魂(神识)是不生不灭的,生死只是身死而魂不死。灵魂出窍就像生龟脱壳,神识像一个仓库,善恶就像一粒粒的种子,不断的放进这个仓库里,在死亡时"重业先牵",决定"我"的去向。万般带不去,只有业相随。那神识其实也不是真我,因为它还可以随业而牵。万物都只有一个佛性,这个佛性和释迦牟尼的佛性是一样的。所以学佛首要把我身边所有的东西看破,我所有的东西都是身外之物,这就是看破而放下,放下而得了清净。

色不异空,空不异色,色即是空,空即是色。　　　　　　——《般若波罗蜜多心经》

凡所有相,皆是虚妄。若见诸相非相,则见如来。　　　　　　　——《金刚经》

3. 因　果

佛教强调万事皆空但因果恒在,深信因果就是觉悟的开始。律定因果,种因得果。

佛教讲六道轮回,六道轮回是:三恶道:畜生道、饿鬼道、地狱道;三善道:修罗道、人间道、天人道。决定人去向六道里的哪一道,在于人现世中的所作所为和修行状况,相信"善有善报,恶有恶报,不是不报,时间未到,时间一到,一定报到。"所以人生在世要修善、向善、行善,这样才能有好的结果。

佛教相信有前世、现世和来世这三世因缘。现世的结果是前世的原因决定的,而人现世的心理与行为可以改变人因为前世造成的本来的结果,现世的心理与行为又是来世能成为什么的原因。

一切法由心生,境由心转。人心善,则风调雨顺,身体健康。人的意念是重要的健康保证。念佛就可以让人纯净纯善,从而身体健康,身心快乐。

人的各种遭遇都是因果的表现。人一方面要看清因果,另一方面还要有感激之情。即使是遭遇到对自己不利的情况,也要充满感激,因为所谓的不利是在消除你的"业障"。所以要感激斥责你的人,因为他助长你的定慧;感激绊倒你的人,因为他强化你的能力;感激遗弃你的人,因为他教导你应自立;感激欺骗你的人,因为他增进你的见识;感激伤害你的人,因为他磨炼了你的心志;感激鞭打你的人,因为他消除了你的业障。吃亏是福。

观诸法生灭,一切本来空;知世间成败,从业而有生。　　　　　　——《华严经》

世间人心动,爱著福果报,而不好福因,求有不求灭。　　　　　　——《大智度论》

4. 修　善

佛教认为人可以通过现世的努力来改变人目前现世或者来世的命运,修十善业就是通往幸福的法门。

修善就要持戒,佛教有"五戒"的规定,即戒杀生、偷盗、邪淫、妄语和饮酒。

佛教认为人的欲望是造成人产生恶的源泉,所以一定要真正认识欲望,做到限欲和除欲。人的恶有哪些表现呢? 一般包括了三个部分十个方面的表现。

身恶业：表现为杀（杀害、伤害）；盗（损人利己、占为己有）；淫（不正当的男女关系）。

口恶业：表现为说妄语（说假话骗人）；说绮语（花言巧语骗人）；恶口（讥讽、漫骂）；两舌（搬弄是非、挑拨离间）。

意恶业：表现为贪（贪名、贪财、贪色）；嗔（仇恨、怨恼、嫉妒）；痴慢（浑浑噩噩、不明善恶、傲慢自私、目中无人）。

人的觉悟第一步就是要去除以上的恶，相对以上的"十恶不赦"，修十善业来得到一个好的结果。

行十善道，能生一切佛法义利，满足大愿。   ——《十善业道经》

诸苦所因，贪欲为本，若灭贪欲，无所依止。   ——《法华经》

诸恶莫作，诸善奉行，自净其意，是诸佛教。   ——《法句经》

世俗无眼，莫见道真，如少见明，当养善意。   ——《法句经》

欲乐着无厌，以何能灭除？若得不净观，此心自然无。   ——《大智度论》

杀嗔心安稳，杀嗔心不悔；嗔为毒之根，嗔灭一切善。 ——《大智度论》

大恶病中，戒为良药；大恐怖中，戒为守护。   ——《大智度论》

5. 度　　人

度人是既度自己，还要度他人。

佛教里讲四谛与六度。四谛是说人生无常、诸法无我、一切皆苦、一切皆空。四谛包括：苦谛，人生的苦表现为生、老、病、死、求不得、爱别离、怨憎会、失荣乐。集谛，就是人生之苦的原因，苦因得到苦果。灭谛，就是讲要灭苦因苦果。道谛，就是达到灭苦的法门。

六度就是度人的方法和途径。佛度有缘人，结缘不攀缘。

（1）布施：做人做事要乐善好施，满足众生。财布施得财富，法布施得聪明才智，无畏布施得健康长寿。

（2）持戒：认识因果律，克服十恶业。

（3）忍辱：克服、忍耐俗世中的许多诱惑或者讽刺、打击。内心了无忍辱，才算忍辱。

（4）精进：努力求证的恒心，心诚则灵。

（5）禅定：寂静，修炼身心，开悟。

（6）般若：得智慧成就。进入涅槃境界：圆明寂静，超越生死的境界，去向极乐世界。

一切功德中，菩提心为最，能得无碍智，从佛法化身。   ——《华严经》

无量无数劫，常行无上施，若能化一人，功德超于彼。 ——《华严经》

得生人道难，生寿亦难得，世间有佛难，佛法难得闻。 ——《法句经》

闻诸妙道法，不能以益身，如是之过失，皆由懈怠心。 ——《大智度论》

但离虚妄，名为解脱；其实未得，一切解脱。   ——《法华经》

无乐小乐，小辩小慧；观求大者，乃获大安。   ——《法句经》

无病最上利，知足最上财，信赖最上亲，涅槃最上乐。 ——《法句经》

有慧无多闻，是不知实相，譬如大暗中，有目无所见。多闻无智慧，亦不知实相，譬如大明中，有灯而无目。   ——《大智度论》

6.1.3　文化的其他表现

1. 宗教信仰

宗教帮助人们去建立一个信仰，宗教信仰就是一种精神支柱，让人心向善。宗教的核心就是探讨价值观问题。宗教通过对世界、人生及其相互之间的关系分析,从根本上引导人们要看空一切,深信因果,清心寡欲,与人为善。世界上最重要有三大宗教:基督教(天主教)、佛教和伊斯兰教。相对应的就有三大文化圈,即以欧美地区为主的基督教文化圈,以亚洲地区(特别是东南亚、南亚地区)为主的佛教文化圈,以中东地区为主的伊斯兰教文化圈。

中国古代社会是受到儒家文化的影响,儒家文化产生于中国,但其影响力也到达了日本、韩国等东亚国家,形成了以东亚地区为主的儒家文化圈。一般认为儒家文化不是宗教文化,但宗教文化特别是佛家文化对中国文化影响深远。中国文化被认为是由儒家文化、道家文化和佛家文化共同构成。在中国本土内,也产生了影响深远的道家文化和道教,道教是宗教。

宗教对社会和人生有着极其重要的影响,宗教情结是人们内心普遍存在的心理情结。宗教对一个国家和民族的经济发展和市场状况的影响,在不同国家,不同地区有很大的差别。有些国家和地区,宗教色彩比较淡薄,从事营销可以不过多的考虑宗教方面的影响。但在宗教色彩浓烈的国家和地区,不了解当地的宗教情况,对有关的宗教要求、规定或禁忌不清楚,可能根本就无法开展营销活动。宗教对人们的生活方式、价值观念、购买商品的选择、购买行为模式等都有深刻的影响,不同的宗教环境会给营销带来不同的机遇或限制,这种影响可以体现在宗教节日上、宗教的要求和禁忌上,基本宗教的教派上。

宗教对消费行为有很大的影响。首先,宗教观念会极大地影响人们对某些产品的购买和消费方式。如伊斯兰教徒为践行"不杀生"的信条,对鸡、牛、羊等教义规定可食,但在"杀生"时也要履行宗教规定的程序,否则是不能吃的。所以,在国外很多超市里会看到鸡、牛、羊肉上有小标签,表明在屠宰时已经履行了宗教所规定的屠宰程序。又如,很多佛教徒吃素,也与宗教观念有一定的关系。其次,宗教祭祀活动和宗教节日,会产生一些特殊的商品需求。比如在圣诞节,人们对圣诞树、圣诞老人等礼物产生需求。最后,宗教也会对非信教的消费者产生购买影响。比如,很多人并不信仰佛教、道教,但当来到寺庙等宗教场所时,也会出于尊敬或好奇或从众等各种原因购买一些有宗教色彩的产品。

2. 风俗习惯

"百里不同俗,千里不同风",风俗习惯是指一个国家或地区或民族约定俗成的规定、图腾和禁忌。它们可以反映在生活环境(自然环境、气候、地形、城乡等)、居住(如住在蒙古包里)、婚嫁(中国人婚嫁要放鞭炮)、生儿(中国人生了孩子要给红蛋)、文娱(如京剧等戏剧)、节日(如中秋节、重阳节等)、禁忌(可以反映在数字、颜色、图案、动物、植物上)等方面。风俗习惯表现出独特的心理特征、道德伦理、行为方式和消费习惯。

在中国,由于我国地域广袤,各地气候、自然条件差异悬殊,由此导致在饮食习惯、民情风俗方面存在很多不同。以饮食而言,我国北方盛产小麦,以吃面食为主,南方是稻谷的产区,大米饭是主食。在口味上,南甜北咸的倾向明显,这也和自然环境有关。南方湿度大,人体水分蒸发量相对较小,不需补充过多盐分,又盛产甘蔗,所以南方人爱吃甜食。北方干燥,需要较多盐分补充,故喜咸味。在菜品制作上,南细北粗的特点十分鲜明。在东北,与吃有关的是"大葱、大酱、大饼、大馒头、大米粥、大白菜,大块吃肉,大碗喝酒。"南方饮食在精细上下功夫,肉切得薄薄的、细细的,码得齐齐的,酒烫得暖暖。北方人初到南方,看到都是小碗小碟,盘小量还不足,总觉得没有北方那样"大气"。相反,南方人到北方,看到的是大碗大碟,分量十足,在感叹北方人"实在"的同时对菜品的精细程度,对北方的"阔气"之风,有不习惯之感。一样是过年和吃年夜饭,北方不能没有饺子,南方很多地方不能没有年糕和鱼。饺,形如元宝,音同"交子",除夕进食有"招财进宝"和"年岁交子"双重吉祥含义。南方守岁,通常会备有年糕和鱼,年糕有"年年高"的吉祥寓意,鱼则含有"连年有余"的含义。

"一方水土养一方人",自然环境对人的心理和行为的塑造,对地域文化的形成产生非常重要的影响。生活在闭塞山区的人,通常交往圈子比较小,而且很少流动,容易形成浓厚的乡土观念。在这样的环境下,遵守乡规民约,按公认的"规范"来约束自己的行为,是很自然的。所以山区里的人,更容易形成"按规矩行事"的思维定势,变通性不强。生活在湖区的人情况有所不同。因为历史上这些地区更多遭遇洪水等自然灾害,人员流动性较大。人们更多关注的是如何在新的环境下尽快适应,而不是固守原有的理念和信条。所以湖区里长大的人会更少教条,随机应变的能力也会更强。如果从地域角度看,我国不同地区的人在性格上都有各自的特点。比如,山东人受到齐鲁文化影响,大多耿直热情,喜欢开门见山,单刀直入,而不喜欢花言巧语和表里不一;湖南人受湖湘文化熏陶,具有敢为天下先和勇猛刚烈的性格特征,他们大多脾气倔、不信邪;居于广东北部和东部的客家人,其先民是中原南迁望族,他们念念不忘先祖荣耀,宗族观念浓厚,群体观念极强,磨练出勤奋耐劳和自强不息的性格特征。

禁忌也是风俗习惯重要的组成部分,如果没有认识到对方的禁忌,就会产生误会、冲突甚至暴力。如穆斯林禁吃猪肉,印度教禁吃牛肉,基督教认为数字"13"代表不祥而避讳。而中国人避讳"4"这个数字等。

企业营销者在从事营销活动中必须研究了解目标市场消费者的禁忌、习俗、避讳、信仰、伦理等,不然就会因为不懂风俗习惯而得不到期待的营销结果。因为不懂风俗习惯的更坏的结果是:因为违反了禁忌而被消费者抵制甚至打击。

3. 神话与仪式

神话(myth)是指包括象征性元素的故事,它代表了一种文化理想。神话通常叙述一些对立势力的冲突,其结局就构成人们的道德指南,神话故事减轻了人们的忧虑,因为它往往给人们提供处世指引。

原始的信仰系统如何继续影响我们自认为"现代"的理智社会,从许多消费者对魔术的强烈兴趣就可见一斑,当社会成员受到打击或者感觉无助时,对超自然力量的兴趣往往会流行起来,魔术的解决方法往往给人们提供了简化的、易得到的答案。

提到神话故事,人们通常联想起古希腊、古罗马、中国的山海经等。理解具有文化意义的神话故事对营销者来说是重要的,营销者在某些情况下(多数是无意的)模仿神话故事的结构制定策略。例如,麦当劳宣传"神话般"品质的方式,其"金色拱形门"的标志广受认可,它实际上已经与美国文化同义。麦当劳在全世界为美国人提供避难所,他们很清楚只要进去就会得到什么。麦当劳也在广告创造的虚幻世界中演绎着善恶之争。

仪式(ritual)是一套复合的多种象征性行为,这些行为有固定的发生顺序。而且常常需要定期重复进行。当人们提到仪式,进入脑海的可能是古怪的部落典礼,也许包括杀生祭祀。但事实上,当代消费者的许多活动都具有仪式性,仪式既具有稳定性,也具有变化性。仪式包括了七种类型。①宗教仪式:洗礼、冥想、弥撒、祈祷等。②变迁仪式:毕业典礼、结婚典礼等。③文化仪式:情人节、中秋节、春节等各种节日。④公民仪式:游行、选举、审讯等。⑤团体仪式:协会入会仪式、商业谈判、办公午宴等。⑥家庭仪式:就餐时间、就寝时间、生日等。⑦个人仪式:修饰仪式、礼仪等。

中国文化极重视"礼",其中包括中国人的送礼行为,送礼行为在许多仪式中有丰富的表达。中国是礼仪之邦,"礼尚往来"、"来而不往非礼也",是中国人内心深处面子情结的最直白的表达。中国人送礼时对面子极其关注,有时礼品就是面子,礼品的轻重就是面子的大小,特别是过年,礼品则更加讲究。送礼在农村和城市都很盛行,送礼消费也营造出一个巨大的市场。

消费者仪式能对营销产生影响,商家迎合每个可能的节日和场合提供适宜的礼品,就是很好的例子。在送礼仪式中,消费者采购理想的物品,并仔细包装(象征性地把普通商品转变成独特的礼品),然后把它送给接受者。礼品的形式可以是从商店购得的物品或自制物品或者服务。

4. 教育水平

教育是深刻影响人心的巨大文化力量。一个人形成一个什么样的价值观就是教育的结果。教育作为影响人一生的社会文化力量,历来都被执政者和社会所重视。人是教育的产物,给什么样的教育,往往就会是什么样的人。中国的儒家文化就强调教育对人的决定性的作用,其特别强调对人需要进行道德教育,通过教育,就可以实现《弟子规》最后所说的"圣与贤,可驯致"。

教育水平的高低直接影响人们的消费行为和消费结构。企业所在地区的教育水平也在一定程度上制约着企业的营销活动。一般来说,受教育水平高的消费者对产品的内在质量、外观形象以及服务有着较高的要求。而教育水平低的消费者往往要求更多的实物样品和通俗易懂的产品介绍。教育水平较低的人群,购买产品的理性程度相对低,对新产品的接受能力比较弱,而教育水平较高的地区正好相反。一个人受教育水平的高低同样影响到他个人的消费倾向和消费行为。

5. 审美体验

美学即关于美和审美体验的观念,是文化的重要组成部分,包括各类文学艺术中以不同形式表现的美,如音乐美、绘画美、形体美、舞蹈美、戏剧美、文学形象美等。美学一方面有共性,另一方面又极具个性,不同国家、不同民族、不同地区、不同阶层、性别的人都有不同的审美观。

中国人与西方人在审美体验上的观念是不同的。首先,对美的起点不同。西方人关注美是什么,对美的主体追问是偏重分析的逻辑思维,特别注重思维的认识作用,而中国人关注"审美何为",是一种价值论、意义论上的追问,偏重于直觉的感悟。其次,主客体关系的不同。"心物二元论"使西方审美体验的主客体往往处于分裂、对立的状态之中,"天人合一"是中国人传统的宇宙观、认识论。再次,实现形式的不同。中国人是在知、情、意三者的统一中追求某种智慧,所以重经验而不重理论,重情感而不重逻辑,西方人则是理智型思辩思维。最后,中国人的审美体验注重"无",讲究不可言说的,讲究虚实相生,讲究意境和含蓄,而西方人的审美体验则注重"有",是可以言语的,在对规律的认识中得到审美的愉悦。

审美体现在企业营销上,主要包括设计、色彩、音乐、品牌命名等方面。某些商品的主要功能不在于物质方面,而在于美化生活、陶冶性情,提高文化修养和需要。如书报、艺术欣赏等。在精神文化等领域有较高追求的消费者,往往宁可舍弃物质方面的享受,而对各种满足精神需要的产品或服务给予更多关注。不同的国家、民族、宗教、阶层和个人有不同的审美标准。消费者在市场上挑选购买商品的过程,实际上也是一次审美活动,消费者个人的审美活动表面上看起来属于个人行为,实质上反映了一个民族,一个时代,一个社会人们的审美观念和审美趋势。

6. 语言文字

语言文字是各文化要素中区别最明显的一个要素,它不仅与其他文化要素相联系,而且从一个方面反映了文化的类别和价值。中国人的文字起源于象形字,而许多西方国家的文字是用字母的组合,中国人说汉语,而不少国家的语言是英语。

中国汉语有七大方言,使用最多的是北方方言,约 70% 的人使用它。方言既是地域文化特色的具体体现,又是实现地域文化区居民情感认同的符号,人们最自如地表达思想感情的语言都是方言。在广东,粤语广告使用比较多,研究发现,广东籍消费者大多对这类广告持正面、积极态度,而非广东籍消费者总体上对此持负面、消极的态度。

企业在做营销或国际营销中,一定要了解一个国家的文化状况,分析其社会文化环境,通晓该国的语言文字。每种语言文字都代表一种文化,一种历史传统,掌握一个国家和地区、民族的语言文字,是深刻理解其文化特色与内涵所必须的。

6.1.4 消费文化与文化营销

1. 消费文化

消费文化是文化在消费领域的渗透与发展。消费文化是指在一定的历史阶段中,人们在物质生产与精神生产、社会生活以及消费活动中所表现出来的消费理念、消费方式、消费行为和消费环境的总和,是消费者在一定的价值观、风俗习惯、宗教信仰、语言文字等影响下,根据自己的主观意愿,选择符合自己价值观等文化需求的产品和服务来满足需要的消费活动。它的基本特征体现在两个方面:一方面它所满足的是消费主体的精神需要,使主体感到愉悦、满足;另一方面是满足主体需要的对象,包括物质产品和精神产品。

一个社会及其社会里的人的价值观决定了消费文化的主流和倾向。中国目前的消费文化有如下表现。

(1)物质主义。一个充斥物质主义的社会,个人成就在很大程度上是由他所拥有的物质财富的数量和质量所决定的。有钱人和拥有豪宅、名车的人受到仰慕;而穷人和拥有较少物质财富的人则不受重视。虽然在任何社会,人们都有追求金钱和物质财富的欲望,但不同社会以及同一社会里的不同个体在物质财富的重视程度上是存在差别的。具有强物质主义倾向的人,对有形的财富如汽车、珠宝,昂贵服饰等更为看重;相反,物质主义倾向不那么严重的人,对象征性的物品如结婚照片、父母或朋友送的纪念品等更为珍惜。

在传统中国社会,贪图享受和追求物质财富并不受到鼓励。在计划经济时期,社会大力提倡"艰苦奋斗、勤俭节约",物质主义倾向在总体上并没有得到发展。改革开放以来,中国消费者的生活方式经历着剧烈的变化。一些富裕起来的消费人群,奢侈消费、炫富消费、攀比消费已经发展到惊人的程度。

重视物质主义的个体,通常对产品所带来的直接利益如产品功效、费用节省、享受性及由此引起的他人羡慕会格外看重,因此在营销过程中应重点突出这些利益。物质主义倾向相对淡漠的个体,可能更加重视非物质层面的利益,如家庭、友谊、对真善美的追求等。对后者,在营销活动中,应重点建立产品与这些非物质性利益的联系,效果就会更好。

(2)时尚消费。时尚价值已成为中国消费者追求的基本价值之一。中国在历史封闭时期,普通人的消费与时尚元素无缘,但在今天经济开放的中国社会里,中国人对时尚的向往、追逐和激情,不但远远超越了长期封闭压抑的计划经济时代,也超过了国外成熟市场中相对稳定的消费者。时尚像旋风正席卷中国,穿的时尚、吃的时尚、玩的时尚、用的时尚、生活方式的时尚、城市的时尚、年轻人的时尚等层出不穷,令人眼花缭乱。

德国社会学家 G. 齐美尔说:"越是容易激动的年代,时尚的变化越迅速"。越时尚越有市场。中国正处于社会经济高速发展的"激动年代",对时尚的追求也可谓"日新月异"。有两种情况会阻碍时尚的影响力,即保守主义(越保守的人,越不愿意跟随时尚)和文化自信心(越缺少文化自信的人,越想与时尚同步以获得安慰和力量),而在现阶段的中国,这两种阻力都比较小,所以时尚会大行其道。时尚元素已经渗透到消费和生活的各个领域,中国已进入了"时尚消费"的新时代。

时尚是驱动消费的重大商业元素,能创造出丰富的市场商业价值,企业营销要善于把握这样的机会,通过变化、求新和引导来制造、创造时尚,满足消费者的时尚心理而获得成功。

(3)人情消费。人情消费也可以说是关系消费。对大多数中国人来说,人情像"债务"一样是很难逃避的。中国人的人情交换有三种基本类型:第一种是恩情型,即在危难时期给人帮助;第二种是投资型,即通过送"人情",使接受方有亏欠感,期待在未来适当的时候得到回馈或回报;第三种是礼尚往来型,即为了联络感情或出于社会规范而相互给予帮助或请客送礼。西方人的人际交往具有理智、短暂性和间断性的特点,交换者之间是"一报还一报";而中国人的规则是"报大于施",要"滴水之恩当涌泉相报"。

在中国,人情之所以特别重要,主要是由于中国是一个人际网络型关系社会,资源的获取较多地依赖于个人所营造的"社会网络"或"社会关系"。人情既是润滑与他人关系的润滑剂,又是维持这一社会关系网络所必须支付的成本。人情不是一种简单的市场交换行为,当某人给予别人人情时,不仅接受其帮助的人有还"人情"的义务,而且会提升某人在群体中的声望,使其更有"面子"。

在消费领域里,人情主要有两种表现方式。一是送礼,形成送礼消费。如逢年过节、婚嫁丧娶、乔迁新居、升学升职等要馈赠礼品、礼金。目前中国送礼消费已经从过去的价格不高的实用、实惠的小礼品发展到现在的旅游度假、金融项目等休闲、投资、奢侈类的产品,送礼的表达方式也越来越隐蔽和巧妙。二是帮忙,如投入时间甚至金钱帮朋友购买某种产品,或利用自己的关系以更便宜的价格或更优惠的条件购买产品,都属于此一类型。在一个重"人情"和"关系"的社会,礼品市场必然十分发达,这就为相关企业提供了市场机会。同时,针对特定产品,在营销传播中打"人情"牌,突出宣传人际关系的温暖、友情等,也可能收到特别的效果,这也说明了"人情"的力量。

公款消费也是一种人情消费的体现。公款消费的重要特征是价格障碍低,甚至出于关系、面子或者"财大气粗"等原因,宁可高价不要低价。

企业面对人情消费的特点,可以积极开辟送礼市场和公款市场,将产品与送礼挂钩,将节日与送礼挂钩,将理由与送礼挂钩,将纪念或者庆贺与送礼挂钩。脑白金产品是这方面最典型的案例,其"收礼只收脑白金"的广告词传遍大江南北,为广大消费者所熟知。

(4)面子消费。林语堂在其《吾国吾民》一书说:面子、命运、和人情被认为是支配中国人心理与行为的三位女神,其中又以面子的力量最大。面子的注重程度,既存在地域差异,也存在个体差异。调查发现,北方省份的消费者尤其是东北消费者比南方消费者更讲排场、重面子。另外,那些自尊感特别强的人,也更爱面子。很多人特别重面子,本来经济条件不好,但还是要打肿脸充胖子,购买那些超出自身能力的名牌产品与服务。还有一些人,由于面子关系,甚至糊里糊涂地购买一些自己并不真正需要的产品。

由于中国社会认同的群体因素(集体主义)强烈,使中国人的消费行为有很强的面子情结,面子对消费者行为的影响可以从多方面显现出来。首先,爱面子的人在选择产品时会更多考虑产品的外在方面,如是否气派,是否时尚,是否在朋友中"不掉价"。其次,爱面子的人更容易受到他人的影响。比如,和朋友一起时,会购买更高档或价更高的产品,当销售人员提供多种选择时,很少考虑价格最低者。再次,爱面子的消费者较少去问那些自认为"无知"的问题,从而失去很多获取有用信息的机会。最后,爱面子的人在与他人交往过程中,会更加注意自己给他人的印象和形象,也更加重视他人对自己的尊重,所以,他们对产品之外的价值会给予更多关注。

与面子消费有关的消费体现在攀比消费、炫耀消费和象征消费等方面。企业如果要去满足这样的消费,就可以根据消费者面子消费的特点,采取针对性的营销策略,满足对方的攀比心、炫耀心或者地位、身份、个性等象征,通过满足了一些消费者的虚荣心和成就感,就可以取得较好的营销机会和效果。

(5)贪占便宜。贪占便宜和爱还价是中国消费者表现出来的普遍消费心理,特别是在收入不高和工薪人群中尤为明显。一方面,爱还价,"价格太贵"是中国普通消费者的口头禅。"便宜"与"占便宜"不一样,价值100元的东西,100元买回来那叫便宜;价值100元的东西,50元买回来那叫占便宜。消费者经常追求所谓的"物美价廉",其实,消费者不仅想占便宜,还希望"独占",这就给商家有可乘之机,如在终端销售中,讨价还价比较普遍,许多商机经常打出"最后一件"、"最后一天"等宣传语,或者是打出"跳楼价"、"一折"等概念,让消费者心理感觉物美价廉,并占了便宜,甚至是就自己一人占了便宜。

许多时候,正因为消费者想贪占便宜的心理,结果是占了小便宜,却吃了大亏。消费者被人悠悠,上当受骗往往就是因为这种贪心和想占便宜心理导致的结果。

(6)神圣消费。神圣消费(sacred consumption)是指人们以某种程度上的尊重、崇拜或敬畏的态度对待某些物品和事件。它们与宗教有关或者无关。

神圣的消费领域包括了神圣的地点、神圣人物和神圣事件。神圣地点可以是宗教或者神话的场所,也可以是非宗教的场所,比如迪斯尼乐园。在许多文化中,家也是特别神圣的地方。家是人们身份的核心部分,消费者营造的"家的感觉"往往是个性的体现,是人们心灵的港湾。神圣人物既有宗教和神话人物,也有社会中的各方面的名人,因为消费者有崇拜名人的心理,所以不少企业就可以利用名人效应产生很好的消费效果。神圣事件既可以是宗教事件或者节日的发生,也可以是平时的各种节日或者事件,比如体育运动会等。

旅游是神圣消费的一种表现。通过旅游,旅游者不但体验了神圣的地点、人物和事件,还可以通过购买纪念品等来保留这样的神圣之旅。

中国人文化中有较强崇拜心理,中国目前许多消费者因为崇拜而产生的消费行为也是比较普遍的。青少年因为崇拜娱乐明星而产生连带消费,所以名人广告就产生了很好的示范和促销效果。

神圣化(sacralization)是指在文化或特定的文化团体当中,平常的客体、事件甚至人具有了神圣意义。例如,中国篮球运动员姚明对某些消费者来说就是神圣的。事实上,任何事情、任何东西都可以变得神圣,姚明签名的东西都可能被神圣化。

世俗化(desacralization)就是一件神圣物件或象征离开其特殊的地位或者被大量复制,结果变成了世俗的东西。例如,复制神圣纪念碑和艺术品,如华盛顿纪念碑和埃菲尔铁塔、油画

《蒙娜丽莎的微笑》等。宗教本身也可以被世俗化,宗教象征已进入了主流时尚首饰之中,如风格化的十字架或者佛像等,一些宗教节日,比如圣诞节,已经变成了世俗、物质化的日子,失去了原有的神圣意义。

世俗化消费就让神圣变成了商业,人与神变成了交易,甚至变成了贿赂。"我给你多少钱,你就应该帮助我再得到更多的钱。"这从一个方面也暗示了这些神圣信徒信仰的不可靠性。

企业营销面对神圣消费及世俗化消费这样的情况,可以一方面顺从这样的消费倾向提供相应的产品或者服务,另一方面则是引导这方面的倾向,使得消费者感受到神圣化的意义和价值。

(7)全球消费。21世纪,全球消费趋势变化显著,推动变化的两种强大力量是科技和全球化。全球产品或服务文化的扩散没有地域界限。

西方国家(尤其是美国)是流行文化的净输出者。许多消费者已大体上将西方生活方式(尤其是英语)看成是现代化和先进的表现。许多美国品牌已逐渐而迂回地融入当地文化。在亚洲国家,可口可乐是年轻人的首选饮料,而麦当劳则是他们最喜欢的食品,NBA每年在美国以外的许可商品销售额达到数亿美元,耐克标志及其产品深入人心,美国的消费文化已在全球传播,这并不是简单的美国文化输出,在一个全球化的社会里,人们能够快速借鉴任何自己向往的文化。韩国的一位研究员有这样的解释:"文化就像水,从较强的国家流向较弱的国家。人们倾向于崇拜更富有、更自由和更先进的国家。在亚洲,日本就是这样的国家。"

企业在跨文化条件下的全球营销过程中,一方面,全球标准化策略可以让全球消费者喝一样口味的饮料,吃一样口味的汉堡,穿一样款式的服装。消费者因为消费产品或服务的一样而体会到一种平等和同类认同感。标准化营销策略的支持者认为,许多文化(尤其是工业化国家文化)的同质性如此之高,因此相同的营销方法步骤可以在全球通行,为多样化市场采用相同的策略,公司能获得规模效益,因为不必为每种文化制定独立的策略而投入大量的时间和费用,这种观点代表了一种文化普适观(etic perspective),即把重点放在各种文化的共性上。另一方面,本地化策略体现出全球化思考和本地化操作的策略,文化差异(价值观、风俗习惯、宗教信仰、语言文字等)是企业营销采取本地化策略的依据。

[案例6.3]香港迪士尼乐园的建设

在香港迪士尼乐园建设中,迪士尼公司吸取了文化敏感性方面的教训。管理层在咨询了风水专家的意见后,将前门的角度转动12度。风水专家说,前门的角度转换会保证公园的兴旺。迪士尼还将从火车站到正门的道路设计成弯曲状,从而保证积极的能量或"势"的流动不会从入口滑过进入外面的中国海。收银台靠近角落或沿着墙边设立,这样会增加财富。公司还在完成每一个建筑后都要烧香,并且择吉日(9月12日)开张。公园的一个主要的舞厅是888平方米,因为8在中国文化中是吉祥的数字。调查表明,中国人吃饭的时间平均比美国人多10分钟。因此,他们在就餐区增加了700个座位。由于中国人认为数字4是不吉利的,因此,在酒店电梯里不会发现任何关于4的按钮。

——资料来源:迈克尔·R·所罗门等著《消费者行为学》

2. 文化营销

企业通过对一个国家、地区、民族的文化的认识和把握,就可以更针对性的开展相应的营销活动。所谓文化营销就是指企业要了解一个国家、一个地区或者一个民族的价值观念、宗教信仰和风俗习惯等文化内容,针对目标市场的文化环境而采取的一系列文化适应或创新策略。

文化营销一方面需要适应文化,另一方面也可以有意识的发现、甄别、培养或创造某种文化,从而达到引导消费的目的。

企业文化是企业价值观和制度的体现,是管理者文化素质的体现。企业文化既影响顾客,又影响员工,是企业的灵魂。文化无形却比有形之物更具力量。企业文化的核心就是企业的价值观。优秀的企业价值观同样可以构筑企业核心竞争力。所谓核心能力,是指本企业所持有的,而其他企业不具备的技术、服务、管理等方面的能力。

文化营销借助发掘和塑造企业内部和外部认同的价值观来推动企业营销的成功。文化营销就企业外部而言,是指企业通过对企业所处外部社会的价值观、风俗习惯、宗教信仰、语言文字等了解和认识,从而采取相应的文化适应或创新策略;文化营销就企业内部而言,强调企业的理念、宗旨、目标、价值观、职员行为规范、经营管理制度、企业环境、组织力量、品牌个性等文化元素,其核心是理解人、尊重人、以人为本,调动人的积极性与创造性,关注人的社会性。文化营销把产品或服务作为文化的载体,通过市场进入消费者的意识,从而达到影响消费心理与行为的目的。文化营销既包括浅层次的构思、设计、造型、装潢、包装、商标、广告、款式,又包含对营销活动的价值评判、审美评价和道德评价。

6.2 政治经济

6.2.1 政治环境

政治环境主要是指一个国家在某个时期的路线、方针、政策及社会政治局面等因素。政治因素可以变为一种政治文化,对社会的方方面面产生深远的影响,甚至是决定性的影响。政治可以影响经济,政治同样可以影响传统文化、影响和决定价值观。任何消费者的消费都离不开政治背景的影响。政治主导下的政策、法律、制度、教育、价值观等因素都会对消费者的心理与行为产生直接或潜移默化的影响,当然也会对企业的营销带来深远的影响。

1. 政治局势

政治局势指消费者所处的国家或地区的政治稳定状况。一个国家的政局稳定与否会给消费者活动带来重大的影响。如果政局稳定,社会发展,消费者的消费活动就会得到平稳、丰富、平衡的发展。相反,如果政局不稳,社会矛盾尖锐,秩序混乱,这就会让消费者的消费显得冲动、混乱、不平衡。

2. 方针政策

各个国家在不同时期,根据不同需要颁布一些经济政策,制定经济发展方针,诸如人口政策、能源政策、物价政策、财政政策、利率与货币政策等,这些方针、政策都会影响到消费者的消费倾向。消费者会因为政策的倾向性而主动或被迫消费某种产品或服务,也可以放弃对某种产品或服务的消费。

例如,积极的财政政策对消费就会有促进作用,因为积极的财政政策是指政府降低财政收入或增加财政支出以刺激社会总需求增长的政策。特别是增加财政支出是增加社会货币供应量,扩大社会购买力,这样有利于增加消费,对整个社会消费产生积极影响。反之,消极的财政政策有抑制消费的作用。

3. 法律环境

法律是体现统治阶级意志,由国家制订或认可,并以国家强制力保证实施的行为规范的总和。对消费者而言,法律是评判消费活动是否可行的准则,消费者只有依法进行的各种消费活动,才能受到国家法律的有效保护。消费者就其消费行为而言,也有专门保护消费者权益的法律,在中国及其他国家都有这样的法律,让消费者在消费中能有效地保护自己,监督企业,得到公平。

6.2.2 经济环境

经济环境同样对消费者的心理与行为产生深远的影响。经济环境指在一定时期内一个国家(或地区)的经济发展规模和水平、物价水平、通货膨胀状况及个人的收入等因素。经济因素包括了宏观经济环境和微观经济环境。宏观经济环境是指整体的经济环境,经济的周期性变化,当经济繁荣时,消费者的收入增加,可支配收入增多,消费水平相对比较高;当经济衰退时,随着收入减少,人们会节约开支,消费水平自然也就相应降低。微观经济环境则主要涉及消费者以往的经济状况、一定时期内消费者收入的多少,储蓄所占的比重、能否取得消费信贷、市场物价水平及其变动状况,这一切都制约着消费者的行为。对于一般的消费者而言,收入是决定其能否发生购买行为以及发生何种规模的购买行为,决定着购买商品的种类和档次。

1. 宏观经济环境对消费者心理与行为的影响

宏观经济环境主要包括了经济发展规模与水平、物价水平、通货膨胀状况等因素。

每个国家的经济发展规模和水平可以用该国一定时期人均社会总产值、国民生产总值和国民收入等几个经济指标来表示,它们可以反映一个国家社会产品的丰富程度、劳动生产率和经济效益的高低,同时可以在很大程度上决定一个家庭(或个人)的经济收入规模和水平。在其他条件相同的情况下,一个国家经济发展规模大、水平高,其人均社会产值、国民生产总值或国民收入就多,社会产品丰富。那么该国的社会消费和个人消费的规模和水平就大就高。相反,一个国家的经济发展规模小、水平低,人均社会总产值、国民生产总值或国民收入就少,社会产品贫乏,那么该国的社会消费和个人消费的规模和水平就小就低。

物价是重要的经济杠杆之一,是消费者选择消费对象和数量的重要参考指标之一。物价水平的高或低,直接影响到社会各阶层的消费需求。一般地说,物价水平较高或是很高,会很大程度地抑制消费;相反,物价水平较低,会极大地刺激消费,扩大消费范围和消费群体,这个规律同样适用于生活必需品和非生活必需品。

在通货膨胀条件下,物价持续普遍上涨,作为中间手段的货币币值下降,人们通过分配获得的货币收入就不能购买到相等的生活消费资料,实际上是减少了消费者的收入,意味着消费水平的下降。而消费水平的下降,又限制了下一阶段生产的发展。由于物价上涨的不平衡性,高收入阶层和低收入阶层受的损失不一样,也会加剧社会成员之间的矛盾。同时,通货膨胀造成的市场混乱,投机分子的囤积居奇,又加剧了市场供需之间的矛盾,使普通消费者的损失更大。通货膨胀对消费的影响是严重的,一般情况下,物价上涨抑制消费,但是,由于消费者有买涨不买跌的心理,有时就会出现价格越涨越抢购的现象。作为企业营销者,应及时洞察此时消费者的心理动向,制定出合理的营销对策。

2. 微观经济环境对消费者心理与行为的影响

(1)消费者收入水平。消费者收入,是指消费者个人从各种来源中所得的全部收入,包括消费者个人的工资、退休金、红利、租金、赠予等收入。消费者的购买力来自消费者的收入,但消费者并不是把全部收入都用来购买商品或劳务,购买力只是收入的一部分。

个人可支配收入是指在个人收入中扣除税款和非税性负担(如强制性保险)后所得余额,

它是个人收入中可以用于消费支出或储蓄的部分，它构成实际的购买力。

个人可任意支配收入是指在个人可支配收入中减去用于维持个人与家庭生存不可缺少的费用（如水电、食物、燃料、衣着、房租、分期付款、孩子教育等项开支）后剩余的部分。这部分收入是消费需求变化中最活跃的因素，也是企业开展营销活动时所要考虑的主要对象。因为这部分收入主要用于满足人们基本生活需要之外的开支，一般用于购买高档耐用消费品、旅游、储蓄等，它是影响非生活必需品和劳务销售的主要因素。

家庭收入也是影响消费者购买的重要因素。很多产品是以家庭为基本消费单位的，如冰箱、抽油烟机、空调等。因此，家庭收入的高低会影响很多产品的市场需求。一般来讲，家庭收入高，对消费品需求大，购买力也大；反之，需求小，购买力也小。

需要注意的是，企业营销人员在分析消费者收入时，还要区分货币（名义）收入和实际收入。货币收入是指人们以货币形式获得的收入。实际收入是指在考虑了通货膨胀等物价变动因素和各种隐形所得之后所测算出来的收入。只有"实际收入"才影响实际购买力。因为，实际收入和货币收入并不完全一致，由于通货膨胀、失业、税收等因素的影响，有时货币收入增加，而实际收入却可能下降。

消费还会既受到现期收入的影响，也受到过去收入和对未来收入的预期的影响。

（2）消费者支出模式和消费结构的变化。随着消费者收入的变化，消费者支出模式会发生相应变化，继而使一个国家或地区的消费结构也发生变化。西方一些经济学家常用恩格尔系数来反映这种变化。恩格尔系数表明，在一定的条件下，当家庭个人收入增加时，收入中用于食物开支部分的增长速度要小于用于教育、医疗、享受等方面的开支增长速度。食物开支占总消费量的比重越大，恩格尔系数越高，生活水平越低；反之，食物开支所占比重越小，恩格尔系数越小，生活水平越高。

恩格尔系数是衡量一个国家、地区、城市、家庭生活水平高低的重要参数。按联合国划分富裕程度的标准，恩格尔系数在60%以上的国家为贫困；在50%～60%之间的为温饱；40%～50%之间的为小康；40%以下的为富裕。

消费结构指消费过程中人们所消耗的各种消费资料（包括劳务）的构成，即各种消费支出占总支出的比例关系。优化的消费结构是优化的产业结构和产品结构的客观依据，也是企业开展营销活动的基本立足点。西方发达国家的消费结构发生了很大变化：恩格尔系数显著下降，目前大都下降到20%以下；衣着消费比重降低，幅度在20%～30%之间；住宅消费支出比重增大；服务消费支出比重上升；消费开支占国民生产总值和国民收入的比重上升。

（3）消费者财产、储蓄和信贷情况的变化。财产或净财产是反映一个人富裕程度的重要指标，从长期来看，它与收入存在高度相关性。然而，对两者决不能简单的画等号。财产既包括住房、土地等不动产，也包括股票、债券、银行存款、汽车、古董及其他收藏品。政府机构和私人组织很少系统地搜集居民财产及其分布的数据，因此以财产为依据市场细分和制定营销策略相对就比较困难。较多财产的家庭相对于较少或很少财产的家庭，将会把更多的钱用在接受服务、旅游和投资上。富裕家庭的成员对仪表和健康十分关注，因此，他们会购买高档的护肤品、高档服装、金银首饰、保健品、家庭保护系统、各种保险、防盗器材、空气净化器等产品。

消费者的购买力还要受储蓄的直接影响。消费者个人收入不可能全部花掉，总有一部分以各种形式储蓄起来，这是一种推迟了的、潜在的购买力。消费者储蓄一般有两种形式：一是银行存款，增加现有银行存款额；二是购买有价证券。当收入一定时，储蓄越多，现实消费量就越小,但潜在消费量愈大;反之,储蓄越少,现实消费量就越大,但潜在消费量愈小。

中国消费者有勤俭持家的传统,长期以来养成储蓄习惯。据调查,居民储蓄的目的主要用于供养子女和婚丧嫁娶,但从发展趋势看,用于购买住房和大件用品的储蓄占整个储蓄额的比重将逐步增加。中国居民储蓄增加,显然会使企业目前产品价值的实现比较困难,但另一方面,企业若能调动消费者的许多潜在需求,就可开发新的目标市场。

消费者信贷状况对购买力的影响也很大。所谓消费者信贷,就是消费者凭信用先取得商品使用权,然后按期归还贷款,以购买商品。这实际上就是消费者提前支取未来的收入,提前消费。受到经济和文化的影响,中国消费者的信贷消费还没有变为风气,但随着消费观念的变化和收入的提高及社会保障体系的进一步完善,信贷消费将成为消费者,特别是年轻消费者的一种积极的消费态度。

本章小结

人总是生活在一定的社会关系中的,人的各种心理与行为都会受到各种社会环境的广泛而深刻的影响。巨大的社会化主要体现在文化、政治和经济中。

文化是社会的个性。文化包括价值和道德等抽象的概念,还包括社会所生产和重视的实质物品和服务。人心即文化。文化是最重要的影响人心的社会力量。主要包括了价值观念、风俗习惯、宗教信仰、语言文字、知识水平等内容,其中价值观念又是文化的核心。人们所处的社会角色、社会阶层、家庭和人际关系等其实都是文化的反映和影响的结果。亚文化是指在主流文化层次之下或某一局部的文化现象,包括民族、地理、区域、宗教等方面的亚文化状态。共有性、约束性、差异性、变化性等是文化的主要特征。人文价值观是以尊重人性为文化背景的价值观,是利人的价值观和精神表现。

中国目前的消费文化主要体现出物质主义、时尚消费、人情消费、面子消费、神圣消费和全球消费等特点。

所谓文化营销就是指企业要了解一个国家、一个地区或者一个民族等的价值观念、宗教信仰和风俗习惯等文化内容,针对目标市场的文化环境而采取的一系列文化适应或创新策略。文化营销一方面需要适应文化,另一方面也可以有意识的发现、甄别、培养或创造某种文化,从而达到引导消费的目的。

政治环境主要是指一个国家在某个时期的路线、方针、政策及社会政治局面等因素,任何消费者的消费都离不开政治背景的影响。经济环境同样对消费者的心理与行为产生深远的影响,经济环境指在一定时期内一个国家(或地区)的经济发展规模和水平、物价水平、通货膨胀状况及个人的收入等因素,经济环境包括了宏观经济环境和微观经济环境。

 关键名词

社会化 文化 价值观 亚文化 人文价值观 消费文化 神圣消费 文化营销

问答题

1. 文化的特征是什么?
2. 人文精神主要是由哪些内容构成的?
3. 中国目前的消费文化主要体现出哪些特征?
4. 文化营销的内容有哪些? 企业应如何进行文化营销?
5. 消费者要面临哪些政治经济环境的影响?

第7章　消费者行为的社会化Ⅱ

本章提要

消费者行为的社会化还受到社会角色、家庭生活、社会阶层和人际关系的影响,正确认识这些因素的影响对企业经营有重大的指导意义。

社会角色主要包括了性别、年龄与职业等,消费者的消费行为会受到这些社会角色的影响。市场上许多的产品以及消费者的许多消费行为其实是为了家庭而产生的。社会阶层具有的相似性、差异性、限制性和可变性等特征影响着消费者消费倾向。人际互动中有群体、团体,有暗示与模仿,有从众行为,有流行,有口碑、社会舆论与意见领袖,这些人际互动影响了消费者的心理与行为。

学习目标

1. 认识性别、年龄、职业等社会角色的消费特点。
2. 了解家庭生命周期及家庭的不同角色对消费行为的影响。
3. 认识社会阶层的特征及其对企业营销的影响。
4. 理解人际吸引力的因素及人际交往的障碍。
5. 认识参照群体的类型。
6. 了解模仿、流行的特点。
7. 理解口碑的力量。
8. 认识意见领袖的作用。

开篇案例

第7章　消费者行为的社会化 ‖

消费者自尊感与身份感

某英文报刊曾报道过这样一则小故事：某城市的一位清洁工一直将自己所从事的职业瞒着他年轻的妻子，而说自己是某公司的职员。每天清晨，他打扮一番，西装笔挺地走出家门，到工作地点后再换上工作服，干完活后就洗澡换衣服，然后再干干净净地回家。后来，他真的在一家公司找到了工作，尽管收入只有原先工作的一半，但还是毫不犹豫地到这家公司就职。文章最后得出结论：人类对自尊感和身份感的追求有时甚至能够压抑对金钱的欲望。

从这则小故事中，我们不难得到这样的启迪：人类的社会性特征使得人们在基本的温饱问题解决以后，或者说是达到了小康水平之后，对自尊感和身份感的追求会显得异乎寻常地强烈，并竭力使这种追求的表现形式予以物化。这也是导致名贵、名牌产品大受青睐、颇为抢手的原因。那么，通过什么样的途径来满足消费者的身份感与自尊感的需要呢？这里，正反两个方面的案例都有。

几年前，中国某厂家的绣花鞋和韩国某厂家的绣花鞋同时在美国市场出售。从质量方面来说，二者相差无几；从价格上来看，中国绣花鞋的价格仅为韩国绣花鞋的1/8。按常理推断，中国鞋必定要占领这一市场了。然而事情偏偏出乎人们的意料：韩国鞋畅销，中国鞋滞销，并一直被挤到了地摊上去。这难道是美国人故意与中国产品过不去吗？不是。美国女性购买东方绣花鞋的目的，并非为实际穿着而是被好奇心所驱使，或者是作为一种炫耀，在亲朋好友面前炫耀。一件价格极低的便宜货值得如此炫耀吗？显然不能。它只能降低炫耀者的身份。一句话，中国绣花鞋滞销的最根本原因就在于价格过低而无法满足美国消费者的身份感与自尊感。韩国绣花鞋之所以畅销，正是由于厂家把握并满足了美国消费者的这种需要，故而引发了她们的购买行为，同时也给自己带来了高额利润，双方皆大欢喜。

一个毋庸讳言的事实是，所有欲以所购商品来提高自身自尊感与身份感的消费者，都必须以经济上的巨大花费作为代价。现在国内许多精品商店二、三千元一双的皮鞋，几万元一只的手表，上万元一件的皮衣比比皆是，工薪阶层是很难买得起，即使小康之家也往往心有余而力不足。如何争取这部分消费者，如何使他们能在经济承受能力范围内通过购买名牌产品而满足自尊感与身份感？企业为此而绞尽脑汁，经过冥思苦想，终于想出一条两全其美的妙计，即同一名牌以系列产品方式出现，其中有高档的，也有中档和低档的，当然它们的价格差异也就很大，具有一定经济能力的消费者可以用上名牌，但并不一定花费巨款。例如，美国某一汽车制造厂商将自己系列产品中最高档的汽车装饰得豪华无比，价格自然也高得惊人，很少有人问津。企业一点也不着急，因为它根本没将此车卖出去的打算，它这么做的目的是要提高该品牌汽车的品位。企业大量生产的是中档车，价格并不比其他的品牌贵多少，这么做使消费者感到没花多少钱就开上了名牌车,自尊感和身份感就油然而生了。

　　对于那些有巨额收入的人,通过选购名贵商品而满足自尊感和身份感的诱惑力也十分有限。国外的一些亿万富翁并不一定用名牌车、穿名牌服装、喝名牌酒,国内的一些"大款"衣着也很随便。这又是什么原因呢? 原来,他们所拥有的金钱及价值已为社会所公认,再通过吃名牌、穿名牌、用名牌的途径来满足自尊感与身份感的需要实在是多此一举,所以他们不必这么做。而那些中等或中等以上收入的人却急欲显示自己的地位又上了一个"台阶",因此,名牌和奢侈品对他们的诱惑力就特别大。

——作者根据多方资料整理而成

人的社会化不但受到文化、政治、经济等巨大社会力量的影响,同样受到社会角色、家庭因素、社会阶层及人际关系等社会因素的影响。人总是在社会中充当着不同的、变化的社会角色,产生社会化的性别角色、年龄角色、职业角色等,人总是生活在一定的家庭关系里,家庭及其个人构成了这个家庭和个人的社会阶层,在社会中人总是要和不同的人打交道,就形成了人际关系。

7.1 社会角色

社会角色(social role)是指个人在社会和团体中的身份、地位。社会角色是周围人对一个人的要求,是指一个人在各种不同场合中应起的作用,每一个角色都伴随着一种地位。个体依照社会的期待去履行义务、行使权利时,就是在扮演一定的角色,在现实社会生活中,人们需要扮演各种各样的角色。

一个人有性别、年龄、职业、身份等不同角色,角色可根据个人所处的环境和形势变化而变化。社会角色规定许多是人心甘情愿去做而并非出自虚假。当然,社会角色也让人戴上了面具,人往往只在生活的后台(家庭、亲人中间)才显示自己的真面目。

当一个人扮演一个角色或同时扮演几个不同的社会角色时,往往会发生内心的冲突与矛盾,这就称为社会角色冲突。角色冲突有两种基本类型,一种是角色间的冲突,一种是角色内的冲突。很多现代女性所体验到的那种既要成为事业上的强者又要当贤妻良母的冲突,就是角色间的冲突。

一个人成熟与否的重要标志就是看这个人是否认识了自己的社会角色,是否善于扮演不同的社会角色以及是否能有效地解决好各种角色冲突。

以下介绍和分析最基本的三种社会角色。

7.1.1 性别角色

男女的成长过程就是社会化的过程。男女在社会中的形象是有角色要求的,这样的社会角色要求其实从人出生的开始,就已经在公开的或潜移默化的影响人的心理与行为了。比如对男孩,家长一般就会自觉或不自觉地让他像个男孩,就会要求他要少哭,因为喜欢哭不是社会认可的男孩特征。而对女孩的要求可能恰恰相反,觉得女孩哭就是女孩的一种特征,不足为奇。

性别身份是消费者自我概念的一个相当重要的组成部分。人们往往遵从他们的文化对于某一性别应如何行为、着装或说话的期望,当然,这些准则会随时间的推移而改变,而且在不同的社会会有根本性的差异。

通过强调不同性别的理想行为,社会向人们传递关于男性和女性的适当角色的期待。除了父母和朋友在性别社会化过程中教育男孩和女孩外,还有许多信息源也在教育,比如教师、书籍、广告、名人、明星等。

性别角色身份既是一种身体状态,也是一种精神状态。一个人的生理性别并不能完全决定他或她是否会表现出性别角色社会化的要求。

1. 男性角色

男性在社会化过程中的一般社会角色要求是:勇敢、大度、果断、幽默、理性、有事业心。男人如果有以上特征往往才算比较完美的男人,而男人也确实是围绕以上的要求在努力塑造自己。男性也往往与追求权力和地位密不可分。

男性其消费特点主要体现在消费理智、讲实用、求名牌和购买快速等方面。男性消费者购买商品时,较多地注重商品的功能和效用。在家庭中,一般比较贵重的商品或者服务往往是男性来主导购买。传统上男性喜欢的产品或者服务一般包括汽车、手表、游戏、香烟、酒、体育比赛和娱乐等。

[案例 7.1]金利来,男人的世界

"金利来,男人的世界"是一句耳热能详的广告语,仅用八个字便把男性消费者的情感捕捉住了。它似乎象征着男人为事业拼搏的精神,金利来仅同男人有关,为男性所专有,追求金利来便成了男人追求个性的体现。后来,金利来又向市场推出了女式皮包和饰品,使金利来不再是"男人的世界"了,这就损害了那些追求男人个性和男人事业的消费者的情感。按理讲这是名牌扩散战略,似乎顺理成章,然而,要害在于经营者忽略了男性消费者的情感因素。先前金利来获得成功是因为它把握住男性消费者追求事业的情感因素。金利来推出了女式用品使金利来变成了一个不男不女的形象,男人个性显现的自豪感消失了。也许每个男人都懂得即使买了金利来,也未必使你事业成功,但他们在这里追求的是一种心理感受、象征与形象,使情感得到某种慰藉。

2. 女性角色

女性的社会化过程中同样受到女性社会角色的要求。女性的社会角色要求是:贤惠、温柔、细腻、活泼、大方、有家庭心。有这些特征的女性才是比较完美的女性,女性在社会中也是显示了这样的一些特点。

女性消费特点体现出感性消费、求美、求新、求变、购买细心、容易从众和母爱心理等。女性购买商品挑剔,选择性强,有较强的自我意识和自尊心,对外界事物反应敏感,希望通过明智的、有效的消费活动来体现自我价值,即使作为旁观者,也愿意发表意见,并且希望被采纳,而对别人的否定意见不以为然。在购买活动中,销售人员的表情、语调、介绍及评论等,都会影响女性消费者的心理,进而影响其购买行为。女性通常具有较强的表达能力、感染能力和传播能力,善于通过说服、劝告、传话等方式对周围其他消费者发生影响。

女性消费者不仅人数众多,而且在购买活动中起着特殊重要的作用。她们不仅为自己购买所需商品,而且由于在家庭中承担了女儿、妻子、母亲、主妇等多种角色,因而是大多数儿童用品、男性用品、老人用品、家庭用品的主要购买者。女性喜欢的产品和服务一般包括了服装、珠宝黄金、手提包、鞋子、香水、护肤品和美容保健等。

3. 营销启示

(1)差异营销。男女是有别的,这样在营销中就可以根据男女在各方面的差异形成差异营销。

差异可以体现在所消费的一些特定产品或者服务本身就是男女所特有或者特用的。比如卫生巾或者剃须刀等。

差异也可以体现在所消费的东西尽管是相同的,但因为心理的要求不一样而产生差异化的产品。每个社会对男性和女性的适宜行为都发展出一套期望,很多产品也具有性别典型特征。它们带有男子气或女人味的特质,消费者往往把它与某一性别联系起来。营销者常常鼓励这种性别分类的产品,比如说手机、服装等。

差异还可以体现在认识的习惯上,一般来说,女性更注重感性的体会或者满足,注重感觉、购物氛围、色彩、第一印象等，是一种感性消费的体现，所以营销者面对女性就可以更注重通过感性营销来首先影响消费者的心理。男性在消费中相对来说就可能更注重理性消费，体现出分析、比较、理智等特点，所以营销者面对男性就可以更注重理性营销来最终影响消费者心理。

（2）优势营销。男女其实在许多领域是各有优势的。在权力和地位领域，男性好像说话更具优势；而在生活和审美领域，女性好像又更具优势。

营销者希望强化社会对男孩和女孩、男人和女人"适当"的外表和行为方式的期待。例如，男性被刻画成高层商业人士或职业角色，而很多社会中，人们期望男性追求成功目标，这种目标强调的是自主及掌控。而女性则被教导应追求公共目标，如合群和友善的关系。研究发现，甚至是朗读同样的文字，人们觉得电脑合成的男声比女声听起来更精确且更权威。而且，如果计算机发出赞扬话语的是男声，人们会认为其赞扬程度更高。营销者要善于察觉到这样的特征，进行优先营销。

（3）类似营销。当今世界上，传统男性喜欢的产品也可能对女性有吸引力。如在汽车行业，人们发现越来越多的女性花大笔的钱增加马力，定制赛车座椅和其他配件。尽管这些属性，如安全、可靠，仍然对女性有吸引力，但是像男人一样，女性越来越重视动力、速度和超酷的外形。当然，男性也开始愿意使用其他一些传统的女性产品，如脱毛器，使自己的外表更加光鲜。所以营销者应该发现这方面的趋同性，提供类似的产品或者服务，进行类似营销。

（4）中性营销。中性（androgyny）是指拥有男性气质又拥有女性气质的特质。中性特质的人其特质没有明确界定。那些不仅仅表现出一种性别类型的人可能会在他人眼中产生不确定，其他人不能确定如何与这样的人打交道。有性别典型特征的人对广告中关于性别角色特征的描述更为敏感，总的来说女性对性别角色关系显得比男性更加敏感。在中国，女性的中性化往往被称为"假小子"，体现出的角色特征是大方、爽快和干练，往往被外界赞赏；而男性的中性化则被称为"娘娘腔"，体现出犹豫不决、细心和低声细语，往往被外界嘲笑，这种嘲笑既会来自男性，也会来自女性。营销者面对这样的性别特征就应该提供相应的产品或服务，形成中性市场产品或服务，进行中性营销。

7.1.2　年龄角色

随着年龄的增长，为了与同龄人保持一致，人们的需要和偏好会相应发生变化。在其他条件相同的情况下，人们更有可能与同龄人而非年长或年幼的人有共同点。

年龄群体由具有相似经历的年龄相仿的人组成。他们有许多共同的文化偶像，而且共同经历了重要的历史事件，虽然没有统一的方法来划分年龄群体，当我们提到"我们这一代"的时候，每个人似乎都能心领神会。

社会对于人们的年龄角色其实也是有角色要求的。如果人们符合了这样的角色要求，往往就被认为是像这个年龄阶段的人，而如果不符合，就会被认为是有所不足或者是异类。

1. 少年儿童

对少年儿童的社会角色一般要求是：活泼、可爱、有好奇心。这样年龄角色的消费特点是易受广告影响，模仿力强，求变及求新。

少年儿童消费者群是由 1 岁～14 岁的消费者组成的群体。这部分消费者在人口总数中占有较大比例。从世界范围看，年轻人口型国家中，1 岁～14 岁的少年儿童占 30％～40％；老年人型国家中，儿童占 30％左右。1 岁～14 岁的少年儿童，又可根据年龄特征分为儿童消费者群（1 岁～11 岁）和少年消费者群（11 岁～14 岁）。

儿童消费者群是指从初生婴儿到 11 岁的儿童,受一系列外部环境因素的影响,他们的消费心理和消费行为变化幅度较大。这种变化在不同年龄阶段表现得最为明显,即乳婴期(1 岁~3 岁)、学前期(3 岁~6 岁,又称幼儿期)、学初期(6 岁~11 岁,又称童年期)。在这三个阶段中,儿童的心理与行为出现三次较大的质的飞跃,表现在心理上,开始了人类的学习过程,逐渐有了认识能力、意识倾向、学习、兴趣、爱好、意志及情绪控制等心理品质;学会了在感知和思维的基础上解决简单的问题;行为方式上也逐渐从被动转为主动。以上心理与行为特征在消费活动中表现为以下几种情况:纯生理性需要逐渐发展为带有社会性的需要;从模仿型消费发展为带有个性特点的消费;消费情绪从不稳定发展到比较稳定。总之,儿童的消费心理多处于感情支配阶段,购买行为以依赖型为主,但有影响父母购买决策的倾向。

少年消费者群是指 11 岁~14 岁年龄阶段的消费者。少年期是儿童向青年过渡的时期。在这一时期,生理上呈现出第二个发育高峰。与此同时,心理上也有较大变化,如有了自尊与被尊重的要求,逻辑思维能力增强,总之,少年期是依赖与独立、成熟与幼稚、自觉性和被动性交织在一起的时期。少年消费者群的心理与行为特征可以从以下几点表现出来:有成人感,独立性增强,在消费心理与行为上,表现出不愿受父母束缚,要求自主独立地购买所喜欢的商品;他们的消费需求倾向和购买行为尽管还不成熟,有时会与父母发生矛盾,但正在形成之中;购买的倾向性开始确立,购买行为趋向稳定;从受家庭的影响转向受社会的影响,受影响的范围逐渐扩大,与家庭相比,他们更乐于接受社会的影响。

消费者行为许多都是消费者在儿时习得的,在儿童消费者的社会化过程中,家庭是影响消费行为的关键。小时侯就买百事可乐的儿童,在他们长大后很可能还会买百事可乐。消费者会对他们儿时的品牌更忠实。儿童如何习得消费者行为? 他们主要通过与父母一起购物时习得,这种行为叫做“共同购物”,不同类型的妈妈会与孩子分享不同的购物技巧与知识。研究发现,对孩子严格的母亲更想监视、控制孩子的消费活动,而尊重孩子意见的母亲会使用那些促使购买和消费决定能力的信息。

因为少年儿童容易受到社会的影响,一些针对少年儿童的营销道德问题越来越引发了社会舆论、学者和营销者的激烈争论。

2. 青　年

对青年人的社会角色一般要求是:热情、求知、独立、敢于冒险。青年人的消费特点往往体现出追求时尚和个性,出手大方、求美、求变、求新、快速、冲动和注重情感等方面。

根据中国情况,青年消费者群的年龄阶段为 15 岁~35 岁。青年消费者群的购买行为具有扩散性,对其他各类消费者都会产生深刻影响。他们不仅具有独立的购买能力,其购买意愿也多为家庭所尊重。新婚夫妇的购买代表了最新的家庭消费趋势,对已婚家庭会形成消费冲击和诱惑。孩子出世后,他们又以独特的消费观念和消费方式影响下一代的消费行为。这种高辐射力是任何一个年龄阶段的消费者所不及的。因此,青年消费者群往往成为了企业营销最积极争取的对象。

特别需要提的是新婚青年消费者群的心理与行为特征又有其特殊性。在消费需求构成上,新婚家庭的需求是多方面的。在需求构成及顺序上,用的商品数量最大,其次是穿着和食品;在购买时间上,20 世纪 80 年代以前,青年婚前集中购置的物品大多以生活必需品为主,耐用消费品多是婚后逐渐购买。进人 20 世纪 90 年代以后,新婚家庭用品包括大件耐用消费品,大多在婚前集中购买完毕,且购买时间相对集中,多在节假日突击购买。到了 21 世纪,婚前购置住房、成套家具、家用电器等高额消费品,已成为许多现代青年建立家庭的前提条件;在消费需求倾向上,不仅对物质商品要求标准高,同时对精神享受也有较高的追求,在这种心理支配下,新婚青年对家庭用品的选购大多求新、求美,注重档次和品位,价格因素则被放在次要地位。同时,在具体商品选择上,带有强烈的感情色彩,如购买象征两人感情的物品,或向对方表达爱意的礼品等,对黄金珠宝的消费热情高涨。

[资料7.1]　中国独生代的消费行为

1979年中国政府开始实行"一对夫妇只生育一个孩子"的政策,这一史无前例的"创举"造就了为数大约1亿(2001年)的独生子女人群,而且随着时间的推移,这个人群还将进一步扩大(据预测,中国的人口大约还需50年才能出现负增长)。在中国家庭人口结构(2001年)中,三口之家比重最大,占31.45%,城市中三口之家比重更高达43.10%。

最早的一批独生子女,到2004年已25岁,开始进入消费高峰期。他们的工作和收入趋于稳定,未来收入预期乐观,换言之,独生代将迅速替代占主导地位的18~35岁消费群体,成为中国新的消费主力,更重要的是,独生代正引发和形成中国的消费革命。

美国《新闻周刊》最早引发对中国独生子女的关注,1985年3月18日,该刊发表题为《一大群"小皇帝"》的文章,拉开了中国教育学、心理学和社会学等领域对独生子女问题研究的序幕,要强调的是,研究者还应从市场和消者行为角度关注这一问题,并引入专业术语"独生代"(Only—Child Generation,简称OCG)。

中国独生代20年前的称呼是"小皇帝"、"小太阳",20年后他们是"QQ族"、"新新人类"。他们曾经过着千娇百宠的生活,是别人美慕的对象,但他们也美慕别人。计划生育政策在保证他们处于相对富足的成长环境的同时,也意味着他们无法了解拥有兄弟姐妹的好处。他们被指责为娇生惯养、依赖成性,他们还要承受难以负载的心理重负——为六个长辈圆未来之梦。中国的独生代具有以下的消费价值观及消费特征。

特征1　无所不闻超早熟

独生代生逢IT技术迅猛发展、一出生便有电视、手机、互联网任其使用,信息应有尽有,无所不包,信息过剩,见多识广,催其早熟。独生代从小习惯影视语言和网络语言,对广告反应迅速,对新事物吸纳接收快。社会学家们称,越来越开放的经济社会使这一代孩子没有资讯封闭的苦闷,没有太多传统文化的记忆,没有刻骨铭心的历史负累。

特征2　独立个性酷自我

很少挫折的成长背景,造就了"自我"的风格,以自我为中心,我行我素,个人主义,"我想我要我喜欢"。习惯别人服从,不习惯被服从,习惯别人照顾关心,不习惯照顾别人,关心小我胜过关心历史和政治大事。

对前辈的很多观念很不以为然,他们大多自认为思维独立,藐视权威和领导,不愿被改造,敢于接受挑战,在信息时代如鱼得水。在消费观念上更是"自我",有些人虽然薪水不算低,但积蓄几乎为零,大多数收入花在服饰、信息、交友及旅游上。

特征3　全方位享乐主义

中国的消费文化和他们同步成长,独生代的特殊背景又令他们享受了家庭的宠爱,几乎每一点愿望都可得到满足,这使独生代有永不满足的消费需求。通物质和精神快餐(漫画、杂志、网络,肯德基、麦当劳等),追求感觉,爱动物甚于爱人,爱电脑甚于爱书,易迷恋或沉迷某种事物而不惜花钱。独生代热衷信用卡消费,超前买车买房、超前消费是其基本消费模式。

特征 4　"有钱就花"不存钱

"天天有阳光,明天会更好",无忧患意识,期望值伴随中国经济繁荣不断上升。独生代抱着"有钱就花"的观念,无论赚多少,都在当月花掉,甚至还会透支,"没钱先贷",乐于欠债,总觉得缺钱,图的就是痛快,有媒体称他们是"都市新贫族"。

特征 5　崇尚品牌时尚成风

消费上,他们对节俭的传统美德并没有太大的兴趣,但对源于西方的某些消费观念和及时消费却有很强的认同感。讲究情调、品位、审美,崇尚品牌和高档。

具体的消费行为他们表现出大胆和叛逆,是时尚消费的引领者和追随者,在他们眼中很少有禁区,传统的消费习惯被他们认为是一种落后的束缚。

特征 6　旅游网游追寻心情和体验

独生代有希望成为中国出境游最具实力的支撑者。

在独生代的眼中,网络虽然是虚拟的,但比现实更自由开放,他们的喜怒哀乐可以在鼠标和键盘上得以充分的表达,他们的孤独和无奈可以在网络上与素昧平生的网友分享,他们乐于尝试,挑战自我,成为网络游戏消费的主力和运动的先锋。

综上所述,独生代有需求欲望高、执着个性和高档品牌、习惯透支、乐于接受新品、心理需求高、寻求刺激和体验等特点。独生代的消费价值观既倾向西方,又在心理层面上不同于西方。独生代的购买决策和消费行为与中国消费者过去的模式有明显变异。面对这群既特殊而又蕴含巨大消费潜能的中国消费新世代,需要更深入地进行中国独生代消费行为的实证研究,并针对独生代消费做出营销策略的创新。

——资料来源:卢泰宏等著《消费者行为学》。

3. 中　　年

对中年人的社会角色一般要求是:理智、成熟、有成就。中年角色的消费特点是讲求实用、有计划、求便利、购买慎重。

中年消费者群一般是指 36 岁～60 岁这个年龄段。中年期是青年向老年的过渡时期,中年人是心理和行为已经成熟的一个群体,他们一般都有了自己的事业和较为固定的收入。但中年人的家庭负担也往往更为沉重,"上有老,下有小"的家庭结构是其显著的特征。中年消费者在消费中较注重别人的看法和社会的评价,中年消费者在家庭消费中往往处于举足轻重的地位,是许多耐用消费品或者高档消费品、享受类产品的购买者。

4. 老　　年

对老年人的社会角色一般要求是:稳重、平和、知天命。老年人其消费特点是讲求实用、保健、清淡、利他和品牌忠诚。

老年消费者群,一般指 60 岁以上的消费者。在中国这部分人约占人口总数的 10%,并且仍有增加的趋势,中国目前正在进入老年化社会。老年消费者由于生理演变的结果,在购买心理和行为上与其他消费者群有许多不同之处。老年人的心理惯性强,对商品或者品牌的忠实度高,偏好一旦形成,就很难轻易改变;老年人消费者心理稳定程度高,注重实际,较少幻想,购买动机以方便实用为主;老年人的需求结构呈现老龄化特征,对保健食品和用品的需求量大大增加;老年人的消费也体现出利他的特点,表现为帮助他人或者为了子女而进行的消费,他们善待他人和家人,乐善好施。在中国,老年人面对家人实际上还承担了年轻人的购买需求,比如为子女购买住房等。

部分老年消费者的消费是补偿性消费,就是在子女独立、经济负担减轻之后,部分老年消费者产生了强烈的补偿心理,试图补偿过去因条件限制而未能实现的消费愿望。

5. 营销启示

针对年龄角色市场,营销者在营销过程中可以采取和面对性别角色而采取的营销策略一样的策略。

针对不同的年龄段的消费者,营销者可以根据这些年龄阶段的需求、兴趣爱好、审美情趣等采取差异营销、优势营销。不同的产品满足不同的年龄段的需要,相同的产品找到不同年龄段的权重点,找到优势卖点。

针对不同的年龄段的消费者,营销者也可以进行类似营销或者叫跨年龄段营销,让不同年龄段的消费者也可以消费好像不是他们年龄段消费的产品或服务。如老年人可以让他们来消费青年人的产品,从而让老年人有老当益壮的感受。

年龄可以是一种心理状态,而不是身体状态。比起实际年龄,也就是实际生活的年数,一个人的心理面貌和活动水平与他的寿命和生活质量有更大的关系。因此,对年长者进行分类的较好标准是自我感知年龄,随着消费者年龄的增长,他们愈发觉得自己比实际年龄年轻。因此,在营销活动中,很多营销者更加强调产品的好处而不是适合哪个年龄,因为很多消费者都不会购买针对他们实际年龄的产品。所以,在广告宣传中也就不一定非要出现与年龄一致的形象代言人。

7.1.3 职业角色

1. 职业及消费特征

职业是参与社会分工,利用专门的知识和技能,为社会创造物质财富和精神财富,获取合理报酬,作为物质生活来源,并满足精神需求的工作。

每一种职业都有相应的职业角色要求,职业资格就是对从事某一职业所必备的学识、技术和能力的基本要求。职业的要求和从事职业的时间和习惯就会对人的心理与行为产生直接的或者潜移默化的影响。

依据各个职业的主要职责或"从事的工作"进行分类,以国际标准职业分类,把职业分为八个大类:专家、技术人员及有关工作者;政府官员和企业经理;事务工作者和有关工作者;销售工作者;服务工作者;农业、牧业、林业工作者及渔民、猎人;生产和有关工作者;运输设备操作者和劳动者;不能按职业分类的劳动者。

不同的消费者群体,从事不同的职业,就拥有不同的社会地位资源,如权利、工作条件、发展前景等。不同职业的社会地位的高低决定了职业声望的高低,由此使消费者形成了不同的购买模式和特点。

一般认为,从事教师职业的人就会比较理性、做事往往会三思而后行,落实到消费中,就会购物比较谨慎小心,冲动性小;从事领导或者经理工作的人做事也比较理性,考虑问题会比较周全,落实到消费上可能就会追求高档和享受;从事工人工作的人可能性情豪爽,尽管收入不高,但购买会比较爽快,但购买的产品往往价格低廉。

农民消费者群占中国消费者的大多数,在社会消费中占有重要地位。长期以来,由于农村生活环境相对落后,农民平均收入水平和文化水平较低,受各种传统消费习俗的影响很大,并存在明显的地区差异,因此,农民消费者群形成了一些共同的心理与行为特征:实用性的消费动机较为普遍;求廉动机较强烈;储备性动机比较明显;受传统习俗的影响较重。

2. 营销启示

职业对消费的影响是显而易见的,蓝领工人与公司经理的消费肯定有很大的差异。营销者应设法找出那些对其产品有非同一般需求兴趣的职业群体。一方面为了某一特定的职业群体的需要,企业为他们提供不同的产品或者服务,以满足完全是因为职业而产生的需要,比如教师上课用的粉笔,军队战士穿的服装。另一方面,同一类产品也可以根据职业的不同,设计出体现出消费者不同气质或者形象的产品,比如说服装。

面对职业的不同而进行的营销既可以是差异化营销的思路,也可以是标准化营销的思路。差异化可以变为一种技巧,是让人们来趋同消费的一种思路,比如用"部队式"的思路来设计产品,会吸引许多不同职业的人产生相同的购买行为。

7.2 家庭生活

家庭(family)一般是由两个或两个以上由于血缘、婚姻或收养关系而生活在一起的成员组成的社会基本单位。家庭是社会的基本细胞。一个人一般要经历两个家庭,一个是和父母在一起的家庭,一个是自己建立的家庭。

7.2.1 家庭的类型及生命周期

1. 家庭构成类型

家庭按其成员构成可分为以下几种类型。

(1)核心家庭:即由一对夫妇和未婚子女构成。

(2)复合家庭:也称扩展家庭,由核心家庭和其他亲属如祖父母、叔伯姨舅、堂表兄妹等组成,即中国式的三代或四代同堂的大家庭。

(3)混合家庭:是指由一对夫妇(一方或双方都有过婚史)和他们的孩子以及他们以前的孩子所组成的家庭。

(4)其他家庭:比如夫妻家庭(丁克家庭 double income no kids)、单亲家庭、祖孙家庭等。

不同的家庭构成类型会影响到家庭具体的消费产品的多少和大小,营销者要善于发现家庭类型的变化,提供针对性的产品,满足家庭及其成员的需要。

2. 家庭生命周期

家庭生命周期是指家庭随着成员年龄逐步增长而经历的各个生活阶段。国外研究人员将家庭生命周期分为单身阶段、新婚阶段、满巢阶段、空巢阶段和解体阶段。不同家庭生命周期的阶段,因为特点和人员构成的不一样,所以其家庭的消费重点和内容也是有很大的区别。

(1)单身阶段。年轻的单身者他们要么在大学念书,要么刚跨出校门开始工作。随着结婚年龄的推迟,这一群体的数量正在增加。虽然收入不高,但由于没有其他方面的负担,所以他们通常拥有较多的可自由支配收入。收入的大部分用于支付房租,购买个人护理用品、基本的家用器具,用于交通、度假等方面。这一群体比较关心时尚,崇尚娱乐和休闲。

(2)新婚阶段。这一阶段始于新婚夫妇正式组建家庭,止于他们的第一个孩子出生。为了形成共同的生活方式,双方均需要进行很多调整。一方面,共同的决策和分担家庭责任,对新婚夫妇是一种全新的体验,另一方面还会遇到很多以前未曾遇到和从未考虑过的问题,如购买家庭保险,进行家庭储蓄等。他们是住房、汽车、装修、家用电器、家庭生活用品、旅游、娱乐等产品和服务的重要市场。

(3)满巢阶段。满巢阶段始于第一个孩子出生而止于所有孩子长大成人并离开父母的时期。由于这一阶段持续时间很长,往往超过20年,因而又根据孩子年龄变化而相应地分为满巢Ⅰ、满巢Ⅱ和满巢Ⅲ三个时段。

满巢Ⅰ,这一阶段通常是指由年幼(6岁以下小孩)小孩和年轻夫妇组成的家庭。第一个孩子的出生常常会给家庭生活方式和消费方式带来很多变化。在西方,夫妻中的一方通常是女方会停止工作,在家照看孩子,因此家庭收入会减少。然而,孩子的出生确实带来很多新的需要,从而使家庭负担有所增加。家庭需要购买婴儿食品、婴儿服装、玩具等很多与小孩有关的产品。同时,在度假、用餐和家居布置等方面均要考虑小孩的需要。

满巢Ⅱ,这一阶段孩子或最小的孩子已超过6岁,多在小学或中学念书。这时期孩子在学习方面的需要大大增加。在西方国家,因为孩子不用由大人在家里照看,夫妻中原来专门在家看护孩子的一方也已重新工作,这样,家庭经济状况得到改善。在消费方面会对营养食品、家政服务、教育及书籍等的需求大大增加。

满巢Ⅲ,通常是指年纪较大的夫妇和他们仍未完全独立的孩子(18岁以上)所组成的家庭。在此阶段,孩子中有的已经工作,家庭财务压力相对减轻。通常,处于此一阶段的家庭会更新一些大件商品,或者增加体育锻炼、旅游度假等方面的支出,也可能大大增加对孩子的教育支出(上大学或者留学等)。

(4)空巢阶段。空巢阶段始于小孩不再依赖父母,也不与父母同住,这一阶段延续的时间也比较长。根据户主是否退休而分为空巢Ⅰ和空巢Ⅱ两个时段。

空巢Ⅰ,是指孩子刚独立并离开家庭而父母仍然工作的这一时段的家庭。很多父母可以做他们以前想做,但由于孩子的牵累而无法做的一些事情,如继续接受教育、培养新的爱好、夫妻出外旅游等。人生的这一阶段,也许是经济上和时间上最宽裕的时期,夫妻不仅可以频繁地外出度假,而且还会买一些高档的物品。

空巢Ⅱ,也就是空巢的后期,户主到了退休年龄,经济收入随之减少。由于大多数人是在身体很好的情况下退休,而且退休后可用的时间特别多,会更注重健康保健方面的消费,不少人开始追求新的爱好和兴趣,如出外旅游,参加老年人俱乐部等。

(5)解体阶段。当夫妻中的一方过世,家庭进入解体阶段。如果在世的一方身体尚好,或有足够的储蓄,并有朋友和亲戚的支持和关照,家庭生活的调整就比较容易。由于收入来源减少,此时在世的一方,过上了一种更加节俭的生活方式。而且,这样的家庭会有一些特殊的需要,如需要更多的社会关爱和照看,老年保健和医疗等。

7.2.2 家庭购买的角色分工与决策方式

1. 角色分工

家庭成员的消费通常是以家庭为单位的,但在购买某些具体商品的决策方面,每个家庭成员所起的作用会有所不同。一般情况下,可将家庭成员在购买过程中扮演的角色概括为以下五种。①提议者,首先想到或提议购买某一商品的人。②影响者,直接或间接影响购买决定或挑选商品的人。③决策者,有权单独或与其他家庭成员共同作出决策的人。④购买者,从事购买活动的人。⑤使用者,使用所购商品或服务的人。

2. 决策方式

(1)家庭的购买决策方式。一是家庭中以某一成员为中心作出决策;二是家庭成员共同商定决策;三是家庭部分成员一起商定决策。

（2）影响决策方式的因素。家庭购买决策究竟采取哪一种方式,要受到以下多种因素的影响。

其一是家庭购买力。一般来说,家庭购买力越强,共同决策的观念越淡漠,一个成员的决策更容易为家庭其他成员所接受;反之,购买力弱的家庭,其购买决策往往由家庭成员共同参与制定。

其二是家庭的民主气氛和家庭分工。民主气氛浓厚的家庭,家庭成员经常共同参与决策;相反,在比较权威专制的家庭中,通常是由父母或他们其中的一人做主。

其三是所购商品的重要性。一般来说,价值较低的生活必需品在购买时,无须进行家庭决策;但购买高档耐用消费品及对全家具有重要意义的商品时,大多由家庭成员共同协商决策。

其四是购买时间。购买时间越急促,越可能由一个人迅速作出决策;而全家共同商定决策通常要花费较长时间。

其五是可觉察风险。通常,在购买那些家人比较陌生、缺乏足够市场信息、没有充分把握的商品时,由于所察觉到的购买风险较大,所以家庭成员共同决策的情况较多。

其六是家庭成员对特定产品的关心程度或介入程度。因为家庭成员对特定产品的关心程度或介入程度是不同的,所以在产品的购买上影响力也是不同的。例如,对 CD 唱片、游戏卡、玩具等产品的购买,孩子们可能特别关心,因此在购买这些产品时他们可能会发挥较大的影响;而对于父亲买什么牌子的剃须刀,母亲买什么样的厨房清洗剂,孩子可能就不会特别关心,所以在这些产品的购买上他们的影响力就比较小。

7.2.3　夫妻、子女、个人特征与家庭购买决策

1. 夫妻与家庭购买决策

在一般的家庭中,丈夫、妻子是商品购买的主要决策者,不同的家庭中,夫妻各自在商品购买决策中的影响作用是有很大差别的。研究不同家庭夫妻在决策中的角色与地位,对企业制定相应的营销策略非常有益。

总体来讲,夫妻决策类型不外乎以下四种:①丈夫决策型,一切由丈夫支配和决定;②妻子决策型,一切由妻子决策;③夫妻共同决策型,夫妻双方共同做出大部分的购买决定;④夫妻自主决策型,即夫妻双方各自做出购买决定。

具体购买活动中,夫妻购买决策的形式也因所购商品的类型不同而有所不同。一般来说,妻子对食品、化妆品、服装、生活日用品、室内装饰用品等商品的购买有较大决策权;丈夫在购买家电、家具、汽车、住房等大件商品时所起的作用就要更大一些。度假、孩子上学、购买和装修住宅则多由夫妻共同做出决定。而饮料、体育用品或者男女独用的产品等的购买一般是由夫妻各自自主做出决定。

研究表明,越是进入购买决策的后期,家庭成员越倾向于联合做决定。换言之,家庭成员在具体产品购买上确有分工,某个家庭成员可能负责收集信息和进行评价、比较,而最终的选择则尽可能由大家一起做出,年轻夫妻组成的家庭会更多地进行联合型决策,之后,随着孩子的出生和成长,家庭内部会形成一定的角色分工,当然,随着时间的推移,这种分工也会发生相应的变化。

2. 子女与家庭购买决策

子女在家庭购买中,也占有相当重要的地位。特别在我国,子女在消费活动中居于重要地位。子女的影响程度由下列因素决定。

(1)子女在家庭中的地位。许多研究表明,孩子说话的口气越是肯定,他们的父母就越是以孩子为中心,孩子在家庭中的地位越高,对家庭购买决策的影响也越大。

(2)子女所在家庭类型。一般来说,城市家庭中的父母比农村家庭中的父母更注意听取子女的意见;经济条件好的家庭比经济条件差的家庭更能满足子女的要求;民主气氛浓厚的家庭比专制的家庭在购买决策时受子女的影响更大。

(3)子女的年龄。年龄是影响子女参与消费决策的一个重要因素。一般来说,子女的年龄越大,对家庭购买决策的影响也越大。

(4)所购买商品与子女的关系。一般来说,除不具备表达意见能力的婴幼儿以外,多数家庭在购买与子女有关的商品时会征求他们的意见,尤其是独生子女家庭,这一倾向更为明显。而随着商品知识和购买经验的积累,子女在选购一些他们熟悉的商品时,往往会取代父母而成为家庭购买的决策者。

3. 个人特征与家庭购买决策

家庭成员的个人特征对家庭购买决策方式亦有重要影响。

夫妻双方的影响力很大程度上来自各自的经济实力,因此,拥有更多收入的一方,在家庭购买决策中更容易占据主导地位。

个人特征的另一个方面是受教育的程度,妻子所受教育程度越高,她所参与的重要决策也就越多。一项研究表明,在美国受过大学教育的已婚妇女中,有70%认为她们在选择汽车时,有着与丈夫同等的权利;而在只受过高中教育的妇女中,这一比例是56%,在学历不足高中的妇女中,这一比例就更低了,仅为35%。家庭成员的其他个人特征,如年龄、能力、知识等,也都会直接或间接影响其在购买决策中的作用。

家庭作为社会结构的基本细胞单位,与消费活动有着极为密切的关系。据统计,大约80%的购买决策与购买行为是由家庭控制和实施的。家庭不仅对其成员的消费观念、生活方式、消费习惯有重要影响,而且直接制约着消费支出的投向、购买决策的制定与实施,为此,有必要深入研究家庭对消费者行为的影响。营销者要了解家庭的类型和不同的购买角色,要了解家庭生命周期不同阶段的消费特点,要了解家庭消费购买决策类型及其影响因素,进行差别营销、灵活营销。

7.3 社会阶层

社会阶层(social class)是依据经济、政治、教育、文化等多种社会因素所划分的相对稳定的社会集团和同类人群。社会阶层不同于社会阶级这个概念。某人所处的社会阶层是由收入、财产、教育、职业和价值取向等多种变量而不是由其中的一种变量决定的。

7.3.1 社会阶层的特征

1. 相似性

相同社会阶层中人的行为要比两个不同社会阶层中人的行为更为相近。无论何种类型的阶层,其内部成员都具有相近的经济利益、社会地位、价值观念、态度体系,从而有着相同或相近的消费需求和消费行为。"物以类聚,人以群分",人们倾向于和自己处于相似的社会阶层的人在一起。

2. 差 异 性

不同阶层的成员之间有着很大的观念差异,人们往往以这样的差异性来看人,以所处的社会阶层来判断一个人的地位。社会阶层不一样,地位就不一样。

3. 限 制 性

因为在收入、职业、教育和价值取向等方面存在着明显的差异,不同阶层的成员交往会有很大的限制,人们因为不同的阶层而造成交往的障碍。

4. 可 变 性

人们所处的社会阶层不是固定不变的,在其生命历程中,人们可以由较低阶层晋升到较高阶层,也可能由较高阶层降至较低阶层,个人可以改变自己所处的社会阶层。

正因为社会阶层具有以上的特点,营销者就可以通过对社会阶层的识别来进行市场细分,从中选择目标市场,并进行恰当的营销策略安排。

7.3.2 社会阶层的划分

关于社会阶层的具体划分,目前常用的主要有两种方法:一种是综合指标法,即同时使用几种尺度的综合衡量方法;另一种是单一指标法,即只使用单一尺度衡量的方法。个人在社会中所处的地位或阶层受多种因素影响,所以,一般来说,使用综合指标划分社会阶层比单一指标精确度要高些。

1. 综合指标法

目前,西方学者在划分社会阶层时较为常用的有二因素、三因素、四因素甚至更多因素的综合划分方法。

(1)二因素划分法。这种方法选取的是职业和教育两个因素。具体划分时,首先确定等级差别,即职业等级和教育等级;然后确定它们的权数,职业等级的权数为7,教育等级的权数为3;最后进行等级评分,从而确定其社会阶层。

(2)三因素划分法。此法通过综合住房、职业、收入三个主要因素划分主要阶层。划分时确定的权数如下:住房为6,职业为9,收入为5。

(3)多因素划分法。综合了四个主要因素(职业、收入来源、住房条件、居住地区),或者五个主要因素(另加收入数额),或者六个主要因素(再加教育)来划分社会阶层。实践证明,用四个、五个或六个主要因素划分的结果往往差别不大。

2. 单一指标法

利用单一指标划分社会阶层不如综合指标精确,但在研究消费者行为时,采用单一指标容易确定社会阶层与消费行为的相关关系,实际应用中也更为简便易行。较常用的单一指标主要有:收入、教育、职业等。

(1)收入。收入是划分社会阶层和地位最常用的传统指标。这是由于收入是维持一定生活方式的必要前提条件,收入的高低直接影响人们的消费态度、消费能力和消费水平,高阶层必然依赖于高收入。但仅以收入作为衡量社会阶层的基本指标也有其局限性,即收入并不能完全解释人们的生活态度和消费方式。

(2)教育。教育作为单项指标,在划分社会阶层中有其特殊意义。一个人受教育的水平决定他的知识结构、文化层次、职业选择乃至收入水平。教育水平对消费者的影响在于:受教育程度不同的消费者会有不同的价值观念、审美标准、欣赏水平、兴趣爱好,从而在消费活动中表现出不同的品位和特点。一般来说,受教育程度高的消费者比较偏爱知识性较强的商品,且在选择商品的过程中喜欢并善于利用各种外界信息;而受教育程度较低的消费者则表现出相反的倾向。

(3)职业。职业也经常被用作划分社会阶层的重要指标。职业是研究一个人所属社会阶层的最基本、最重要的线索。由于职业在一定程度上反映出一个人的知识层次、专业特长、收入水平,因此,根据所从事职业可以大体确定人们的生活方式和消费倾向。采用职业作为划分依据的困难在于对社会上的成千上万种职业进行分类并确定出等级并非易事。

中国社会科学院社会学研究所的一份有关当代中国社会阶层研究报告(2002年)提出,中国社会的社会阶层由十大社会阶层和五大社会经济等级组成。十大社会阶层是:国家与社会管理阶层;经理阶层;私营企业主阶层;专业技术人员阶层;办事人员阶层;个体工商户阶层;商业服务人员阶层;产业工人阶层;农业劳动者阶层;城市无业、失业和半失业阶层。相对应的五大社会经济等级是:社会上层、中上层、中中层、中下层和底层。

7.3.3 社会阶层与消费者心理

1. 社会阶层方面的消费者心理

(1)基于希望被同一阶层成员接受的"认同心理"。人们常会依循该阶层的消费行为模式行事。

(2)基于避免下降的"自保心理"。人们大多抗拒较低阶层的消费模式。

(3)基于向上攀升的"高攀心理",人们往往会喜欢采取一些超越层级的消费行为,以满足其虚荣心。

(4)基于受到挫折的"补偿心理"。个人在生活或工作中遇到挫折,如职业升迁落空,在单位工作不得意,个体会通过贬购买和消费具有地位象征意义的产品来补偿职场上的失意,以获得自尊。

2. 不同社会阶层消费者心理与行为差异

不同社会阶层的消费者则表现出明显差异。具体表现在以下几个方面。

(1)不同阶层的消费者对信息的利用和依赖程度存在差异。一般来说,高阶层的消费者更善于比低阶层消费者利用多种渠道来获取商品信息。高阶层的消费者大都受过良好教育,他们读书、看报、翻阅杂志、上网的时间和机会较多,因而可以充分利用不同媒体获取有价值的商品信息;而低阶层的消费者受教育较少,平时较少读书看报,却比较喜欢看电视,因而电视广告往往成为他们获取信息的主要来源。

(2)不同阶层的消费者对购物场所的选择存在差异。不同阶层的消费者喜欢光顾的商店类型明显不同。高阶层的消费者乐于到高档、豪华的商店去购物,因为在这种环境里购物会使他们产生优越感和自信,得到一种心理上的满足;而低阶层的消费者在高档购物场所则容易产生自卑、不自信和不自在的感觉,因而他们通常选择与自己地位相称的商店购物。

(3)不同社会阶层的消费者在购买指向上存在差异。根据美国社会学家劳埃德·沃纳(W. Lloy Warner)1941年提出的划分,将美国社会划分为六个社会阶层,各阶层消费者的购买指向和消费内容特征如下。

上上层。由少数商界富豪或名流家族组成。他们是名贵珠宝、古董、著名艺术品的主要购买者,也是高档消遣、娱乐方式的主要顾客。

上下层。主要由工商界人士、政界显要人物或经营特殊行业而致富的人组成。他们大都经过艰苦奋斗而由中产阶级进入上流社会,因而有着强烈的显示自我的愿望,渴望在社会上显示其身份、地位。他们是私人别墅、游艇、游泳池及名牌商品的主要消费者。

中上层。由各类高级专业人员如律师、医生、大学教授、科学家等组成。他们偏爱高品质、高品位的商品,注重商品与自己的身份地位相匹配。他们大都拥有良好的住宅条件、高级时装、时尚家具等。

中下层。由一般技术人员、教师和小业主等组成。他们喜欢购买大众化、普及性的商品,对价格较为敏感,努力保持家庭的整洁和舒适。

下上层。由生产工人、技工、低级职员等组成。他们整日忙于工作和生活,很少有精力和兴趣去关心社会时尚的变化,喜欢购买实用价廉的商品。

下下层。他们属于贫困阶层,几乎没有受过教育,收入属于社会最低水平。他们通常没有固定的购买模式,是低档商品的主要消费者。

(4)不同阶层的消费者对消费创新的态度存在差异。一般来说,社会阶层高的人更愿意看到创新的产品和服务,体验与过去不一样的产品和服务,而社会阶层低的人就相对比较保守。

3. 炫耀性消费

炫耀性消费是指对可见程度高且具有奢侈性的产品或服务的消费。这类消费能向人显示自己的身份和地位。炫耀性消费中的产品对拥有者之所以重要,是它能告诉别人自己是什么样的人,在社会中居于何种位置。产品或服务的可见性构成炫耀性消费的必要条件,因为只有产品能被别人看到,才能传递关于拥有者的信息。

进行炫耀性消费,已经不是追求所消费产品的功能价值,而是它所传递的符号价值。在当今中国,炫耀性消费有日益扩大的趋势,如吃 6 万元满汉全席者有之,吃 18 万元"黄金宴"者有之,喝上万元一瓶的 XO 和路易十三者有之。背后的原因,应当说是多方面的,富裕阶层的形成,客观上为这类消费提供了经济保证,攀比、面子文化构成了外部动力,公款消费,消费者本身的不成熟也对此起了推波助澜的作用。

奢侈品牌是炫耀性消费的最主要来源,其代表着富贵豪华。奢侈品(Luxury)源于拉丁文的"光"(Lux)。所以,奢侈品应是闪光的,明亮的,让人享受的。奢侈品通过其品牌视觉识别系统传达了这些内容。从社会学的角度上说,奢侈品是贵族阶层的物品,它有地位,有身份,它是贵族形象的代表。如今,虽然社会民主进步了,但人们的"富贵观"并未改变,奢侈品牌正好可以满足人们的这种需求,奢侈品牌是最高级和看得见的,正因为人们对其奢华"显而易见",它才能为主人带来荣耀。那些购买奢侈品的人完全不是在追求实用价值,而是在追求全人类"最好"的感觉。奢侈品牌是个性化的,"奔驰"追求着顶级质量,"劳斯莱斯"追求着手工打造,"法拉利"追求着运动速度,而"卡迪拉克"追求着豪华舒适,正是因为商品的个性化,才为人们的购买创造了理由,才更显示出其尊贵、独特的价值。奢侈品牌一般是专一领域的品牌,所谓品牌的专一性是指品牌只服务于某一个产品或某一类产品。奢侈品牌是有距离的,让大多数人产生可望不可得的感觉是奢侈品牌的重要特征,奢侈品牌就是为少数"富贵人"服务的。因此,要维护目标顾客的优越感,就应当使大众与奢侈品产生距离感和距离美,可以这么说,奢侈品牌就是"梦寐以求,少数拥有。"

消费者的攀比心理一方面是基于消费者对自己所处的阶层、身份以及地位的认同,从而选择所在的阶层人群为参照而表现出来的消费行为;另一方面是基于消费者对更高层次的"高攀"心理而产生的参照另一群体而表现出来的消费行为。相比炫耀心理,消费者的攀比心理更在乎"有"——你有我也有。如很多商品,在购买的前夕,萦绕在消费者脑海中最多的就是:谁谁都有了,我也要去买。对营销者来说,就可以利用消费者的攀比心理,出于对其参照群体的对比,有意强调其参照群体的消费来达成销售。

[资料7.2] 《福布斯》公布 2009 全球十大奢侈品牌榜

(1)LVLOUIS VUITTON 路易威登。品牌价值:194 亿美元,发源地法国,1854 年成立。产品线:男装、女装、时装、香水、服饰。

(2)HERMES 爱马仕。品牌价值:78.6 亿美元,发源地法国,1837 年成立。产品线:手提包、穿着类产品。

(3)GUCCI 古琦。品牌价值:74.7 亿美元,发源地意大利,1906 年成立。产品线:服饰、泳装、成衣、服装鞋帽、时装、珠宝首饰、香水。

(4)CHANEL 香奈儿。品牌价值:62.2 亿美元,发源地法国,1906 年成立。产品线:男装、女装、眼镜、香水、珠宝。

(5)ROLEX 劳力士。品牌价值:55.3 亿美元,发源地瑞士,1905 年成立。主营手表。

(6)HENNESSY 轩尼诗。品牌价值:54 亿美元,发源地法国,1756 年成立。主营酒类。

(7)Cartier 卡地亚。品牌价值:49.1 亿美元,发源地法国,1847 年成立。主营珠宝、腕表、时钟。

(8)MOET CHANDON 酩悦香槟。品牌价值:48.5 亿美元,发源地法国,1743 年成立。主营香槟。

(9)FENDI 芬迪。品牌价值:34.7 亿美元,发源地意大利,1925 年成立。主营香水、穿着类产品。

(10)PRADA 普拉达。品牌价值:27 亿美元,发源地意大利,1913 年成立。主营穿着类、手提包等产品。

不同社会阶层的消费者无论在获取信息、购买方式、商品投向或消费态度上都有着明显差别,把握这些差异,有助于企业根据不同阶层消费者的需求偏好进行市场细分,以便更好地满足目标市场消费者的需求。企业在营销过程中要多了解不同阶层的消费特点和态度,提供不同档次的商品或服务,进行不同风格的宣传,满足不同消费者的现实需要和潜在需要。

7.4　人际关系

人际关系是是社会生活的中心课题,也是人与人之间相互作用的结果。由于人与人之间的相互作用,从而形成了极其复杂的关系网。

人际关系(interpersonal relation)就是指人与人之间在交往中形成的直接心理关系,主要表现为心理上的好恶喜厌、远近亲疏,即心理距离。人际关系受着文化、经济、政治、法律等社会环境的制约,同时,这些社会环境又总是通过人际关系具体地、鲜活地表现出来,对人们的生活产生深刻广泛的影响。

在现实生活中,个人人际关系状态的如何会直接影响到个人生存和发展的状态如何。如果一个人的关系网广泛而且"有权有势",在某个圈子里,里面都是"圈子里"的人,那么其在发展中就可能先在这方面占得先机。人脉很重要,关系网、产业链、圈子等概念其实都是一种人际关系的体现。

7.4.1 人际交往

人们为了彼此传达思想,交换意见,表达情感、需要等目的,运用语言符号而实现的沟通称为人际交往。人际交往是人际关系的重要条件,人际关系是人际交往的结果,没有人际交往,就无所谓人际关系。

人际的交往可以帮助人们实现信息沟通、获得情感、获得健康、心理保健、认识自我、协调帮助等功能,人际相互间的吸引力是人际交往的重要保证。

1. 人际吸引

人和人之间在情感上的亲疏和远近的关系不是等同的,它有不同的层次。例如,有些人虽然在同一社会团体中相处,相互认识但并不直接打交道,有的只是点头之交,有的甚至势不两立,有的来往密切非常友好,也有的成为心腹之交,这就是人和人之间的心理距离。不同层次的人际关系反映了人和人之间相互吸引的程度,心理上的距离越近,反映人们相互之间越吸引;心理上距离越疏远,则反映双方越缺乏吸引力。

人际吸引的因素包括空间因素、类似因素、互补因素、能力与特长、仪表因素等方面。

(1)空间因素:空间上(地理上)的距离越小,双方越接近,越容易相互吸引,特别是在交往的早期更是如此。

(2)类似因素:在个人特性方面,双方若能意识到彼此的相似性,则容易相互吸引,产生亲密感。个人特征包括了年龄、性别、个人的社会背景、性格、态度等。比如对人生的态度、信仰态度看法都比较一致的人,因为志同道合就会更相互吸引。

(3)互补因素:当双方的需要以及对对方的期望正好成为互补关系时,就会产生较强的吸引力。比如性格很强的人就喜欢和一个性格温和的人在一起。

(4)能力与特长:个人在能力与特长方面如果比较突出,就有一种吸引力,使他人对之发生钦佩感并欣赏其才能,愿意与其接近。如果这个人还有一点小小的弱点,往往更会让人喜欢接近他,而如果表现得完美无缺,反而让人觉得高不可攀,自叹不如从而望而却步。

(5)仪表:个人的长相、穿着、仪态、风度等,都会影响人们彼此间的吸引,尤其是在第一次见面时,仪表占重要的地位。当然,随着时间的推移,仪表因素的作用会越来越小,吸引力就会从外在仪表逐渐转入个人内在的修养和品德上。

此外,开朗的性格及其谦和的态度也是人际吸引力的一个因素。

认识人际相互吸引的因素十分重要,落实到消费中,就体现出什么样的销售人员更能吸引消费者,消费者容易受到什么样的产品形象代言人的影响,这些对营销者采取有效的对策将有很大的指导意义。

2. 人际交往的障碍

现实社会生活中,人与人需要交往,但人与人之间的交往圈又不是很广很深,原因就是人际交往中存在着许多的障碍,这些障碍体现在第一印象、首因效应、晕轮效应、投射效应、社会刻板印象、人格因素、生理因素和社会因素等各个方面。

(1)第一印象:第一次见面的感知,也称为“第一感”,往往是通过对方的仪表、风度等提供的信息组成的印象。如果第一印象就不好,很容易造成继续交往的障碍。

(2)首因效应:人们交往中,最先提供的信息对形成第一印象的影响。在与陌生人交往中,首因效应起着很大的作用。

(3)近因效应:最近获得的新信息给人留下较深印象,对改变原来印象起重要作用。在与熟人的交往中,近因效应起作用,即熟人变化的信息容易改变对熟人原有的印象。

(4)晕轮效应:也称为光环效应或成见效应。是指当对他人的核心品质形成了鲜明的印象后,从而掩盖了对其他品质的知觉,将对感知对象的某种核心品质不加分析地扩展到其他方面的现象。如"情人眼里出西施"、对明星的光环效应、对推销员的成见效应等。

(5)定型效应:定型是人们对某一类人或某个社会群体所具有的一种概括而固定的印象,即刻板印象。定型效应指在印象形成过程中,刻板印象会使人们有意无意地对他人做类化认知,从而对总体印象产生很大的影响。例如,人们通常认为,山东人豪爽不羁;江浙人温和细腻;商人精明世故;学者脱俗清高等。定型尽管简单明了,但难免以偏概全。

(6)投射效应:某人形成对他人印象时,总是假设他人与自己有相同的倾向,把自己的特征投射到他人身上的情况。所谓"以小人之心度君子之腹",反映的就是这种投射效应。

(7)人格因素:因为气质、性格、能力、人格不健全等因素而产生的交往障碍。

(8)生理因素:因为长相、身高、身体残疾等因素而产生的交往障碍。

(9)社会因素:因为文化背景、社会阶层、不同社会团体不同而产生的交往障碍。

企业营销就是要进行人际交往和人际沟通。认识到人际交往的障碍可以帮助营销者注意到应该从多方面来考虑选择什么样的沟通方式,应该选择什么样的人才能有效地达到营销的效果。

7.4.2 人际互动

人际互动(interpersonal interaction)就是指个体成员之间密切的人际交往,使彼此不可避免地在行为上产生复杂的交互影响和作用,从而对个体的活动与发展,以及群体整体作用的发挥等产生深刻影响。

1. 群体

人际交往有一个很重要的作用,就是可以把原来分散的个体联系、组织起来,形成群体。群体是构成整个社会的细胞,所谓的群体,从社会心理学的角度来看,是指为了一定的目标,以一定方式结合起来,成员之间能够进行直接而稳定的交往,彼此相互影响、相互作用并具有情感联系的人群联合体。如家庭、朋友、班级、单位、球队、协会,等等。人们就是在诸如此类的群体中与他人共同学习、工作和生活的。

个人在人际互动中,会有许多与自己相关联的群体,这些群体的所思所想、所作所为都会对个人的心理与行为产生直接的和潜移默化的影响,这样的群体就是个人的参照群体。参照群体(reference group)是与个人的评价、追求或行为有重大相关性的真实的或虚构的个人或群体。

参照群体对于产品及消费活动都具有同样的影响。为什么参照群体如此具有说服力呢?答案就在于它具有潜在的社会影响力量。社会力量(social power)是指改变他人行为的能力。如果你能支配某人做某件事,不管他是否愿意,对那个人来说,你就是具有影响力的。这种力量一般包括了参照对象的力量、信息的力量、合法的力量、专家的力量、奖赏的力量和强制的力量。

(1)参照群体的类型。

①主要群体:是指与某人关系密切,经常接触的人。这类群体对个人的心理与行为会产生重要的影响,如父母、子女、朋友等。消费者与他们发生直接的联系,他们的消费示范作用最为强烈。

②次要群体：是指与某人关系不密切、不经常接触的人和组织。这类群体可以是认识的人，也可以是不认识的人，如一个单位里认识的人或者是不认识的销售人员、顾客、社会团体等。尽管是次要相关群体，但有时也可以起到决定性的影响人心理与行为的作用，如推销员对消费者购买行为的影响有时就起着决定性的作用。

③向往群体：是指某人向往加入或作为参照体的个人或组织，如电影明星、足球明星就是影迷、球迷们的参照体。他们对部分消费者的消费观念所起的影响作用甚至超过了主要群体所起的作用。

④厌恶群体：是指某人讨厌、反感的一个人或者一群人。名人、明星也可能成为个人讨厌的对象。

（2）影响参照群体作用的因素。社会群体对消费者虽然具有重要影响，但不同消费者受参照群体影响的程度却有很大差别。现实中，群体对消费者影响力的大小主要取决于以下因素。

①消费者的个性特征。消费者的个性不同，受社会群体的影响程度也明显不同。一般来说，自信心强、善于独立思考、做事有主见、具有较强分析判断能力的消费者，受社会群体的影响较小；相反，习惯依赖他人、做事缺乏主见、优柔寡断的消费者，往往受社会群体的影响较深。

②消费者的自我形象。每个消费者的内心深处都有自己设定的自我形象，其中既包括实际的自我形象，也包括理想的自我形象。实际生活中，每个社会群体都有其独特的价值观、行为准则与消费特征。当它们符合消费者的自我形象时，就会使消费者对该群体产生强烈的认同感，把它视为塑造自我形象的一个榜样群体。

③消费者选购商品的类型。国外有学者认为，社会群体对消费者选购不同类型商品的影响程度不同可以从两方面说明：一方面是商品被别人认知的程度，即自己使用这种商品能否引起别人的重视，这个产品的品牌能否被别人识别，由此将商品分为大众性商品和私人化商品；另一方面是消费者对商品的需求强度，由此将商品分为必需品和奢侈品。在不同商品的购买中，社会群体影响程度有差异。

心理学研究表明，一个人的习惯、爱好以及思想行为准则是受外界影响而逐渐形成的，在各种外界的影响中，参照群体对消费者心理与行为有着至关重要的影响。营销者在明白了消费者会受到参照群体的影响后，要根据自己的产品或服务的目标对象及其特性，灵活地运用营销手段，运用相应的参照群体去影响消费者心理与行为。目前企业大量运用的名人广告或者形象代言人策略就是因为消费者存在向往群体的结果。

（3）团体。团体是群体的一种组织形式，是指一群人在其同一规范与目标的指引下协同活动的一个组合。团体的一个显著特点是团体内成员在心理上有一定的联系，并发生相互影响。

团体有大团体与小团体之分，有正式团体与非正式团体之分，有现实团体与假设团体之分。团体的心理效果体现在：团体的归属感、认同感和团体的支持力量。团体也会使不在一个团体里的人感到有陌生感和排斥感。

成年消费者一般都是身处在某一团体中的，所以团体的行为往往就是消费者个人的行为。另外，消费者可能也会自己组成非正式的组织共同来和企业讨价还价，团体中的领导人会在团体中发挥关键性的作用。

企业面对团体的因素，可以实施不同的营销对策。如果团体中消费决策可能是一种群体行为，就要针对不同的团体角色（发起者、把关者、影响者、购买者、使用者等）采取不同的对策，既要全面对待，又要找到重点对象。如果团体对消费者具有很大的影响力，就可以是把消费者的利益和团体的利益联系在一起,以团体名义购买或者以团体影响消费者购买。如果是一种营销策略,企业自己都可以通过某种方式让消费者的购买形成"团购",通过这样非正式的团购临时组织来让消费者享受"团购"的优惠,实施团购营销。

2. 暗示与模仿

(1)暗示。暗示(hint),又称提示,是在无对抗条件下,用含蓄、间接的方式对个体的心理和行为产生影响,从而使个体产生顺从性的反应:或接受暗示者的观点;或按暗示者要求的方式行事。

社会心理学的研究认为,群体对个体的影响,主要是由于"感染"的结果。处于群体中的个体几乎都会受到一种精神感染式的暗示或提示,在这种感染下人们会不由自主地产生这样的信念:多数人的看法比一个人的看法更值得信赖。因此,暗示的主要影响因素就是暗示者的数目,或者说暗示所形成的舆论力量的大小,暗示得当,就会"迫使"个人行为服从群体的行为。

暗示的具体方式多种多样,个人的词语和语调、手势和姿势、表情和眼神以及动作等,都可以成为传递暗示信息的载体。暗示还可以以群体动作的方式出现,如信誉暗示、词语暗示、行为暗示等。

在消费活动中,消费者受暗示而影响购买决策及行为的现象是极为常见的,如利用名人或者权威机构对产品质量的暗示。暗示越含蓄,其效果往往越好。

(2)模仿。模仿(imitation)是指仿照一定榜样作出类似动作和行为的过程。模仿可以分为无意识模仿和有意识模仿。无意识模仿也叫自发模仿,指模仿者没有考虑行为的原因和意义,在不知不觉中仿效他人的言行举止,如儿童模仿父母的举动。有意识模仿也叫自觉模仿,是指模仿者有一定动机,有一定期望,自觉地对他人行为的模仿。有意识的模仿又可分为两种:一种是适应性模仿,即人为了适应新的环境或生活而模仿他人的行为等;一种是选择性模仿,即人们经过深思熟虑后有选择地模仿,这种模仿目的性和针对性都很强,常常和人的生活理想、个人抱负相关联。

消费活动中的模仿是指当消费者对他人的消费行为认可并羡慕、向往时,便会产生仿效和重复他人行为的倾向,从而形成消费模仿。

在消费活动中,经常会有一些名人、消费专家等作出示范性的消费行为。这些特殊消费者的示范性行为会引起其他消费者的模仿,模仿者也以能仿效他们的行为而感到愉快。

在消费领域中,模仿是一种普遍存在的社会心理和行为现象。分析消费活动中的模仿行为,大致有以下特点。

①模仿行为的发出者,即热衷于模仿的消费者,对消费活动大都有广泛的兴趣,喜欢追随消费时尚和潮流,经常被别人的生活方式所吸引,并力求按他人的方式改变自己的消费行为和消费习惯。他们大多对新事物反应敏感,接受能力强。

②模仿是一种非强制性行为,即引起模仿的心理冲动不是通过社会或群体的命令强制发生的,而是消费者自愿将他人的行为视为榜样,并主动努力加以模仿,模仿的结果会给消费者带来愉悦、满足的心理体验。

③模仿可以是消费者理性思考的行为表现,也可以是消费者感性驱使的行为结果。成熟度较高、消费意识明确的消费者,对模仿的对象通常经过深思熟虑,认真选择;相反,观念模糊、缺乏明确目标的消费者,其模仿行为往往带有较大的盲目性。

④模仿行为的发生范围广泛,形式多样。所有的消费者都可以模仿他人的行为,也都可以

成为他人模仿的对象,而消费领域的一切活动,都可以成为模仿的内容。

⑤模仿行为通常以个体或少数人的形式出现,因而一般规模较小。当模仿规模扩大,发展成多数人的共同行为时,就衍生为从众行为或消费流行了。

3. 从众行为

从众(conformity)是人们一种普遍的社会行为,是指个体在群体(团体或个体因素)的影响和压力下,改变个人的意见而与多数人取得一致的认识和行为。人们平时说的"随大流"就是一种从众行为。

服从是被迫的,即对行政命令、团体规范或权威意志的服从,是无条件的服从,不管是理解的还是不理解的,都得服从。从众不是对团体规范的服从,而是对社会舆论的压力的随从。从众也可能是一种违反心愿的服从,它与服从的不同之处就在于不是对团体或权威的明文规定的执行,而是在团体压力下的随从行为。

在消费领域中表现为消费者自觉或不自觉地跟从大多数消费者的消费行为,以保持自身行为与多数人行为的一致性,从而避免个人心理上的矛盾和冲突。这种个人因群体影响而遵照多数人消费行为的方式,就是从众消费行为。比如,购物时喜欢到人多的商店;在品牌选择时,偏向那些市场占有率高的品牌;在选择旅游点时,偏向热点城市和热点线路。

(1)心理基础。消费者之间相互暗示、模仿、循环反应的过程,就是心理学研究证实的求同心理过程。正是这种求同心理,构成了从众行为的心理基础。

实际的群体压力可以导致从众,想象的群体优势也会对人的行为造成压力。比如,我们在家里可以试穿新买的奇异服装,但在决定是否把它穿出去时,则要考虑大多数人的反应。

(2)影响从众行为的因素。从众行为的发生和发展受到群体及个体等多方面因素的影响。

从群体因素来看。一般来说,群体的规模越大,群体内持相同意见的人数就越多,所产生的群体压力也越大,此时越容易产生从众行为。同时,群体的内聚力、一致性越强,群体领袖人物的权威性越高,影响力越大,从众行为就越容易发生。再者,个体在群体中的地位越低,越容易被影响,也就越容易采取从众行为。

从个体因素来看。一般来说,容易发生从众行为的消费者,大多对社会舆论和别人的意见十分敏感,缺乏自信,非常注意社会和别人对自己的评价。有研究资料表明,性别差异也对从众行为有所影响,从总的情况看,女性比男性更容易出现从众行为。有些消费者由于缺乏自主性和判断力,在复杂的消费活动中犹豫不定,无所适从,因而,从众便成为他们最为便捷、安全的选择。

营销者面对消费者可能或者已经产生的从众行为,应该努力利用从众心理,抓住时机进行宣传引导,培育新的消费市场,引导新的消费观念和时尚的形成或改变,进而促进大规模购买行为的发生。

4. 流行

流行(fashion)是指一个时期内社会上流传很广、盛行一时的大众心理现象和社会行为。在消费领域中,就是在一定时期和范围内,大部分消费者呈现出相似或相同行为表现的一种消费现象。具体表现为多数消费者对某种商品或时尚同时产生兴趣,而使该商品或时尚在短时间内成为众多消费者狂热追求的对象,此时,这种商品即成为流行商品,这种消费趋势也就成为消费流行。

流行具有普遍性、循环性、自发性、反传统性等特征。流行不同于风俗习惯,风俗习惯是长久性的,流行是周期性的;流行也不同于法律,法律具有强制性,流行是自发的。如果一种风尚出现在权威身上,则流行的速度更快。一般来说,女性比男性更追求流行,青年比老年更追求流行,喜欢变化的人比喜欢稳定的人更追求流行。中国目前消费流行呈现出与国际潮流同步、流行模式多元化、个性化追求流行化、流行消费主体低龄化等新动向。

消费流行涉及的范围十分广泛。从性质上看,有吃、穿、用等商品的流行;从范围上看,有世界性、全国性、地区性和阶层性的消费流行;从速度上看,有一般流行、迅速流行和缓慢流行;从时间上看,有短期季节流行、中短期流行和长期流行等。

(1)消费流行过程。消费流行的形成大都有一个完整的过程。这一过程通常呈周期性发展,其中包括酝酿期、发展期、流行高潮期、流行衰退期等四个阶段。

酝酿期的时间一般较长,要进行一系列的意识、观念以及舆论上的准备;发展期则消费者中的一些权威人物或创新者开始作出流行行为的示范;进入流行高潮期,大部分消费者在模仿、从众心理的作用下,自觉或不自觉地卷入到流行当中,把消费流行推向高潮;高潮期过去以后,人们的消费兴趣发生转移,流行进入衰退期。

消费流行的这一周期性现象对企业具有重要意义。企业可以根据消费流行的不同阶段,采取相应的策略:酝酿期阶段,通过预测洞察消费者需求信息,做好宣传引导工作;发展期则保证提供与消费流行相符的上市商品的数量;高潮期内,购买流行商品的消费者数量会大大增加,商品销售量急剧上升,此时企业应大力加强商品供应;进入衰退期则应迅速转移生产能力,抛售库存,以防遭受损失。

(2)消费流行的方式。归纳起来,消费流行的方式一般有以下三种。

滴流。即自上而下依次引发的流行方式。它通常以权威人物、名人明星的消费行为为先导,而后由上而下在社会上流行开来,如中山装的流行等。

横流。即社会各阶层之间相互诱发横向流行的方式。具体表现为某种商品或消费时尚由社会的某一阶层率先使用、领导,而后向其他阶层蔓延、渗透,进而流行起来。如近年来,外资企业中白领阶层的消费行为经常向其他社会阶层扩散,从而引发流行。

逆流。即自下而上的流行方式。它是从社会下层的消费行为开始,逐渐向社会上层推广,从而形成消费流行。如牛仔服原是美国西部牧牛人的工装,现在已成为下至贫民百姓、上至美国总统的风行服装。领带源于北欧渔民系在脖子上的防寒布巾,现在则成为与西装配套的高雅服饰。

(3)消费流行产生的原因分析。消费流行的出现,具有多方面的原因。一方面,某些消费流行的发生是出于商品生产者和销售者的利益,他们为扩大商品销售,努力营造出某种消费气氛,引导消费者进入流行的潮流之中;另一方面,有些流行现象是由于消费者的某种共同心理需求造成的。大部分消费者在这一共同心理的影响下,主动追求某种新款商品或新的消费风格,从而自发推动了流行的形成。

在解释消费流行的形成原因时,一些学者也引用了其他学科的理论和方法。例如,心理学家荣格认为群体的意识和行为可以通过"心理能量"来解释。心理能量不会随发生作用而消耗或丧失,而是从一种作用形式转换为另一种作用形式,或从一个位置转移到另一个位置。就消费者而言,当人们对一种商品的兴趣减少时,对另一种商品的兴趣便会等量地增加,消费流行也是如此,当一种消费流行衰落时,就孕育着另一种消费流行的开始。

消费流行有规律可循,因而也就可以预测,企业可以通过对流行趋势的预测,来制定相关营销策略,指导企业的经营活动。

创造流行是指在一定时期内出现一种为一个团体、阶层的许多人都接受和使用的商品式样或服务,从而形成一种社会时尚。流行的特征就是周期性地改变其形式并能被人们接受。流行是社会现象,时髦不一定流行,模仿一般是指个人行为。企业要找到能在相当程度上影响他人消费态度和行为的人,即意见领袖,通过意见领袖来影响消费者的行为。

经典(classic)是一种接受周期极长的流行。在某种意义上,经典是"反流行",因为它能在很长一段时期内对购买者保证稳定性和低风险性。时髦或狂热(fad)是一种寿命很短的流行。

5. 口碑、社会舆论与意见领袖

(1)口碑。口碑(word-of-mouth,WOM)是在个体之间传递产品信息。由于是从我们认识的人那里获得信息,因而往往比正规营销渠道获取的信息更可靠和可信。尽管大量的金钱都投入到广告上,但口碑的影响却要大得多。人们关于产品的大部分知识来自口头传播(WOM)而非正式广告,人们往往在随意的交谈中交流了产品的相关信息。口碑传播的典型方式是对话,消费者把自己的体验告诉别人,并且通过直白或暗示的方式透露他们对产品和品牌的偏好,这个过程从有消费的时候就开始了。

越来越多的营销者认识到口头传播在推出新产品方面的力量,想出各种新方法让消费者帮助他们销售。

互联网上的虚拟社区已经成为了口碑传播的重要地点。以前(在人们广泛接触互联网之前),很多的参照群体是由面对面接触过的个体组成的。但是现在,你可以和你从未见过且可能永远也不会见面的人分享你的兴趣。虚拟消费社区(virtual community of consumption)是指基于对某项特定消费活动的共同认识与爱好而在网上进行互动交往的一群人。虚拟社区有多种不同的形式。例如:多用户网络游戏、聊天室、列表、公告栏和博客(blogs),博客是最新和增长最快的形式。博客网络日记快速记下自己随意的想法,将其贴在网站上,并阅读其他人用类似方式记下的想法。

病毒营销(viral marketing)指的是让访问网站的人在网上向他们的朋友提供信息,从而让更多的消费者了解产品的策略。

游击营销策略试图通过征募消费者帮助企业传播信息以加速口头传播的过程。其营销活动常常招募当地的消费者同意加入某种街头剧场或其他活动,以便说服其他人使用产品或服务。

口碑是一把双刃剑。消费者间的非正式讨论既可以成就也可以毁灭一个产品或一家商店。而且,比起正面评论,消费者更看重负面的口碑(negative word-of-mouth)。流言与谣言也可以成为可怕的力量。

流言是提不出任何信得过的确切依据,而人们相互传播的一种特定的消息。在缺乏可靠信息的情况下,最容易产生与传播流言,在不安和忧虑的情况下,会促使流言产生和传播。在社会处于危机状态下,如战争年代、地震、灾荒时,人们易产生恐怖感与紧张感,流言也容易传播。

谣言与流言不同,谣言是恶意的攻击,是谣言制造者故意捏造、散布的假消息。面对流言与谣言,只要人们有冷静的头脑、理智的态度,就可以正确判断出流言,并劝说他人不要参与流言或者谣言的传播。

企业要充分认识到流言与谣言可能对企业造成的严重后果,做好危机公关。流言和谣言完全可以制止,因为它缺乏事实的根据。企业可以自己或者联合有关权威部门通过发布可靠信息,向消费者提供确切的消息,就可以彻底制止流言或者谣言的流传。

(2)社会舆论。社会舆论是指公众的意见与看法,是社会全体成员或大多数人的共同信念,也可以说是信息沟通后的一种共鸣。

社会舆论起一种评论作用。这种评论作用既可能产生积极的影响,也可能产生消极的影响,因为舆论代表了大多数人的意见,可以产生一种社会的控制力量,使它对每个人具有一种压力作用,约束或者引导人们的言论和行动。

社会舆论对企业等组织也产生巨大的影响。舆论多数反映了消费者的意愿,如果企业忽视这种社会舆论,就会使消费者产生冷漠或者反感的心理。例如中国三鹿企业的"三鹿毒奶粉"事件所引起的社会舆论,就反映了消费者对奶粉质量标准的深切关心,相关企业在这样的社会舆论中,就应该深刻反省自身,向社会和消费者做出坚定的质量保证,从而才可能让消费者感到放心。

(3)意见领袖。意见领袖(opinion leaders)是指能够频繁影响他人态度或行为的人。这样的意见领袖一般包括以下几种。

①专业意见领袖。是指在各自领域拥有令人信服的学识、技术的一类人。医生、律师、营养学家等均是各自领域的专家。专家所具有的丰富知识和经验,使其在介绍、推荐产品与服务时较一般人更具权威性,从而产生专家所特有的公信力和影响力。当然,在运用专家效应时,一方面应注意法律的限制,如有的国家不允许医生为药品作证词广告;另一方面,应避免公众对专家的公正性、客观性产生质疑。

有一类也被认为具有专业倾向的被称为代理消费者(surrogate consumer),他们也常常影响消费者的购买行为。代理消费者往往能够通过提供意见而获得报酬。如室内装修商、股票经纪人、职业采购者等都可以被看成代理消费者。不论实际上他们是否基于消费者的利益做出购买决策,代理者的推荐都会对消费者的购买产生巨大的影响。

②名人意见领袖。是指在各自领域(如影视界、歌舞界、体育界等)受到人们普遍关注、赏识、崇拜的有名气的人。名人或公众人物如影视明星、歌星、体育明星,作为参照群体对公众尤其是对崇拜他们的受众具有巨大的影响力和感召力。对很多人来说,名人代表了一种理想化的生活模式,正因为如此,企业花巨额费用聘请名人来促销其产品。研究发现,用名人作支持的广告较不用名人的广告评价更正面和积极,这一点在青少年群体上体现得更为明显。运用名人效应的方式多种多样。如可以用名人作为产品或公司代言人,即将名人与产品或公司联系起来,使其在媒体上频频亮相;也可以用名人作证词广告,即在广告中引述广告产品或服务的优点和长处,或介绍其使用该产品或服务的体验;还可以采用将名人的名字、图像等使用于产品或包装上等策略。

③消费者意见领袖。消费者意见领袖是指见多识广、购买迅速、有号召力的一类人。运用满意顾客的证词、证言来宣传企业的产品,是广告中常用的方法之一。由于出现在荧屏上或画面上的证人或代言人是和潜在顾客一样的普通消费者,这会使受众感到亲近,从而使广告诉求更容易引起共鸣。像宝洁公司等都曾运用过"普通人"证词广告。还有一些公司在电视广告中展示普通消费者或普通家庭如何用广告中的产品解决其遇到的问题,如何从产品的消费中获得乐趣等。由于这类广告贴近消费者,反映了消费者的现实生活,因此,它们可能更容易获得认可。

消费者也可以以市场行家(market maven)的身份出现。所谓市场行家的消费者是指那些积极传播各类市场信息的人。市场行家不一定要对某些特定产品有兴趣,也不一定是产品的早期购买者,他们只需要多逛逛街并了解市场动态就行了,他们的作用更似于普通意见领袖,因为他们往往对产品应怎样获得,在哪里获得有全面、可靠的了解和认识。

本章小结

人的社会化不但受到文化、政治、经济等巨大社会力量的影响,同样受到社会角色、家庭因素、社会阶层及人际关系等社会因素的影响。

社会角色是指个人在社会和团体中的身份、地位。社会角色是周围人对一个人的要求,是指一个人在各种不同场合中应起的作用。最常见的社会角色包括了性别、年龄与职业。消费者的消费行为完全会受到以上这些社会角色的影响。

家庭是社会的基本细胞,家庭成员在消费过程中所充当的角色和各自所发挥的作用是各不相同的,市场上许多的产品以及消费者的许多消费行为其实是为了家庭而产生的。

社会阶层是依据经济、政治、教育、文化等多种社会因素所划分的相对稳定的社会集团和同类人群。某人所处的社会阶层是由收入、财产、教育、职业和价值取向等多种变量而不是由其中的一种变量决定的。社会阶层具有相似性、差异性、限制性和可变性等特征。

人际关系就是指人与人之间在交往中形成的直接心理关系,主要表现为心理上的好恶喜厌、远近亲疏,即心理距离。人际关系受文化、经济、政治、法律等社会环境的制约;同时,这些社会环境又总是通过人际关系具体地、鲜活地表现出来,对人们的生活产生深刻广泛的影响。

人际吸引的因素包括空间因素、类似因素、互补因素、能力与特长、仪表因素等方面。现实社会生活中,人与人需要交往,但人与人之间的交往圈又不是很广很深,原因就是人际交往中存在着许多的障碍,这些障碍体现在第一印象、首因效应、晕轮效应、投射效应、社会刻板印象、人格因素、生理因素和社会因素等方面。

人际互动就是指个体成员之间密切的人际交往,使彼此不可避免地在行为上产生复杂的交互影响和作用,从而对个体的活动与发展,以及群体整体作用的发挥等产生深刻影响。人际互动中有群体、团体,有暗示与模仿,有从众行为,有流行,有口碑、社会舆论与意见领袖。人际互动中影响了消费者的心理与行为。

 关键名词

社会角色　家庭　社会阶层　炫耀性消费　人际关系　人际交往　人际互动　群体　参照群体　暗示　模仿　从众行为　流行　口碑　社会舆论　意见领袖

 问答题

1. 不同性别、年龄、职业角色的消费特点是什么?
2. 家庭生命周期对企业营销有何影响?

3. 家庭的不同角色对购买行为影响表现在哪些方面？

4. 社会阶层的特征是什么？对企业营销有何意义？

5. 人际交往的障碍主要体现在哪些方面？对企业营销有何启示？

6. 参照群体有哪几种类型？影响参照群体作用的因素是什么？

7. 模仿的消费行为有何特点？

8. 试述流行的一般过程及其产生的原因。

9. 如何正确认识和运用口碑的力量？

10. 如何认识意见领袖及其作用？

第8章 消费者情境与购买决策过程

 本章提要

消费者情境是指影响消费者购买行为的一系列短暂的环境因素。在消费过程中发生着四种广泛的情境：传播情境、购买情境、使用情境和处置情境。情境被分成六种可以客观衡量的类型：即物质环境、社会情境、时间、购买任务、先前状态和节日礼仪情境。

认识消费者购买行为的类型。完整的消费者购买决策过程一般都由五个阶段构成：问题认知、搜集信息、评价选择、购买决策、购后评价。

企业营销的结果就是要达到消费者满意和消费者忠诚。消费者购买的是"顾客感知价值"。企业要做好后营销管理工作和客户关系管理工作，构成企业营销的完整体系。

 学习目标

1. 认识消费者情境的内容。
2. 熟悉消费者情境的类型。
3. 认识消费者购买行为的类型。
4. 理解消费者购买决策过程。
5. 消费者购买面临的主要风险。
6. 认识让消费者满意和忠诚的因素及方法。
7. 理解顾客感知价值。
8. 认识后营销管理与顾客关系管理。

开篇案例

第 8 章 消费者意向与决策策略

让消费者购物变得轻松愉快

美国记者罗伯特·斯莱特在其所著的《沃尔玛王朝》中透露,在美国,人们逛商场并不一定是一件令人快乐的事。如何让消费者逛街购物变得轻松自在,成为沃尔玛创造消费者忠诚的重大课题。于是,山姆·沃尔顿领导沃尔玛建立了一套准则、规则,这种准则绝不是贴在墙上当口号,更不是锁在柜子里当备忘录,而是融化在全体员工的一举一动中。

一是让进入沃尔玛购物的人有宾至如归的感受。沃尔玛要求经理和员工在执行任务中,使每个层面的运作都顺利进行,停车轻松,购物轻松,结账轻松,绝不能让顾客到沃尔玛购物有不舒服的感觉。

二是每个会员店都设有迎宾人员。迎宾人员首先对顾客光临购物表示感谢,他们必须对顾客致以亲切地微笑,会送给您手推车。迎宾人员用行动给顾客建立这样的印象:顾客是沃尔玛大家庭的一员,沃尔玛是社区商店,对顾客对社会负责。山姆说,要用积极殷勤的态度,对顾客提供高效和卓越的服务,给顾客额外的惊喜,要关注顾客的需求,增加顾客的回头率。迎宾人员附带责任是注视来往人群,防止盗窃发生。

三是研究顾客的心理。要使顾客到沃尔玛购物成为一次超出期望的愉快旅行。让顾客一走进商店,就神采奕奕、心情愉快、惊喜不断。比如额外赠送小礼品,或开展买 2 赠 1 优惠活动,或用醒目标识告诉你打折信息,或微笑服务,或一站式服务,推出令人难以置信的优惠商品,结账不用排队,以及引人注目的商品橱窗、清洁的地板、干净的卫生间等,这促使顾客高兴而来,满意而归,与其说是购物之旅,不如说是一次过程的享受。

四是开展"寓零售于乐"的活动。2001 年沃尔玛决定开展这项活动,并将其定位于顾客服务新理念。沃尔玛开展这项活动的决定提出:顾客购物选择范围越来越广,顾客辛辛苦苦挣来的钱希望花得物有所值,希望得到出色服务。我们必须关注顾客,创造一个愉快、充满活力的购物环境。我们开展活动的目标是,为购物之旅增加快乐,为顾客和员工创造愉快的环境,增加顾客购物次数和顾客忠诚度。为此,沃尔玛要求每个商店都要根据社区不同特点,设计各有特点的"尽情疯狂"寓零售于乐活动,强调这是顾客服务的具体表现形式。

五是创造友好和睦的购物氛围。山姆要求经理和员工彼此协助,发挥创意,鼓励各类型顾客参与,使顾客从员工的服务中、从购物之旅得到乐趣,甚至成为一两个小时的趣味享受。沃尔玛向顾客提供愉快购物的特定目标就是:从不快乐到轻松自在,要超出顾客的期望,让顾客感到满意,促使他们一再回来购物,这使沃尔玛对顾客的服务更人性化,沃尔玛要求员工对顾客保持微笑和友好。沃尔玛员工之间直呼其名,每位员工都佩有带姓名的徽章,连山姆也不例外。对于经常光顾的顾客或对会员光临购物时,沃尔玛鼓励员工们称呼其名。这样,如同大家都认识,像邻居一样,购物氛围很轻松、很亲切、很友好,更像是社区店。

山姆·沃尔顿要求沃尔玛员工对顾客实行"三米微笑原则",员工对于自己身边三米范围内的顾客,都必须看着顾客的眼睛打招呼,询问对方是否需要帮忙,凡到过沃尔玛商店的人,都能享受微笑服务,山姆要求沃尔玛员工包括商店经理都必须认真遵守这个原则,他说:微笑不花一分钱,却表现出你对顾客的关心和重视;微笑能培养善意、建立良好的客户关系,能够促进销售;微笑的投入为零,但是成效显著。他要求员工像对待朋友、邻居或者客人那样对待顾客。顾客对沃尔玛员工所表现出来的关心与热情,十分满意。

山姆精心设计了一套与顾客建立良好关系的有效方法,并且把这个理念传达到管理团队,在沃尔玛顾客关系策略中,包括:主动打招呼、微笑服务、主动提供推车、目光交流、热情询问……。山姆说:"沃尔玛每个人都在传播沃尔玛的企业文化"。

——资料来源:《沃尔玛王朝》

消费者心理与行为除了受到先天个性因素的影响,后天社会因素的影响外,还受到特定的情境因素的影响。情境因素也可以说是一种社会环境因素,是一种在特定时空条件下影响消费者活动的短暂的环境因素。对于特定的购买活动,情境的影响起着很大的作用。

8.1 消费者情境

消费者情境(consumer situation)是指影响消费者购买行为的一系列短暂的环境因素。如购物时的气候、购物场所的环境、消费者的当时心情状况等。这种情境影响既不同于性格、能力等个体心理因素的影响,也不同于文化等宏观环境因素的影响,因为两方面的影响具有更为持久和广泛的特性。情境因素对消费者行为的影响可能是直接的,也可能是与产品或个人特征交互影响的条件下发挥作用。在某些情况下,由于个人特征的影响更大,以至于消费者很少顾及其他方面的考虑,此时情境因素对购买行为可能根本就没有影响。但从总体上看,情境一直是一种重要的潜在影响力量。

认清情境对消费者的影响后,企业可以将情境因素融入营销策略中去。德尔·I·霍金斯等人所著的《消费者行为学》一书中,将消费过程发生放在四种广泛的情境下:传播情境、购买情境、使用情境和处置情境。

8.1.1 消费者情境的类型

1. 传播情境

传播情境是指对消费者行为产生影响的信息接受情境。人们独处还是与他人在一起,心情好坏,匆忙与否,都影响人们接收营销信息的程度。

如果消费者对产品感兴趣并处于某种反应状态的传播情境下,营销者就能传递有效的信息给消费者。然而,发现处于这种传播情境且具有浓厚兴趣的潜在购买者并非易事。例如,如下情境中营销者在与消费者沟通时会遇到困难:某消费者最喜欢的球队输掉了本年度中最重要的一场比赛,明天将开始进行期末考试,室友只看新闻节目,消费者患了感冒,现在心情不好等。

由于传播情境对广告的有效性具有重要影响,越来越多的企业在选择媒体和决策在哪里、何时广告时,就特别小心和谨慎。研究发现,越是轻松的节目,越能激发受众对广告信息的正面的情感和想法,也越有利于对广告内容的回忆。

2. 购买情境

购买情境是指当消费者购买商品和服务时所具有的物质的空间和社会的特征。物质的空间主要指购物行为发生时面临的各种环境,如在哪里购买,商店的装饰、拥挤、干净状况如何,商店对消费者购物时的帮助,消费者亲朋好友当时的影响和商店里的其他人对购物的影响等。

为了提高产品销售的营销策略,营销者必须理解购买情境是如何影响消费的。

3. 使用情境

使用情境是指在产品使用场合会影响消费者行为的情境。使用情境是以解决问题的制约因素来起作用,或者以解决问题的源泉来起作用。

营销者需要理解他们的产品适合或可能适合哪些使用情境。在对此有些了解后,营销者才能传递有关他们的产品是如何在各种使用情境下适合消费者需要的信息。比如香水销售,就可以创造出多种香味来适用于不同的使用场所。

4. 处置情境

在产品使用前或使用后,消费者必须经常处置产品或产品的包装。处置情境的决策可能产生倍受关注的社会问题,同时也可能给营销提供机会。

一些消费者认为,处置的方便是产品本身一项重要属性。这些消费者也许只购买那些易回收的物品。

为了发展更为有效且符合伦理的产品与营销计划,营销者需要了解情境因素是如何影响处置决定的。政府和环境保护组织为了鼓励对社会负责的处置决定,同样需要了解这方面的知识。

8.1.2 消费者情境特征

一系列的情境特征通过前面所述的不同类型的情境影响消费者的行为。

1. 物质环境

物质环境包括装饰、音响、气味、灯光、气候以及可见的商品形态或其他环绕在刺激物周围的有形物质。物质环境是一种得到广泛认可的情境影响,这方面的研究成果在零售领域已经得到多方面运用。

零售环境所有物质因素的总和称为店堂气氛。资料显示,一家商店的店堂气氛会影响购物者的心情和参观逗留的愿望,它也会影响消费者对该商店商品质量的判断和对该商店的印象。正面的心情会增加消费者对该商店的满意感,从而导致消费者购买和对店铺的忠诚。气氛调节就是指商店的经理通过调节物质环境,使购物者产生某种特定情绪反应的过程。

(1)颜色。一个色彩缤纷的商店比一个缺少色彩的商店更能受到消费者欢迎,这是显而易见的。红色有助于吸引消费者的注意和兴趣。在中国,红色更多的是喜庆的象征,所以逢年过节在中国的商店里到处都可以看见红色。然而,在有些国家,红色虽然有物理刺激作用,红色却可能令人感到紧张甚至反感。较柔和的颜色如蓝色虽较少吸引力和刺激性,但它们被认为能引起平静、凉爽和正面的感觉。不同文化背景中颜色的意义都不相同,因此,颜色和其他的物理环境因素都要根据文化背景不同来进行设计。

(2)照明。空间不但要通过光束来表现,而且空间氛围、空间个性也要靠光束来渲染和控制。在零售业,灯光被视店面的经典销售工具之一。商店的内部氛围和空间个性要靠光束渲染和控制。商店内部空间的光源主要是自然采光和人工采光两大类,在具体运用中除了自然采光和基本照明之外,商店还需要进行特别照明和装饰照明。

特别照明是以增加柜台、货架的光度以突出商品而配置的,多采用聚光灯、探照灯定向照射。对于一些名贵、精密的商品使用特别照明,便于消费者观看欣赏、挑选比较,并能示出商品的华美、贵重,激发消费者对商品的喜爱和向往。

装饰照明大多采用彩灯、壁灯、吊灯、落地灯和霓虹灯等照明设备。这类照明有美化店容、渲染气氛的作用,使消费者感到轻松愉快、情绪兴奋。灯光要适度运用,如果过多、过杂或光线变化剧烈,也会破坏店内环境,还需注意不能乱用灯光,以免歪曲商品颜色。

(3)气味。气味能对消费者的购物产生影响。一项研究发现,有香味的环境会产生再次造访该处的愿望。一般来说,清新芬芳的气味吸引消费者欣然前往;而强烈刺鼻的异味会使消费者生理上难以忍受,同时心理上引起反感,对购买活动无疑是起消极作用。另外,既使是香味,消费者对香味的偏好是非常个性化的,对某人是令人愉快的香味可能对其他人就会令人厌恶。再有,一些消费者对精心添加在空气中的香味会有反感,而另一些人则会担心过敏。

（4）音乐。音乐影响消费者的情绪，而情绪又会影响众多的消费行为。一项关于超市环境中的音乐和影响力的研究表明，音乐的节奏（快或慢）并不影响购买行为，然而，播放符合消费者偏好的音乐对购买行为有明显影响。

商店内播放的背景音乐、题材最好要适合特定场所的购物环境。若商场销售的商品地方特色明显，可播放一些民族音乐；若商场的现代气息比较浓郁，可播放一些现代轻音乐；若商场的艺术感比较浓厚，可播放一些古典音乐；若主要消费对象是青年人，可播放一些流行音乐；而若以中老年顾客为主，可播放那些怀旧金曲。总之，要使顾客的情绪在音乐的映衬下能与商场的主体风格产生共鸣。

（5）拥挤程度。商店内拥挤会对零售店和顾客产生负面的影响。当很多人进入某个商店，店铺空间过多地被货物挤满，购物者会体验一种压抑感，很多消费者会觉得这令人不快，并采取办法改变这种处境，最常用也是最基本的方法是减少呆在商店内的时间，同时买得少，决策更快或更少运用店内的信息。结果是消费者满意感降低，不快的购买体验，再次光顾的可能性减少。

用更多的职员，增加收银台，以及类似的措施都可以增加在高峰时期消费者的流动和减少拥挤的感觉。

表 8.1　影响消费者商店选择与购买的主要因素

构成层面	构成要素
商　品	质量、品种、款式、价格
服　务	提供按月付款、销售人员、结账速度、信用卡使用、送货
顾　客	消费者的自我意象
硬件条件	清洁、店堂布置、购买便捷、吸引力
方　便	停车或坐车
促　销	广告、免费样品、优惠
商店环境	温馨、有趣、兴奋、舒适的环境
声　誉	商店信誉
售后服务	退货、退款、维修保证

2. 社会环境

社会环境是指消费过程中其他的人也在场。我们的行动通常受我们周围的人所影响，个体倾向于服从于群体预期，当行为具有可见性时，情况尤其如此。因此，社会情境对消费者的行为而言是一种重要的影响力量。购物以及很多在公众场合使用的商品与品牌，都是高度可见的，它们无疑将受制于社会影响。一个人单独购物和接受服务与有购物伙伴或朋友在场时相比，行为就会发生变化。如在餐馆用餐时，当有认识的其他人出现在邻座时，点的菜和喝的酒水也许会与平时不同。

上街购物为消费者提供了一种家庭之外的社会体验。如见识新朋友，遇见老朋友或仅是与他人在一起。有些人在购物中是为了追求一种地位和权威。因为营业员或销售人员的工作就是为了伺候顾客，购物使得这些人获得在其生活中所缺乏的某种尊重和声望。所以，消费者购物有时并不仅仅是为了购得产品，而是同时体验各种社会情境。

3. 时　　间

现代人的时间一般分为三个部分：工作、非自由处置时间与休闲。睡觉、家务、个人护理及其他负有道义责任工作所占用的时间都应划入非自由处置时间。只有在扣除了这部分时间和工作时间之后，剩余的才是休闲时间，休闲时间一般就是指人们可以自由支配的时间。人们在休闲时间里从事诸如阅读、登山、钓鱼、旅游、创作等愉悦身心的活动，这类活动通常被称为休闲活动。

许多产品和服务，如看电视、溜冰、钓鱼、打网球、健身等均需要时间。消费者是否买这些产品和服务，很大程度上取决于他们是否拥有可自由支配的时间。

许多消费者日益感到时间的宝贵，因此，他们对时间就像对金钱一样珍惜。消费者的购买行为受到时间因素的影响，有限的购买时间会导致所考虑的备选产品数量的减少。时间压力大的消费者由于没有时间逛商店和对各种品牌进行比较，从而倾向于选择全国性品牌和名牌，以此降低风险感。时间压力的增大还会导致对高品质、易准备的食品及其他节约时间的产品的大量需求，如对微波炉和洗碗机的需求。跟情境影响的其他因素一样，在不同文化背景下时间被看待和对待的方式是不同的。一般来说，可用的时间越少，信息搜寻就越少，能够运用的信息就比较少，从而购买更仓促，由此造成次优甚至糟糕的购买决定的可能性增加。

时间也影响消费者对店铺的选择。一些零售商店就是充分利用时间方面的优势。在这方面做得最成功的也许是 7—11 连锁店，该商店几乎是排他性地针对那些匆匆忙忙或在正常购物时间之外购物的消费者。

节省消费者的时间等于节省金钱，从这个意义上说时间是有价的。越忙碌的消费者越愿意为时间付费。

许多产品的购买具有季节和节日的时间特点，如六一儿童节前后是儿童玩具和服装的购买高峰，中秋节前是月饼销售的黄金时段。营销者要灵活地采取相应的对策来满足消费者的需求。

4. 购买任务

购买任务提供了消费活动发生的理由。购买任务分为自用购买和送礼目的的购买。

即使购买一样的产品，以此作为礼品送人还是供自己使用，消费者采用的购物策略与选择标准可能完全不同。当然，礼物的意义和性质在不同文化背景下是不同的。

消费者的自我送礼也是一种重要的送礼行为。自我送礼指的是送礼者和受礼者为同一个体的情况。消费者为什么给自己送礼呢？根据对消费者自我送礼目的的调查，消费者可能因个人取得成就，拟奖励一下自己；或者因为节假日，想让自己高兴一点；或者感到压抑或心情不好，通过自我送礼调节一下心情；或者获得一笔额外的资金，庆祝一下；或者仅仅因为很久没有给自己购买东西了，等等。

5. 先前状态

先前状态是指非持久性的个人特征，如短暂的情绪状态或条件。例如，我们每个人都会有情绪高昂和情绪低落的时候，而这并非我们个人长久性格的一部分。

短暂的情绪状态既影响消费过程又受消费过程的影响。消费者往往会主动调整自己的情绪状态，比如去购物。所以营销者就可以把消费者的情绪调节当作产品和服务的一项利益。"放松心情"，"每天都是好心情"等广告用语就是运用了消费者情境来影响消费者的行为。

6. 节日礼仪情境

节日礼仪情境是指以固定方式发生、具有象征性意义,同时是在社会所界定或要求的场合下发生的一系列相互联系的行为。节日礼仪情境可以是完全私下的,也可以是完全公开的。完全私下的节日礼仪情境可以是一个人决定为某一具有特殊意义的事件私下祈祷或干杯。一对夫妇为庆祝他们的初次约会而每年到同一餐馆用餐就涉及公开的庆典。结婚仪式则是更为公开的礼仪或风俗。最后,全国性或世界性节日代表了非常公开化的节日礼仪情境。

对营销者十分重要的节日礼仪情境通常涉及约定成俗的消费行为。营销者要重视这样的特殊情境对消费者心理的影响,采取相应的对策来满足消费者这种情境的需要。

8.2　消费者购买决策过程

消费者购买决策是指消费者谨慎地评价某一产品、品牌或服务的属性,并进行理性的选择,即用最少的成本购买能满足某一特定需要的产品或服务的过程。

8.2.1　消费者购买决策类型

消费者购买决策随其购买决策类型的不同而变化,较为复杂和花钱多的决策往往凝结着购买者的反复权衡和众多人的参与决策。

1. 阿萨尔的购买决策类型

美国学者阿萨尔(Henry Assael)根据参与者的介入程度和品牌间的差异程度,可将消费者购买行为分为以下四种。

表 8.2　购买决策类型

品牌差异程度	消费者的购买介入程度	
	高	低
大	复杂性 购买行为	寻求多样的 购买行为
小	减少失调的 购买行为	习惯性 购买行为

(1)习惯性购买行为(habitual buying behavior)。习惯性购买行为出现在消费者介入程度不高,品牌差异小的情况下。对于价格低廉、经常购买、品牌差异小的产品,消费者不需要花时间进行选择,也不需要经过收集信息、评价产品特点等复杂过程,因而,其购买行为最简单。消费者只是被动地接收信息,出于熟悉而购买,并不一定是因为特别偏爱某一品牌,而是出于习惯。比如醋这个产品,这是一种价格低廉、品牌间差异不大的商品,消费者购买它时,大多不会关心品牌,而是靠多次购买和多次使用而形成的习惯去选定某一品牌。

针对这种习惯性购买行为,营销者要特别注意给消费者留下深刻印象,企业的广告要强调本产品的主要特点,要以鲜明的视觉标志、巧妙的形象构思赢得消费者对本企业产品的青睐。为此,企业的广告要加强重复性、反复性,以加深消费者对产品的熟悉程度。

(2)寻求多样的购买行为(variety-seeking buying behavior)。寻求多样的购买行为出现在消费者介入程度不高,但品牌差异大的情况下。有些产品品牌差异明显,但消费者并不愿花费长时间来选择和估价,而是不断变换所购产品的品牌。这样做并不是因为对产品不满意,而是为了寻求多样化。比如购买饼干,他们上次买的是巧克力夹心,而这次想购买奶油夹心。这种品种的更换并非对上次购买饼干的不满意,而只是想换换口味。

针对这种寻求多样化的购买行为,营销者可采用销售促进和占据有利货架位置等办法,保障供应,鼓励消费者多样购买。一家企业也可以提供多样化的产品来满足消费者对产品的多样化需求。

(3)减少失调的购买行为(dissonance-reducing buying behavior)。减少失调的购买行为出现在消费者介入程度高,品牌差异小的情况下。有些产品品牌差异不大,消费者不经常购买,而购买时又有一定的风险,所以,消费者一般要比较、看货,只要价格公道、购买方便、机会合适,消费者就会决定购买。购买以后,消费者也许会感到有些不协调或不够满意,在使用过程中,会了解更多情况,并寻求种种理由来减轻、化解这种不协调,以证明自己的购买决定是正确的。经过由不协调到协调的过程,消费者会有一定的心理变化。

针对这种购买行为,营销者应注意运用价格策略和有效人员宣传,向消费者提供有关产品评价的理性信息,使其在购买后相信自己做了正确的决定。

(4)复杂性购买行为(complex buying behavior)。复杂性购买行为出现在消费者介入程度高,品牌差异大的情况下。当消费者购买一件贵重的、不常买的、有风险的而且又非常有意义的产品时,由于产品品牌差异大,消费者对产品缺乏了解,因而需要有一个学习过程,广泛了解产品性能、特点,从而对产品产生某种看法,最后决定购买。

针对这种复杂性购买行为,营销者应采取有效措施帮助消费者了解产品性能及其相对重要性,并详细介绍产品优势及其给购买者带来的利益,耐心促成消费者的最终选择。

2. 霍金斯的购买决策类型

美国学者德尔·I·霍金斯等人所著的《消费者行为学》一书中,将消费者购买决策过程分为三种类型。

(1)名义型决策(nominal decision making)。名义型购买决策购买介入程度较低,也可以称为习惯性购买决策,通常可以分为两种:品牌忠诚型购买和习惯性购买。习惯性购买也是因为要购买的产品价格低廉,需要经常购买,而且品牌差异小的产品。名义型决策的一般过程是:

问题认知→搜集信息→购买→购后评价

名义型决策在搜集信息方面主要是搜集有限的内部信息,购后评价往往无认知冲突,是非常有限的购后评价。

(2)有限型决策(limited decision making)。有限型购买决策购买介入程度比名义型的要高一些,其一般的决策过程是:

问题认知→搜集信息→评价选择→购买→购后评价

有限型决策在搜集信息方面包括了内部信息搜集和有限的外部信息搜集。比名义型决策多了评价选择环节,但属于评价的属性少、备选方案少的简单决策规则,购后评价也比较少。

(3)扩展型决策(extended decision making)。扩展型购买决策购买介入程度最高,其一般过程与有限型相同,但内容却增加了不少。

问题认知→搜集信息→评价选择→购买→购后评价

扩展型决策在搜集信息方面包括了详细的内部信息和详细的外部信息搜集。在评价选择环节上,评价的属性多,备选方案多,是复杂性决策规则,购后评价会有认知冲突,评价也显复杂。

8.2.2 消费者决策过程

不管是阿萨尔的购买决策类型还是霍金斯的购买决策类型,完整的消费者购买决策过程一般都由五个阶段构成。

图 8.1　消费者购买决策过程

1. 问题认知

问题认知是指消费者意识到的理想状态与实际状态存在差距,从而需要采取进一步的行动。问题认知是消费者决策过程的第一步。实际状态是指消费者对他或她当前的感受及处境的认知,理想状态是指消费者当前想达到或感受的状态,问题认知是消费者的理想状态与实际状态之间的差距达到一定程度并足以激发消费决策过程的结果。比如,消费者想让周末快乐而充实,当消费者发觉自己在周末孤孤单单、心情烦躁时,消费者就会把它作为一个问题看待了,因为消费者的实际状态(心情烦躁)与理想状态(快乐而充实)之间有差距。怎么办? 消费者就会想通过看电视或给朋友打电话或出门闲逛或干其他别的事情。

作为对问题认知的反应,消费者采取何种行动取决于问题对于消费者的重要性、当时情境、该问题引起的不满或不便的程度等多种因素。缺乏对问题的认知,就不会产生决策的需要。

消费者问题可分为主动型与被动型。主动型问题是指在正常情况下就会意识到将要意识到的问题。如冰箱坏了,就会想到请人来修理。被动型问题则是消费者尚未意识的问题,需要别人的提醒。如对手机辐射的安全性问题的提示。

购买过程开始于消费者确认面对的问题或需要,这个需要可以由内在和外在的刺激所触发。内在刺激,比如人的生理需要,包括了饥饿、性欲等,上升到某一阶段就会成为一种驱动力;外在刺激,比如一个人可能因为羡慕别人买了某品牌的汽车而激发起自己的购买欲望。

营销者所能做的就是能识别引起消费者某种需要的环境和刺激因素,如何加强对消费者的刺激,以激起消费者对产生问题的认知和需求。营销者要注意两方面的问题,一是注意了解那些与本企业的产品实际上或潜在的有关联的驱使力;二是注意到消费者对某种产品的需求强度,会随着时间的推移而变动,并且被一些诱因所触发。

2. 搜集信息

一般来讲,问题认知后就要想办法去解决问题,这就需要搜集必要的信息。信息搜集主要是搜集品牌信息、产品属性信息、评价信息和体验信息等。信息的来源可以从消费者内部及外部以下五个方面来获得。①记忆来源:是消费者内部信息,过去积累、个人经验及低介入度学习形成的记忆。②个人来源:从家庭、亲友、邻居、同事等个人交往中获得信息。③营销来源:广告、推销人员、商品包装、产品说明书等提供的信息。④独立来源:从杂志、消费者组织、政府机构等获得的信息。⑤经验来源:消费者从自己亲自接触、试用、使用商品的过程中得到的信息。

针对这个阶段,企业营销的关键是要能掌握消费者在搜集信息时会求助于哪些信息源,并能通过这些信息源向消费者施加影响力。因特网的出现正以某种尚未为我们全面了解的方式改变着信息的搜集,营销者们必须维护好精心设计的网站,包括公司主页或IPS。此外,越来越多的公司正把因特网当做一种广告媒体来使用。

3. 评价选择

消费者意识到问题之后,就开始寻求不同的解决方案。在搜集与此有关的信息的过程之中和之后,他们评价各备选对象,并选择最可能解决问题的方案。消费者的选择有时是基于简单的选择规则,如"买可以买到的最便宜的品牌"。有时他们所运用的规则相当复杂,包括多个步骤和过程。

消费者有很多选择的方式。基于属性的选择要求在选择时消费者要具有关于备选特定属性的知识,而且需要对各品牌进行一个一个属性的比较。基于态度的选择包括使用一般态度、总体印象、直觉或者启发线索,在选择时不需要进行一个一个属性的比较。一种较常见的结合方式就是在基于态度的过程中形成总体的偏好,然后根据各品牌价格属性的比较做出最后选择。

选择理论假定消费者是理性的,他具有确定的偏好,而且其偏好与备选品的呈现方式无关。情感型选择是消费者选择时使用的另外一种独特的方法。

消费者对搜集到的信息中的各种产品的评价主要从以下几个方面进行。

(1)分析产品属性。产品属性即产品能够满足消费者需要的特性。消费者一般将某一种产品看成是一系列属性的集合。营销者应分析本企业产品应具备哪些属性,以及不同类型的消费者分别对哪些属性感兴趣,以便进行市场细分,对不同需求的消费者提供具有不同属性的产品,既满足顾客的需求,又最大限度地减少因生产不必要的属性所造成的资金、劳动力和时间的耗费。

(2)建立属性等级。即消费者对产品有关属性所赋予的不同的重要性权数。营销者应更多地关心属性权重分配,而不是属性特色。

(3)确定品牌信念。消费者会根据各品牌的属性及各属性的参数,建立起对各个品牌的不同信念,比如确认哪种品牌在哪一属性上占优势,哪一属性相对较差。

(4)形成"理想产品"。消费者评价的结果,往往会相对地选择出自己的"理想产品",它可能不十全十美,但却是相对最好的选择。

在评价选择过程中,消费者常常要考虑多种因素。因此,营销者如果能够搞清楚消费者评估诸因素的不同重要性,通过营销手段强化消费者看重的因素,弱化次要因素和消极因素,就可能更多地取得消费者的青睐。

4. 购买决定

购买决定涉及这样几个问题。有购买风险吗? 在哪里购买? 用何种方式购买?

(1)风险。产品购买涉及产品使用后达不到预期效果的风险,产品失灵会带来很高的成本或损失。消费者购买主要面临着以下的风险。

①生理风险:消费者会对企业的产品产生不信任感,甚至恐惧,认为该产品或服务可能会对自己的身体造成一定的危害。如买某种药品,其副作用对个人的危害;买某种电器,其安全性对个人的危害(热水器安全问题,电脑、电视的辐射问题);买某种油漆,其化学性对个人的危

害;消费者对娱乐场所一些刺激项目的恐惧和对大众浴场内传染病恐惧等。身体健康是生命中最宝贵的财富,这时候消费者宁愿等待或少消费或放弃或寻找替代产品,由此而造成需求目标购买的中断。

②金钱风险:消费者可能会对消费某种产品或服务产生丢失了钱或浪费钱的感受。如买一台降价极快的电脑,买一种强迫性的保险(看普通病买保险、一般没有风险的旅游买保险等)。因为有这样的客观事实存在,消费者尽管早有需求目标,但这种目标风险却使得他们最终还是放弃了目标。或者是采取等待的态度,期望过一段时间以一个低价格享受目前还是一个高价格的产品或服务。金钱风险与消费者的收入、产品或服务的有用程度密切相关,一般来说,收入低的消费者容易产生,其涉及产品或服务的种类也更多。

③功能风险:消费者担心产品使用时间短或达不到其宣传的功效。比如买一瓶可能不去头屑的洗发水,买一种可能不治感冒的感冒药,买一台使用时间可能不够长的空调等。如果消费者认为市场上的产品许多宣传多属骗人的伎俩,其消费就会更加慎重,对企业的产品宣传持不信任的态度。

④心理风险:消费者因为观念不符合一个重要参照群体的标准,而造成消费心理障碍,进而影响到向往的消费目标的实现。如一些老年人认为消费时髦的产品会给另外一些人带去不良印象,遭到别人的非议;一些人会因为别人的影响或周围的舆论,没有去消费自己想要的某种产品或者某种品牌的产品;一些人因为怕同一群体的人说自己而不去买别人还没买或只有极少数人买的产品。

消费者减少购买风险的方法主要有:多收集信息,咨询专家;选择名牌或熟悉的商品;去信誉良好的商店购买;选择同类中较贵的商品;少量购买可分割的商品;运用遗憾最小化决策规则。

营销者在这时就要努力降低消费者的购买风险,促成消费者产生购买行为。营销者可以通过介绍产品知识,增强消费教育,让消费者明明白白消费;可以制定合理价格策略,让消费者实实惠惠消费;可以抓好产品质量,宣传名实相符,让消费者安安心心消费;可以努力营造良好的消费环境和舆论环境,让消费者大大方方消费。

(2)售点。消费者选择零售店的过程如同选择品牌的过程一样,唯一的区别在于使用的标准不同。商店形象是消费者选择商店的一项重要评价标准。商店形象的主要构成层面是商品、服务、人员、物质设施、方便、促销、店堂气氛、机构和售后因素。商店品牌可以利用也可以拓展商店形象。店铺位置对于消费者来说是一个重要属性,因为大多数消费者喜欢就近购物。大零售店通常比小零售店更受欢迎。

有些时候在商店里,消费者常常购买与进店前所做计划不同的商品或品牌,这种购买被称为冲动型或非计划性购买。我们可以将这类购买视为由店内刺激引发进一步或更多的信息处理所带来的结果,对营销策略的制定更有意义。下面这些变量对销售模式有重大影响,它们是:购物点陈列、商店布置、销售人员、品牌或商品的脱销。

(3)购买方式。一旦品牌和商店都已选定,消费者必须完成交易。传统上,消费者需要支付现金以取得对产品的各项权利。然而,在当今社会里,信用卡在消费者购买中占有非常重要的地位,如果没有信用卡,许多交易就无法进行。

商店必须尽可能简化实际的购物程序。这既包括缩短付款排队时间这样简单的管理,也包括较为复杂的操作,如将信用卡账号输入计算机以便缩短信用卡审核时间等。

许多商店好像忽视了这样一个事实,即实际的购买是购物过程中消费者与商店的最后一次接触。第一印象固然重要,但最后的印象也是如此。店员在这时不仅要保持工作的效率,也要乐于助人并富有人情味,他们的行为和态度代表了商店希望留给顾客的最终印象。

在购买意图和决定购买之间,还有两种因素会起作用,一是他人的态度,二是意外情况。例如,消费者正准备买烟时,妻子会说,你最近经常咳嗽,消费者可能就不购买了。也可能正好在这个时候,他突然接到一个电话要及时赶去某个地方而终止了购买等。

5. 购后评价

购后评价活动包括了购买后冲突、产品使用方式和产品处置。

(1)购后冲突。对购买的怀疑和不安就叫购后冲突或购后不和谐。虽然不是所有的购买但确实有一部分购买会产生购后冲突。购后冲突或不和谐之所以发生,是因为选择某一产品,是以放弃对另外产品的选择,放弃其他产品所具有的诱人特点为代价的。由于大多数介入程度高的扩展型决策涉及一个或多个引发购后冲突的因素,因此,这些决策常伴随购买后冲突。消费者会设法减少冲突,避免冲突的方法包括在购买之前采取行动避免或者推迟购买决定,或者使用一个可以使遗憾最小化的决策规则。

与购后冲突非常相似的一个概念是消费后悔。当消费者在使用产品或者服务时产生了负面的情绪,这时消费后悔就会发生。营销者应该重点强调消费该产品的明智性,给消费者一个消费该产品的坚定理由。

(2)产品使用方式。无论消费者是否经历购后冲突,多数购买者在购回产品后会使用产品。产品可以是买者本人使用,也可以是购买单位或家庭的其他成员使用。跟踪产品如何被使用可以发现现有产品的新用途、新的使用方法、产品在哪些方面需要改进,还可以为广告主题的确定和开发提供帮助。

产品不使用或闲弃也是需要引起注意的问题。如果消费者购买产品后不使用或实际使用比原计划少得多,营销者和消费者都会感到不满意。因此,营销者不仅试图影响消费者购买决策,同时也试图影响其使用决策。

(3)产品处置。产品及其包装物的处理可以发生在产品使用前、使用后或使用过程中。由于消费者对生态问题的日益关注、原材料的稀缺及成本的上升、政府或者有关组织的管理和监控,营销者对处置行为的了解变得越来越重要。

消费者购买以后,可能获得满足,这将鼓励他今后重复购买或向别人推荐该产品。如果不满意,则会尽量减少不和谐感,因为人存在着一种在自己的意见、知识和价值观之间建立协调性、一致性或和谐性的驱使力。具有不和谐感的消费者可以通过放弃不用、退货、诉诸法律、四处抱怨等做法来发泄心中的不满,减少不和谐感。

购买者对其购买活动的满意感(S)是其产品期望(E)和该产品或觉察性能(P)的函数:$S=f(E,P)$。若 $E=P$,则消费者会满意;若 $E>P$,则消费者不满意;若 $E<P$,则消费者会非常满意。

营销者通过了解消费者如何经历问题认知、搜集信息、评价选择、决定购买和购后评价的决策过程,就可以获得许多有助于满足消费者需要的有用线索,通过了解购买决策过程的各种参与者及其对购买行为的影响,就可以为其目标市场设计有效的市场营销计划与方案。

图8.2　购后的评价与行为

8.2.3　消费者购买与企业营销

1. 消费者满意与满意营销

(1)消费者满意。保持消费者的关键是消费者满意(consumer satisfaction,CS)。满意是指一个人对一个产品或服务的可感知的效果与他的期望值相比较后,所形成的愉悦或失望的感觉状态。

一个满意的消费者就可能会对公司忠诚,购买更多的公司产品,为公司产品说好话,忽视竞争品牌和广告,对价格不敏感,向公司提出真实的意见。公司由于交易惯例化而比新顾客降低了服务成本。有思想的公司把笼统的消费者变成了客户(有名有姓,专人服务)。

一个高度满意的消费者常常会长时间地保持对企业的忠诚度,当企业推出新产品或提升现有产品时,会积极购买;称赞和宣传企业及其产品;忽视竞争品牌及其广告宣传;降低价格敏感性和讨价还价的可能性;向企业提供产品或服务改进的建议等。

影响消费者满意的主要因素包括:产品本身情况、企业文化、促销活动及售后服务。

(2)满意营销。企业推行"满意营销"首先在于要鼓励消费者不断地发出信号和声音,这需要企业为顾客创造表达意愿的便利,例如饭店客房里放置宾客留言簿。美国通用电气公司(GE)和宝洁公司(P&G)都设立了"公司热线电话",希望顾客能打电话给公司提出他们的建议、质疑或抱怨。但事实上,由于各种各样的原因,95%的不满意顾客并不说出他们的抱怨,许多人只是停止购买企业的产品,因此企业必须创造条件,使顾客能方便地表达其感受。

其次,企业对顾客发出的信号,特别是顾客的抱怨,要作出迅速的反应。国外一项调研结果表明,在所有表达了抱怨的顾客中,如果其抱怨得到了解决,有54%～70%的顾客会再次与企业发生商业关系。如果其抱怨得到了迅速解决,则这一比例会上升到令人震惊的95%。而曾经抱怨和只得到恶劣解决的顾客平均会向5个人讲述他的遭遇。正是因为如此,国际商用机器公司(IBM)要求每一位销售人员在其失去一个客户时要写出一份详细报告,并提出改正的所有步骤。从解决市场交换的信息不对称角度来看,追求"顾客满意"的过程就是不断了解、执行和反馈顾客信息的过程,通过顾客的动态信号,使信息不对称趋于对称。

最后,企业要想让消费者满意,不但应该满足消费者意识里表现出来的需求,更要满足消费者没有意识到的需求,创造营销,满足潜在需求,给消费者以喜出望外的惊喜。美国管理大师汤姆·彼得斯讲述了这么一个故事:一位顾客为准备参加一次会议,在诺德斯特龙百货公司订做了两套服装,第二天下午按约定时间取货时,衣服没做好,导购员礼貌地致歉时竟然叫出了顾客的名字,顾客尽管没拿到服装,但为自己受到的礼遇而高兴。当晚,他飞往西雅图办事后赶往达拉斯参加会议。当他来到预订宾馆的房间里时,一盏指示灯提醒道,有一件包裹寄给他。拿到包裹后,他发现这是诺德斯特龙百货公司寄来的两套服装,上面放有免费赠送的3条价值25美元的丝绸领带和导购员的致歉信。为了这两套服装,导购员找到这位顾客的家,并从他女儿口中得知他的旅程安排,然后通过联邦捷运公司快递而至,寄费为98美元。

2. 消费者忠诚与忠诚营销

(1)消费者忠诚。消费者忠诚(consumer loyalty)所以受到企业高度重视,是因为忠诚的消费者会重复购买。有关消费者忠诚的理论最早可以追溯到1947年由美国学者塞利弗和肯切尔在研究社会判断理论时提出的"涉入理论"。该理论后来在营销学中被应用于研究消费者行为,其主要贡献是区分了品牌忠诚和品牌惰性:在消费者行为低介入情况下重复购买同一品牌的现象被称为品牌惰性;消费者行为高介入情况下的重复购买被称为品牌忠诚。品牌惰性不能称为品牌忠诚是因为低介入的消费者只是出于方便省事而进行习惯性购买,而不像品牌忠诚那样对其认同的品牌具有强烈的偏好。消费者忠诚的前提一般就是消费者满意,而消费者满意的关键条件是消费者需求的满足。

消费者忠诚是指消费者对某一企业、某一品牌的产品或服务的认同和信赖,它是消费者满意不断强化的结果。消费者忠诚一般可以分为四个层次:认知性忠诚、情感性忠诚、意向性忠诚、行为性忠诚。这四个层次既是一个递进过程,又是一个反作用过程。

消费者忠诚度衡量的标准是:消费者重复购买次数、购买挑选的时间、对价格的敏感程度、对竞争产品的态度及消费者对产品万一有质量事故的宽容度。

消费者忠诚的结果就是会重复购买,对竞争者的产品或服务漠不关心,积极向他人推荐该产品或服务。所以企业要采取积极有效的措施,进行忠诚营销,实现顾客忠诚。

(2)忠诚营销。忠诚营销就是要保持和提高"消费者占有率",即消费者购买本公司的产品在自己购买同类产品中所占的比例。消费者占有率越高,顾客越忠诚。

交叉销售是提高消费者占有率最好的方法之一。交叉销售指的是把其他的供给物卖给一种产品的现有顾客,从而获得更多的生意,这是企业水平战略联盟的体现。如日本三洋公司和海尔公司相互同意在各自的本地市场中替对方分销产品。

给消费者制造惊喜可以更好的促进消费者忠诚的产生。消费者惊喜是指企业提供给消费者的产品和服务超出了消费者的预期和想象,因而让消费者感到意外的大喜。能不断创造惊喜的企业,自然成为消费者喜爱的目标,因为这样的企业让消费者感到了真正的为消费者所想,而且是想到了消费者没有想到但又是的确需要的东西,所以消费者惊喜就会成为消费者忠诚的重要因素。

从现实的角度来看,所谓的消费者忠诚是表现在消费者在没有选择余地的情况下最忠诚,消费者如果还有选择的余地,他就不会永久的忠诚。所以,一个企业要想做到让消费者忠诚,就必须要认真研究自己的竞争对手,永远自我超越,永远比自己的竞争对手好"一点点",消费者在权衡对比分析后,还是把忠诚落在了企业的自身上。让消费者忠诚的一种策略就是形成某种产业链、价值链等关系,使得消费者没有选择的余地。

3. 顾客感知价值

顾客感知价值(customer perceived value),也被称为顾客让渡价值,是指顾客总价值(total customer value)与顾客总成本(total customer cost)之间的差额。顾客总价值是指顾客购买某一产品与服务所期望获得的一组利益,它包括产品价值、服务价值、人员价值和形象价值等。顾客总成本是指顾客购买某一产品所耗费的时间、精神、体力以及所支付的货币资金等。因此,顾客总成本包括货币成本、时间成本、精神成本和体力成本等。

由于顾客在购买产品时,总希望把有关成本包括货币、时间、精神和体力等降到最低限度,而同时又希望从中获得更多的实际利益,以使自己的需要得到最大限度的满足,因此,顾客在选购产品时,往往从价值与成本两个方面进行比较分析,感知差额的大小来作为优先选购的条件。顾客感知价值越高,对其购买的吸引力也就越大。

企业为在竞争中战胜对手,吸引更多的潜在顾客,就必须向顾客提供比竞争对手具有更多"顾客感知价值"的产品,这样,才能使自己的产品为消费者所注意,进而购买本企业的产品。为此,企业可从两个方面改进自己的工作:一是通过改进产品、服务、人员与形象,提高产品的总价值;二是通过降低生产与销售成本,减少顾客购买产品的时间、精神与体力的耗费,从而降低货币与非货币成本。

(1)顾客总价值。使顾客获得更大"顾客让渡价值"的途径之一,是增加顾客购买的总价值。顾客总价值由产品价值、服务价值、人员价值和形象价值构成,其中每一项价值因素的变化均对总价值产生影响。

①产品价值。产品价值是由产品的功能、特性、品质、品种与式样等所产生的价值。它是顾客需要的中心内容,也是顾客选购产品的首要因素,因而在一般情况下,它是决定顾客购买总价值大小的关键和主要因素。

②服务价值。服务价值是指伴随产品实体的出售,企业向顾客提供的各种附加服务,包括产品介绍、送货、安装、调试、维修、技术培训、产品保证、售后服务等所产生的价值。服务价值是构成顾客总价值的重要因素之一。

③人员价值。人员价值是指企业员工的经营思想、知识水平、业务能力、工作效益与质量、经营作风、应变能力等所产生的价值。企业员工直接决定着企业为顾客提供的产品与服务的质量,影响着顾客购买总价值的大小。

④形象价值。形象价值是指企业及其产品在社会公众中形成的总体形象所产生的价值。包括企业的产品、技术、质量、品牌、商标、工作场所等所构成的有形形象所产生的价值,公司及其员工的职业道德行为、经营行为、服务态度、作风等行为形象所产生的价值,以及企业的价值观念、管理哲学等理念形象所产生的价值等。

(2)顾客总成本。使顾客获得更大"顾客感知价值"的途径之二,是降低顾客购买的总成本。顾客总成本不仅包括货币成本,而且还包括时间成本、精神成本、体力成本等非货币成本。一般情况下,顾客购买产品时首先要考虑货币成本的大小,因此,货币成本是构成顾客总成本大小的主要和基本因素。顾客在购买时还要考虑所花费的时间、精神、体力等,这些支出也是构成顾客总成本的重要因素。

①时间成本。时间成本包括了顾客购买等待的时间、以后产品维修的时间等因素。在顾客总价值与其他成本一定的情况下,时间成本越低,顾客购买的总成本越小,从而"顾客感知价值"越大。如以服务企业为例,顾客购买餐馆、旅馆、银行等服务行业所提供的服务时,常常需要等候一段时间才能进入到正式购买或消费阶段,特别是在营业高峰期更是如此。在服务质量相同的情况下,顾客等候购买该项服务的时间越长,所花费的时间成本越大,购买的总成本

就会越大。同时,等候时间越长,越容易引起顾客对企业的不满意感,从而中途放弃购买的可能性亦会增大。

②精力成本(精神与体力成本)。精力成本是指顾客购买产品时,在精神、体力方面的耗费与支出。在顾客总价值与其他成本一定的情况下,精神与体力成本越小,顾客为购买产品所支出的总成本就越低,从而"顾客感知价值"越大,因为消费者在购买过程的各个阶段,均需付出一定的精神与体力。如对于结构性能比较复杂、装卸搬运不太方便的机械类、电器类产品,如果企业能为顾客提供良好的售后服务,如送货上门、安装调试、定期维修、供应零配件等,就会减少顾客为此所耗费的精神和体力,从而降低精神与体力成本。

图 8.3　顾客感知价值

4. 后营销管理

后营销管理(after-marketing management)就是在企业销售商品或服务后,以维持现有消费者为目标所进行的一系列营销活动,包括建立消费者信息库,拜访消费者,满意情况调查,建立企业与消费者交往渠道(投诉与建议制度),佯装消费者,答谢消费者等活动。

消费者购买行为发生后,会产生以下三种态度。

(1)肯定态度:符合期望,甚至大喜过望。企业要维持和发展消费者这种态度。而维持和发展消费者的肯定态度,应该从消费者满意和提供更多的顾客感知价值及后营销管理方面来做相应的事情。

保留消费者有两个途径:其一是设置高的转换壁垒,如较高的资金成本、较高的搜寻成本,老主顾折扣的丧失。其二是提供高的顾客满意,企业营销过程就应该是一个顾客满足过程,而不是一个产品生产及销售过程。

(2)无所谓:不过如此,不出所料。企业要想方设法改变消费者的这种态度,变这种无所谓态度为肯定态度。

(3)否定态度:消费者感到企业的产品或服务名实不符,大失所望,产生不协调心理。消费者在否定之后往往会做这样一些行为:抱怨、上诉、抵制、攻击或妥协等。企业要及时修正自己的营销策略与管理,通过改变宣传、改变产品、改变服务等措施来想办法让消费者改变现在的否定态度。

5. 客户关系管理

客户关系管理(customer relationship management,CRM)就是把"以客户为中心"的经营理念贯彻到公司经营管理的每一个环节,通过公司业务流程的重组来整合客户信息资源,实现公司内部客户信息和资源的共享,并借助数据库、数据挖掘技术及关系分析技术等先进的信息技术,对客户信息进行深入分析,细分客户,在充分了解客户需求的基础上,高效率地向客户提供量身定制的产品和服务,从而最大限度地满足客户个性化的需求,提高客户的满意度和忠诚度,获得和保留更多有价值的客户,建立长期的盈利性关系。

菲利普·科特勒说:"客户关系管理通过传送给顾客优质价值和满意的方式,建设和维持盈利性客户关系的全过程。"客户关系管理是现代管理科学与信息技术结合的产物,是业务操作、客户信息和数据分析为主要内容的软、硬件系统集成。网络技术应用于企业使客户关系管理如虎添翼。CRM应用支持客户关系生命周期中的相应业务流程如下:营销方面,通过数据库挖掘、战略管理及线索发布,寻找潜在客户及获取新客户;销售方面,通过有效的销售流程完成业务循环,在此基础上形成相关的知识管理、接触管理及预测管理等;电子交易方面,在互联网时代,整个销售过程应该做到无缝衔接,应该做到迅速、便捷及低成本;服务方面,处理售后服务及支持问题,使用复杂的呼叫中心应用或者是基于Web的客户自助服务产品。

客户关系管理的目的是产生高的顾客资产。顾客资产(customer equity)是指公司所有顾客生命价值的总和。很明显,顾客越忠诚,公司的顾客资产就越高。客户关系管理是以长期为导向进行的,拥有顾客的时间越长,拥有的顾客资产就越大。

建立长期顾客关系的关键是创造卓越的顾客让渡价值和顾客满意。满意的顾客更有可能成为忠诚的顾客,而忠诚的顾客则可能给公司带来更大的市场份额。顾客关系管理意味着营销者必须集中管理他们的顾客和产品,同时,他们也并不想和每一个顾客建立关系。企业从根本上说,营销是包括吸引、保持和发展可盈利的顾客。

客户关系管理最后必须在应用软件上得到实现,通过CRM软件的实施,建立企业的客户关系管理系统。不同厂商的CRM软件功能可能会有一些差别,但是基本功能大致相同。基本功能包括客户管理、联系人管理、时间管理、潜在客户管理、销售管理、电话营销、营销管理、客户服务等。另外还包括呼叫中心、客户伙伴关系管理、知识管理、商业智能、电子商务等。顾客会员制、建立企业投诉中心及企业危机公关等都是CRM的重要管理手段和策略。

客户关系管理的结果就是要维护住顾客,保留住顾客。获得一个新客户所需要的成本,是保持已有客户成本的五倍,忠诚的顾客将会给企业带来更长久、更广大的利益。

本章小结

消费者情境是指影响消费者购买行为的一系列短暂的环境因素。这种情境影响既不同于性格、能力等个体心理因素的影响,也不同于文化等宏观环境因素的影响,因为两方面的影响具有更为持久和广泛的特性。但从总体上看,情境一直是一种重要的潜在影响力量。

在消费过程中发生着四种广泛的情境:传播情境、购买情境、使用情境和处置情境。情境被分成六种可以客观衡量的类型:即物质环境、社会情境、时间、购买任务、先前状态和节日礼仪情境。

消费者购买决策是指消费者谨慎地评价某一产品、品牌或服务的属性,并进行理性的选择,即用最少的成本购买能满足某一特定需要的产品或者服务的过程。

美国学者阿萨尔根据参与者的介入程度和品牌间的差异程度,可将消费者购买行为分为四种:习惯性购买行为、寻求多样的购买行为、减少失调的购买行为和复杂性购买行为。另一位美国学者霍金斯将消费者购买决策过程分为三种类型:名义型的购买决策、有限型的购买决策和扩展型的购买决策。

完整的消费者购买决策过程一般都由五个阶段构成,即问题认知、搜集信息、评价选择、购买决策、购后评价。

消费者购买主要面临着以下的风险:生理风险、金钱风险、功能风险和心理风险。

企业营销的结果就是要达到消费者满意和消费者忠诚。消费者购买的是"顾客感知价值",感知价值越高,对消费者的购买吸引力就越大。企业要做好后营销管理工作和客户关系管理工作,让消费者满意和忠诚。

 关键名词

消费者情境　消费者满意　消费者忠诚　顾客感知价值　后营销管理　客户关系管理

 问答题

1. 试述消费者情境的类型。
2. 试述消费者情境的特征。
3. 试述消费者购买决策过程及其主要内容。
4. 消费者购买风险类型及其企业营销对策有哪些?
5. 消费者减少购买风险的方法有哪些?
6. 企业如何进行后营销管理?

第9章　市场分析与企业营销对策

 本章提要

　　企业营销是根据影响消费者心理与行为的各种先天因素和后天因素而采取的让消费者最终产生购买行为的对策,企业营销对策本身也是影响消费者心理与行为的重要因素,是社会化因素的一种。

　　企业营销首先要对市场进行全面的分析,认识到分析消费者因素是分析市场的基本要素。企业在充分认识市场的基础上,采取相应的经营对策和销售对策,最终达成企业期待的交易。

 学习目标

　　1. 认识市场的内涵。
　　2. 理解经营之道。
　　3. 认识销售之道。

开篇案例

海尔,真诚到永远

青岛海尔集团自 1984 年以来,已由一个亏损 147 万元的小型集体企业,发展为一个集科研、生产、贸易、金融于一体,跨地区、跨行业、跨所有制、跨国经营的现代化企业集团。海尔产品已由单一型号的冰箱拓展到目前的空调、洗衣机、手机等包括白色、黑色、米色家电在内的 69 大门类、10 800 多个品种的产品群。

2010 年 9 月 15 日,中国最有价值品牌 100 榜揭晓,海尔以 855.26 亿元的品牌价值连续 9 年蝉联榜首。中国最有价值品牌研究是由睿富全球排行榜资讯集团与北京名牌资产评估有限公司共同研究发布,根据公开数据,特别是上市公司数据,尽可能广泛的选择与消费相关的竞争行业主导品牌,为消费者、投资者、研究者等社会各界提供中国品牌竞争力状况。

海尔品牌有一个"三性"的定位:时代性、国际性、超值性。"时代性"即融入互联网时代,让用户在海尔享受到在别处享受不到的服务;"国际性"即在行业里"引导"而不是"跟风",把海尔在中国布局的网络延伸到国际市场上;"超值性"即以"虚实网"结合的方式,为用户创造超出期望的价值。因此,品牌的本质就是获取和满足用户资源的能力,海尔创全球化品牌,就是始终以用户为中心,为全球用户提供美好居住生活解决方案,海尔的全球网络布局支撑了这一目标的实现。目前,海尔在全球实现设计、制造、营销"三位一体"的本土化模式,在全球范围内建立了 29 个制造基地,8 个综合研发中心,19 个海外贸易公司,全球员工总数超过 6 万人,营销、研发、制造网络分布于中国、美国、意大利、泰国等全球市场。

互联网时代,用户需求碎片化,唯有持续满足用户的个性化需求,获得互联网时代用户的口碑,才有持续的品牌价值。所以,原来企业的大规模制造必须变成大规模定制的模式,即从原来的先造产品再找用户变为先创造出用户再造产品。在这个背景下,传统企业的"生产—库存—销售"模式必须转变为用户驱动的"即需即供"模式。因此,海尔创新探索"人单合一双赢"模式,建立自主经营体,实践"倒三角"组织结构,使一线员工直面用户,通过创新的商业模式激发每个员工的创造力,让他们能够自创新、自驱动、自运转,在为用户创造价值的同时,实现客户、用户、员工、企业的共赢。

目前,海尔创新"人单合一双赢"模式已取得初步成效:海尔的库存包括在途是 5 天,是同行业的的十几分之一;现金周转天数为负 10 天,行业为 27 天。同时,这一模式创出了海尔虚实网融合的核心竞争力,引起一些国际企业巨头的关注和青睐,与海尔进行资源互换,像 GE 把在中国的家电销售权全部交给海尔;惠普也把电脑在中国农村的销售权交给海尔;还有很多欧洲、日本的品牌也把区域市场的营销权交给海尔。这些创新成效使企业的可持续发展能力进一步提升,同时创出海尔赢得全球市场主流品牌的竞争优势。

资料来源:海尔网站。

企业的市场营销同样是影响消费者心理与行为的重要社会因素,企业的市场营销力量如何,最直接影响着消费者的心理与行为。市场营销就是一门试图去影响消费者行为的学科,所有营销决策与营销管理活动均是建立在有关消费者行为假定的基础上,所有营销战略和战术都或明示或暗示地建立在某些消费者行为信念的基础上。建立在明确假设和坚实理论与研究基础上的决策,较之于单纯的直觉型决策,具有更大的成功可能性。深入了解消费者,对于确立竞争优势起着关键的作用。

市场营销的最终目的是为了实现交换。这个世界就是一个交换的世界,交换无处不在,所以市场营销也就无处不在。所有的组织(包括营利性组织和非营利性组织)和个人都是为了实现交换而生存和发展的。所有人都是因交换而来,又为交换而去。

交换就是一方(我方)和另一方(对方)某种关系的达成。交换包括了营利性交换,就是我方(组织或者个人)为了和对方(组织或者个人)实现交易、做成买卖而进行以赚钱为目的的商业化的交易活动;交换还包括了非营利性交换,就是我方(组织或者个人)为了得到对方(组织或者个人)的认可、接受、拥护、喜欢、尊敬、感谢、友情、爱情等而进行的以获得好感及理智认同为目的的非商业化的交情与交往活动。

企业交易的对方一般包括个人市场(消费者市场)和组织市场(生产者市场、中间商市场、非营利组织市场、政府市场)。

市场营销最基本的三个关键词就是:交换、我方、对方。所有的市场营销的内容都是这三个词的"纲举目张"。市场营销从字面上就可以理解为由三个部分的内容构成:市场、经营、销售。

市场营销就是组织(企业)或个人为满足对方需求(顾客)而进行的综合性经营销售管理活动,其目的是为了达成交换,得到利益,并努力实现对方(顾客)的满意和忠诚。市场营销首先要进行市场分析,在市场分析的基础上采取相应的营销对策,营销对策包括了经营对策与销售对策两大部分的内容。

9.1　市场分析

9.1.1　认识市场

市场分析要求企业要全面深入了解企业自身能力,认识现有和潜在竞争者的状况,认识潜在消费者的消费心理,以及认识有关经济、政治、技术、自然和文化等方面的环境。**认识市场这个概念可以从三个方面去理解。**

1. 广义的市场

广义的市场包含着影响企业生存和发展的一切环境因素,包括宏观环境(间接环境)和微观环境(直接环境)的现状,既包括了对方因素,也包括了我方因素。微观环境包括了公司本身、供应商、中间商、顾客、竞争者、社会公众等因素;宏观环境包括了人口、政治、经济、自然、技术、文化、互联网等因素。理解市场既要认识和理解许多"非人"的市场因素,比如政策、法律、经济形势、自然条件等非人因素,就是要知天时,知地利。天时一般就是指形势,主要包括了政治形势和经济形势;地利一般就是指地理位置、地形、自然条件等因素。理解市场更要认识和理解"人为"的市场因素,许多看上去是"非人"的因素,其实是由人在操作和控制的。市场就是由许多非人和人为的因素共同构成,所以知市场就是"知彼知己",知市场就是知天、知地、知人。相对而言,知人最变化、最活跃、最难测、最丰富、最基础也是最重要的事情,因为"事在人为"。孟子曾说过:"天时不如地利,地利不如人和。"

2. 一般的市场

一般的市场包含着买者和卖者,是买卖的双方,企业在营销时既要以消费者(顾客)为导向和中心,也要以竞争者为导向和中心。这里的市场主要是指对方,以市场为中心就是以对方为中心,以消费者(顾客)和竞争者为中心。

3. 狭义的市场

狭义的市场就是指买者或者直接利益者,是需求的一方。买方构成市场,卖方构成行业。以消费者(顾客)为导向和中心是营销最基本的依据。

营销者认为,市场就是指具有特定需要,并具有购买力,使得这种需要得到满足的消费者群。市场构成的三大要素就是:人口、需求及购买力。

以市场为中心的一般和狭义的解释就是做营销要以对方为中心,站在对方角度思考问题,学会换位思考,想对方所想,急对方所急,替对方创造对方认可的价值。有市场意识一般就是指要有对方意识,要认识和了解市场就是要认识和了解对方,而最基本的企业盈利的直接对象就是消费者(顾客)。

孙子曰:"知彼知己,胜乃不殆;知天知地,胜乃可全。"认识和理解市场就是一个知天下的过程,是一个知天、知地、知人的过程,知人的关键在知心,从企业最终的交换对象来看,就是要知道消费者(顾客)的心理。所以"以市场为中心"就是"以消费者(顾客)为中心",懂市场主要就是懂人心,懂消费者(顾客)之心。不了解消费者,就无法预测其需要与动机,也无法对其需要做出恰当的反应。发现消费者需要什么是一个复杂的过程,它可以通过直接的营销调研予以实现,也可以通过营销者的经验判断、预测分析、智慧感悟来获得。

企业关系营销的核心就是要求组织和人要处理好与企业相关的其他各方面的人际关系,努力建立起良好的营利和非营利性的关系,而且重点是把握好非营利性的关系。其中关系营销中最基础的需要处理好的关系就是与消费者之间的关系。

9.1.2 分析市场

1. 建立市场营销信息系统

要有效的分析市场,企业就要建立起市场营销信息系统(marketing information system,MIS)。MIS 是由人、机器和程序组成,它为营销决策者收集、挑选、分析、评估和分配需要的、及时的和准确的信息。所需信息的收集与管理通过企业内部报告系统、情报系统、调研系统和分析支持系统等来完成。企业最基本的信息系统是内部报告系统,这是一个报告订单、销售额、价格、存货水平、应收账款、应付账款等的系统,往往由企业的销售部门和财务部门来提供。企业要获得日常的有关营销环境(宏观环境、微观环境)信息往往是通过情报来获得。企业也可以通过专门的市场调查来获得有关营销方面的信息。

2. SWOT 分析

SWOT(strengths weaknesses opportunities and threats analysis)分析,即分析公司内部的优势、劣势,外部的机会和威胁后,为公司制定一个特定目标,目标一般包括利润率、销售增长率、市场份额、投资回报率、风险的分散、创新和声誉等。在 SWOT 分析中,对消费者(顾客)的分析是最基础、最根本的分析。

企业的 SW(内部的优势、劣势)一般表现为企业在资金、技术设备、员工素质、产品、市场占有率、管理技能等单项和综合方面;企业的 OT(外部的机会、威胁)主要表现为政府的支持、高新技术的应用、良好的购买者和供应者关系等机会及竞争对手市场增长率,购买者、供应者讨价还价能力增强,技术老化等威胁。

"攘外必先安内",企业要协调好企业内部价值链并找对人。内部营销的实质是在企业能够成功达到外部市场的目标之前,必须有效地运作企业和员工之间的内部交换,使员工认同企业的文化,并使员工能努力为企业服务。当企业的所有部门都能为顾客利益服务时,其结果就是整合营销。企业的每个部门都是企业价值链上的一个环节,需要所有部门密切配合,共同为顾客创造价值。杰克·韦尔奇说:"公司不能为你们提供稳定的工作,只有顾客能。"内部营销成功的主要评价因素包括:归属感、成长感、成就感。

	优势	劣势
机会	SO 战略	WO 战略
威胁	ST 战略	WT 战略

图 9.1 SWOT 战略选择

(1)SO 战略是积极进取的战略。即以企业的优势去把握与之相应的市场机会。在企业的优势同所出现的市场机会相一致的情况下,SO 战略的胜算把握会较大。

(2)ST 战略是积极防御的战略。即以企业的优势去面对可能出现的市场风险。在这种风险出现时,其他企业可能无力承受而被淘汰,企业如果这方面具有优势,则可能因此获得成功。

(3)WO 战略是谨慎进入的战略。面对某些市场机会,企业可能不具有相应的竞争优势。但如果机会的吸引力足够大,企业也可能依然要去把握,只不过企业要以适当的策略预予防护,只要准备充分,策略得当,也可能取得成功。

(4)WT 战略是谨慎防御的战略。企业高度重视在业务发展中可能发生的各种风险,并注意到在面对风险时所存在的不足之处,从而能使企业在事先就做好充分的应对准备,在风险出现时,能从容面对。

9.2 经营对策

企业市场营销的过程就是一个知心知面、发心伐谋、攻心为上的过程,就是一个胸怀全局、运筹布局、达成结局的过程。做市场营销需要营销者要有全面的市场理念、经营理念和沟通理念。真正懂市场才能懂经营,懂经营才能真正懂管理和促销。

企业营销要想成功,就必须为对方创造价值,为消费者创造价值。企业营销对策首先就是经营对策,赢在经营。经营就是筹划和营造,经营就是"运筹于帷幄之中,决胜于千里之外"的战略思想,表现出全局性和长远性的特点。经营之道体现出企业的"上兵伐谋",是一个发心布局的过程,经营之道首先体现在选择上,其次体现在提供和传递上。

9.2.1 选择对策

经营对策的第一步就是选择,选择大于努力;选择不对,努力白费;选择决定结果。

选择是围绕着市场而进行的,企业选择的最终目的就是要与消费者实现交换。选择要把握两大方面,具体解决六个问题。

企业选择把握的第一方面是要选对方向,方向性方面要解决四个问题:成为什么样的组织? 做什么事情? 做给谁? 凭什么理由? 选择把握的第二方面是要把握主动,主动性方面要解决经营模式和竞争优势两个问题。

1. 要成为什么样的组织和人？——使命必达

要成为什么样的组织和人涉及营销者的发心问题，营销者发什么心决定了想成为什么样的组织和人。企业使命就是指企业从对策的一开始就要想着为消费者服务。使命从大处讲，是救国救民；从小处讲，是帮助别人。使命一定是为了对方，而且是善意的，使命不在组织内部，而在外部，在消费者和公众的身上。管理大师彼得·德鲁克说："管理就是界定组织的使命，并激励和组织人力资源去实现这个使命。"中国著名企业家马云说："一个企业为什么而生存？使命！公司如果只以赚钱为目的是做不大的，而如果以使命为驱动才有可能做大。"阿里巴巴的使命就是让天下没有难做的生意。

使命必达是企业人文精神的体现，体现出企业具有的人文关怀和人文素质。

2. 要做什么事？——做对事

只有做对事才可能实现使命。如何做对事是企业必须要解决好的问题，不然就可能因为"一着不慎，满盘皆输。"美国著名管理咨询大师拉姆·查兰在其《CEO说》一书中说："任何赚钱的生意必须包含三个因素：能否产生现金，能否产生很好的资产收益率（利润率×周转率），能否持续成长。"

企业在决定做什么事时不能把利润当成最重要的依据，不然就可能掉进了利润的陷阱。德鲁克说："那些把眼光紧紧盯在利润上的企业最终是没有钱可以赚的。"

在做事中，知道自己不可以做什么比知道自己能做什么来得更为重要。但在现实中，许多组织和人只关注到了自己可以做什么，结果去做了最后导致失败的事。《大学》里就说过人在这方面应该具有的智慧："知止而后有定，定而后能静，静而后能安，安而后能虑，虑而后能得。"老子也说："知足不辱，知止不殆，可以长久。"

3. 做给什么人？——找对人

企业营销中是运用 STP 战略（segmentation 细分、targeting 目标、positioning 定位）来找人，狭义的营销战略就是指 STP 战略。

市场细分就是根据一定的标准，以消费者需求的差别化为基本依据，对消费者进行进一步的细分，并把具有类似需求的消费者归为一个细分市场，从而发现到市场机会。市场细分的极致就是一个组织或者一个人。

确定市场目标就是在分析了市场细分的机会后，找到多群人、一群人、一个人或者多个组织、一个组织，然后根据他们的特点去采取对策满足，进行差异营销和定制营销。对每一个选取的目标市场，一般都应分别制定营销具体策略。选择目标市场的关键性标准或依据是企业是否有能力提供较竞争品更高的消费者价值。

4. 凭什么理由？——出奇制胜

只做到 ST（segmentation 细分、targeting 目标）企业是不够的，而要做 STP 企业。所以企业不但要对消费者进行细分并确定目标，还要对目标市场进行市场定位。市场定位就是对企业的产品或服务进行设计，从而使其能在目标消费者心目中占有一个独特的、有价值位置的行动。

市场定位首先就是要差别化。差别化是指设计一系列有意义的差异，以便使本企业的产品同竞争者产品相区分的行动。包括产品、服务、人员、渠道和形象差别化。只有差别化的定位才可能在竞争激烈的市场上吸引消费者的关注。特色不在多而在精。《孙子兵法》里说："凡战者，以正合，以奇胜。战势不过奇正，奇正之变，不可胜穷也。奇正相生，如循环之无端，孰能穷之哉!"

市场定位其次就是要有价值。有没有价值不是被企业决定的,而是被目标市场的消费者决定。如果有特色而对消费者不产生价值,那么这样的有特色的市场定位就会是吃力不讨好或者是哗众取宠。良好的市场定位是对消费者产生价值的特色定位。

5. 把握主动的经营模式是什么?——组织和人在链中

这里的经营模式是指一个企业抓关键环节,掌握资源,打通一条产业价值链的模式。而打通整个产业链目的就是为了更好地赢得消费者满意和忠诚。企业的经营模式决定了企业的经营结果。

企业要想建立起完整的产业链就需要企业自己首先要有资源,然后利用资源进行资源整合和资源运作。进行资源运作的关键在于企业自己有独特的优势,它可以体现在品牌上、技术上、自然资源上、服务上等,企业可以通过自己的资源优势,去整合其他的自然资源、社会资源(政府、人际资源)、客户资源和行业内的存量资源。企业还可以利用自己已有的资源进行资本运作。

经营模式是一种从企业外部去整合资源,运作资源,建立起外部产业价值链的模式。

6. 把握主动的竞争优势是什么?——内外兼修

经济学的竞争优势体现在企业外部,在于上游是否掌控资源,下游是否掌控顾客。管理学的竞争优势体现在企业内部,企业是否有相对的竞争优势(相对于其他组织或人,获得暂时的、容易被模仿和取代的优势)或持续的竞争优势(独特产品、核心技术和独特营销模式,不易被模仿和取代),持续的竞争优势才是核心竞争力的体现。

价值链(value chain)由迈克尔·波特提出,是指公司为集合设计、生产、销售、送货和支持其产品等而采取的一系列活动。有九项战略上相互关联的价值创造活动,其中分为五项基础活动(进货、生产、发货、销售、服务)和四项支持性活动(企业基础设施、人力资源、技术开发、采购)。

价值链意味着企业在其内部价值链中确定自己的竞争优势。企业还要超越其自身的价值链,把价值链延伸到外部去,进入供应商、分销商、最终顾客的价值链中去寻求合作,形成价值让渡网络(value-delivery network)或称供应链(supply chain),从中获得产业链优势。供应链管理就是要加强同供应链上所有伙伴之间的联系,把这些伙伴作为价值让渡的伙伴。战略联盟(strategic alliance)基本上已经在所有的工业和服务业中兴起。

企业想要把握主动,在经营中拥有主动权,就应该从内部去把握竞争优势,修炼内在价值链;从外部去整合资源,形成外部价值链,内外兼修,取得主动权。

"我不是一个人(组织)在战斗"。经营模式的关键是建立"链"模式,"链"模式就是企业关系网和人脉的体现。

9.2.2 提供对策

1. 产品策略

产品(product)是市场营销组合中的基本因素,是整个营销组合策略的基石。所谓的产品,是指能够通过交换满足消费者或用户某一需求和欲望的任何有形物品和无形的服务。它既可以是实体产品,如汽车、计算机、衣服等,也可以是无形服务,如创意、演讲等纯无形的服务产品,也有快餐、物流等与实体产品结合的服务产品。

服务(service)是一方能够向另一方提供的基本上是无形的任何活动或利益,并且不导致任何所有权的产生。它的产生可能与某种有形产品联系在一起,也可能毫无关联。在企业的营销中,提供有形产品的营销需要服务的支持,而提供服务的营销也需要许多有形产品的支持。

产品是围绕着目标消费者和定位来提供的。产品本身的竞争力主要来自于质量、外观、品牌、包装和服务。一般而言,产品运作的最终结果是希望能创名牌,因为创名牌的结果往往就会让消费者慕名而来,让企业名利双收,所以要做品牌就是要做名牌。

所谓"名牌"是相对于一般品牌而言的,是具有优秀品质、享有较高知名度和美誉度、拥有较高市场占有率的知名品牌。名牌实质上反映了一个品牌在质量、款式、价格、服务、信誉等方面对消费者的满足程度。换言之,名牌之所以成为名牌,关键在于它能够最大限度地迎合和满足消费者的需要,得到广大消费者的普遍认同和赞许,从而使消费者广泛而持久地购买和使用它。因此,名牌的作用基础在于消费者的心理指向,其形成和发展是消费者以自身的购买行为选择的结果。

构成名牌不可或缺的基本要素包括:第一是名牌的品质,这是构成名牌的基础,没有一流的优秀品质为基石,就不可能发展真正的名牌;第二是名牌的影响力,这是指名牌影响消费者购买心理与行为的深度和广度,一个产品品牌之所以成为名牌,应当在消费者心目中享有良好的声誉、形象,有较高的知名度和美誉度,在同类产品中具有明显的竞争优势,有强大、广泛而持久的市场影响力,而构成名牌影响力的除优良品质这一基本要素外,还包括外观造型、商标、品名、包装、广告宣传、服务等一系列营销要素的综合作用;第三是名牌的文化,这种文化氛围或价值是名牌不可或缺的必备要素。一个为消费者广泛认同的名牌,必定在为社会提供优质产品的同时,创造或弘扬一种文化,这种文化在直接形态上表现为企业文化,如经营宗旨、企业精神、理念追求、风格风貌等。任何企业文化必然以所在国家民族的文化为依托,从而使名牌在不同程度上体现和折射出特定社会文化的共有特征。

做营销就是要做品牌,成名牌。有内涵是创名牌的理性基础;有型是创名牌的感性体验;名牌需要包装(有形包装和无形包装)和化妆;服务好,名牌才真正好。

品牌策略包括了品牌有无策略、品牌名称策略、统一品牌策略、多个品牌策略、品牌延伸策略、品牌重新定位策略。对品牌的管理包括了三个层次:初级层次,即品牌的出名度管理;中级层次,即品牌的美名度管理;高级层次,即品牌的忠诚度管理。品牌策略的运用和品牌的有效管理其最终的目的都是为了做成名牌,让消费者能认识、喜欢和购买企业的产品或服务,并形成消费者忠诚。

产品问世后,企业面临的重要问题是,如何使消费者尽快认识、承认并接受新产品。消费者对产品的接受一方面与产品的质量、价格、性能等密切相关;另一方面又与消费者接受新产品过程中的各种心理因素紧密相连。为此,企业在推广新产品时,①必须根据消费者的心理特点,制定相应的心理策略。一般来说,产品具有的相对优点对于消费者来讲是最具吸引力的一点,也是消费者购买新产品的重要心理动机。新产品的创新程度越高,在市场上的扩散率及占有率也就越高。②能够与现有消费方式保持基本一致的新产品,可以减少消费者调整原有价值观念、适应新的消费方式和习惯的环节,消除消费者的心理障碍,从而使新产品在市场上迅速推广。③对于新产品的属性、性能、用途、使用方法等指标,消费者越容易理解,就越容易引起兴趣,新产品在市场上的发散速度就越快,发散面积也就越大。因此,企业还需要尽量追求产品结构的简单明了,最大限度地减少消费者理解和掌握新产品所需的时间和精力。④耳闻目睹不如亲身一试,如果消费者能亲自试用某一新产品,体验一下新产品特点的话,比采用其他方式进行宣传的影响程度大得多。⑤新产品一般在性能、用途、工艺以及效用上优于老产品,这些优点若能准确明了地为消费者感知、想象和形容,则表明新产品可传达性强。消费者购买新产品,不仅要满足试用上的需求,同时还希望自己购买的新产品的优点也能传达给其他消费者,并得到他们的承认和理解,由此得到心理上的满足。因此,可传达性强的新产品比可传达性弱的新产品的发散速度快。

2. 价格策略

价格(price)是获取利润的直接反映。商品价格是消费者每天都要直接或间接接触的经济现象。在市场经济条件下,价格是商品价值的货币表现,也是市场机制的主要作用形式之一。价格的制定、调整和价格总水平的涨落,调节着市场供求和企业的经营活动,同时也影响和制约着消费者的消费活动。实践证明,在影响消费者心理与行为的诸因素中,价格是最具刺激性和敏感性的因素之一。一种商品的价格制定得是否合理,将直接影响消费者对该商品的认可程度和购买行为,因此,价格也是决定商品能否顺利销售的重要制约因素。

当今社会,消费品市场上商品琳琅满目,种类繁多,各种商品的质量、用途、款式不同,价格也不相同。就同一种商品而言,价格也不是一成不变的,如服装价格就因季节变化而经常上涨或下落。商品价格的差异和变动,会直接引起消费者需求和购买行为的变化。

按照市场运行的一般规律,价格与消费需求之间存在着此涨彼消的反向相关关系,即价格上涨,消费需求减少;价格下降,需求增加。但在现实生活中,这一关系时常不为消费者所遵从,反而出现相反的情形,即商品降价后,消费者的购买非但没有增加,反而有所减少,这种市场上时有发生的"买涨不买跌"现象,究其原因,在于降价使消费者对商品品质产生了疑虑,或等待进一步降价的心理预期增强,从而抑制了即时购买,这就是消费者的价格心理作用的结果。

研究消费者价格心理的目的,在于掌握消费者对价格及其变动的心理反应与行为规律,从而为企业决策者制定既符合消费者心理要求,又能增加企业效益的合理价格提供充分的科学依据。消费者在选购商品时,通常把价格与商品的各种要素,如质量、性能、品牌、包装等综合起来加以评价比较,在此基础上决定自己是否购买。

商品的价格不仅表现着商品的价值,而且在某些消费者的自我意识中还具有反映自身社会及经济地位高低的社会象征意义。这就是说,消费者在购买商品的过程中,可能通过联想与想象等心理活动,把商品价格的高低同个人的品位、偏好、社会阶层、生活方式等联系起来,有意或无意地进行价格比拟,让价格的高低来反映自身的社会经济地位和个性特征,以满足个人的某种社会心理需要。

价格感受性是指消费者对商品价格及其变动的感知强弱程度。消费者商品价格的高与低、昂贵与便宜的认识,不完全基于某种商品价格是否超过或低于他们认定的价格尺度,他们还根据与同类商品的价格进行比较,以及购货现场的不同种类商品的价格比较来认识。这种受到背景刺激因素的影响而导致价格在感受上的差异,就形成了消费者对价格高低的不同感受性。这种感受性会直接影响消费者的价格判断。

在实际销售工作中,如果把同一类商品中的高价商品与低价商品放在一起出售,有时能产生比较好的经营效果。因为求廉者通过对比可以感到自己所买的商品确实便宜,而求高、求名者则认为买高价货有利于显示自己的身份和地位。

价格的高低受到企业成本、需求弹性、竞争状况、政治经济、消费者心理等状况的影响。企业产品或服务的身价之谜主要可以从何处来破解呢？在当今的市场上，企业在制定价格时必须要知道价格是被消费者决定的，而不是被企业的成本决定的。所以市场导向定价就是企业最基本、最重要的定价方法，市场导向定价中的感受价值定价法又是企业应该知道的基本定价方法。

顾客（消费者）感受价值决定价格。感受价值定价法（perceived value pricing）的关键，在于准确地计算产品所提供的全部市场感受价值（一般感受和个别感受）。企业如果过高地估计感受价值，便会出现偏高的价格；如果过低地估计感受价值，则会出现偏低的价格。顾客感受价值来自于总价值（产品、服务、人员、形象）与总成本（价格、时间、精力、体力）之间的差额。顾客感受价值正数差额越大，感受价值越高，对消费者的吸引力越大。

比较基于成本的定价方法和基于价值的定价方法，其区别主要体现在：基于成本的定价方法属于产品驱动型，企业设计出自认为是好的产品，核算出该产品的总成本，然后制定价格来弥补成本和获取利润。是一个从产品→成本→价格→价值→消费者的过程。

而基于价值的定价方法则恰恰相反，其方法属于消费者驱动型。企业首先根据消费者对产品价值的观念设定目标价格，目标价值和价格推动产品设计和成本核算决策，因此定价始于分析消费者的需求和产品的价值观念，而价格是为了匹配消费者的价值感受，是一个从消费者→价值→价格→成本→产品的过程。通用电气公司的杰克·韦尔奇说过："如果不能以最有竞争力的价格销售最优质的产品，那么你将必定出局。维系顾客的最好方法是不断地挖掘出让消费者少付多得的方法。"

9.2.3　传递对策

传递对策是指企业把产品或服务提供出来以后，制定了价格，接下去就要想办法把产品有效地传递出去。传递就要涉及传递的地点（place）、销售点及储存、运输点等问题。企业既要实现"商流"，发生产品所有权的转移，又要实现"物流"，发生产品实体的转移；既要一手得钱，又要一手交货。企业产品所有权的转移是依托渠道来实现的，企业既可以直接与最终消费者达成所有权的转移，也可以依托中间商来实现。传递对策也被称为交付对策，由渠道策略和物流策略两部分构成。

1. 渠道策略

渠道系统是企业的一项关键性外部资源，它的建立往往需要许多年。一个企业的产品，要经过一定的方式和路线，才能在适当的时间、地点，以适当的价格和方式提供给消费者。

渠道从广义上来说可以被称为贸易渠道（trade channel），是指配合起来供应、生产、分销和消费某一生产者的产品和服务的所有企业和个人，包括了参与某种产品的供产销全过程的所有有关企业和个人，包括供应商、生产者、商人中间商、代理中间商、辅助商以及最终消费者或用户等。既包括了供应渠道，也包括了销售渠道。

渠道一般是指企业的销售渠道，销售渠道是指企业把产品送到最终消费者手中中间所要经过的环节。销售渠道分为直接渠道和间接渠道（中间商）两种。销售渠道管理包括了选择渠道成员、激励渠道成员和评估渠道成员等管理。

中间商一般包括了代理商、批发商和零售商。从零售商来说，消费者的购买行为通常是在一定的购物场所或环境中实现的，购物环境的优劣对消费者购买过程中的心理感受具有多方面的影响，因此，适应消费者的心理特点，提供良好的购物环境，是企业扩大商品销售必不可少的条件。商店是消费者购买商品和服务的主要场所，虽然现代商品销售形式日趋多元化，直销、邮购、电话订购、网上购物等无店铺销售方式迅速兴起，但店铺经营由于具有现场选择、综合服务、功能齐全、能满足消费者多方面需要等优势，因而在各种渠道方式中仍占据重要地位，至今仍是消费者购物的主要渠道。

现代零售企业类型众多，按经营商品的种类，可以分为综合商店、专卖店；按经营方式可以分为百货商场、超级市场、连锁商店、货仓式商店、便利商店；按经营商品及购物环境的档次可以分为现代化的综合商场、高档精品店、中低档大众商店，等等。现代消费者的需要复杂多样，对商店类型的要求和选择也呈现出不同的心理趋向。

"渠道为王"的内涵在于建立关系，形成链条，有效控制。渠道为王就是要形成有效的"链"模式，最好的对中间商的管理就是让中间商丧失部分或全部功能，中间商越轻松，就越依赖，因而忠诚。如何做到对中间商的有效控制呢？一般的方法就是由控制者去管理好库存（安全库存），管理好服务（理货、码货），管理好促销。

2. 物流策略

物流一词源于英语的"logistics"，原意是军事后勤保障。第二次世界大战后，物流的概念被广泛运用于经济领域。所谓物流，是指通过有效地安排商品的仓储、管理和转移，使商品在需要的时间到达需要的地点的经营活动。物流是供应链流程的一部分。

由于生产者和消费者的分离，造成了生产与消费在时间上和空间上的背离，导致了社会生产与社会消费的矛盾，为了解决生产与消费的矛盾，满足消费需要，必须在商品交换的同时，提供商品的时间效用和地点效用，于是，便出现了与商品交换密切相关的物流概念。

物流策略主要包括了运输策略、仓储策略。在流通过程中，大量的产品会不断地停留在流通的各个环节形成商品储存，加强储存管理，对于加速企业资金周转，降低流通费用具有重要的作用。实现储存这一职能的营销中介机构我们称之为仓库，仓库是组织商品流通，进行储存及运输必不可少的物质技术基础，且在不同的流通环节中表现为不同类型、不同规模的组织形式。商业运输是商品流通领域的一个重要环节，是整个物流体系的一个重要分支，它如同一面镜子反映出国家各经济区间的联系程度，交通运输网的发展变化莫测以及运输方式的发展与变化，尤其是运输方式的变化与更新会对运输产生深远的影响，是影响运输最重要的因素。我国的运输体系主要有四种运输方式：公路、铁路、水运、航空等，这四种运输方式使用不同的运输工具，在商品运输中发挥着不同的作用。

9.3 销售对策

销售（sales）对策是一个整合营销沟通的过程，是一个攻心为上的过程。

整合营销沟通（integrated marketing communications）就是运用推（人员推销）和拉（商业广告、销售促进、直接营销、公共关系）等手段进行整合传播和沟通，以期达到交换的最终结果。互联网让沟通更加丰富（网页、博客、播客、互动等）、理性（分析、比较、判断）、隐蔽和针对（个性化、私人化）。整合营销沟通包括了推和拉的策略，企业期望通过"推拉"策略的实施，取得最终满意的结局。

整合营销沟通结果就是要能产生巨大的传播力量，使得企业最终能和消费者达成交换。整合营销沟通是多种力量的整合，以期产生良好的沟通效果，这些力量表现为：现实的力量——让沟通灵活多变;创意的力量——让沟通吸引眼球;持续的力量——让沟通深入内心;公关的力量——让沟通成为喜爱;体验的力量——让沟通有感而发;口碑的力量——让沟通有口皆碑。

9.3.1　推的策略

"推"的策略就是指通过人员推销去与消费者(顾客)沟通的策略。人员推销是一种古老的沟通方式,是消费者市场购买过程后期和组织市场销售最有效的一种沟通手段,特别是在使客户产生品牌偏好、信服并最终购买方面尤其有效。人员推销就是指企业人员通过与顾客(或潜在顾客)的人际接触来推动销售的促销方法。

推销人员首先应该明确推销的更进一步的内涵,推是推什么,销又是销什么,推是推自己,推销售人员自己对推销的理解及其个人的素质,销是销整体的解决方案。

人员推销就是一个人际交往的过程,在推销的人际交往中要把握的基本理念是:要换位思考、端正态度、平衡心态,以顾客为中心,接受顾客、重视顾客、赞美顾客,不要自以为是、尖酸刻薄、坑蒙拐骗。

人员推销策略伴随着人员推销过程,人员推销过程一般包括五个基本步骤:寻找顾客、访问准备、访问顾客、沟通洽谈和成交成情。

1. 寻找顾客

顾客在哪里。确定要走访的顾客确实是一件困难工作,而这件工作却非做不可,否则的话岂不成了没头苍蝇,结果自不必说了。对于大多数商品来说,"二八定律"都是成立的,也就是说,商品 80% 的销售额是来自这种商品所拥有的顾客中的 20%,如果能顺利地找到那 20% 的顾客,就可以事半功倍了。

寻找顾客的途径可以从以下几个方面获得。

(1)客户利用法。即利用以往曾有往来的顾客来寻找、确定新的顾客。对有往来的顾客应设法保留。

(2)社会关系法。即通过同学、朋友、亲戚等社会关系来寻找可能的客户。通过这种方法联系到的客户一般来说初访成功率比较高。

(3)运用人名录法。即细心研究你能找到的同学录;行业、团体、工会名录;电话薄、户籍名册等,从中找到潜在顾客。

(4)家谱式介绍法。即如果顾客对你的产品满意并与推销员之间保持良好的人际关系,那么你不妨请他将产品介绍给他的亲朋好友或是与其有联系的顾客。

(5)逐户寻访法:即通过广泛搜寻的方法,进行"地毯式"的寻找,可以获得一定数量的准顾客。这种方法遵循"平均法则",即准顾客的数量与走访的人数成正比,走访的越多,准顾客也会越多。

2. 访问准备

不打无准备之仗,访问准备的好坏直接关系到推销活动的成败。一般来说,访问准备主要包括三个方面:第一是推销员自我准备;第二是推销员充分认识自己的推销产品;第三是研究好顾客,对顾客做好应有的准备。每一位推销员都应该在推销前做好这三方面的准备工作。

从销售人员的自我准备看,主要是体现销售人员的道德品质和工作素质上。销售人员的人文素养状况如何? 是否能真正做到对消费者关爱有加,真诚以对? 是否充满了善意和为他人着想? 是否能以理服人,不急功近利? 是否能彬彬有礼,和蔼可亲,以礼相待? 是否能认真工作,持之以恒? 是否拟定了合适的访问计划等。

从销售人员推销的产品看,主要体现在销售人员是否对所推销的产品了如指掌? 是否对所推销的产品自己也真正喜爱它? 是否知道竞争者的产品特点? 产品是否真正能为消费者带来好处等。

从销售人员对顾客的认识看,主要体现在销售人员是否能准确把握消费者的心理与行为? 是否能面对不同的消费者心理进行热情、善意、灵活的营销? 是否能让消费者感受到自己的真诚与帮助等。

3. 接近顾客

准备工作做好以后,就进入推销活动过程的下一个阶段——接近顾客。接近顾客是指推销人员在拜访前事先征得顾客同意后再进行见面的过程。包括了约见和接近顾客。

约见顾客可以节省时间和精力,少吃闭门羹,不打扰顾客的正常工作,便于双方做较充分的准备,有利于整体规划。约见要确定时间、地点、内容,准时赴约。约见顾客的主要方法有面约、函约、电约、网约、托约、广约等。

接近顾客的主要方法包括:经人介绍接近法、产品利益接近法、馈赠接近法、赞美接近法、请教接近法和聊天接近法。

4. 沟通洽谈

沟通洽谈的过程是整个推销过程的重点,是正式进入推销的核心,处理好这个过程中的关系就意味着推销的成功。在这样一个过程中,可以分为以下几个步骤。

第一步寒暄:创造和谐的沟通氛围,闲聊是有效缓解紧张的方法。

第二步兴趣:忘掉自己情牵顾客,想办法找到与顾客共同感兴趣的话题,话题可以和所推销的产品完全无关。

第三步需求:引出谈话的主题,真正发现顾客需要背后的动机。

第四步简报:对自己所推销的产品进行简单有力的介绍,说明要富有特色,重点突出。

第五步化解:化解就是面对顾客的怀疑、否定意见等异议的处理。顾客异议主要包括需求异议、选择异议、产品异议、价格异议、购买时机异议等。

销售人员处理异议的基本态度是:认真倾听,缓和气氛,将问题重复一遍,了解问题的症结所在,不惊慌,善于抓重点,以优补劣,对异议进行记录,利用反问等沟通技巧。

面对顾客拒绝的处理方法主要包括:直接否定法、间接转化法、定制满足法、反问处理法、平衡处理法、冷处理法等。

第六步识别:善于发现顾客的购买决策信号,可以通过看顾客的表情信号、语言信号和行为信号来识别。顾客要求降价,顾客态度认真,顾客主动介绍他人,顾客要求详细介绍产品及服务,顾客表示对其他产品的不满,顾客由静变动、轻松、找笔、拿订货单看、友好、愿意接受安排等表情及行为表现都可以视为成交的先兆。

5. 成交成情

成交成情包括建议成交和留住人情两方面的内容。

建议成交是整个推销工作中的关键时刻,掌握建议成交的时机是一种艺术,要把握好这个分寸,找到合适的时机时,即可立即建议。有效的促成方法主要包括:优惠成交法、保证成交法、选择(二选一)成交法、从众成交法、请求成交法、最后机会法、利益成交法、肯定成交法、试用成交法等。

　　交易顺利达成后,销售人员还需要在留住人情方面再下功夫。销售人员千万不能买卖做成,就开始敷衍顾客,这会让顾客失去安全感,从一个生意人手中买下商品的感觉和从朋友手中买下商品的感觉是大相径庭的。

　　做好售后服务是留住人情的一个十分重要的工作,售后服务有 5S 原则,即 speed(速度)、smile(微笑)、sincerity(诚意)、smart(机敏)、study(研究)。企业对客户应该建立详细的客户资料档案,按计划进行定期、不定期售后服务,访问客户,建立企业和客户的联谊会,形成送货、交货、维修、保养等服务及时周到,在适当的时机还可以赠送纪念品,以各种方式联络培育客户忠诚度。通过优质的服务来影响顾客的心理是最佳的销售技巧,最好的服务就是要超越顾客的期望,优质的售后服务可以进一步扩展客户群或再销售,满意的售后服务还会促使消费者主动为企业产品及服务进行口头传播,进而说服和带动他人购买。

　　最后要注意的是,在整个推销过程中要抓紧时间,提高工作效率。节省顾客的时间无疑是送给对方的一份小礼物,而这份礼物销售人员可以无偿地送给每一位顾客,不要让顾客感到销售人员耽搁了他许多时间,而应该让顾客觉得销售人员在为顾客节约时间。

　　以上的推销过程一般是针对推销员主动上门推销来说的。零售商的商场推销和以上的过程既有相同的地方,也有不同的地方。

1. 待机接触

　　商场推销中销售人员接待服务的正确方法是观察判断消费者的意图,寻找恰当的接触时机,因为消费者对商品形成感知和产生情绪体验,需要经过一个自主的、内在的时间过程。倘若接触过早,会使消费者因未完成这一过程而受到情绪干扰,产生为难或戒备心理;反之,接触过迟,又可能因消费者感觉受到轻视、冷淡,而降低以致丧失购物兴趣和热情。此外,进入商店的消费者,购买意图存在着多种差异,有的抱有明确的购买目标,并已预先拟定购买决策,进店的目的是直接实现购买行为;有的并无确定的购买目标,进店的目的在于观察比较,若对某件商品产生兴趣好感,则有可能诱发购买欲望;还有的消费者不存在购买意图,他们进店的目的在于随意游览参观,或仅仅是为了寻求某种感觉、体验。因此,对不同购买意图的消费者,接触时机的早晚以及是否发生接触,也应有明显区分,这就需要选择最佳接触时机。根据经验,一般认为以下情景可以作为接触时机的最佳选择:当消费者长时间凝视某商品时;当消费者从注意的商品上抬起头来时;当消费者突然止步盯看某一商品时;当消费者用手触摸商品时;当消费者在货架上寻找商品时;当消费者与销售人员的目光相对时。

2. 提示介绍

　　在消费者进行联想、想象,甚至产生购买欲望和动机阶段,销售人员应提供有关商品提示介绍的服务。即把商品的性能、质量、价格、使用效果等全面清晰地介绍给消费者,并力求诉诸多种感观的刺激,强化消费者的心理感受,促进产生丰富的联想和想象,进而诱发购买欲望。针对这一阶段消费者要求大量掌握商品信息,力求全面满足需要的心理特点,提示介绍的内容应包括以下方面:如实介绍商品的性能、质量、使用效果等情况,满足消费者的求实心理;尽可能提供试穿、试用、品尝机会,以便增加消费者对商品的亲身体验和全面感知;从商标、命名、包装、造型等方面展示商品的独特性和魅力,丰富消费者的联想和想象。

3. 诱导说服

　　消费者产生购买愿望后,还会对已掌握的商品信息进行分析思索和评价比较,通过评价选择坚定购买信心,作出购买决策。此时,销售人员的任务是充当消费者的参谋和顾问,为消费者提供建设性的、富有成效的意见和建议,帮助和促成消费者作出购买决定。为此,销售人员可以如实指明各种商品的优缺点,以便消费者进行比较和选择;同时详细介绍商品使用保养和维修知识,减少消费者在使用年限、维修条件方面的风险顾虑。

此外,还应根据不同消费者的需求特性和主导动机,有针对性地进行重点说服和诱导。例如,对注重商品审美价值的消费者,可以突出显示商品外观的美观别致;对求廉务实的消费者,可以着重说明商品价格低廉,结实耐用;对追求社会象征意义的消费者,可以特别强调商品的名望、高档和拥有者的特殊身份;对崇尚时尚潮流的消费者,则可以强调商品款式的时尚和流行。

4. 促进成交

消费者作出购买决定后,便进入实施购买行动和进行购后体验的最后阶段。此时,消费者虽然已有明确的购买意向,但仍需要销售人员巧妙把握成交时机,促进交易达成。这种时机通常在以下情况中出现:当消费者多次反复咨询同一商品的时候;当消费者开始询问售后服务问题的时候;当消费者提完问题而沉默不语的时候;当消费者开始讨价还价的时候;当消费者最后向他人征求意见的时候;当消费者直接表明购买意愿的时候。销售人员若及时巧妙地抓住上述时机,辅以恰当的语言和动作,即可迅速成交。当交易达成,货款结算后,应妥善包扎商品,并尽量采用适应消费者携带习惯、使用习惯和特定心理需要的包装方法,同时向消费者表达感谢购买、欢迎惠顾的语言和情感,使消费者体验到买到满意商品和享受良好服务的双重满足感。

为顺应现代消费者的服务需求,零售商还要加强对销售服务方式和技巧的创新,许多新兴的销售服务方式相继涌现。

零干扰服务是一种新兴的商业服务观念,意指企业在提供销售服务的同时不对消费者构成干扰和妨碍,为消费者提供适时、适度的服务,零干扰服务强调在最合宜的时间为消费者提供适度的服务,体现了服务质量的更高层次和服务水平的更高境界。

与传统的销售服务方式相比,零干扰服务更充分地体现了现代服务"以人为本"的理念。现代消费者更加注重精神的愉悦、个性的实现、感情的满足等高层次需要,而零干扰服务正是从消费者角度出发,以他们的需求、兴趣等作为服务的基本出发点。它强调充分发挥消费者在购买过程中的自主性、主动性,提高购物热情。此外,消费者直接面对商品,自主进行选择,从而在很大程度上摆脱了对销售人员的依赖,大大减少了相互之间产生矛盾和冲突的机会,而且零干扰服务所体现出来的对消费者的信任感和尊重感,使整个购买过程更加人性化,更富有人情味。在零干扰服务过程中,消费者的心理状态是放松的、自由的,能最大程度地得到自尊心理的满足,这也是现代生活条件下顾客产生购买行为的必要前提。

实现零干扰服务,要求销售人员"看人行事",以识别顾客为第一要事。要针对消费者各个购买阶段的心理活动特征,采取相应销售服务方法和技巧,提供适时、适度的服务,而不妨碍消费者的行为自由度。

不过,零干扰服务也有其局限性,即由于没有固定的模式,在实施过程中难以把握和具体操作,尤其是商业企业面对的顾客成千上万,每个顾客对服务要求的各不相同,因而增加了零干扰服务的操作难度。

一对一销售服务是指销售人员通过与每一位消费者进行一对一沟通,明确把握每一位消费者的需求,有针对性地为其提供专门的个性化服务,以求最大限度地满足购买者的需求。在一对一销售服务中,销售管理是以消费者为中心开展的,对企业的每一位消费者都必须设定直接的管理者。进入新世纪后,信息与网络技术的高速发展为企业与消费者一对一沟通提供了越来越多的有效帮助和保证。

9.3.2　拉的策略

"拉"的策略是指企业借助广告、销售促进、直接营销、公共关系等形式宣传产品和企业形象,着眼于激发消费者的购买欲望和对企业良好的印象,促使消费者最终产生购买行为。

1. 商业广告

广告(advertising)是广告主有计划地通过媒体传递商品和劳务信息,以促进销售的公开宣传形式,它是一种面向目标市场消费群体和社会公众的支付费用的传播行为,具有认知、诱导、教育、便利和促销等心理功能。

广告借助报纸、杂志、广播、电视、直接函件和网络等广告媒体向消费者传递商品及服务信息,不同的广告媒体对消费者具有不同的心理作用特征和诱导方式。深入研究广告及其媒体的心理特点与功能,广告与消费者之间相互作用的沟通过程,广告传播的诱导方式和增强广告效果的心理策略,以及广告宣传的心理效果测定等,对企业营销人员正确制定广告策略,提高广告宣传效果具有重要意义。

(1)广告的心理效应模式。广告要达到预期的效果,就必须在计划、设计、制作和播出的全过程中重视对消费者心理活动规律与特点的研究,巧妙地运用心理学原理,增强广告的表现力、吸引力、感染力和诱导力。广告信息首先作用于消费者的听觉、视觉等感觉器官,并在消费者的大脑中引起不同程度的反应,从而形成一系列复杂的心理活动过程,导致需求的产生和购买行动的实现。

AIDMA 法则经常被用来解释消费心理过程。AIDMA 法则就是指广告要达到的心理效应:A(attention)引起注意;I(interest)产生兴趣;D(desire)培养欲望;M(memory)形成记忆;A(action)促成行动。营销行业的人运用它是为了准确了解消费者的心理和行为,制定有效的营销策略,提高成交率。广告行业的人用它是为了创作实效的广告,实效的广告简单地说就是可以促进销售的广告。

目前营销方式正从传统的 AIDMA 营销法则逐渐向含有网络特质的 AISAS(attention 注意、interest 兴趣、search 搜索、action 行动、share 分享)模式的转变。在全新的营销法则中,两个具备网络特质的"s"——search(搜索)和 share(分享)的出现,指出了互联网时代下搜索(search)和分享(share)的重要性,而不是一味地向用户进行单向的理念灌输,充分体现了互联网对于人们生活方式和消费行为的影响与改变。传播环境的变化催生了 AISAS 模式从传统时代过渡到网络时代。媒体市场由之前的扁平式发展,逐渐呈现深度、精准发展的趋势。信息发布由从前的商家向消费者发布的模式,转化为由商家向消费者发布之后,消费者向消费者发布与共享的模式。

AISAS 模式适应生活者(消费者)的变化。生活者的变化首先表现在媒体接触时间的变化。互联网与移动应用改变了人们的生活、工作、娱乐、学习的方式,在消费者的生活时钟里,除了看电视、看报纸、行车、逛街、差旅等传统行为,收邮件、搜索信息、上论坛、写 Blog、收发短信、在线交易等藉由互联网与手机创造的生活方式,已成为消费者的生活环节。其次表现在消费者主动性消费的增加。由于互联网为消费者主动获取信息提供了极大的便利,消费者在购买决策过程中,可以在互联网上搜索、收集商品或服务的信息作为依据,再决定其购买行为,进行较之以前更为理性的消费。互联网还引起了消费者心理的改变,"不愿失败"的消费心理有了更充分的信息依据。在传统时代,营销的手段万变不离其宗,是刺激需求的手段,消费者亦在种种商品信息与营销宣传中混沌迷糊地进行着购买决策。在网络时代,行业频道、行业垂直网站、专业评论网站、专业博客的出现,使消费者有机会从多种渠道获得详尽的专业信息,从而确保其尽可能进行"正确的"购买决策。

在商品认知阶段,消费者的信息来源以电视、报纸、杂志、户外、互联网等媒体广告为主,在理解商品及比较探讨和决定购买的阶段,除了亲临店里之外,互联网及口碑相传是其主要信息来源与决策依据。基于网络时代市场特征而重构的 AISAS 模式,将消费者在注意商品并产生兴趣之后的信息搜集(search),以及产生购买行动之后的信息分享(share),作为两个重要环节来考量,这两个环节都离不开消费者对互联网的应用。

(2)广告的基本策略。

①感性广告策略:是指根据消费者重视感性消费的心理特征(重视个性的满足、象征意义、时尚、价值观念等),在广告宣传中诉求消费者感性认识的策略。

②细分广告策略:是指广告宣传基于企业产品或服务的细分,针对细分消费者的不同特点和可能的要求来进行目标性很强的宣传策略。

③概念广告策略:是指企业概念营销和市场定位的体现,是企业以捕获消费者的注意力为中心,赋予产品或服务以丰富独特想象内涵和特色的广告宣传策略。

利用或制造新闻概念也是概念广告的重要手段,它一般是通过对一个热点事件或新闻的利用或制造,通过广告宣传,从而制造商机的策略。海南养生堂的"农夫山泉"就利用了申办奥运这一新闻事件,巧妙地以"买一瓶农夫山泉,你就为申奥捐助了一分钱",把企业与奥运概念联系在一起,获得了企业销售的独特概念,取得了很好的促销效果。

④SP 广告策略:SP(sales promotion)广告策略是指在企业的产品或服务宣传时,为了进一步刺激消费者需求,引发购买行为而采取的特别促销手段。SP 广告无论是在国内,还是在国外,都能取得较好的促销效果,所以备受企业重视和运用。

做 SP 广告应该注意的是 SP 策略运用的时间、场合和理由,不能滥做。许多的节日(如元旦、春节、"五一"劳动节、"六一"儿童节、中秋节、国庆节、圣诞节、企业的厂庆、店庆等)、季节和各种体育、文化、政治活动都可能成为企业 SP 广告的契机与理由。

2. 销售促进

如果说广告是一把火,那销售促进就是一桶油,火上浇油,促销的效果将更为明显和有效。如果说广告提供了购买的理由,那销售促进则提供了购买的刺激。与其他促销工具相比,销售促进的优点是能够给消费者有形的激励,提高消费者感知的价值,降低消费者的购买风险,所以使用十分广泛。

销售促进(sales promotion)又称营业推广,简称 SP,是企业在某一段时期内采用特殊的手段对消费者实行强烈的刺激,以促进企业销售迅速增长的一种策略。

销售促进有着很好的短期促销效果,在顾客的心目中甚至形成了 SP 期待,所以有效地运用 SP 策略可以使企业的销售得以迅速的提高。现在市场上的 SP 策略五花八门,不胜枚举,运用非常广泛,下面就介绍一下 SP 最常见的策略。

(1)折价促销。折价促销是企业最常用的销售促进策略之一。折价销售是指企业在一定时期内调低一定数量商品售价,也可以说是适当地减少自己的利润以回馈消费者的销售促进活动。企业之所以采用折价促销,其主原因是为了与竞争品牌的价格相抗衡;同时,折价销售可积极地用来增加销售,扩大市场份额,从长远角度来讲,折价促销也可增加企业利润。大部分厂商惯用折价来掌握已有消费者群,或利用这一促销方式来抵制竞争者的活动,甚至可刺激消费者购买一些单价较高的商品。

(2)赠品促销。赠品促销是指企业以较低的代价或免费向消费者提供某一物品,以刺激其购买某一特定的产品的策略。包括酬谢赠品、附包装赠品、独立赠品、邮寄赠品和付费赠送等。赠品促销要注意赠品的有用性和质量等问题。

(3)有奖促销。有奖促销是指企业在消费者购物后,向消费者提供赢得现金、旅游或物品的各种获奖机会,包括抽奖和竞赛获奖。有奖促销虽然只是最后针对少数人的促销奖励,但却有着很好的促销效果。每个消费者都想去碰碰运气中大奖,而且觉得自己可能就会得到奖励。

(4)会员促销。会员促销是最能体现长期效果的销售促进,它是一种运用会员制的方式,免费或交入一小笔会费,成为会员后,让同在一个组织内或一个俱乐部内的成员享受购物或服务优惠的促销方式。会员促销往往在价格、送货、质量、保险等方面都得到保障,所以有利于培养长期顾客,稳定客源。

(5)团购促销。团购是新兴的一种促销方式。团购就是团体购物,指的是认识的或者不认识的消费者联合起来,来加大与商家的谈判能力,以求得最优价格的一种购物方式。根据薄利多销、量大价优的原理,商家可以给出低于零售价格的团购折扣和单独购买得不到的优质服务。现在团购的主要方式是网络团购和电视团购。

网络团购作为一种新兴的电子商务模式,通过消费者自行组团、专业团购网站、商家组织团购等形式,提升用户与商家的议价能力,并极大程度地获得商品让利,引起消费者及业内厂商、甚至是资本市场关注。

电视团购则运用电视这样的大众传播媒体,再借助电视著名节目主持人来代表消费者一方和商品或服务提供方进行交易的一种销售促进方式。

3. 直复营销

直复营销与其他的营销方式都在寻求劝说消费者购买产品或为其服务,但在直复营销的方式中,存在着一些比普通的营销方式更为特殊的内容,其中最重要的内容是其针对个体的单独沟通。这包括了针对个体的广告与销售的结合,客户服务的特征,强调针对性的目标市场,以及产生顾客立即回复信息的能力,最后是直复营销活动的可监控性及可测量性。

直复营销,源于英文词汇 direct marketing,简称 DM,即"直接回应的营销"。它是以赢利为目标,通过个性化的沟通媒介向目标市场成员发布信息,以寻求对方直接回应(问询或订购)的社会和管理过程。

直复营销策略主要包括运用不同媒介的策略,即直邮直销策略、电话直销策略、电视直销策略、网络直销策略等。

(1)直接邮寄。直接邮寄(direct mail)简称直邮,是一种历史悠久的营销方式,直复营销的最初形态就是邮购。直邮就是通过邮局寄往目标客户的邮件,传递各种可以影响目标客户做出相关决策的营销信息。包括向一个有具体地址的人寄发报价单、通知、纪念品、服务或其他项目。它能更有效地选择目标市场,实现个性化,强化顾客关系,比较容易检测各种结果。

其传递形式主要有邮电书面传送、传真传送等。新兴的直邮主要有手机短(彩)信传送和互联网邮件传送。

(2)电话直销。电话直销已成为一项主要的直接营销的工具。是利用电话,通过令人愉快的声音和热情,以即兴推销或全自动语音服务来进行营销的方法。

有些电讯营销系统是全自动的。如自动拨号录音信息处理机可以自动拨号,播放有声广告信息,通过答复机装置或将电话转给总机接线员接受感兴趣顾客的订货。

(3)电视直销。电视直销是利用电视直接向消费者传播、销售产品的方法。通过电视对商品进行全方位的操作演示,使观众对新产品功能有一个全方位的了解,只需拨打一个电话,便会有人把商品送上门。电视直销最大的特点是新奇、详细、便利,消费者不用出门就能看到形象的商品,送货上门省时又省力。电视直销的历史并不长,最初起源于 20 世纪 60 年代末期的美国。

(4)网络直销。网上直销是组织或个人利用网络通讯技术进行营销的一种电子化商务活动,是直复营销的最新体现。网络直销包括商业网上渠道(各种各样公司建立了网上信息和营销服务,凡登记并付月租金者可进入)和因特网。有四种方法来开展网上营销:创建电子商店前台,建立、参与论坛和公告牌(BBS),网上广告,使用电子邮件、博客等进行宣传和沟通。

网络营销实质是以计算机互联网技术为基础,通过与顾客在网上直接接触的方式,向顾客提供更好的产品和服务的营销活动。网络直销并不是单纯的电子商务,而是一个更大范畴的概念,电子商务仅仅是它的一个组成部分。

网络直销采取网上直销形式,并增加销售折扣,减少管理费用,为消费者购买提供方便,刺激消费者购买。企业使用网络进行销售,最直接的效益来源于网络直销的功能,网络直销可以简化销售渠道、降低销售成本、减少管理费用。

4. 公共关系

如果说广告、销售促进和直复营销是让消费者知道企业,那么公共关系就是让消费者喜欢企业。企业处理好公共关系是为了树立良好的企业形象,企业形象的建立和扩展是企业公共关系活动的核心。因为只有当广大的社会公众,包括目标市场的顾客对企业有比较深刻的印象和好感时,他们才会对企业的营销活动给予积极的和长久的支持。

公共关系(public relationship)简称为"公关",是企业在市场营销活动中正确处理企业与社会各方面组织和人之间的关系,树立企业良好的形象,从而最终促进销售的一种社会活动。公共关系的主要策略有以下几方面。

(1)新闻公关。公共关系部门可编写有关企业、产品和员工的新闻,或举行活动,创造机会吸引新闻界和公众的注意,扩大影响,提高知名度。

但在运用新闻媒体运做公共关系时,也要注意合理、适度、多样化的问题,发展或创造对公司或产品或人有利的新闻。企业应加强与新闻界的交往,获得较好的新闻报道,及时纠正对企业不利的信息,争取公众的了解和理解。

(2)演讲公关。演讲是提高企业及产品知名度的另一种方法,通过公司人员的宣传,创造公司或产品知名度。在欧美国家,企业的掌门人会致力于扮演"公关者"的角色,努力处理好与社会各界的关系,从而为企业的发展创造一个良好的外部环境。

(3)公益公关。通过向某些公益事业捐赠一定的金钱和时间,以提高企业的美誉度和信誉。企业还可以通过参与社会公益活动提高品牌形象,扩大社会影响。如在剧院为残疾人举行义演;在酒店开展拯救大熊猫的义卖活动;赞助希望工程,帮助贫困生入学、捐资助教,等等。

企业不仅要面对政府、法律等大环境,还要面对社区、居民等小环境,企业公共关系要注重从身边的小环境做起,通过做一点一滴的好事,建立起良好的企业形象。

(4)赞助公关。赞助是一种常见的公共关系手段。是指企业通过资助某些公益性、慈善性、娱乐性、大众性、服务性的社会活动和文化活动来开展宣传,塑造良好的企业形象的过程。赞助对企业开展公共关系来说,具有简便、快速、短时间内就能看到效果等特点,但在具体运用时，也要注意对选择赞助的对象要与企业战略目标相匹配，考虑赞助的长期性经济投入等因素与企业能力相匹配。

（5）矫正公关。矫正公关是指当企业因一时的疏忽或外界的原因造成对消费者的损害和对公司形象的不利时，及时采取相应的措施来挽救企业形象的活动。

企业产品或服务出现问题之后，企业本着为消费者负责的态度，应该采取果断的措施来迅速地挽回声誉，如回收产品、调查原因、及时公布结果。原因找到后，必须即刻采取整改措施，提高或保护产品质量。

消费者了解事件的主要渠道就是新闻媒体，而新闻媒体也都热衷于把各种危机事件当成自己的报道热点。所以，企业要善于利用媒体来平息危机、化解危机。通过媒体，以真诚的态度，迅速把事件的真相告诉公众，是最好的方法和最有效率的危机公关。

本章小结

企业的市场营销同样是影响消费者心理与行为的重要社会因素，企业的市场营销力量如何，直接影响着消费者的心理与行为。

市场营销从字面上可以理解为由三个部分的内容构成：市场、经营、销售。

认识和理解市场就是一个知天下的过程，是一个知天、知地、知人的过程，其中知人是最活跃、最丰富、最变化多端的，也是最基础的部分，知人的关键在知心。企业营销中最基本的知心就是要知消费者的心。

企业认识市场是营销活动的基础，要做好营销对策。"对策"就是面对对方采取的策略，"营"就是我方经营之道，经营之道就是解决面对对方如何进行有效选择、提供和传递的问题。经营之道就是一个发心布局的过程，赢在经营。经营对策的第一步是选择并创造价值，选择决定结果。经营对策的第二步就是围绕选择所做的提供和传递，是进行有效的配置和交付价值的体现。经营之道体现在使命、目标、商业模式、竞争优势、产品、价格、渠道及物流等方面。"销"就是我方的促销之道，是整合营销沟通的过程，是攻心为上的过程，包括了推和拉的策略，期望通过"推拉"策略的实施，取得最终满意的结局。

关键名词

市场营销 整合营销沟通

问答题

1. 如何全面理解市场的内涵？
2. 如何理解经营之道？
3. 如何理解销售之道？

第 10 章　消费者权益与企业伦理

本章提要

　　消费者权益既是消费者自身应该知道的事,也是企业营销中应该知道的事,消费者权益规定了消费者应享有的权利,保护好消费者的权益是企业义不容辞的责任。

　　企业营销中要讲求企业伦理和营销道德,企业营销应该从"营销道德"向"道德营销"转变。道德营销主要包括了诚信营销、社会营销和绿色营销等要素。企业伦理主要体现在以人为本、与人为善、守信负责、公平平等和社会责任等方面。

学习目标

1. 认识消费者权益。
2. 了解消费者权益受损情况。
3. 了解如何保护消费者权益。
4. 认识企业伦理与营销道德要素。

开篇案例

"三鹿"奶粉事件

2008 年 6 月 28 日,位于甘肃省兰州市的中国人民解放军第一医院泌尿科收到第一例婴儿患有"双肾多发性结石"和"输尿管结石"的病例,至 9 月 8 日,该院两个多月来共收治 14 名患有同样疾病的婴儿,当时,甘肃省共上报病例 59 人,死亡 1 例。

在同时,南京市儿童医院泌尿外科也接诊了 20 名因吃同一品牌奶粉患上肾病的患儿,病情严重的已转至上海治疗。此时,已发现的数十名患儿涉及湖北、湖南、山东、安徽、江西、江苏、陕西、甘肃、宁夏、河南等 10 个省份,事情变得复杂起来,"疑喝同一品牌奶粉而导致宝宝患肾结石"的消息开始像乌云一样笼罩在那些年轻妈妈的心头,不少人开始联想起 2004 年安徽阜阳劣质奶粉导致的"大头娃娃"事件。

有专家表示,这一疾病与四年前安徽阜阳劣质奶粉导致的"大头娃娃"事件相比后果更严重,"因为它容易导致患儿的急性肾功能衰竭,若抢救不当,会导致婴儿死亡。"随着事态发展,2008 年 9 月 11 日晚,石家庄三鹿集团股份有限公司发布产品召回声明,称公司经自检发现 2008 年 8 月 6 日前出厂的部分批次"三鹿"婴幼儿奶粉受到三聚氰胺污染,市场上大约有 700 吨,三鹿集团公司决定立即全部召回 2008 年 8 月 6 日以前生产的"三鹿"婴幼儿奶粉。

此前卫生部宣布,近期甘肃等地报告多例婴幼儿泌尿系统结石病例,调查发现患儿多有食用"三鹿"牌婴幼儿配方奶粉的历史。经相关部门调查,怀疑石家庄三鹿集团股份有限公司生产的"三鹿"牌婴幼儿配方奶粉受到三聚氰胺污染。三聚氰胺是一种化工原料,可导致人体泌尿系统产生结石。

这次"三鹿"奶粉事件,受污染的都是最便宜的 10 多元钱一袋的婴幼儿奶粉,显然,"三鹿"为了占领农村市场而采取了低价战略,就像安徽阜阳劣质奶粉导致"大头娃娃"事件所揭示的一样,农村消费市场依然是食品安全的重灾区。

有资料显示,目前"三鹿"奶粉占有国内 18.26% 的市场份额,国内婴幼儿奶粉市场形成以"三鹿"、"完达山"、"伊利"为代表的国产品牌和以"多美滋"、"美赞臣"、"惠氏"为代表的国外奶粉割据之势。而就在三鹿出事前的一个月,中央电视台《每周质量报告》还报道三鹿说:三鹿奶粉经过 1 100 道检测关……

"三鹿"奶粉事件的失火,殃及整个乳制品业的池鱼,消费者对国产乳制品的信心流失,为国内乳制品生产商的前景蒙上阴影,而一些规模较小的生产商则将被淘汰。消费者担心原奶有问题,致使中国乳制品生产商受到严重打击。乳制品业内人士担心,原来国产奶粉的消费者,在三鹿事件发生后,消费能力稍强的,将会转向进口产品;而对于一直以进口奶粉为主的消费者来说,就更不会改变了。"三鹿"事件的发生,可能令国内消费者对本土食品业失去信心,尤其是中国近年销量增速甚高的乳制品。

"三鹿"这个中国驰名商标因为出现的奶粉事件,最终走向了毁灭。

——作者根据多方资料整理而成

消费者权益是消费者在进行消费活动中应该享受到的权利,是消费者主权的表现。企业伦理是企业在满足消费者需求中表现出来的道德品质和人文素养。消费者应该懂得自己的权益不可受到侵害,企业应该懂得伦理道德是经营销售活动最基本的底线。这两方面的认识都是理性认识,是建立真正良好的企业和消费者关系的最根本保障。

10.1　消费者权益

消费者权益(consumer rights and interests)是指消费者在有偿获得商品或接受服务时,以及在以后的一定时期内依法享有的权益,是消费者为生活消费需要购买、使用商品或接受服务时所享有的权利和利益。

消费者权益是一定社会经济关系下适应经济运行的客观需要赋予商品最终使用者享有的权利。在现代市场经济中,国家依照社会经济运行的需要和市场上消费者的主体地位,制定明确的立法,这就使消费者权益不仅是一种公共约定和共认的规范,还得到了国家法律的确认和保护。1983年,国际消费者联盟(IOCU)确定每年的 3 月 15 日为"国际消费者权益日"。1985 年 4 月 9 日,联合国大会通过《保护消费者准则》。1994 年 1 月 1 日,《中国消费者权益保护法》颁布实施。

早在 20 世纪 60 年代初,国际消费者联盟就已确定了消费者有下列基本权利:安全权、知情权、自主选择权、公平交易权、依法求偿权、获得教育权、结社权、人格尊严与民族风俗习惯获得尊重权、监督权。

10.1.1　消费者在市场中的特点

与生产经营者相比,相对分散的消费者由于以下特点而经常成为被损害的弱者。

1. 消费者经济力量的微弱

在商品交易中,以个人力量独立从事交易的消费者与作为生产者的大公司、大企业尤其是大的垄断集团相比,其经济力量极为弱小,造成了买卖双方交易能力的不平衡。

2. 消费者商品知识的欠缺

消费者只为满足生活需要而购买品种多、范围广的多类商品,而经营者以营利为目的而专营特定的商品,两者之间有关商品的知识存在着固有的差异,又加上科学技术的飞速发展,生产技术和工艺日益高度复杂化,使消费者越来越难以对所购商品的品质作出判断,因而不得不形成对经营者的全面依赖。

3. 消费者固有的人性弱点

消费者购买商品不具有营利性,故其购买中缺乏经营者的理性,而是依据个人兴趣喜好、虚荣心及侥幸心理等来选购商品。这些心理上的弱点最易被拥有丰富营销手段的经营者所利用,因而导致对其利益的侵害。

4. 消费者组织上的缺乏

消费者在各项交易中力量本已极为弱小又历来缺乏组织,不能通过团体的力量来与经营者相抗衡,以致成为经济上的从属者,容易受到经营者的侵害。

10.1.2　消费者权益保护机关及组织

1. 消费者权益保护机关及其职责

消费者权益保护机关有两类:即行政执法机关和行业主管部门。

行政执法部门包括工商行政管理部门、技术监督部门、卫生监督管理部门、进出口商品检验部门等。

工商行政管理部门保护消费者权益的主要职责是:通过对市场经营主体的监督管理,制止违法经营,防止损害消费者权益行为的发生;通过对各类市场的监督管理,查处各种市场违法行为,维护市场交易秩序,为消费者提供公平、安全的消费环境;通过对广告的监督管理,查处虚假广告和引人误解的宣传行为,维护消费者的选择权和合法权益;通过商标管理,查处商标假冒行为,为消费者选购优质商品创造条件;通过制止各种不正当竞争行为,打击和查处各种侵害消费者权益的行为;指导消费者协会的工作。

2. 消费者组织及消费者协会

消费者组织即消费者保护团体,是指依法成立的对商品和服务进行社会监督,从而保护消费者合法权益的社会团体的总称。消费者组织是消费者运动发展的产物,是消费者行使结社权的结果。消费者组织具有以下几个特征:它是一种社会团体,以保护消费者合法权益为宗旨,不以营利为目的。

中国消费者协会是中国广大消费者的组织,是一个具有半官方性质的群众性社会团体,成立于 1984 年,目前挂靠在国家工商行政管理总局。中国消费者协会和地方各级消费协会,是由同级人民政府批准,经过民政部门核准登记而设立的,因而具有社会团体法人资格。消费者协会的任务有两项,一是对商品和服务进行社会监督,二是保护消费者权益。我国法律规定消费者协会有七项职能,即:向消费者提供消费信息和咨询服务;参与有关行政部门对商品和服务的监督、检查;就有关消费者合法权益的问题,向有关行政部门反映、查询,提出建议;受理消费者的投诉,并对投诉进行调查、调解;投诉事项涉及商品和服务质量问题的,可以提请鉴定部门鉴定,鉴定部门应当告知鉴定结论;就损害消费者合法权益的行为,支持受害的消费者提起诉讼;对损害消费者合法权益的行为,通过大众传播媒介予以揭露、批评。

10.1.3　中国消费者权益

1994 年 1 月 1 日实施的《消费者权益保护法》规定了中国消费者应享有九项基本权利。

1. 安 全 权

消费者在购买、使用商品和接受服务时享有人身、财产安全不受损害的权利。消费者有权让经营者提供的商品和服务,符合保障人身财产安全的要求。

2. 知 情 权

消费者享有知悉其购买、使用的商品或者接受的服务的真实情况的权利。消费者有权根据商品或者服务的不同情况,要求经营者提供商品的价格、产地、生产者、用途、性能、规格、等级、主要成份、生产日期、有效期限、检验合格证明、使用方法说明书、售后服务、或者服务的内容、规格、费用等有关情况。

3. 选 择 权

消费者享有自主选择商品或者服务的权利。消费者有权自主选择提供商品或者服务的经营者,自主选择商品品种或者服务方式,自主决定购买或者不购买任何一种商品,接受或者不接受任何一项服务。消费者在选择商品或者服务时,有权进行比较、鉴别和挑选。

4. 公 平 权

消费者享有公平交易的权利。消费者在购买商品或者接受服务时,有权获得质量保障、价格合理、计量正确等公平交易条件,有权拒绝经营者的强制交易行为。

5. 索 赔 权

消费者因购买、使用商品或者接受服务受到人身、财产损失的,享有依法获得赔偿的权利。

6. 结 社 权

消费者享有依法成立维护自身合法权益的社会团体的权利。

7. 知 识 权

消费者享有获得有关消费和消费者权益保护方面的知识的权利。消费者应当努力掌握所需商品或者服务的知识和使用技能,正确使用商品,提高自我保护意识。

8. 人 格 权

消费者在购买、使用商品和接受服务时,享有其人格尊严、民族风俗习惯得到尊重的权利。

9. 监 督 权

消费者享有对商品和服务以及保护消费者权益工作进行监督的权利。消费者有权检举、控告侵害消费者权益的行为和国家机关及工作人员在保护消费者权益工作中的违法失职行为,有权对保护消费者权利工作提出批评、建议。

10.1.4 消费者权益受损的主要表现

1. 质量问题

质量与消费者的切身利益休戚相关,但有的生产者不严格遵守国家规定的质量标准,偷工减料、粗制滥造、以次充好,甚至生产出危害消费者人身和财产安全的产品,严重损害了消费者的权益。

质量不但体现在品质上是否符合质量标准,而且还体现在计量上是否符合质量标准,有的生产经营者在计量问题上做文章,缺斤少两、缺尺短寸,致使消费者权益受损。

2. 服务问题

在商业、服务业中,有些企业和个人服务质量低劣,服务态度不好,甚至呵斥辱骂消费者。有的则强行搭配、缺斤少两、以次充好,损害了消费者的权益。某些生产经营者只把实行"三包"看成是其推销产品的宣传,并未真正视为自己应尽的义务,不仅不履行其"包修、包换、包退"的承诺,反而故意欺骗、刁难消费者,致使消费者的权益受损。

3. 价格问题

有些生产经营者违反国家价格管理制度,乱涨价、乱收费,或巧立名目变相涨价和收费,致使价格与价值严重背离,损害了消费者的权益。

4. 促销问题

有的生产经营者为了推销自己的商品和服务,不惜采取恶劣手段编制虚假广告,把未获奖的产品说成是获奖产品,未经国家检验鉴定就宣称达到国家规定的标准甚至达到了国际标准,还有将不合格的劣质产品说成获省优部优或金奖银奖的产品,或者在产品说明书中不介绍产品的真实性能,该说明的问题不予说明,有意对消费者进行欺骗宣传或者误导宣传,所有这些都严重损害了消费者的权益。

5. 假冒问题

不法生产经营者把经营假冒商品作为谋取暴利的手段,不仅严重损害了消费者的正当权益,还对社会经济秩序的正常运转造成了严重的危害。比如,假农药、假化肥、假种子的泛滥就致使农业生产及广大农民的利益遭受重大损失,也会让最终消费者的利益受到严重的伤害。

6. 环境问题

在生产行业和商业服务业,有些企业只顾生产和做生意,忽视生态环境的保护,造成了严重的环境污染。这种污染主要表现为河流污染、空气污染、土地污染、植物污染、电子污染等。

10.1.5 保护消费者的权益

1. 行政管理监督保护

消费者的弱者地位决定了要切实保护消费者的权益就必须辅以政府行为,加强行政管理和监督。政府要建立、健全消费者保护的行政体系,重点发挥工商、物价、技术监督、商检、卫生、环保等行政管理监督机关的作用,因为他们的这些职能与消费者的关系最直接、最密切。有关部门要充分发挥职能作用,在职权范围内运用有力的行政手段,加强对消费品生产和流通领域行政管理和监督,对一些非法生产经营行为加强审判和惩处的力度。

2. 社会监督保护

保护消费者权益,既要加强行政管理和监督,又要建立、健全消费者的社会保护体系,加强社会监督,主要包括广大消费者、社会组织和新闻舆论的监督。

要使消费者权益得到保护和实现,就必须充分发挥消费者自身监督作用。广大消费者要由自发行动变为自觉行动,积极主动地监督商品的质量、价格,监督生产者、经营者的生产经营活动以维护自身的权益。

在社会组织方面,主要是发挥消费者协会的社会监督作用,以便使保护消费者权益的单独分散的行动变成有组织的行动。实践证明,消费者协会在对商品和服务进行社会监督、保护消费者权益、指导消费、接受投诉并加以处理等方面发挥了重要的作用。

舆论监督时效性强、覆盖面广,能够通过各种宣传媒体对那些损害消费者权益的行为进行揭露,及时制止损害消费者权益的现象,纠正不正常的消费心理和消费行为。舆论监督在保护消费者权益方面也至关重要。

3. 法律监督保护

世界上许多国家都把法律作为保护消费者权益的有效手段。消费者保护的立法是个系统工程,它涉及与个人消费生活有关的各种社会关系和民事、行政、经济、刑事、诉讼程序等多方面的立法。既包括以消费者为保护对象的直接的消费者保护法律制度,又包括那些虽不以消费者为特定保护对象,但其内容与消费者有关或在执行结果上有利于消费者的间接的法律制度。目前我国已制定了有关消费者保护的基本法主要有《消费者权益保护法》、《产品质量法》、《价格法》、《反不正当竞争法》、《食品卫生法》、《食品安全法》、《药品管理法》、《反垄断法》等。1997 年制定的新《刑法》也增设了制售假冒伪劣品罪。

4. 消费者自我保护

消费者的自我保护首先体现在加强教育上。通过教育使消费者掌握自我保护的方法和本领,是保护消费者权益的重要途径。消费者自我保护知识和能力的增强在很大程度上取决于消费教育。消费教育主要包括:消费观念的教育;商品和服务的有关知识的教育;消费者保护法律及程序的教育。充分发挥报纸、期刊、电台、电视台等新闻媒介进行消费教育的作用。通过消费教育大大提高消费者的素质,提高消费者对商品和服务的选择、辨别能力和运用法律武器维护自身合法权益的意识和能力。

消费者的自我保护其次体现在主体意识的唤醒。消费者主体意识的唤醒意味着消费者敢于和企业的不良行为作斗争,而不是忍气吞声或者不敢声张。其实不少企业的不良行为也是由于消费者的纵容或者隐瞒或者不敢曝光而让企业大胆起来的,正所谓是姑息养奸的结果。所以觉醒的消费者面对损害自己利益的情况,就应该大胆揭发、批评和投诉。努力形成全体消费者的自觉监督,消费者权益的保护就会得到极大的提高。这时,企业会真正重视消费者的言行,从而让企业的营销行为真正做到以消费者为中心。

消费者自我保护意识的建立和维护就是一种人权意识的体现,人权意识在消费领域里就表现为消费者主动的识别、批评和揭露。

10.2　企业伦理

企业伦理(enterprise ethics,business ethics)也称商业伦理或企业道德,是企业经营本身的伦理,是企业在处理企业内部员工之间,企业与社会、企业与顾客之间关系的行为规范的总和。不仅企业,凡是与经营有关的组织都包含有伦理问题,只要有人组成的集合体在进行经营活动时,在本质上始终都存在着伦理问题。一个有道德的企业应当重视和尊重他人,积极采取对社会和消费者有益的行为。

企业伦理是企业文化的基础,企业文化就是企业成员共同的价值观念和行为规范。价值观就构成了企业文化的基础,而价值观的基础就是伦理道德。企业伦理观念由美国在 20 世纪 70 年代提出。

10.2.1　伦理与道德

一般来说,伦理和道德可以看作同义词,基本上表示的涵义是一致的。"伦"是指人与人的关系,即人伦,"理"是指道德律令和原则,所以伦理是指人与人相处应遵守的道德和行为准则,伦理内涵的核心,就是身为人应该遵守的道德。

伦理是倾向于一种理论,它是对道德的科学性思考,它是高于道德的哲学,而道德则是伦理在实际中的规范。比如我们通常会说"一个有道德的人",而不会说"有伦理的人",同样我们也只会说"伦理学"而不会说"道德学"。从这个角度说,在日常用法中,道德更多用于人,更含主观、主体、个体的意味,而伦理则更具有客观、客体、社会、团体的意味,当然,伦理道德是可以放在一起来使用的。

人文精神包括了人品、人格和人权等方面的内容,伦理道德就是人文精神的最基础的组成部分,人如果没有了伦理道德,也就没有了人文精神。

伦理道德以其特有的社会功能对企业发展施以影响。在企业内部,伦理道德规范作为一种校正人们行为及人际关系的软约束,它能使企业人员明确善良与邪恶、正义与非正义等一系列相互对立的道德范畴和道德界限,从而具有明确的是非观、善恶观,提高工作效率和道德水准。伦理道德以其规范力量,有助于企业确立整体价值观和发扬企业精神,有助于群体行为合理化,提高群体绩效。没有伦理道德素质的普遍加强,最终将妨碍企业发展的力度和速度,甚至将企业的发展引上歧路。

如果企业只追求利润而不考虑企业伦理,则企业的经营活动会越来越为社会和消费者所不容,必定会被时代所淘汰。也就是说,如果在企业经营活动中没有必要的伦理观,经营本身也就不能成功。在竞争激烈、瞬息万变的市场经济社会里,利润关系到每一个企业的命运,因此有的经营者为了追求利润,不把经营事业的目光放在"永续经营"上,而着眼于"短线操作",为了实现企业利润的最大化,不惜采取各种非法途径去达到目的,假冒仿制、欺诈行骗、商业贿赂、行业垄断、不择手段等不正当商业行为,犹如商海里的一股逆流,扰乱了市场秩序,也会使企业掉入火坑,万劫不复。企业伦理的崩溃,是国民整体道德体系瓦解的结果,没有任何领域可以幸免,在一个缺乏伦理道德的社会,企业只能依靠谎言来维系问题产品的公共形象。

10.2.2 伦理与信仰

1. 信仰的内涵

信仰(firm-belief)就是相信和敬仰。信仰是贯穿在人的世界观中的一种意识规范,是指对圣贤的主张、主义、或对神的信服和尊崇,对鬼、妖、魔或天然气象的恐惧,并把它奉为自己的行为准则。信仰与崇拜经常联系在一起,但是与崇拜还有不同。信仰是人对人生观、价值观和世界观等的选择和持有,有信仰本身就是一种价值,因为坚持这种信仰使自己有所追求、有所寄托。信仰是对人生意义的一种假定,人就其本身来讲没有意义,人的意义在于自己给自己设定的一个意义,这个意义就是信仰。

信仰是人们对于世界及人生的总看法和总方针,它是一种精神纽带,是一个组织或阶层,一个社会或国家的成员行动的精神基础和精神动力,具有生活价值的定向功能,社会秩序的控制功能,社会力量的凝聚功能,行为选择的动力功能,等等。

有信仰与没有信仰是不一样的,信仰的有无,在很大程度上决定着一个人的发展的可能性。有信仰是一种幸福,是一种人生的意义,信仰包含着对未来美好理想的追求;没有信仰的人,就会失去生活的意义,就会失去把握自身命运的力量,其发展的可能性会大大降低,就会为了利益而不择手段,就会丧失伦理,就会没有了道德的底线。有信仰的人,会为自己的信仰调动自身的一切力量,集中到既定的目标上,其知识、能力、内心世界都会得到充实和提高,从而推动个人及社会的发展。

对金钱、权利的痴迷不能称之为信仰,只能说是崇拜。只对金钱、权力的崇拜不会给人带来真正的幸福,只会让人生出更多的痛苦和不幸。信仰关乎的是人的精神家园,是人的核心价值观的体现。信仰是一种敬畏,信仰是一种清静,信仰是一种助人的力量。

伦理和道德是在信仰的支配下的行为。因为人的信仰不同,所以人们的伦理道德观也就不尽相同,导致人们的行为也就不尽相同。社会产生各种各样的矛盾,其根本原因往往就是因为信仰不一样或者没有信仰而产生的。相反,如果人们都有信仰,有一个共同的信仰,都遵循一些共同的伦理,那么,这个的世界必然会是一个美好和谐的世界。

2. 信仰的结构

这里引用的信仰分析是朱大可在《眼与耳的盛宴》一书中的分析,他把信仰的结构分为以下三个方面。

终极信仰:道和上帝等一切形而上地存在着的绝对真理及其代码。

中间信仰:母亲、家园、祖先、民族、国家、政党、权力、各种世俗道德原及其代码(如龙)。

基础信仰:(又称工具信仰)包括生殖器、性及其代码;货币、一切被货币定义过的物及其代码。

在上述结构里,终极信仰是笃信者是否拥有神性的唯一尺度。除了耶稣、佛陀和老子等几个非常人格,人类的全部进程就是被终极价值抛弃的历史。人们无法抵抗来自中间或工具信仰的亲切劝诱,这就最终开始了由形而上的绝对精神乐园向着欲望人世的放逐。

所有宗教拯救计划都是从这样一个绝望的事实里诞生的,它不仅号召人摆脱存在的一般困境,而且随时准备对人作出必要的承诺,保证所有给予上帝足够敬畏的笃信者,都能获得无限的关怀和幸福。诸如耶稣、佛陀和老子,他们从来就只是一些启迪者,坚定地向人们提供有真正处境的消息,以及改变这种途径的若干方法。

孔子是中间信仰的大师。人们已经熟悉了他的有关人际仪式的主要思想。第一,孔子指认了属于中国信仰体系的各种价值成分:家(父子兄弟夫妻)、宗室(男女长幼亲疏)、种族和国家(君臣民),它们是全体人民必须毋庸置疑地加以拥戴的伟大事物。第二,孔子为这个中间信仰体系确立了最高伦理价值:仁。第三,构筑了导向这一中间价值的道路"礼",一个繁复的人间礼仪系统。孔子本人亲自实践了他的上述学说。

朱大可认为,一种沉溺于国家道德事务的哲学必定是脆弱和速朽的,因为它的信念都根植于国家的运行状态之中,也就是中间信仰的状态中。在充满坏消息的世界里,信仰的退却将无可挽回。一个衰败的王朝首先在人的信念里死去,然后才在事实中消亡。

游戏及游戏人生(游戏也具有表演戏的性质)是一切被世俗事物折磨得痛苦不堪者的避难所。游戏结束了中间信仰,因而也就结束了一切怀疑主义。游戏的规则就是禁止笃信。它毫无例外地嘲笑严肃的事物,以超然和观望的姿势在世,游戏就是使绝望者在没有信念的情况下继续生存下去的策略,游戏也是法官,它判处了终极信仰在中国文化中的永恒缺席。

所有对终极信仰的障碍都仅限于人的内心,此外没有任何其他的障碍。人是全部信念革命的出发点。

中国的伦理道德是以一种中间信仰来支配的,这种中间信仰需要人极强的自觉性。中间信仰一旦受到工具信仰的冲击,建立在中间信仰基础上的伦理道德就往往经不起考验。人建立伦理道德的真正支配力量来自于终极信仰的建立。

10.2.3　企业营销道德

营销道德(marketing ethics)是用来判定市场营销活动正确与否的道德标准,即判断企业营销活动是否符合消费者及社会的利益,能否给广大消费者及社会带来最大的幸福。营销道德是调整企业与所有利益相关者之间的关系的行为规范的总和,是客观经济规律及法制以外制约企业行为的另一要素,这是涉及企业经营活动的价值取向并贯穿企业营销活动始终的重要问题。企业营销道德一般体现在产品、价格、渠道和促销中。

1. 企业营销道德问题

(1)产品道德问题。企业营销中产品道德问题表现在质量、功效、包装、服务、品牌方面。如滥用质量标志,销售假冒伪劣产品、有害产品、有缺陷产品,夸大量或质的包装,假冒品牌等。企业为获取更多的利益,违背道德,很多时候不顾产品的质量安全,带给消费者诸多后顾之忧。

2005年4月"金龙鱼"食用油生产商之一,广西防城港新海油脂工业有限公司因大量生产、冒用国家免检产品标志欺骗消费者,于当年4月份被广西壮族自治区质量技术监督局查处。中央电视台的每周质量报告中报道的会褪色的毛巾事件,生产者为了能卖价便宜,使用染料直接对毛巾进行染色,人们用这样的毛巾直接接触皮肤后就会有致癌的可能。增高鞋能迅速让消费者增高,减肥产品能迅速让消费者减肥等,这种夸大产品功效的行为也是营销不道德行为。

讲到制假售假,在中国,从几万元的名牌手表到几千元的名牌服装,再到几十元的盗版CD等无所不包,一些地区都成为了卖假名牌的知名地,连外国人都知道。这不但是对原有品牌的一种非道德行为,同时其出售的假名牌的质量无法与正品相比较,对消费者来说,也是一种非道德的行为。

(2)价格道德问题。首先是存在欺诈性定价。如故意抬高标价,然后声称酬宾大减价或对无货的商品故意定低价,以造成廉价的错觉,或低价引进门,然后漫天要价。其次是制定掠夺性价格。即把产品的销售价格定得远远高于生产成本,如一些服装、药品和保健品、化妆品等常常是销售价格高于生产成本好几倍。第三是实行垄断性价格。有些同类产品的生产商或销售商为了阻止产品价格的下降而实行价格共谋,要求此类产品必须按协议价格销售。

价格倾销指的是在国外销售产品的价格低于国内的价格。价格的倾销导致竞争的不公平性,所以被认为是一种非道德的行为。

价格歧视指的是对于不同的地区或者不同的人,采用不同的价格,这和有差异的定价是不同的概念。

(3)渠道道德问题。生产商与中间商不履行双方签订的合同,生产商不按时供货、不如数供货给中间商,中间商不按期付款给生产商,生产商与中间商相互推诿产品售后服务的责任等,都属于渠道中的道德问题。另外,还存在着零售商为了自身利益不顾合约的规定,销售其他企业的产品,或生产者利用自己的垄断地位,损害中间商的利益等不道德问题。

(4)促销道德问题。企业在促销的环节中会出现很多道德问题,如有意提供不完整信息;隐瞒产品或者服务的缺陷信息;进行欺诈性的促销,如虚假的特价、减价广告。

虚假信息的发布,是通过媒介来传播的。促销手段很多,如通过明星代言,让消费者忽略产品本身,只关注代言人,用代言人的口碑来抬高商品;或者与媒体勾结,进行有偿新闻的宣传;或者贬低同行的产品等,这些都属于不道德行为。

不少广告为了达到促销的目的,吸引人的眼球,所采用的方式方法往往很低俗,或者说采用了非文明的一种促销方式,造成一种文化污染,这样的做法也是有违道德的。许多的促销信息不但会造成文化污染,而且会造成视觉污染。人的感官经常受到广告的攻击,有意义的节目受到商业广告的干扰,印刷刊物几乎全被广告占据,广告牌破坏了美丽的风景。这些干扰常常用有关的物质主义、性、权势以及地位等方面的信息污染人们的心灵。

(5)竞争道德问题。随着市场竞争的加剧,许多企业为了谋求竞争优势,采取各种不道德的竞争手段,既破坏了正常的竞争秩序,损害了同行利益,又增大了成本。

首先,以不道德的方式获得竞争对手的知识产权和商业秘密。如进行商标抢注,有的企业抢注并非为了生产、销售产品,而是为了投机、获利;有的企业以合作、洽谈、考察为幌子,乘机获取对手的商业秘密;有的企业在对手企业安插"侦察员";有的贿赂、收买对方工作人员;有的使用"商业间谍"等。

其次,是开展恶性竞争。有的是展开价格大战或有奖销售战;有的是通过攻击、诽谤、制造谣言,诋毁竞争对手企业形象和产品形象。

(6)社会道德问题。社会道德问题关系到营销相关利益者中的政府等环节的利益以及企业对于社会的长远发展的一个公德心问题。

对政府的商业贿赂问题是一种钱权交易,贿赂政府官员以求最终得到有利的市场局面是企业的期望。利用"权力营销",不仅污染社会风气,为各种腐败现象提供了温床,而且给正当经营造成了严重冲击。

企业在生产经营中对生态环境的破坏也是一种不道德行为。在强调可持续发展,建设和谐社会的今天,中国环境污染问题的严重性已经到了刻不容缓的地步。2006 年发表的《中国的环境保护(1996—2005)》白皮书上说我国环境污染带来的经济损失约占国内生产总值的 10%。

2. 道德营销

企业应该从"营销道德"向"道德营销"转变。所谓道德营销就是企业在营销时是以道德为前提的,道德是企业行为的发心,企业营销就是有道德的营销,而不是企业营销之后再看其是否有道德。

现在企业的基本营销观点都以消费者为中心,以对方为中心而采取相应的对策。但对策好坏跟企业发什么心有直接的关系。发一颗道德之心,企业的行为就会真正让消费者受益,让消费者得到真正的帮助。但企业如果发一颗唯利是图、不道德之心,但表面上体现出以消费者为中心,那这时的对策就更具有隐蔽性和欺骗性,表面上是爱人、助人,却只是漂亮的幌子,实际上是在做阳奉阴违的事情,这样的"伪君子"是在伤人、害人,其危害无穷。

道德品质要素表现在有敬畏心、爱人心、感恩心、诚信心和责任心。良好的道德品质是人文精神的体现,一个有人文精神的企业一定是一个有爱心、助人为乐的企业。企业有人文之心,那么就会"人文显和谐",企业就能真正实现与消费者关系的和谐。道德营销的要素包括以下几个方面。

(1)诚信营销。实施诚信营销,首先要求企业树立诚信理念。其实,诚信很简单,关键在于一个企业的良知、精神和认真的态度。"态度决定一切",这种诚信的态度,使企业在产品质量方面决不搞以次充优;不搞价格欺诈;不盲目跟风炒作;不搞广告狂轰滥炸;不将风险转移给经销商和消费者;不盲目承诺,一旦承诺,就百分之百兑现;不出尔反尔,言而无信;不做任何有损商誉和商德的事。诚信不仅是企业生存之本,更是企业营销根本之道,再好的营销策略失去了诚信,就不是成功的营销策略,诚信本身就是最好的营销策略。

(2)社会营销。企业进行社会营销,主要是指企业要正确处理好企业与消费者及社会三者的利益和关系,不能为了盈利而损害消费者和社会利益。社会营销强调用户至上、环境保护和社会责任。

就消费者而言,社会营销不仅要设计出令人愉快的产品,同时也要设计出对消费者有益的产品。产品可以根据消费者即刻满足程度与消费者长期利益有益程度来分类。如果是即刻满足程度高,消费者长期利益有益程度也高的产品被称为满意产品(desirable product),比如味道好又有营养的食品;如果是即刻满足程度高,消费者长期利益有益程度差的产品被称为讨好产品(pleasing product),比如香烟;如果是即刻满足程度低,消费者长期利益有益程度高的产品被称为有益产品(salutary product),比如汽车中的安全带和安全气囊;如果是即刻满足程度低,消费者长期利益有益程度也低的产品被称为缺陷产品(deficient product),比如味道差而又无效的药品。如图10.1所示。

目前全球关心可持续发展问题,因为企业的行为已经对社会环境造成了很大的破坏,环境和谐早已提上了日程,企业有这个社会责任来保护环境。企业的社会责任就是指企业在社会生存和发展的过程中应该承担的责任。比如对企业污水的排放有了更严格的标准,汽油的使用有了更高的规定等。企业在排放污水和使用汽油时,就要遵循这些指标,不达标,就是不道德的行为,这既是一种营销道德,也是一种社会责任。

图10.1 产品的社会分类

(3)绿色营销。绿色营销的兴起源自于生态环境的不断恶化与消费者环保意识的增强。企业开展绿色营销,使产品从生产到消费的全过程实现无污染,不仅会因承担社会责任而树立起良好的社会形象,而且能取得营销上的竞争优势,是道德营销的重要组成部分。

绿色营销是指企业在绿色消费的驱动下,从保护环境、资源的角度出发,企业向消费者提供科学的,无污染的,有利于节约资源使用和维护社会生态的产品或服务的营销观念。企业通过研制开发绿色产品、保护自然、变废为宝等措施,来满足消费者的绿色需求,从而实现绿色营销目标的全过程管理。绿色营销的全过程即从产品的绿色生产,到中间商的绿色流通,再到消费者绿色消费的全过程。

10.2.4　企业伦理要素

企业不管是面对环境、面对消费者及其他直接或间接的外部人员,还是面对企业内部的人员和环境,不管企业去从事什么样的活动,企业的行为都应该遵循基本的伦理要素,以下面的伦理要素去面对所有的对象,就是一种道德的体现。

1. 以人为本

"本"在哲学上可以有两种理解,一种是世界的"本源",一种是事物的"根本"。以人为本的本,不是"本源"的本,是"根本"的本,它与"末"相对。

以人为本,不仅主张人是发展的根本目的,回答了为什么发展、发展为了谁的问题,而且主张人是发展的根本动力,回答了怎样发展、发展依靠谁的问题。"为了谁"和"依靠谁"是分不开的,人是发展的根本目的,也是发展的根本动力,一切为了人,一切依靠人,二者的统一,构成以人为本的完整内容。

以人为本是指管理者的一种领导方式或理念。以人为本的管理,是指在管理过程中以人为出发点和中心,工作围绕着激发和调动人的主动性、积极性、创造性展开的,以实现人与企业共同发展的一系列管理活动。企业强调以人为核心的尊重人、爱护人、关心人,重视人的价值,鼓励创新,强调对人的理解和依靠,强调要发展人和服务人,这才是企业获得发展与成功的永久动力。

在企业中,以人为本的伦理既是企业管理者面对内部员工的管理基本原则,也是企业管理者面对外部消费者及其他外部对象的管理基本原则。"以消费者为中心",努力满足消费者正当、丰富的物质和精神需要,正是"以人为本"伦理的直接体现。

以人为本是一种民主的体现。民主的伦理价值意义就在于使人能有选择的权利、参与的权利和管理的权利。对消费者而言,消费者在整个消费过程中,就能行使选择、参与和管理的权利。

2. 与人为善

与人为善是一种仁爱的美德,是伦理的核心。与人为善意味着以一颗善良的心去做事,去面对他人,这样的发心就不会去做坑蒙拐骗的事情,就不会斤斤计较利益的得失。施人以爱,赐人以福,愿意帮助和关爱他人,与人为善就是善待他人,其结果就是善待自己。

企业的与人为善既体现在企业内部管理者与员工之间的伦理关系,也体现在企业内部全体与外部人员的伦理关系。

善待消费者是企业最基本的伦理道德。善待消费者就会让企业不向消费者提供有害的或者引起反感的产品或服务,不会只是唯利是图地满足消费者的任何需求,不会利欲熏心地去做对不起消费者的事情。企业有关人员的一个笑脸,一句温存的话语,一点帮助,对自己不会损失什么,却能使对方感到春天般的温暖。

善待消费者既是充满爱意和善意地满足消费者的需求,也意味着不去满足消费者某些"恶"的需求,企业自己既不作恶,也不去满足对方想要的"恶"。

自己怎么对别人,那么别人往往也会以同样的方式来对待自己,这是很简单的道理。如果不想让别人对自己不好,那么首先要做的并不是去纠正他人,而是看看自己,问一句,自己有没有做错。善待他人不但会让对方感到高兴和温暖,也会让自己的精神愉悦,最终就会得到"善有善报"的结果。

3. 守信负责

俗话说:"一言既出,驷马难追。"守信就是做人做事要讲究信用。在竞争激烈的市场条件下,企业信誉已成为竞争的一种重要手段,只有守信,才能为企业带来良好的信誉,谁赢得信誉,谁就会在竞争中立于不败之地,谁损害了自己的信誉,谁就将被市场所淘汰。守信就必须要信守承诺,不仅要信守书面承诺,还要信守口头承诺。口头承诺虽然无法律的约束力,但却是企业帮助消费者建立购买信心的重要工具,真正聪明的营销者都不会冒着丧失信誉的风险向消费者许下不能实现的口头承诺,一旦由于某种原因未能履行承诺,则有义务做出解释,请求消费者的谅解,必要时应主动赔偿损失,接受惩罚。

负责即要求企业在经营销售过程中对自己的一切经济行为及其后果承担政治的、法律的、经济的和道义上的责任。任何逃避责任的行为都是不道德的,并且是非常愚蠢的。企业人员的一言一行都代表着企业,不仅要对企业和社会负责,而且要对消费者负责。因此,企业人员应向消费者讲实话,如实地为消费者介绍营销产品的优点和不足,向消费者提供能真实有效地满足其需要的商品,千方百计地为消费者排忧解难,以赢得消费者的信赖,提高企业的声誉和社会效益。坚持负责原则,要求企业及有关人员具有高度的自觉性和承担责任的勇气,必要时甚至要牺牲自己的利益。

4. 公平平等

公平平等是社会生活中一种普遍的伦理要求,它是以每个社会成员在法律上和人格上人人平等为依据的。在企业的经营销售过程中,坚持公平平等的原则主要有两方面的含义。一是企业有关人员对待营销对象应该公平平等。营销对象不论男女老幼、贫富尊卑,都有充分的权利享有他们应得到的公平平等的服务,各种以次充好、缺斤短两、弄虚作假、价格歧视等行为都是违反公平原则的,因而也是缺乏伦理道德的。二是在与对手的竞争中应坚持公平平等的原则。企业间不可避免地存在竞争,竞争是提高服务质量、改善服务态度的动力,但竞争也不可避免地带来一些负面效应,企业为了在竞争中战胜对手,不择手段地诋毁甚至无中生有地诽谤竞争对手的产品甚至人格,千方百计地欲置对方于死地,这种行为十分的不道德,有违企业伦理。开展公平合理、光明正大的竞争,这才是符合伦理的竞争。

5. 社会责任

社会责任就是在一个特定的社会里,每个人在心里和感觉上对其他人的伦理关怀和义务。具体说就是社会并不是无数个独立个体的集合,而是一个相辅相成不可分割的整体。尽管社会不可能脱离个人而存在,但是纯粹独立的个人却是一种不存在的抽象,简单说就是没有人可以在没有交流的情况下独自一人生活。所以个人一定要有对社会负责的责任感,对其他人负责的责任感,而不仅仅是为自己的欲望而生活,这样才能使社会变得更加美好。

如果把企业仅仅看作是一个经济组织,许多企业的管理者就会认为企业追求的唯一目标就是利润最大化,其他都是政府和社会的事。但是,大量的污染恰恰是在企业的生产中产生,从行为与责任相对应的原则来看,企业对环境问题有不可推卸的责任。如果企业所追求的利润最大化是以损害他人、社会及环境为代价的,那么,这实质上是一种损人利己的不符合伦理道德的行为。让企业有社会责任感就是让企业自觉地承担一份社会责任,在强调利润的同时,还强调保护社会环境,在经营销售的全过程中尽可能地减少污染和污染环境,为营销所必须的包装、宣传等都不给社会留下不良后果,不但要让企业和个人的"小家"好,还应该让社会和环境这个"大家"同样好,从而将经济效益、社会效益和环境效益有机地结合在一起。

从可持续发展方向来看,许多组织和人已经从对环境和资源的忧虑逐渐转化为管理活动中的一种自律行为,人类开始向崇尚自然、敬畏自然、回归自然、保护自然的绿色文明时代迈进。企业伦理中包含着社会责任感有利于企业确立"天人合一"的生态价值观,从而能正确处理人与自然、人与社会及人与人之间的关系,在社会责任感的驱使下,企业应该建立起个人正直、企业道德和以满足消费者长期有利利益为基础的伦理准则。

本章小结

消费者权益是指消费者在有偿获得商品或接受服务时,以及在以后的一定时期内依法享有的权益,是消费者为生活消费需要购买、使用商品或接受服务时所享有的权利和利益。

《消费者权益保护法》规定了中国消费者应享有九项基本权利:安全权、知情权、选择权、公平权、索赔权、结社权、知识权、人格权和监督权。

消费者权益受损的主要表现为质量问题、服务问题、价格问题、促销问题、假冒问题和环境问题。保护消费者的权益可以通过以下途径来保护:行政管理监督保护、社会监督保护、法律监督保护和消费者自我保护。

企业伦理是企业经营本身的伦理。是企业在处理企业内部员工之间,企业与社会、企业与顾客之间关系的行为规范的总和。

营销道德是调整企业与所有利益相关者之间的关系的行为规范的总和,是客观经济规律及法制以外制约企业行为的另一要素。这是涉及企业经营活动的价值取向并贯穿企业营销活动始终的重要问题。企业营销道德一般体现在产品、价格、渠道和促销中。

企业应该从"营销道德"向"道德营销"转变。所谓道德营销就是企业在营销时前面一定要先加道德两个字,道德就是企业行为的发心,发一颗道德之心来做营销。有道德是企业营销的前提,道德营销主要包括了诚信营销、社会营销和绿色营销等内容。

企业伦理要素是:以人为本、与人为善、守信负责、公平平等和社会责任。

 关键名词

消费者权益　企业伦理　营销道德　道德营销

 问答题

1. 消费者在市场中的基本特点是什么?
2. 中国消费者享有的基本权利是什么?
3. 消费者权益受损主要表现在哪些方面?
4. 企业营销道德问题主要表现在哪些方面?
5. 道德营销的要素是什么?
6. 试分析企业伦理要素。

参 考 文 献

[1] 所罗门,卢泰宏. 消费者行为学[M]. 北京:中国人民大学出版社,2009.

[2] 霍金斯. 消费者行为学[M]. 符国群,译. 北京:机械工业出版社,2006.

[3] 布莱克韦尔. 消费者行为学[M]. 吴振阳,译. 北京:机械工业出版社,2009.

[4] 全国十二所重点师范大学. 心理学基础[M]. 北京:教育科学出版社,2002.

[5] 格里格. 心理学与生活[M]. 北京:人民邮电出版社,2003.

[6] 尹世杰. 消费经济学[M]. 北京:高等教育出版社,2003.

[7] 王玉,苏世兰. 心理学经典教程[M]. 北京:北京出版社,1998.

[8] 符国群. 消费者行为学[M]. 北京:高等教育出版社,2010.

[9] 卢泰宏. 消费者行为学[M]. 北京:高等教育出版社,2005.

[10] 王曼,白玉苓,王智勇. 消费者行为学[M]. 北京:机械工业出版社,2008.

[11] 时蓉华. 社会心理学[M]. 上海:上海人民出版社,1986.

[12] 古畑和孝. 人际关系社会心理学[M]. 天津:南开大学出版社,1986.

[13] 朱大可. 眼与耳的盛宴[M]. 福建:福建人民出版社,2010.

[14] 陆学艺. 当代中国社会阶层研究报告. 北京:社会科学文献出版社,2002.

[15] 黄维梁. 消费者行为学[M]. 北京:高等教育出版社,2005.

[16] 苏勇. 消费者行为学[M]. 北京:高等教育出版社,2001.

[17] 科特勒. 营销管理[M]. 上海:格致出版社,2010.

[18] 钟旭东. 市场营销:价值的认识与实现[M]. 北京:机械工业出版社,2007.

教 师 服 务 登 记 表

填表日期：_____

教师姓名		☐先生 ☐女士	出生年月		职务		职称	☐教授 ☐副教授 ☐讲师 ☐助教 ☐其他
学校			学院			系别		

联系电话	办公：	联系地址 及邮编	
	移动：	E-mail	

学历		毕业院校		国外进修及讲学经历	
研究领域					

主讲课程	现用教材名	作者及 出版社	教材满意度
课程 1 ☐专☐本☐研 人数： 学期：☐春☐秋			☐满意 ☐一般 ☐不满意 ☐希望更换
课程 2 ☐专☐本☐研 人数： 学期：☐春☐秋			☐满意 ☐一般 ☐不满意 ☐希望更换
课程 3 ☐专☐本☐研 人数： 学期：☐春☐秋			☐满意 ☐一般 ☐不满意 ☐希望更换

著书计划	

希望提供的样书

注：申请的样书必须与本表填写的授课情况相符。

书 号	书 名
ISBN 7-113-☐☐☐☐☐	

意见和建议

此表请填写人据实填写，以详尽、清晰为盼。填妥后请选择以下任何一种方式将此表返回：(如方便请赐名片)

地 址：北京市宣武区右安门西街 8 号 　　　中国铁道出版社教材研究开发中心 　　**邮编：**100054

电 话：(010)63583215 转 2070

E-mail：book@tdpress.com 　　　　　图书详情可登录 http://www.tdpress.com 网站查询